九寨沟有美若仙境的风景，
旦复旦兮的日月光华，
更有堪比风景祥云般奉献、坚强、勇敢、善良的人们，
以及雅识经远的人间大爱……

九 祥

寨 云

陈新

著

四川人民出版社

图书在版编目（CIP）数据

九寨祥云/陈新著. —成都：四川人民出版社，
2018.8

ISBN 978－7－220－10934－8

Ⅰ．①九… Ⅱ．①陈… Ⅲ．①报告文学－中国－当代
Ⅳ．①I25

中国版本图书馆 CIP 数据核字（2018）第 167634 号

JIU ZHAI XIANG YUN

九寨祥云

陈　新　著

出品人	黄立新
责任编辑	李淑云
封面设计	张　科
版式设计	张　妮
责任校对	韩　华
责任印制	祝　健

出版发行	四川人民出版社（成都槐树街 2 号）
网　　址	http://www.scpph.com
E-mail	scrmcbs@sina.com
新浪微博	@四川人民出版社
微信公众号	四川人民出版社
发行部业务电话	（028）86259624　86259453
防盗版举报电话	（028）86259624
照　　排	四川胜翔数码印务设计有限公司
印　　刷	成都国图广告印务有限公司
成品尺寸	168mm×238mm
印　　张	28
字　　数	401 千
版　　次	2018 年 8 月第 1 版
印　　次	2018 年 8 月第 1 次印刷
印　　数	1－50000
书　　号	ISBN 978－7－220－10934－8
定　　价	48.00 元

目录

前言
雅识祥云

2017 年 8 月 8 日 21 点 19 分，九寨沟地震发生，地动山摇，道路垮塌，人伤人亡。旦夕之间，祥和被撕碎，美丽的人间天堂成了堆砌战栗、恐惧与绝望的"孤岛"。

从剧里到剧外，假戏真做的惊悚，令芳颜失色。疼痛的仙境和被撕裂的守望里，却出现了从中央到地方星夜疾驰而来的和暖；飞石如雨，灾情碾破的宁静中，从黑夜到熹微，再到阳光普照，爱的力量穿越危难，无惧无恐。

温犀的光辉，生死不离铺满山道的爱，彰显着一颗颗置安危于度外的至美之心。

公安、武警、消防、交通、当地百姓和游客……上下齐心，睿智应对。

在 24 小时之内，受困灾区的 6 万多名游客零伤亡安全大转移，神奇的九寨，大爱缔造了如同电影大片般的奇迹。

生与死的涅槃，澄澈流淌的爱，冰心的九寨沟人……这既是凉薄里的温煦，更是无以复加美丽的九寨祥云……

山水起伏，万众聚焦，九寨沟不愧是人间天堂，阳光也总是像母亲的手一样慈柔地抚摸着这个神奇的世界。

虽然季节更迭，枯荣之间有如万仞绝壁，但祥云瑞气，却始终似彩虹凌空，同时又驻留在人们的心中。

那么，什么是九寨祥云呢？

是春天的山花浪漫，是夏天的澄澈清凉，是冬天的水墨静寂，抑或秋天的层林炫彩？

其实，九寨祥云不仅仅是旦复旦兮的日月光华，九寨祥云更是雅识经远的——

人间大爱！

第一章
不是舞台剧

2017 年 8 月 8 日 21 点 19
分，九寨沟地震发生，地动山
摇，道路垮塌，人伤人亡。且
夕之间，美丽的人间天堂成了
堆砌战栗、恐惧与绝望的"孤
岛"。

1. 假戏真做的惊悚

"喂，您是杨星吗？"

2017 年 8 月 12 日，一个号码归属地为广东省河源市的陌生电话，打到正在开会的杨星的手机上。

杨星接起电话，里面传来一个女性且粤语味极浓的普通话声音。

"您是哪位？"

杨星脑海里搜索着这个听上去有几分熟悉的声音，却怎么也想不起来。

对方语气急促，"我叫刘雪妹，还记得吗？"

"刘雪妹……"

杨星仍没想起这个叫刘雪妹的人到底是谁。她怎么有自己的电话号码呢？

"您记不起我了？8 月 10 日那天，有一个在九寨沟县城黄浦酒店发脾气的广东妹？您还给了我您的手机号码呢。"

"哦……"

听了这个自称叫刘雪妹的人的自我介绍，杨星心里顿时一激灵，紧张得手也抖了一下——"刘雪妹"？难道是来找麻烦的？

她原本紧绷了几天刚刚有些松弛的神经，又蓦地紧张了起来，思绪回到两天前刚刚过去的时光里……

成都，上海，或者北京、广州，8 月的阳光炽烈依旧，但这里却已然温柔款款，明澈着秋波潋滟的少女的魅力。

这个时令，是它的黄金季节。天空湛蓝，苍穹如洗。絮白的云，恬淡地妆点在天空，与山峰之间是那么亲近，或缠绵，或相依，或紧随左右，或洋溢着幸福。

这是 2017 年 8 月 8 日。层层叠叠的情感，以及层层叠叠的倾慕，从五湖四海而来。层层叠叠的爱美之心，舒展着层层叠叠心灵的浓香。

亦如昔年，夏天的九寨别具一格的清凉与葳蕤，连缀着秋天的丰富多彩，还有从童话里流淌出来的玄妙的水，都如阳光吸收着成长。

是的，这里是九寨沟，迷人的景色令人叹为观止的九寨沟。

据统计，这一天，仅进景区的游客便有 3.8 万多人，还有 2.8 万多人住进沟口一些宾馆或客栈里，以便第二天能够乘着曙色熹微，将自己融进秀美的风景之中。

虽然这里位于大山之中，但沟口所在的漳扎镇却繁华异常。这个如一条玉带秀美地铺陈在崇山峻岭之间的镇子，在夜幕降临之后灯火辉煌，宾馆、酒店林立，食肆、商店栉比，来自五湖四海的游客们像闲逸的游鱼，或行或停地享受着这条空气清新的沟里特立独行的时光。

夜幕之下，还有一部分人去九寨宋城景区游玩，或者观看大型实景歌舞演艺节目《九寨千古情》。

宋城景区位于九寨沟县漳扎镇上，距离九寨沟风景区检票口大约 7 公里，每天 15：30 开门。不少游客在结束九寨沟景区的游览后，又来到宋城，感受九寨沟厚重的历史和华丽的演出。因为宋城景区有许多有意思的小演出，像土司招婿、赛装节、酒鬼闹街等，游客还可以参与和俊男靓女的互动狂欢。除此，也有鬼屋、隐形房子、倒屋、3D 画等比较刺激的游玩项目。

而宋城里的《九寨千古情》表演，一天有三场，时间分别是 17：30、19：30、20：30，表演节目的演员很专业，舞台效果相当震撼。

《九寨千古情》分为《九寨传说》《古羌战歌》《汉藏和亲》《大爱无疆》《天地吉祥》几幕。在 1 个小时的演出中，300 位演员、360 度全景演出、400 套舞台机械与观众全方位互动，声光电色的炫美、上天入地的玄妙，打破了艺术类别的界限，撼动着观众的视听神经。

天上仙女色嬷，因羡慕人间的美景而与众姐妹偷下凡尘，缘聚勇敢而彪悍的达戈等藏族青年后互生爱恋，并乐不思归。无奈触犯天条，天帝一怒把色嫫和达戈变成了两座雪山，把色嫫的姐妹变成了海子，把其余的藏族小伙变成了九个藏寨。从此，雪山、海子、藏寨相依相偎永不分离，缔造了九寨沟这个人间天堂。

这是《九寨千古情》中《九寨传说》一幕的内容。

优美而神秘的藏羌歌舞，穿越时空，来到盛世大唐，文成公主与松赞干布之间的美好爱情感天动地，颂扬至今。

这是《九寨千古情》中对《汉藏和亲》内容的呈现。

在这几幕剧中，尤为感人的是《大爱无疆》那一幕。这幕剧表现的是汶川特大地震发生后，人民军队如何抗震救灾的故事。剧场中的观众能身临其境地感受山峰移位、河水断流、路裂桥塌、房倒墙垮、尘烟蔽日的惨烈。

汶川"5·12"特大地震，大自然以万劫不复的狰狞，毫无怜悯地践踏生灵。尽管时光涓涓流逝，那场8.0级特大地震中，近7万同胞生命逝去的哀恸，在人们的心中，从未淡忘。

地震无情，爱心不灭。生死不离，大爱无疆。

《大爱无疆》再现沉痛的记忆，是为了彰显中华民族在灾难面前的凝聚力和顽强不屈的精神。

曾经的崩塌令我们窒息，曾经的切肤令我们扼腕，曾经的离殇令我们动容，曾经的悲怆令我们泪奔；但泅渡苦难的河，也让我们看到了可歌可泣的人间大爱，看到了波澜壮阔的英雄史诗，看到了经天纬地的民族气节，看到了锦绣河山的不屈再现……

这是2017年8月8日晚上9时许，这是《九寨千古情》当天晚上的第三场。

《大爱无疆》即将上演前，主持人曾提醒观众，为了还原"5·12"汶川特大地震的现场震感，让观众们充分感受到大爱的真切含义，此幕剧会有令人震撼的"地震"特效，比如观众的椅子会随剧情的发展而摇晃或抖动，请观众们不要惊慌。

高科技 5D 实景演绎，重现了灾难发生后的部分场景：山崩地裂、房倒屋塌、人伤人亡，整个剧院和数千个座位强烈震动，3000 立方米的大洪水倾泻而下……

"哇！真是太精彩了！太真实了！"

最令人感动的是，舞台上的演员在演出的过程中，竟然也如地震真实发生那般，歇斯底里地向观众大呼：

"地震了，大家快跑呀！"

"可怕的地震真的发生了，大家快跑到安全的地方去啊！"

真乃身临其境！随着房屋崩塌、山体垮滑、山石滚落的背景音乐、摇摆的椅子，晃来晃去的吊灯，"吱嘎"响动的剧场顶棚，加上舞台上演职人员真情慌乱的呼唤，让现场的观众感到既刺激也心惊。

这道由高科技与舞台艺术联姻的视觉盛宴，让观众们觉得太超值了！

魏庆凤也在这种兴奋与刺激中一边护着孩子，一边抖动头上的尘土，并期待着接下来的剧情发展……

同一时段，强烈的刺激，也在另一个地方紧张地进行着。

进行之地是在 500 多公里外的马尔康，那里进行的不是演出，而是格斗，杨星被其精彩却又颇为残酷的格斗场面深深地吸引着。

美丽的山城马尔康，秋高气爽，景色优美。

这里是嘉绒圣地，锅庄故乡，长征驿站，避暑天堂。

早在新石器时期，马尔康就留下了农耕群落的印记和原始锅庄的舞步。这里也是有着五千年历史、璀璨绝伦的哈休文化发祥地，是嘉绒藏族文化腹心地，长江上游最佳生态宜居地和中国西部重要旅游目的地。

8 月 8 日，中国顶级无限制综合格斗赛事——武林笼中对，首次在马尔康市举行。宜人的气候和丰富精彩的节会活动吸引着游人纷至沓来。

武林笼中对，即武林笼中格斗，是指两名对手在一个八角形的围笼里进行的武术比赛。格斗时双方除了不许挖眼、不许打裆、不许啃咬之外，可以通过任何招数进行搏击，直至将对手打倒认输为止。这种搏击是世界上最血腥最残酷的格斗运动之一，但近年来经过不断修改规则，已经变成了体育项目。此次武林笼中对首次走进藏区，得到了四川省阿坝州人民政府以及当地体育局和旅游发展委员会的大力支持。

该次赛事聚集了中国、俄罗斯、日本、塔吉克斯坦、吉尔吉斯斯坦、乌兹别克斯坦、巴西7个国家的参赛选手，这不仅是一场比赛，更是一个以"综合格斗"为交流形式的平台。

当晚7点，赛事在歌舞表演中拉开序幕。继而，一场场惊心动魄的拳击角逐刺激着台下观众的神经，选手们紧张搏击，观众屏息凝视。赛场沸腾般的喧嚣掩盖住了其他声音。

21：24，怕漏接重要的电话，应邀观看比赛的杨星下意识地看了一下手机，结果发现有许多未接电话未读短信。诧异之际，一个电话又打了过来。接通，电话那头传来急切的话语："九寨沟……"

九寨沟是个美丽的词，又是一个十分敏感且易于激起人兴奋的词。因为九寨沟风光绮丽，谓之人间天堂。它不仅是世界自然遗产、国家重点风景名胜区、国家AAAAA级旅游景区、国家级自然保护区、国家地质公园，它更是处于崇山峻岭之中的九寨沟县的重要经济来源。

听到"九寨沟"三个字，却又未听清对方说什么，在猜度不出意思的情况下，杨星连忙问："九寨沟怎么了？九寨沟怎么了？"

……

九寨沟声名在外，多少人梦寐之事，便是一生能去感受一下这里天堂一般的自然造化，享受一下人间绝无仅有的美景。

为了纪念结婚10周年，李雅、况永波夫妇前往九寨沟旅行庆祝，还特地选择了入住九寨天堂洲际大饭店套房。

况永波是四川德阳人，李雅是河南人。平常，况永波在浙江省宁波市工作，李雅上班的地方则在新加坡。不过，距离，使思念变得更加浓稠，夫妻俩感情很好。

2017年8月8日，相亲相爱的他们来到九寨沟，计划在九寨天堂洲际大饭店住两天，并饱览九寨沟美丽如画的风景，然后坐飞机到上海，再各自回到工作的地方。

鲁强，也是被九寨沟的美丽吸引而来的。

鲁强是吉林大学后勤服务集团南岭校区后勤服务中心经理，到九寨沟旅游，不仅是他个人愿望的重要组成部分，也是他与妻子崔宁、女儿鲁虹汐一家三口的夙愿。

2017年8月，鲁强从吉林出发，带着妻子和女儿开启了美好的夏季之旅，未承想这次旅行让他们终生难忘。

8月7日晚，他们一家三口抵达了"童话里的世界"、具有"人间仙境"之称的九寨沟景区，并入住九寨天堂洲际大饭店。

这是一家很有特点的五星级酒店，坐落在原始森林里，掩映于崇山峻岭中。融绮丽风光与藏羌风情于一体，能让客人沐浴毫无修饰的绿与美，感受一尘不染的纯与净。

饭店的大堂别具一格：雅致的小桥流水，精美的亭台楼阁，成群结队自由游弋的锦鲤，与人类和平相处的野鸭、黑天鹅，以及具有民族特色的精彩歌舞……

山野里的酒店如此豪华而又与大自然零距离，令鲁强不由得生发万端感慨：这里真不愧是人间天堂！这才是真正的旅游放松！

在这安逸得未曾设想的酒店里住宿，当晚一夜好眠。

8月8日一早，他们一家三口出发去松潘县黄龙景区游玩，又被黄龙的景色所震撼。

时值盛夏，黄龙景区的温度书写着四季——从山脚到山顶，一路夏春秋冬。

"仁者乐山，智者乐水"，均能在这里找到最佳答案。

近处，漫山的林木秀颀森然，林中野花芬芳，杂卉幽微。

远观，天穹碧蓝纯净，白云若缎若丝，或飘在空中，或挂在山腰。

更远，则有雪山直插蓝天，在阳光的照射下，将皑皑白雪的纯洁放大到极致。

而缭绕雪山的那些丝状的云，又如曼妙轻纱，或透或隐地写意着雪山的壮美与神秘。

　　从下往上，山脚暑气依稀，山腰春华若梦，再上秋色迷离，而山顶则数九寒天。

　　当然，黄龙的美丽岂止一日之内的四季领略？还有更美的水，以及无与伦比的水色。

　　湖蓝、橘黄、赭红、草绿、乳白、青灰……大如池塘，小如脸盆，或深或浅错落有致的池子，从山顶一路铺到山脚，而且池池相连，层层向下，水珠溅玉，溢彩流金。日光下彻，影布水底，涟漪摇影，波光曜然。

　　那雪山，便是岷江之源雪宝鼎。而黄龙丽景，则是雪宝鼎山上的万年积雪融化之后，淙淙而下的柔美写意。

　　黄龙景区，与其说是自然界的风景，不如说是巧夺天工的盆景，因为五彩如霓的一个个池子里，还有疏落清逸的天然植物，在潺潺的流水中怡然淡雅地生长着。

　　这色彩斑斓而又温婉的水景，进入眼帘是那么熨帖，虽然气温只有10℃左右，但别致妙趣的一切，却令人感觉不到寒意。

　　听说九寨沟的景色比黄龙有过之而无不及，因而鲁强一家三口饱览了整整一天美不胜收的景色后，心中便对第二天将去的九寨沟充满了期盼与向往！

　　天色渐暝，乘兴而归。

　　返回九寨天堂洲际大饭店后，他们在大堂演艺广场美美地饱餐了一顿。

　　回到房间，换好泳装，又去游泳池游泳。

　　20：50，游完泳的一家三口回到房间，在鲁虹汐去卫生间洗澡之时，鲁强和崔宁躺在沙发上，回味白天饱览的景致，感慨连连，并拿起手机，将黄龙景区的美丽分享到朋友圈。

　　继而，鲁强站起身走到书桌旁准备端起水杯啜饮的时候，猛然觉得脑袋晕了一下，好像饭店地板也轻微地动了一下，又像有一双诡异而又无形的手抓住他的腿摇了一下。

他很奇怪，是自己太累，感官迟钝产生了幻觉？

没有！

正在他讶异及疑惑的时候，饭店的地板开始了强烈的横向晃动，而且越来越剧烈。

为了保持平衡，他不得不屈身抓住床脚。

这时房间的灯突然灭了一下，但马上又亮了。

这到底是怎么了？是饭店客房建筑质量不好？要塌了？

鲁强一直生活在太平无事的平原，从未经历过地震，因而这种诡异情形的出现，他并没有在第一时间联想到地震。

但这么强烈的震感，却让崔宁马上意识到了什么。她突然大喊起来：

"鲁强，地震了，快救孩子！"

而此刻，况永波与李雅正在一楼的川菜馆用晚餐，餐桌和房屋突然晃动起来，感觉大地也在颤抖，曾去东京求学10年，经历过日本"3·14"地震的这对80后夫妇，在第一时间就意识到地震了……

2017年8月8日傍晚7时许，九寨沟的天空乌云密布，眼看暴雨将至，家住九寨沟县城、在县司法局上班的李春蓉连忙赶回家。在等待丈夫与儿子归来的时候，她打开电脑写起了与自己家族有关的非虚构小说。

李春蓉的儿子龚世如是成都文理学院文学院的大学生，放暑假回家后，经常与文友一起聚会切磋写作技巧，所以回家的时间比较晚。

李春蓉的丈夫龚学文是九寨沟县副县长，平常总是忙于公务，回家的时间也不定时。李春蓉平时一个人习惯了，爱好写作的她正好可以看看书，写写东西。

夜里9时许，龚世如回来了，见她正写小说，便凑过来看。

母子连心，再加上同爱缪斯，所以只要论及文学，便有着说不完的话。

就在此时，大地深处突然发出一声巨响，如巨大的气球爆裂，令人惊悚莫名。

继而，地底下像有一双巨手，把房子托起来，又放下去，又托起来，又放下去……一上一下的运动，将家里箱子、柜子、桌子上的东西抖落一地。抖得人也站立不稳，像笼中鸟一般扑腾。

在大地将房屋玩弄于股掌之间时，电灯突然熄灭了。

天与地，顿时陷入了令人恐慌的黑暗之中。

"地震！地震了！"龚世如拉起李春蓉就朝他们家主卧室外的阳台跑去，边跑边喊："妈妈，怕房子塌了，阳台上安全些！"

李春蓉觉得儿子说得对，他们家主卧室位于顶楼，假如房子塌了，站在阳台上的人也不会被楼板压着。而且顶楼的阳台没有遮挡物，能看见天，也能让人心里踏实些。

关键的时候，还是儿子冷静。

天地一片混沌。这个夜晚，闰六月十七，此时此刻，月亮和星星还未"上班"。屋里，伸手不见五指。黑暗中，母子俩摸不到从卧室通往阳台那道熟悉的门。

好不容易摸到门，忙忙慌慌地打开，正要冲向阳台之时，李春蓉突然想起了什么，一把拉住龚世如说："快拿一个枕头保护头！"

于是他们转身在旁边的床上拿上枕头后，才冲上阳台，并将枕头顶在头上，靠墙站着。

恐惧，不仅仅笼罩着李春蓉与龚世如，这时楼上楼下人们的尖叫声与余震摇得门窗碰撞的声音已混响成一片。

《九寨千古情》实景剧剧情曲折，场面宏大，画面华丽，演出的过程中观众掌声不断。

《大爱无疆》重现"5·12"地震场面时，效果非常突出，椅子狂晃，垮塌声异常逼真……

"太棒了！太棒了！"

观众们有的高声赞叹，有的起身抖动身上的尘土。

"××部队集合!"舞台上的旁白洪亮而庄严。

这时候,剧场内的电却瞬间停了。一片漆黑,舞台上的演员们仍在声嘶力竭地大喊与地震有关的台词。约莫过了半分钟,供电重新恢复,舞台上灯火辉煌。

地震的特效越来越强烈,观众们的兴奋度也越来越高。

但是很快,不少观众感觉到了异样:舞台上,正在歇斯底里吼叫的演员突然没了声音,该上场的演员也没有及时登台;而且,剧场的大门也突然打开了……

每个逃生通道,都有两名工作人员用喇叭高声呼唤:

"观众朋友们,发生地震了,请大家迅速离开。"

"真的发生地震了!请不要慌张,请依秩序出门。"

短暂的呆懵之后,魏庆凤和丈夫龚武清才相信这世界发生了戏剧般的怪事:地震,从舞台上,假戏真做地来到了身边。

于是他们连忙起身,带着女儿龚喜,开始跟在其他观众后面往出口处撤离。因为他们就坐在出口处,所以很快就离开了剧场。

安全地跑到远离危险的空旷地之后,魏庆凤顿然热泪盈眶。

再想到自己的购票经历,曲折的情节,跌宕的故事,不禁唏嘘。

2. 天堂里的晕眩

美景，无人不爱。

除非你抽不出时间。

但九寨沟之行，对魏庆凤一家来说，却是一个没有句号的情感之旅。

魏庆凤是成都市青白江区一位人民教师，她的丈夫龚武清援藏两年的时间里，没有陪伴女儿出游一次。于是，2017 年 8 月，他们决定利用公休假日，带着女儿龚喜赴九寨沟自然风景区旅行，享受一下风光大片的绮丽。

一家三口自驾游，一路游赏，虽累，也很快乐。

8 月 8 日清晨 7：00，他们怀着欣悦的心情，驱车前往心中的圣境——人间天堂九寨沟。

呼吸原始森林中洁净无尘的空气，享受负氧离子对肺叶的抚慰，沐浴蓝天白云和灿烂的阳光，饕餮绝无仅有的湖景水色，仿佛置身仙境。

坐上干净整洁的观光车，一路向上，直到九寨沟最高景点"原始森林"。然后下车，沿蜿蜒的栈道下行，边走边拍照，边走边欣赏：箭竹海、熊猫海、五花海、珍珠滩、镜海、诺日朗瀑布、犀牛海、老虎海……美不胜收。

出沟后，时间已经指向了下午 4：30。久闻实景剧《九寨千古情》好看，他们便提前订了票，并按照计划去指定地点取票。

遗憾的是，兴致勃勃地来到取票点取票时，相关人士却告诉他们说，他们所订之票因没付定金，已经转售给了他人。

"唉，早知道我们该预付定金啊！"

遗憾地离开售票点，魏庆凤仍念念不忘。

"不着急，时间还早，要不我们再想想办法吧！"

于是，他们仨来到《九寨千古情》剧场对面的扎西宾馆停车后，请扎西宾馆老板帮忙，想办法买一下票。

扎西宾馆的老板听了魏庆凤的想法后说，旅游旺季，真的是一票难求啊！

"就是因为一票难求才找你嘛！"魏庆凤半开玩笑半认真地说，"你们宾馆离剧场这么近，一定认识剧场卖票的人。你给我们买到票后，我们会给你一些手续费的！"

"如果有耐心的话，就请等等，我随时帮你们打听是否有人退票。"老板笑呵呵地说，"至于手续费，我看就算了吧。"

魏庆凤很感动，"太感谢了，只要有票，等等也无妨。但手续费我们会一分不少的。"

"我会努力想办法帮你们买票的！"扎西宾馆老板让魏庆凤留一个电话号码，说如果帮他们买到票后，就给她打电话。

想到演出票不比其他商品，过了演出时间就会作废，魏庆凤在给这位老板留下自己电话号码的同时，提议交些订金给他，说如果买到票就算成票钱；没买到票，到时退给她就行了。

"能来我宾馆找我已经是缘分了，不收订金，但如果我帮你买到票后你们一定要要，不然票钱就砸在我手里了。"老板笑呵呵地说，他去帮他们问问，但不敢保证就一定能买到票。

魏庆凤觉得这个老板人不错。龚武清心里也颇感温暖，并与之聊起了天。

"九寨沟旅游业这么兴旺，你一年起码要赚 100 万左右吧？"

老板摇了摇头说："哪有那么好赚钱哦？我是两年前才租下这家酒店的，租金很贵。所以挣不到几个钱，所赚的钱除了房租、水电和员工的工资，只能勉强糊口。"

"不可能哟！游客这么多，哪会赚不到钱呀？"

龚武清想，哪个老板不赚钱啊？如果开酒店真赚不了钱，早干别的去了，谁这么傻会守着不离开呢？

"给你说真话你还不信！外行都以为在九寨沟做宾馆生意很赚钱，其实真挣不了几个，而且风险很大。我宾馆一个房间一年的租金是 12500 元，80 个房间，每年房租就是 100 万。你们这个时候看到的是旅游旺季的情况，生意当然不错。但旅游旺季只有几个月时间，过了 10 月，九寨沟气温下降以后，街上就几乎没什么人了。旅游淡季宾馆的房价很便宜，入住率也不高，各方面开支都很大，运气不好就亏损。"

通过聊天，龚武清得知了扎西宾馆的这位老板姓何。

由于不知道何老板是否真的努力帮他们买票，也不知道啥时才能帮他们买到票，他们便去了一家饭店吃饭，边吃边等。

焦急等待的过程中，《九寨千古情》第一场演出结束了，他们没有得到有票的消息；第二场《九寨千古情》也开始了，依然没有等来有票的消息。

就在魏庆凤有些失望的时候，她的手机响起了来电铃声。电话是何老板打来的。何老板告诉她说，他们要的票买到了，由于是别人的退票，所以三张票并没有挨在一起。

真是太好了！他们一家三口连忙兴高采烈地赶过去。

开心地拿到票时，看到票号分别是 6 排的 66 号、68 号和 8 排的 68 号。还好，虽然不是同一排，位置也不是很好，比较边缘，却是前后排，勉强算是挨着的。

不过，魏庆凤开心的同时，也有一丝担忧：票这么难买，老板一定会加不少手续费吧？不过，她又转念一想，出门旅游就是花钱买消费，就是花钱买罪受，谁叫自己与女儿非要看这个演出呢？挨宰就挨宰吧！

"老板，三张票多少钱啊？"魏庆凤内心打着鼓：手续费可收，但不要收太高了啊！

她想，老板加收票价 30%～50% 的手续费，还算合理，再高就有些被坑的感觉了。

当然，如果老板加收票面价格 100% 的手续费，票她还得要。没办法，先前请老板帮忙买票曾信誓旦旦地说过，只要他搞到票，自己就一定会要票的。再说自己与女儿真的太想看这场演出了。但是，如果老板加收票价的几倍作为手续费的话，也许她就会翻脸不要票了……毕竟，不仁与不义是相互的。

想到这些，魏庆凤甚至有些后悔当初请老板帮忙买票时，未将手续费收多少的事与之讲明白。这不是自己给自己挖了一个不大不小的坑吗？

龚武清当时也想，如果老板对票加收的手续费太高，为了不让这件原本美好的事变得不愉快，不让妻女看演出的心情变得不愉快，那就只买两张票，让她们母女去看得了，自己就不去看了，将自己那张节约下来的票钱当成手续费吧。出门不易，快乐是根本。

扎西宾馆的这位何老板满面笑容地打着哈哈："我买成多少钱，你就给多少钱啊！"

"那是多少钱呢？"

"票面是多少钱，就是多少钱啊。"

"不收手续费吗？"

"收啥手续费哟！之前你请我给你们想办法买票时，我不是说过我不一定能买到票，但是如果买到票，也不会收你们任何手续费吗？"

魏庆凤想，这可能是老板礼节性的客套话。不过客套些也比赤裸裸的强，毕竟还有着人情的温暖在里面，"还是要收手续费的哟，你帮了忙，辛苦了，理当得到相应的回报嘛！"

何老板哈哈哈地笑着说："这就是举手之劳的事，收啥手续费哟！"

这时龚武清也说："这哪行啊！你做生意的，不赚钱哪成啊？还是要收手续费的，这个我们能够充分理解。"

何老板依然真诚地说："我是做生意的没错，但我是做宾馆生意的，我赚住客的钱，我又不是票贩子，哪能收你们手续费呢？"

"可是，我们也没在你的宾馆里住宿呀！"

"没住就没住呀，这有啥关系呢？生意不在，仁义在嘛！我说了，这就是个举手之劳的事而已。再说，人与人之间难道啥事都要用金钱来解决吗?"

魏庆凤此时相信这位何老板是真的不收手续费。可是,这却让她的内心又不安起来,这是一种感激的不安。

人家仁义,咱也要表示感谢啊!龚武清在付款时,特地在三张票总额的基础上多加了100元手续费,然后递给何老板。但是这位何老板怎么也不收这多出的100元所谓的手续费,双方推来推去持续了好一阵子。

见何老板真心不收手续费,龚武清灵机一动,不再与之推搡,"好吧,好吧,你老兄真是太仁义了,真心感激啊!"

他收下了何老板退回的那100元钱,然后去到何老板酒店里的小卖部买了一包烟。

见丈夫这样,魏庆凤也有些不解,身为医生的丈夫是不抽烟的呀,他今天买烟干啥呢?

但她很快便猜到了。果然,她见丈夫拿着这包烟走到何老板面前:"何兄,手续费你不收,我请你抽包烟总是可以的吧?"

何老板依然不收。

龚武清正色道:"何兄,你我萍水相逢,却对我如此之仁,我心存感激,理当以礼相待。无非敬你一包烟而已,如果你还坚持不收,就是置我于不义了。"

见龚武清态度坚决,何老板才将那包烟收下了,且连声说谢谢。

这时,离《九寨千古情》当天晚上第三场的开演时间还有30分钟时间。

盼来盼去终于盼来了票,20点30分,魏庆凤一家三口跟别的看《九寨千古情》的游客一样心情畅快,像叽叽喳喳的小鸟般走进了剧场。

看到魏庆凤他们开开心心地走进剧场的背影,何老板也替他们高兴。游客万千,能相互理解,重情重义的人越来越多了,这真是时代的进步啊!

那晚天气清朗,凉风习习,夜空中依稀能见几颗小星星。

旅行社预订的客人已经到了很多,再等两车客人到来后,就能休息了。想到此，他的心情更加怡然。

扎西宾馆的这位何老板名叫何明庆，四川省西充县人，今年51岁。1984年中学毕业后，他先在一家乡镇企业做小工，后在一个朋友的介绍下于1988年到四川省客车厂从事汽车维修工作，一干就是27年；由于总是打工，所挣不多，家里经济拮据，2015年，他又转行做起了宾馆经营业务。

夜色渐深，何明庆在宾馆的停车场里闲坐，等着预订房间的客人停车入住。晚上9点19分，正准备抽烟的他刚一按打火机的开关，听到的却不仅是"吧嗒"的打火机的响声，还有地下传出的一声巨大的闷雷响声，这个响声令他惊心动魄，脑袋晕眩。

他看到，紧挨扎西宾馆的格桑宾馆因为正在装修，墙体上的钢架管子剧烈地晃动起来，而扎西宾馆及停车场上的各种汽车，都像人一样跳起来……虽然这一瞬间让他惊谔，但他还是马上意识到一定是发生地震了！

于是，他大声呼喊老婆赵润英把小孙女曦妹从床上抱出来。

大概持续十秒钟左右，大地剧烈的震动停止了，但整条大街的电也一下子停了，除了车灯闪烁，天地一片漆黑。

怕自己宾馆里所住的客人在地震中出问题，或逃生时发生踩踏，他连忙冲进宾馆，与宾馆保安王勇维持秩序，并大声呼喊："大家不要慌，不要慌！"

"救命呀！快救命呀！"

期间何明庆听见一楼有女人声音尖细地喊救命，顿时吓得不轻，脑海中瞬间猜测，可能有客人在地震中受伤了。于是逆着正逃出宾馆的人群，向声音发出的地方冲去。结果发现有两间客房的房门在地震中发生了变形，身处室内的客人因打不开房门、无法逃生而惊吓得大呼救命。明白原因后，他连忙叫客人躲得离门远一些，然后用力踹门，将门踹开后，发现这两个房间里呼喊救命的客人，只是受了惊吓，身体并无大碍，他悬着的心才落了地。

一楼的客房房门有发生变形的情况，那么其他楼层呢？宾馆当天晚上已有100多号客人入住呀！想到此，何明庆又奋不顾身地冲向每层楼，跑到每个房间门前敲门呼喊："还有人吗？赶快撤离到宾馆停车场！"

确保每一个客人都已安全逃出房间后，何明庆旋即又冲出宾馆客房大楼，跑向宾馆后面的餐厅，看餐厅里正在用餐的客人，以及服务人员有没有出现问题。

他发现通往餐厅的过道上的围墙已经垮塌了，十分紧张：但愿没有人员伤亡呀！

幸运的是，服务员都在，除了十分慌乱以外，都没事。

正在何明庆感到些许欣慰的时候，却忽然发现厨师中少了一位姓李的师傅。去后厨看也没有。这下他着急了，声嘶力竭地大声呼唤："李师傅！李师傅！"

接连喊了好几声，才发现这位李师傅地震时在卫生间方便，地震的发生将他吓坏了，以至于何明庆叫他很多声他都没反应过来。

确保宾馆里的所有人员都没出事之后，何明庆又来到宾馆停车场，看看有没有客人受伤。此刻的宾馆停车场上，拥挤着黑压压的一大片人，人们情绪激动地相互讲述着自己的历险经过，既后怕，也有着大难不死的欣喜。当然，嘈杂的声音中，也夹杂着小孩的哭闹声，女人无助的抽泣和惶恐的哀怨声……

何明庆极力安抚他们，直到半小时后，客人惊慌的情绪才稍有缓解。

非常庆幸的是，《九寨千古情》剧场因为要实景演绎各类特效，房顶使用的是钢架结构，而非钢筋水泥建筑结构，故而没有垮塌；而且，剧场在地震发生的时候，也没有长期停电……因而3000多观众全都平安地跑出了剧场，无一人伤亡。

若非如此，这么多观众黑暗与慌乱之中蜂拥而出的话，万一发生踩踏事件，死伤情况真是难以想象。

跑出剧场，魏庆凤发现外面小店的玻璃残渣、土坯房屋的泥土墙皮都已撒落一地，这才相信是真的地震了，而非仅仅是剧场里的实景演绎。

那时，由于几千名观众都往剧场外的空旷地涌，怕被人冲撞与踩踏，也害怕走散，他们仨手拉手跟着人群往外移。但移动之时，也不忘一边大声用普通话安抚别人：

"大家不要慌，千万不要慌，我们都能出去，千万不要挤……"

随着他们的喊声，人群中也有类似的呼应。

剧场外，尘烟漫天，嘈杂不安。此起彼伏的是惊魂未定的人们带着哭腔呼唤亲人的声音，以及找到亲人后抱头痛哭的声音，还有导游们声嘶力竭呼唤各自团员的声音。尘埃渐落处，最美的风景，也是伴随着焦急的呼唤而挥来挥去的各色导游旗。

当然，也有冷观世态者，他们或者是新闻工作者，或者是微信狂热者。虽然刚从剧场里逃出来，但他们却站在高处，拿着手机拍照、摄像，记录着这人生中难得一遇的惊险时刻。

透过灯光，魏庆凤发现，先前错落有致、喧嚣有序的街道上，随处可见断裂的路面，滚落的山石，脱落的墙皮，破碎的瓦砾，歪歪斜斜地横陈在路面上的各种汽车，以及惊慌失措穿梭来去灰头土脸的人群……此番场景，犹如一场刚结束战斗的战场，颓败、疮痍，呻吟连连。

如魏庆凤一家，女大学生黄楠与母亲在观赏《九寨千古情》演出时的经历，也喜庆、曲折，并哭笑不得。

黄楠和母亲是 2017 年 8 月 8 日一早从绵阳出发，跟着旅行团去九寨沟旅游的。此次出行不易，她计划了很久，且打算在九寨沟游玩 4 天。

一路向西，经江油、平武，于当天下午 4 时许到达九寨沟沟口。按照导游的安排，他们先去酒店将行李放下，简单休息一会儿，然后吃晚饭，饭后看《九寨千古情》演出，看完演出去藏家玩。

这是当天晚上《九寨千古情》的第三场演出。黄楠所在的旅游团有四五十人，跟随团友们走进剧场，她发现看表演的游客有好几千人，虽然座位很多，却无一虚席。她与母亲的位置在贵宾区 C 区 13 排，属于中间稍后的位置。

《大爱无疆》上演之前，主持人给观众解读了5D特效的事，因而幕布拉开，演员上场，椅子、屋顶等都震动摇晃起来时，人们除了惊叹刺激以外，也没多想。

但很快，黄楠便看见有个别观众把特效当了真，吓得往剧场外面跑。但她没有跑，这不是演戏吗？那么惊慌干啥？她觉得那些把实景演艺当成真地震的观众真是太可爱了。

不过，这是特效刚出现时黄楠的想法。不一会她便有些费解了：怎么剧场的大门也打开了呢？这也是舞台特效的元素之一吗？

哈哈，为了追求真实，演职人员也真是太拼了！

黄楠仍然无动于衷。她不仅没跑，还继续将剧场晃动的场景，舞台的场景，以及剧场观众仓皇逃跑的场景拍成照片，发到微信里、QQ群里、微博里。

但就在这时，她看到老家的朋友在QQ群问哪儿发生地震了，说震感很强烈。

天！难道眼前的"震感"不是模拟的，而是真的地震了？

于是，她拉起妈妈就朝剧场大门冲去。

她们跑出剧场的时间还算比较早。经历过"5·12"汶川特大地震的洗礼，她们被余震折磨过多少次，并在一次次被折磨和恐吓的逃生中积累了经验，因而当时反应比较快，冷静且迅捷。甚至，黄楠的母亲在逃生的途中还不忘拍摄地震的照片。

"妈，这个时候你还拍啥照片呢？快跑呀！"

所幸观众虽多，但逃生之时没有出现横冲直撞的现象，没有发生跌倒、踩踏等次生灾害。

跑出剧场后，黄楠看到导游们都举着旗子，寻找并呼唤着自己旅游团的客人。她一下子看到了自己所在旅游团的导游，到自己旅游团大巴的旁边，静候同团游客的到来。

到安全地带后，黄楠想给远方的亲人打电话报声平安，却发现电话已经打不通了。正在她为此沮丧的时候，却发现手机还有网络信号，便打开微信，在微信群里发送了自己平安的消息；同时也给父亲发了语音信息，说她和母亲虽遭遇地震，却都平安无事。

这天晚上，来自五湖四海的人们之间没有疏离陌生感，只要见有谁的手机能通话，便向其借来给自己的至亲打电话报平安。

死里逃生，当属大幸。不过回想刚刚的生死经历，多少人却惊魂难定。黄楠也一样，不知是因为惊恐还是天气原因，感觉身上有些冷，又无地方买衣服的她，带着母亲，躲到了九寨千古情景区停车场自己来时的旅游大巴上。

此时的停车场犹如一个庇护所，既停顿着一辆辆沉默包容的旅游车，也安放着不少散客恐惧的心。

令黄楠感动的是，虽然停车场哭声不断，议论声不断，恐惧依然在一个接一个的余震中折腾着人们脆弱的神经，但她却看到了第一时间赶来救援的警车、救护车。

3. 祥和被震碎

这是一场假戏真做的恐惧。

最伟大的导演也无法做到如此"大制作"。

也许这是世界上唯一动作这么大，波及范围这么广，由剧场演绎进生活，且没有时间间隔的地震灾难事件。

魏庆凤一家三口从《九寨千古情》剧场逃出来后，并没有像其他观众那样滞留在剧场前面空阔的坝子上，而是迅速撤离到扎西宾馆停车场，打算去车里待着。

当天晚上，他们所订的宾馆在100多里外的松潘县川主寺镇，现在地震发生了，而且程度这么厉害，他们猜测这100多里崎岖的山路肯定被堵住了；就算没被堵住，沿途巉岩耸峙，定有山石滚落，也十分不安全，所以决定暂时不离开九寨沟沟口，待天亮之后得知道路的通畅情况再说。

从剧场前往扎西宾馆停车场的一路上，他们仨紧紧地拉着手，生怕分开。但在快到扎西宾馆停车场时，龚武清却对魏庆凤说："九寨沟发生了这么大的地震，不晓得有好多伤员，我把你们送到宾馆停车场后，等会儿我要去这附近的医院看看，帮帮忙。"

魏庆凤舍不得丈夫离开自己，更担心丈夫的安全，但她却理解并支持丈夫，"你去嘛，你晓得医院在哪儿不呢？"

"晓得，我们今天从沟口过来的时候，注意到了他们医院所在的位置，离我们这里大概有3公里，等会儿我跑过去。"

扎西宾馆的服务员见他们安全地从剧场逃了出来，关心地问道："天啊，你们回来了？剧场里别的观众安全吗？有没有死伤的情况发生呀？"

先前还一点感觉没有的魏庆凤，此时却有些后怕了，她颤抖着声音回答说："从我们所了解的情况来看，死亡的情况好像没有，而受伤的情况还不太知道，毕竟有几千人嘛！"

魏庆凤所看到的情况当然是片面的。真实的情况是，广大观众在逃出剧场之时，虽没有出现死亡的情况，但却有《九寨千古情》剧场的员工，在此次地震中死亡了。

就在观众们蜂拥冲出剧场之后，《九寨千古情》的工作人员却在剧场查勘是否还有人员没有跑出来，有无人员受伤。查勘的结果令人欣慰：剧场虽然零乱，散落了不少游客的食品、饮料、背包、卫生纸等物件，但全部观众都平安地冲出了剧院。

27岁的小伙子杨龙，是九寨沟县漳扎镇本地人，平日负责《九寨千古情》剧场的消防工作。地震发生时，正在附近山上休假的他，看到漳扎镇上的电灯突然熄灭了，《九寨千古情》剧场的电灯也很快熄灭了，心里非常着急。虽然《九寨千古情》剧场有备用发电机，二三十秒后便自动发电恢复了供电，点亮了照明的灯，但他的心里依然不轻松。

灾情面前无休假。他顾不得多想，马上往山下跑，往宋城跑。当他在10分钟之内赶到《九寨千古情》剧场时，看到观众们几乎全都逃出来了，现场虽然哭的、喊的、高声议论的声音混杂一片，却没发现有观众死亡的事情发生，这让他心里稍许好受些。

环顾剧场，杨龙还注意到，剧场进门处雕楼上部所嵌"九寨千古情"的"九寨千"三字被地震震掉了。"九寨千古情"几个字是依附在雕楼所用装饰石材之上的。这些装饰石材是用不规则的石块像贴瓷砖一样贴在主体建筑上的，所以地震之时，表面的石块便与内部的水泥建筑体分离，脱落了下来，在地上形成了一大堆瓦砾。

《九寨千古情》剧场共有200多名员工，其中有一部分员工是大学实习生。

2017年7月初，河北艺术职业学院舞蹈系2016级11名学生赴九寨沟参加为期四个半月的演出实训活动，内容为参演大型原生态歌舞《九寨千古情》，学生们每天从 16：30 至 22：00，演出三到四场。

2017 年 8 月 8 日 21 时 19 分，当《九寨千古情》演到《大爱无疆》汶川地震那一幕时，真正的地震发生了，舞台上的灯具、设备开始晃动、掉落。

发现假戏真做以后，现场演员立即通知观众撤离，但起初有的观众并不相信，以为是舞台效果，后来在演员及工作人员的再三催促下，观众才相信了，并迅速撤离。

虽然 3000 多名观众全都成功地跑了出来，但河北艺术职业学院的学生们在撤离时，却有一位名叫刘昕怡的女学生被石头砸中了背部导致昏倒，被其他人背了出来；另一名同学因摔倒导致膝盖软组织挫伤，其余学生均无受伤。

18 岁的王亮杰是九寨沟县漳扎镇本地人，2017 年刚刚高中毕业，考上大学的他在等待入学前，想锻炼一下自己，便到了《九寨千古情》剧场打工，负责维持剧场后台的秩序。他也经历了《九寨千古情》剧场在地震中观众们撤离那惊心动魄的一幕。

当《大爱无疆》那一幕上演时，随着一句"地震了……"的台词被演员喊出，剧场的电灯便瞬间熄灭，剧场屋顶也开始掉灰。见状，跟王亮杰一起值勤的另一个工作人员连忙对他说："真的地震了！快叫演员往剧场外面跑！"

待观众们都冲出剧场之后，剧场经理王飞又与员工们一起，自发地冲进剧场查看是否有人受伤，或者因种种原因未能及时跑出剧场；同时，去剧场后面的宿舍、地下室、厕所等地方找人，以免余震造成人员伤亡。

随后，剧场各小组在清点员工的时候，发现有一位名叫周倩的实习女工不在。

在剧场后面的员工宿舍里？在卫生间里？在工作间？或者地震后晕倒了？受伤了？

可是找遍了上列每个地方，都没找到周倩。

这个姑娘去哪儿了呢？

大家很奇怪，也很吃惊，因为地震前周倩一直在她所负责的岗位上，为什么地震发生后，她就像从人间蒸发了一般？

员工们再次冒着余震落砖的危险，一个地方又一个地方地寻找，依然没发现周倩的踪迹。

一个大活人说没就没了，也太蹊跷了。

一种不祥的预感弥漫开来。

就在大家琢磨着周倩可能的去向时，杨龙突然意识到什么，便对大家说："看看这堆垮下来的石块里有没有。"

虽然余震依然不时发生，但20多名保安却不顾自己的生命安全，冲到碉楼下，一边徒手挖刨石块，一边在心里祈祷，周倩千万不要在这堆石块下面。

他们没敢使用工具的原因，是担心周倩真在石块下面的话，使用工具会伤着周倩。

除了保安以外，这时赶过来的武警四川省总队阿坝州支队第十三中队的官兵，也参与了救援——同样是以徒手的方式。

2017年8月8日晚，驻地离九寨沟地震震中仅4.5公里的武警阿坝州支队十三中队，在地震发生后，30余名战士迅速集结，奔赴震中，成为当晚第一批赶到震中的救援力量。

得知《九寨千古情》演出场地灾情严重，他们急忙赶了过来，并立即参与搜救工作。

在不顾艰难徒手挖刨这些碎裂的石块的过程中，他们脑子里装的，也满是祈祷。

然而，结果却令所有的人心痛！

当大家齐心协力地刨开石块后，顿见一个长发女孩面部朝下地趴在地上，女孩身上压着装饰石材制作的"九寨千"几个字，以及几十厘米长的好些水泥块。移开石材和水泥块，人们发现这个女孩后脑袋被砸出一个大洞，血流满地，已经没了呼吸。

这个女孩身体变形，满脸血迹，已无法让人辨别出她到底是谁。

让人们最终确认身份的，是她脖子上挂着有她的名字和照片的工作牌。

她，就是周倩。

这是武警四川省总队阿坝州支队第十三中队参与救援后，挖掘出来的第一名遇难者。

周倩也成了九寨沟地震新闻报道中第一个罹难者。

周倩生于1997年，是重庆旅游职业学院的大二学生，重庆市渝北区人。她这次去九寨沟，是她就读的重庆旅游职业学院安排的实习任务。

与她一起前往九寨沟的，还有同校的20多名同学和带队老师。

在《九寨千古情》的演出现场，周倩负责维持《九寨千古情》演艺中心1号景区观众的进场秩序，以及剧场台上、台下的衔接工作。

带队老师对周倩印象深刻。因为周倩在暑期实践中表现非常好，是一名非常敬业的好学生，对待事情认真负责。

地震，不仅让《九寨千古情》剧场和扎西宾馆变成了灾情现场，位于漳扎镇的酒店宾馆，也无一不因之而祥和碎落。

那个猝不及防的无情的时间的出现，华丽且高大上的九寨天堂洲际大饭店，也如恶魔狂舞般任性地摇摆了起来。

九寨天堂洲际大饭店隶属于洲际酒店集团，位于九寨沟景区附近，建筑面积15万平方米，2003年开业，2007年装修，共有1020间客房，当天晚上共有1130名游客入住。

地震前，住在饭店5号楼的南京师范大学学生曹钰，进入浴室开始洗澡。与他同行的朋友躺在床上玩着手机。两人在九寨沟已游玩了两天，计划第二天一早便坐车返程。

刘海燕则准备带着母亲、妹妹和两个分别为五岁和七岁的儿子去饭店内的天浴温泉中心洗浴，以缓解旅途的劳顿。

当晚21时19分，刘海燕进入了女更衣室更衣，两个儿子则由一位戴着眼镜、20岁上下的男工作人员带去换泳裤。她快速地换着衣服，想早些到男更衣室外接孩子。

"快跑!" 21时19分46秒，7.0级地震猝然魔降。刘海燕感到房子猛烈地震动了起来，她边冲妈妈和妹妹喊，边朝男更衣室跑去。刚推开门，人潮就朝她涌来。

刘海燕焦急地喊着两个儿子的名字，却没有得到回应。

地震发生那一瞬间，在浴室内洗澡的曹钰也感到了房子剧烈震动，约两秒后，房间内的电灯熄灭了。隔了几秒，因备用电源启用，整个房间的灯又重新亮了起来。

正在床上玩手机的同伴也被剧烈的晃动吓倒了，房间内的一个灯罩震落在地，摔得粉碎。打开房门，很多住客已慌乱地跑了出来，过道中弥漫着浓厚的粉尘。

两人在慌乱中穿好衣服，拿上重要物品迅速跑到了楼下。大约5分钟后，酒店工作人员带领5号楼的客人来到了相对安全的停车场里。

刘海燕来到被毁容的大厅，担心两个儿子的她焦虑至极。好在不一会，她便看见了正由两个保安看护着的大儿子。保安还脱下了自己的衣服，套在光着膀子的大儿子身上。

她连忙跑过去抱住大儿子，泪眼婆娑地问："你弟弟呢?"

"妈妈，弟弟也被刚才那个戴眼镜的哥哥抱出来了，很安全的。"

这时工作人员告诉刘海燕，多亏了先前带她两个儿子去换衣服的那位"眼镜"服务生，是他救了这两个孩子。

这位戴眼镜的服务生叫王源，系西藏民族大学旅游管理专业大三学生。2017年7月15日，他和同学分配到此实习。

其实，被王源安全带出的孩子一共有四个。

刘海燕的两个儿子正要换裤子的时候，地震发生了。天花板上的水晶大吊灯"啪"的一声砸在了地上，大家吓了一跳，并很快反应过来，开始往外跑。

当时，更衣室里一共有四个孩子，两个孩子是刘海燕的儿子，另外两个孩子是酒店工作人员的孩子，看起来有七八岁的样子。

王源赶忙把刘海燕的两个孩子往椅子下塞，之后又把另外两个七八岁的小男孩拉到自己身下，用身子护住他们。王源觉得，在地震时最安全的方式就是躲在墙角的座椅下边，并找到水来维持生命等待救援。

但几秒钟后，房子没有塌，晃动也暂停了下来。他迅速地抱起刘海燕的两个孩子，并让另外两个男孩拉着他的衣角朝大厅跑去。

刘海燕的两个儿子加起来有 90 多斤，身体单薄的王源抱着两个孩子跑出 10 多米，便跑不动了。这时，一位和他们一起跑出浴室的大爷接过了刘海燕的小儿子。

来到相对安全的地方，王源将孩子交给了酒店工作人员后，又马上跑回天浴温泉寻找在里面工作的三个同学。找寻未果时，如果不是被其他工作人员拦下，他还会再次进入酒店内寻找同学。

幸运的是，后来，他在停车场里看到了已经平安逃出酒店的同学。

约在半个小时之后，刘海燕又在一位女性工作人员处找到了自己的小儿子。

地震发生的那一刻，同样住在九寨天堂洲际大饭店的鲁强，看见自己所住房间的窗户、门框如同筛糠般颤抖着，"吱吱嘎嘎"地呻吟；房间里的吊灯着魔般摇晃，像抽风的生命停不下来；立于地上的台灯则像醉汉左右摇晃了几下，然后"吧嗒"一声倒在地上；桌上的水果，也像被施了魔法般，骨碌碌地在桌上滚过来，滚过去，然后一下子滚到了地上；桌上的水杯，则"剥剥剥"地跳了一阵踢踏舞后，突然翻倒在桌子上，继而又落到了地上……

听到崔宁大喊快救女儿时，有些傻眼的鲁强才猛然回过神来，连忙与妻子冲进卫生间，将鲁虹汐拉出来，给她胡乱罩上一件他的大背心后便向门外跑。

跟鲁强一家三口一样，不少房间里都传出了大人的呼喊声、孩子的哭声、乒乒乓乓开门的声音，人们都衣衫不整，甚至衣不蔽体地从房间里疯狂冲了出来。

此时的酒店走廊，已经没有了先前的整洁华丽，而是烟尘弥漫，原来空旷的楼道上，散落着地震时掉落的先前挂在墙上的装饰物，不少墙皮也出现了脱落。

走廊上的场景更是慌张忙乱，有住客冲出客房后跌跌撞撞地往东跑一阵子，然后又折转回来跌跌撞撞往西跑一阵子；有年轻男人抱着自己那已经吓成一团的女人，一边不停地安慰着对方，一边自己也在瑟瑟发抖；有人条件反射般地跑到电梯间拼命按电梯的按钮，但电梯无电他却没有反应过来；还有人双手抱头蹲下去不知想到了什么，马上又站了起来；而更多的人则是惊恐得表情抽搐地站在走廊里，显得茫然而不知所措……

虽然鲁强一家三口也是慌慌张张地从房间里逃出来的，但是他们却并未表现出六神无主的样子，而是直奔消防通道。

鲁强与崔宁都是注意细节的人。他们每次住酒店时都会提前观察消防通道所在位置，并熟记逃生路线，以防火灾等发生时晕头转向。

他们所住房间离左侧消防通道更近，因而，鲁强从房间里逃出来后，推开左侧消防通道的门大致看了一眼，发现有楼下住客正从此通道撤离，便折转身来对同楼其他住客大喊："大家不要怕，更不要乱，快跟我跑，不要坐电梯！我们从左侧消防通道撤离。"

鲁虹汐虽只是个初中生，却十分冷静，看到众多住客慌张无措的样子，便小声地对鲁强说："爸爸，告诉他们不要慌！地震专家说过，大地震后15分钟内，余震几乎是不会发生的。"

鲁强觉得女儿说得很对，但当时气氛紧张，他顾不上表扬女儿。

这时候的消防通道也并非一条坦途，更似一个水帘洞。因为不仅震落了不少墙体水泥块，而且通道上方的喷淋系统在地震中也已经损坏，大量的消防水从天而降，让楼道变得湿滑，很容易令人跌倒。因而鲁强在引导着人们朝着消防通道逃生的同时，也大声地提醒着大家注意脚下安全，千万不要摔倒，因为有人摔倒就可能引发踩踏事件，影响大家顺利撤离。

所有人都快速且小心翼翼地从水中穿过，迅速跑到了酒店外面。幸运的是，他们这一批人做到了零受伤。

后来得知，他们当时选择左侧消防通道撤离是极其正确的，因为右侧的消防通道三楼以下部分已经在地震中与楼体剥离损毁。

随着跑出客房的游客越来越多，拥堵在住宿部大楼大门外的人也越来越多，饭店的工作人员大声地指挥大家向饭店停车场撤离。鲁强看到，有好几名饭店员工身上、头发上都是尘土，还有的人手上带着血迹。但他们毫不顾及自己的窘态与伤情，而是全神贯注地疏导游客："大家快点离开这里，不要在这儿聚集，向下走！朝停车场走！注意脚下！在路中间走，不要离路边的树太近！"

通往停车场的路上，灰尘漫天，路边有不少倒塌的大树、路灯及装饰物，还有不少从山上掉落的石块。由于地震发生时，有的游客正在洗漱、游泳，或者已经休息，所以好多人跑出来时都只穿着泳衣、披着浴袍、光着脚丫……

鲁强默默地带着妻女，随着人流向停车场走动。刚刚的紧张仿佛掏空了体力，此刻，茫然与无助开始爬上了他的心头：虽然平安地从宾馆房间里逃了出来，可是接下来怎么办？该如何安全撤离？怎么保证安全？

途中，他们碰到了一个身穿泳衣、头发湿漉漉、身上只披了一条浴巾、光着脚丫的年轻女子。这个女子边走边焦急地自言自语："也不知道他们怎么样了？该怎么找到他们啊？"

说过这句话之后，她看到鲁强一家三口在打量她，便热心地叮嘱道："把嘴捂上，灰尘太呛，容易咳嗽！"

崔宁看她经验丰富，而且带有四川口音，就和她聊了几句，得知她是一个导游，带了20多人的小团到九寨沟旅游，地震发生时她正在游泳，其他团员因分散在饭店各处，她不知道地震后各位团员的安危，因而非常着急。

"我虽然也害怕地震，但是我更害怕我所带的旅游团的团员们在地震发生时出现慌乱。"这位导游对崔宁说，她曾经历过汶川大地震，所以面对又一次地震，她并不慌乱，"越慌乱越容易出事。"

21：30左右，大部分游客都聚集到了停车场上，人群乱哄哄一片，有呼唤亲朋者，有受惊吓无助哭泣者，有互相安慰者……虽然有些游客受伤了，但是受伤的游客并不多，而且都是些轻微刮擦伤，身体并无大碍。

这段时间，几乎每个人都曾拿出手机试图与外界联络，悲催的是，移动、联通及电信三大移动网络运营商，居然只有中国电信的手机有微弱信号，勉强能够打个电话、发个短信。

鲁强庆幸自己在地震发生那一刻慌而不乱。他和妻子在逃出饭店时，都把中国电信的手机安全地带了出来，并向远方的亲人报了平安。

见他俩的手机能打通电话，不少人在羡慕的同时，纷纷前来示好，希望借之一用，也给家人报声平安。

于是，鲁强又帮助其他游客编短信，打电话，报平安。

地震令人惊魂未定，幸运的是有惊无险，生命无虞。鲁强觉得同处危难，能助人为乐，不失为一件快事。

不过，有时候帮人也可能引发误会，带来烦恼。这期间，崔宁在用鲁强的手机帮一对年轻夫妇编了一条报平安的短信并署上了女方的姓名，发给他们指定的电话号码后，没过几分钟便接到了一个电话，质疑崔宁刚刚发出的信息的真伪，并要求先前那对年轻夫妇接电话，并说："我们收到类似的骗子信息太多了，我们凭什么相信你短信里的内容？"

听了这话，崔宁很无奈："我真的是助人为乐，你没必要怀疑我是骗子。再说了，我所发的短信里没说任何钱物的事儿，你说我能骗你们什么呢……"

崔宁结束通话后，鲁强拍了拍她的肩膀说："别计较这种得失，自己觉得心安就行了！"

"是呀，我计较这种得失有什么用呢？我现在最关心的是我们下一步该怎么办？今晚怎么过？谁能来救我们？有没有人来救我们？"

崔宁苦笑着说。

妻子的话让鲁强不知该怎样回答才好，因为他也很茫然。

"吉人自有天相，就这样等着吧。"崔宁叹了一口气，像是自言自语。

然后又叫鲁强去给女儿找个东西坐一下，"不能一直站着啊。大人没事儿，孩子受不了!"

"好的，我去找找看!"

鲁强站起身来，四处打望。

他看到停车场后侧有一排平房，好多人从里面取出汽车轮胎、破旧棉被、椅子什么的，他猜那儿应该是酒店堆放废弃物品的地方，便也往那儿走，企盼能找个物件给孩子当凳子坐。

见状，在原地搂着孩子的崔宁冲鲁强喊道："千万别让他们因为点儿东西抢起来啊，你躲着点儿，注意安全!"

后来鲁强找出一个汽车轮胎、一个破的塑料大盆和一条白色的床单，用床单给鲁虹汐围上取暖，让她坐在大盆里，崔宁坐在轮胎上，搂着女儿，以免女儿冻着。

夜色渐深，穿着一条泳裤，披着一件浴袍，站在地上望着两边的大山，鲁强心里感慨万千：这就是患难与共啊!但他也十分着急：咋办呢?没吃没穿没安全感，未来在哪里啊?

同样地震考验，患难与共的还有另一对恩爱夫妻。

意识到地震发生那一刻，李雅本能地往桌子下面钻。

看到身旁墙壁即将垮塌下来，况永波没有远离灾祸迅速跑开，而是一下子扑到妻子身上，将妻子护在身下，紧紧地搂着妻子。

很快，房屋不摇了，大地也停止了颤抖，但墙壁依然在垮塌。回过神来的况永波抱着妻子，从碎石瓦砾中站了起来，然后手拉着妻子的手朝餐厅外面跑去。

此时，原本漂亮的饭店大堂的玻璃穹顶，已经碎落了一地，气派豪华的建筑变得一片狼藉。只穿着一只鞋，另一只鞋不知所终。况永波的光脚刚一踏上玻璃碎渣，便感到钻心地痛。

看到丈夫的脚上瞬间流出了血，李雅着急得哭了："老公，咋办呀?我背你吧!"

李雅身形并不高大，怎么背得动个子高大的况永波呀?

"宝贝，你哪背得动我呀，你快自己跑出去，这里很危险！我随后就出去！"

"不，老公，我要跟你在一起！"

"别说傻话了，你快逃呀！要不我赤脚跑出去！"

正在况永波准备赤脚跑的时候，一只手拉住了他，一个声音传了过来："兄弟，让我来背你！"

只见一个穿着厨师衣服的男子走了过来，背起况永波就朝大厅外面跑。

这个人是餐厅的厨师长松中书。

就这样，一个小个子男人背着一个大个子男人，拼命地朝九寨天堂洲际大饭店的大堂外面冲去，凌厉的玻璃碎屑在这个小个子男人的脚下发出"吱吱嘎嘎"的声音。

奔跑中，李雅发现况永波后脑勺一片血迹，耳朵、脖子、衣服的领口全是血，她的泪压过了恐惧，瞬间心疼得落了下来。

一阵狂奔跑出饭店大堂之后，看到妻子满脸是泪在哭泣，况永波心疼地问："宝贝，你没事吧？有没有事？"

"亲爱的，我没事，可是你有事啊！你的头都被石头砸破了！"

李雅说着小心翼翼地查看起老公的后脑勺来，"让我看看你伤到哪儿了。"

况永波开玩笑地说："我受伤了吗？没有！那是餐盘里的汤汁！"

"天呀！你的头被石头砸出了一道10厘米长的口子，正鲜血直流呀！"

听妻子这么一说，况永波摸了一把后脑勺，发现湿漉漉的全是血，才感觉到有些痛。不过，他依然很镇定："宝贝，没事的，我都能带着你跑出来，能有啥事呢？再说了，我受点伤，流点血没什么的，只要你没事！"

丈夫的话让李雅大哭起来，她一把抱住况永波："你傻呀！我知道你爱我，但我永远不愿意用这种方式知道！我宁愿不知道你这么爱我，也不愿意我们遇险，也不愿意你受伤！"

"哎呀，兄弟你真的受伤了啊！"

这时松中书也发现况永波的头上不仅有饭菜的汤汁，而且也真的受伤了，血正往下流着。

于是，他解下自己身上的围裙，帮况永波按住伤口止血。

这位善良的厨师，用围裙给况永波绑住脑袋上的伤口后，又迅速折返饭店大堂，去搜救别的游客去了。临行前，他对况永波夫妻说："你们快跟大伙儿一起到停车场去，那儿安全!"

"好的，大哥，谢谢您!"

4. 在爱中感动

岂止在《九寨千古情》大剧院，岂止在九寨天堂洲际大饭店……

地震发生时，九寨沟沟口的喜来登国际大酒店也蔓延着一样的恐惧，演绎着令人铭记终生的故事。

九寨沟喜来登国际大酒店位于漳扎镇火地坝，距离九寨沟风景区沟口1.5公里，距离此次九寨沟地震震中不到20公里。

同样是奔着童话世界般的美丽景色而来，2017年8月7日一早，四川达州的李伟与其父亲从成都出发，坐大巴车一路奔波，于当天下午到达了九寨沟沟口漳扎镇。吃过晚饭，洗过澡之后，躺在床上的李伟想到第二天就要去九寨沟风景区游玩，心情大好。

8月8日当天，他与父亲一起游览了神奇的九寨。虽然一路上走得很累，但父子俩的兴致却很高，因而8月8日下午，他又带着父亲去观赏了当天晚上第二场的实景舞台剧《九寨千古情》，感受了台上表演汶川地震那一段5D效果，见演员们在晃动的地面上几乎站不住，既震撼，又兴奋。

2008年汶川地震发生时，身在达州的李伟的父亲并没有感觉到有多强的震感，这次在千古情剧场观赏了实景演绎，对地震的感受便强了许多。

李伟父子住在喜来登国际大酒店6楼，地震发生时父子俩正躺在床上看电视。

晚上9时19分，伴随着床的剧烈晃动，李伟连忙翻身下床，并对另一张床上的父亲大声叫道："爸，快下床，躲到床下去。"

楼房如船，在水一样的夜色中飘摇。床也摇得厉害，李伟感到一阵阵晕眩。

下床后，他想找一处比较安全的地方躲避，但没有找到，便趴在地上，想钻进床下去，才发现床下没有空隙。地板更像他小时候躺过的摇篮一样被摇来摇去……他感觉这次地震比 2008 年 5 月 12 日的汶川地震更可怕。

房屋摇动，门窗、柜子、桌子吱吱嘎嘎地响着，或远或近的地方还发出"轰""啪"的声音……李伟非常害怕，心想自己今天一定完了。

在黑暗的房间里，他的心情比房间还阴晦。那一刻他想得最多的便是自己会不会就此死去，如果死了，世间还有那么多美好的事没有经历过呀……恐惧和留恋，让他觉得先前的日子是那么美好，嘴里也由此发出一声声哀号。

不过，希望总是出现在绝望的时候。也不知过了多久，酒店的灯一下子亮了起来，摇晃的房屋也停止了摇摆，只是间或抖动一下。

李伟迅速站起来，顾不得锁门，拉上父亲就冲向楼梯间，想着先跑了再说。

虽然地震已经停止，但楼梯上却全是恐慌奔走的人，惊叫声、哭声、呼喊声、安慰声此起彼伏。见此情景，李伟反倒冷静了许多：地震容易使房屋倒塌致人死亡，拥挤的人群也容易出现踩踏致人死亡，因而他努力礼让一些因为恐惧而失去理智横冲直撞慌不择路的人，他紧紧拉着父亲，护着父亲，怕父亲跌倒，被人踩踏，同时也尽量避免踩到别人。

不过区区几层楼梯，逃生却如漫漫长路。李伟知道，是自己心中的害怕让路变得漫长，也是上了年纪的父亲行动迟缓的步伐让路变得漫长。

父亲心里有没有恐惧感，李伟无从知道，但父亲却一直对他说："儿子，你不要管我，你自己快点跑吧！"

"爸爸，我跑啥跑呀？刚才主震都发生了，余震不会那么吓人了！我要跟你在一起的！"

他当然可以健步如飞地向楼下冲去，冲到户外，冲到安全的地方。但他哪能丢下生养了自己，一直疼他爱他的父亲呀？

是的，主震房屋都没塌，怕什么余震呢？从小到大，风风雨雨的成长岁月里，父亲一直是自己的保护神。此刻，地震来袭，父亲风烛残年，自己也应该成为父亲的保护神。

父子俩就这样相扶相依，一步步稳健地走在从危险到安全、充满希望的人生之路上。那个过程，李伟固然心里始终害怕，且担心着房屋在余震中坍塌，但他却反而有了些许轻松和感动：一个人能在最危难的时候与自己最亲的人、最敬重的人同舟共济，共渡难关，世界上还有比这更有意义的事吗？

一路前行，父子俩都在爱中感动，也在爱中坚强。

就这样，他们冲到了酒店大厅，看到各个通道会合于此的人们跑出大厅如风驰电掣。而没有跑的只有酒店员工，他们站在大厅一角，就像置身事外看灾难大片的观众一般无所畏惧，而且大声地对惊慌的客人喊道："大厅里不安全！请大家赶快撤离到酒店外面的生肖广场去，那儿空旷。"

尘烟弥漫，密密麻麻的人群几乎挡住了视线。李伟小心地扶着父亲，但这时，有一个男人却毫不留情地扒开他们向前扑去，差点将他们父子掀倒。李伟本想发火，但最终忍了，这个时候哪是吵架的时候呀？自己与父亲没有摔倒在地就是万幸。

到了生肖广场，李伟看到原本开阔的地方已经不再开阔，而是人山人海。因为远离附近的山体，即使山体轻微垮塌也砸不到这里来，因而这里涌进了几千人，有游客，也有附近的居民。

数千人聚集于生肖广场之上，恐惧是其共有的心理。人丛中有很多未经磨难的小孩，不谙世事的婴儿，以及神经脆弱的女人，有惊无险死里逃生的经历，让他们哭得很揪心；广场上还有历经劫难后深情地拥抱在一起的年轻男女；有生怕失去而紧紧抱着孩子的母亲；有摇动着旗帜声嘶力竭地呼唤团员的导游；有焦急地呼叫着亲友名字的游客。

那段时间，更多的人都在试图打电话，向远方牵挂自己的亲人或朋友报平安。可遗憾的是，现场既没有网络，也没有信号。

广场上的人们的穿着更是五花八门，有的人穿着白天的衣服，有的人穿着浴衣，有的人上身赤裸下身穿着长裤，有的人穿着睡衣，有的人披着浴巾，有的人打着赤脚，有的人头发上还有洗发液的泡泡，有的人甚至只穿着一条短裤……

九寨沟早晚温差很大，此时的地面温度只有15℃，于是，当令人战栗的恐惧稍稍减轻的时候，另一种战栗又来了，那便是寒冷带来的。

李伟看到，自己身边有一个小孩冻得嘴唇青紫，他真想将自己身上的衣服脱给这个不认识的可怜孩子穿，可是自己身上也只有一件衣服呀！

就在李伟犹豫着是否要将自己的衣服脱给这个素不相识的孩子的时候，他看到有一个酒店员工跑了过来，拿了一件浴袍给孩子裹在身上。

其实，这只是酒店对客人温暖行动的开始。

喜来登国际大酒店从经理到员工不顾个人安危给客人送"温暖"的行动，感动了很多人。李伟只是其中被感动者之一。

这已经是九寨沟司法局纪检科科长李春蓉的第三次地震经历了。按理说她应该"见惯不惊"。其实不然。因为第一次地震便给她吓出了后遗症。

2008年5月12日，汶川特大地震发生时，一个人在家的李春蓉正在包饺子，满手是面粉。

突然地底下传来沉重的嗡嗡声，像极了重车爬坡时的喘息；门窗巨响，房子摇来摇去，她想站也站不稳；窗外视线中的大楼一下子合拢，又一下子分开；家中柜子上的东西"噼噼啪啪"地往地板上掉，玻璃器皿摔得粉碎……

她既害怕，更绝望，以为自己死定了。

当然，她没有死。此后，她便对地震有一种特别的恐惧，听不得载重汽车沉重的马达声，看不得谁坐着时抖脚……这些，都会令她吓出一身冷汗来。

龚世如知道她的这个后遗症，因而当地震又一次发生时，怕她太紧张，便把她紧紧抱住，还不停地安慰她。但李春蓉还是吓得身体不停地颤抖。

在阳台上站了一会后，李春蓉对龚世如说："停了，停了，儿子，我们快下楼去吧。"

龚世如却冷静地说:"楼梯是最薄弱的地方,再等一下。"

不知道又过了好久,她又说:"我们下楼吧!"

龚世如还是不同意。她一下子就生气了:"怎么这么不听话?妈妈的生活经验比你丰富,现在是地震的空档,等一下余震就要来了,快下楼。"

龚世如可能被她的吼声吓住了,连忙说:"好,好,下楼。"

正在这时,龚学文的电话打来了。接通电话还没听到对方讲什么,她便冲着电话喊起来:"我要下楼。"

龚学文连忙说:"好,好,下楼,那快点。"

她顺手拿上一件挂在门后的长睡袍,就冲下了五楼。

徐红光夫妇也是 2017 年 8 月 8 日晚九寨沟喜来登国际大酒店的住客。

孩子去夏令营,他们决定找个地方旅游一下,享受享受二人世界,并选择了九寨沟。

8 月 8 日晚上 9 点 19 分地震时,他们刚进九寨沟喜来登国际大酒店房间不久。

"地震了!"房子强烈摇晃的时候,他们立刻蹲到床和卫生间之间的空隙里,手捂着头。万般恐慌的他们当时心中只有一个强烈的念头:"房子千万别塌!"因为他们所住的房间在二楼,如果房子垮塌的话,上面三层楼会把他们压成肉饼。

房子摇晃了一阵之后,停了下来。但电断了,一片漆黑。他们打开手机手电筒,快速地收拾了一些必需物品后,便拼命地冲出了房间,一路不停地冲到了生肖广场之上。

5. 战栗的惧与寒

在李小石眼中，这本来是一个多么祥和美好的夜晚啊！

九寨沟风景区一年一度旅游旺季到来，游客如织，客房满住，客人们兴高采烈，李小石心情也轻松怡然。

李小石是四川九寨沟喜来登国际大酒店的销售总监，酒店客人入住率的高低，是爱岗敬业的他心情的晴雨表。

他何曾想过脚下熟悉的大地会在突然之间变得陌生疯魔。

2017年8月8日晚地震发生时，正与女儿安吉在酒店地下室打乒乓的李小石，猛然感觉地面向上弹起了一下，旋即又落了下去，他觉得好奇怪。

就在他还没猜度出所以然时，地面便开始了连续抖动，天花板也在抖动，装饰天花板的石膏板抖动的声音非常大，像无数人在用锤子击打。

这下，经历过"5·12"汶川特大地震的李小石猜到一定是发生地震了，而且震级不低。于是连忙跑向安吉，拉着安吉的手准备往乒乓球桌下躲。但刚满12岁、之前没有零距离经历过地震的安吉却很惊慌，一甩手挣脱了他，掉头就向运动室门外跑。

无奈，李小石也马上改变了主意，站了起来，紧跟着女儿的脚步朝门外跑。

就在父女俩以百米冲刺的速度逃生的过程中，屋顶用于装饰的石膏板已经"啪啪啪"地开始向下掉，那阵仗，真如大厦将倾般恐怖。不幸的是，有一块石膏板掉下来后，正巧砸在了李小石的头上。但他没有停留，与女儿继续奔跑，在不到一分钟的时间之内便冲了出去，站在了酒店大堂外面的雨棚下面。

跑出酒店，安吉大口大口地喘着粗气，面红耳赤，浑身发抖，并吓得哭了起来："爸爸，这是怎么了？是不是房子要塌了啊？"

李小石蹲下身来抱着女儿，安慰说："宝贝，刚才发生地震了，不要害怕，我们已经跑到外面了，现在很安全了！"

想到妻子还在房间里，李小石又准备冲进酒店去找妻子，便对安吉说："你现在所处的位置很安全，你站在这里千万不要乱走，我去找你的妈妈。"

满脸都是惊恐和眼泪的安吉无助地点点头。她虽被突然发生的地震吓坏了，但她也牵挂自己妈妈的安危。

这时，李小石看到酒店大堂外雨棚下已经聚集了很多客人，意识到身为经理的自己应该先安顿客人。可是妻子也得救呀！该如何是好？

正在他瞬息纠结之时，妻子已经从酒店里跑出来了。

看到惊慌失措的妻子，他冲过去给了她一个温暖的拥抱，"我正准备去救你呢！你就逃出来了，太好了！你照看着安吉，那我去工作了啊！"

说着，他松开妻子，朝酒店前面的一群客人冲去。身后，传来妻子理解和关心的话：

"小石，你自己也要注意安全啊！"

先前在地下室与女儿打乒乓球时，李小石已经猜到此次地震震级不低，因而他最担心的是酒店客人的生命安全问题。但愿不要有人员伤亡呀！他一边冲向客人，一边在心里想。

在这过程中，他看见酒店财务总监刘军，与之商量后，紧急启动了酒店的应急预案。

然后，他对客人大声喊道："朋友们，刚刚发生了地震，我们站在宾馆大楼前不安全，先撤离到酒店前面的生肖广场吧，生肖广场相对安全！"

他边喊边带着大家朝离酒店大厅约 50 米的生肖广场走去。

途中，他见一位中年妇女身边的孩子只穿着短袖短裤，在当时只有 15℃的气温环境下，冻得有些发抖，便连忙将自己的西装脱了下来，给这个孩子穿上，一边穿一边说："孩子，我看你太冷了，你穿上我的衣服御御寒吧，一会儿我再想办法给你提供别的保暖物品。"

在九寨沟县城，拼命地跑下住宅楼之后，李春蓉看见空阔处已经聚集了很多人，叽叽喳喳地倾吐着地震一刻各自的经历，有的人裹着一身浴袍，头发还在滴水……

李春蓉依然沉浸在恐惧之中，她不想与人分享自己在地震那一刻所受的惊吓，不想重复地震对自己心灵的再一次冲击。

"妈妈，要不你到车上去休息一下，缓解一下紧张的气氛。"懂事的龚世如说。

她家的车停在楼下不远处一个相对安全的地方。

李春蓉随即上了车。

不一会，龚学文也回来了。见他们母子平安，安慰了李春蓉几句后说，他想去看看其他亲人是否安全。

之后，龚学文开着车，带着他们母子去了李春蓉的妹妹、龚世如的小姨家，但没见着人，李春蓉心里着急，但转念一想，估计妹妹也是地震后跑下楼躲哪儿去了。

又去龚世如的姑姑龚虹家。龚世如的姑父、九寨沟县公安局沟口分局局长海滢不在家，一人带着两个孩子的龚虹，母子平安。

在去看龚世如的爷爷奶奶的路上，遇到堵车，分管道路交通工作的龚学文便急急地对李春蓉说："接下来的亲人，你们母子去看望吧，我得去忙工作上的事了，发生这么大的地震，不能让道路交通受阻啊！"

"你去吧！要注意安全哦！"

李春蓉理解丈夫的工作，这时，原本被地震吓得颤抖的她反而振作起来。她知道，保障道路畅通，是抗震救灾工作重中之重的大事，自己哪能拖后腿呢？

看到丈夫下车后朝着工作单位的方向以冲刺的速度迅速消失的背影，她突然涌出了泪水。

龚世如见状，安慰她说："妈，别难受，爸爸没事的！"

李春蓉嗫嚅地说:"我知道……"

知道啥呢?地震这么厉害,谁能保证余震中一定会安全?

她不敢想这么多,也不能想这么多。再说,想这么多又有啥用呢?

她擦了一把泪,带着儿子去看了公公、婆婆、母亲、大嫂,以及大嫂的父母等亲人。

公公、婆婆平安,不过在地震发生时从屋里往外逃出的过程中,公公摔了一跤。

李春蓉很心疼,也很担心,毕竟是老人,摔不起的。好在摔得不重,只是膝盖处有点破皮,似无大碍。

告别公公婆婆,她又去看望自己的母亲。

那几天父亲去成都检查身体去了,母亲一人在农村老家,令人牵挂。而且老家房子后面是大山,比城里还危险。

一路躲避路上横七竖八的石头和惊恐不安的人群,艰难地前行,终于到了娘家。

远远地,她望见母亲孤零零地站在老家的院子里,眼里满是无奈。母亲是个刚强的人,在坎坷起伏的命运面前,从来不服软。

看到女儿和外孙来了,李春蓉的母亲很高兴。

其实,虽然发生了这么大的地震,但是老母亲却一点都不慌张。

李春蓉听母亲说,地震发生后,母亲并没有急速逃出屋去,而是从容且快速地收拾着东西:手电、充电器、钥匙、纸……

在地震中走出摇摆不定的房间后,又想起,该拿点钱,好给孩子们买东西吃,就又进了一趟屋子。

拿钱后跑出屋外,看到地震后的人们很惊慌,晚上有可能在帐篷里睡,害怕孩子们冻着,母亲再次进屋去收拾了被子、毯子等,往屋外搬……

母亲若无其事地讲述自己面对万恶的地震的这些经历,李春蓉觉得既担心也好笑。

这就是母亲,在灾难面前,永远想的是自己的孩子们。

见母亲平安后，李春蓉放心了。

在最需要人陪伴的时候，母亲并没有希望他们能够多陪陪自己，而是对李春蓉说："你是公务员，别总是牵挂着自己的亲人，还应该关心那些远道而来的游客啊！他们远离家人和故乡，最需要关心了！"

李春蓉觉得母亲说得很对，也很感动。

母亲，这个九寨沟县普普通通的家庭妇女，面对地震不惊不慌，还有如此大气的胸怀，真的太值得自己学习了。

这时，妹妹和侄儿在微信里不停地呼她，她赶紧答应。先前没有找到妹妹一家，她的心一直悬着，现在看来，妹妹一家是平安的了。

夫家大哥龚学敏在成都上班，大嫂刘义芳在位于马尔康的阿坝州人民医院上班，接下来，大嫂的父母，她也得帮忙安置。

没多久，妹妹的儿子李枝峰找来了。这个年龄 14 岁、个子一米八的小男子汉，见到李春蓉那一刻一下子哭了："大姨，我到你家里去找你了，怎么也喊不答应，我找不到你，吓坏了。"

孩子见到她时，欣喜和后怕汇聚成了滔滔而下的眼泪。

原来自己在孩子心中如此重要，李春蓉很感动。就在前一天，她还认为李枝峰不懂事，还批评他老是打游戏。

不一会儿，李春蓉的弟弟李桂斌的儿子李枝桥的微信也来了，这个平日言语不多的孩子，自己身在地震最厉害的漳扎镇，却还关心着她："大姑，你好不好？"

"我很好！你们好不？"

"我们也很好！那大姑你一定要注意安全啊！"

微信的字数不多，但带给李春蓉的依然是感动：这可恶的地震，没吓着孩子们，却让孩子们一下子成熟了，知道关心别人了。

这真有点令人啼笑皆非。

虽然电话打不通，但是李春蓉也通过微信群得知，她所在单位九寨沟县司法局的全局职工、乡镇司法所的职工也都平安，没有人员伤亡。

这让她原本烦躁的心绪宁静了许多。

一路狂奔，从《九寨千古情》剧场跑出来，龚武清将魏庆凤及女儿龚喜送回到扎西宾馆停车场后，转身就要前往漳扎镇的医院，为地震中受伤的人员服务。

看到他就要离开，龚喜却突然哭了起来，伤心地对他说，"爸爸，你能不能不去医院啊？"

龚武清抚摸着女儿的头说："爸爸是医生，这时候别人需要我们，爸爸不能不去啊！"

见状，魏庆凤连忙安慰女儿："宝贝，有妈妈在，你不要怕！爸爸去帮忙，很快就会回来的，我们现在也是安全的。"

龚喜依然哭泣："我怕爸爸有危险。"

"爸爸会保护好自己的……再说，如果爸爸不去医院救治伤病员，那么伤病员不就有危险了吗？爸爸是医生，不能见死不救啊！"

龚喜泪眼婆娑地望着龚武清："爸爸，那你要答应我早点回来啊！"

龚武清蹲下身子，用手给女儿擦了擦眼泪，"我会早些回来的。爸爸回来得越早，说明此次地震的伤员越少，爸爸越高兴！"

多孝顺的孩子呀！

或许是太累了，或许是受了惊吓，在龚武清走后，脸上挂着泪花的龚喜，在魏庆凤的安慰下，渐渐进入了梦乡。

孩子就是孩子，什么伤痛，都会在她的睡眠中逐渐淡去。

因为经历过"5·12"汶川特大地震，对于此次九寨沟地震，魏庆凤也有了一些应对经验，她把车停在空旷处，决定在车上度过这令人惶恐不安的一夜。

远处山体仍然在不时的余震中垮塌，街上游客的议论声、女人小孩的哭声、导游对自己旅游团员的呼喊声，夹杂着呼啸来去的警车声、消防车声，让这个夜晚充满惊惧且异常嘈杂，魏庆凤一点睡意也没有。

她拿出手机想打电话，才发现根本没有信号。

由于手机还剩最后一格电，她不敢总是拨打电话。

后来无意间发现，附近一辆大巴车有 WiFi，能免费上网，便连忙通过微信向家人报了平安。

地震发生后，在喜来登国际大酒店生肖广场上的人越来越多，在不长的时间内，广场中央的应急电源也打开了。人们看到一个人正用话筒和广场上的住客交流、沟通，人们觉得这个人所说的话真诚实在，令人安心。

说话者便是四川九寨沟喜来登国际大酒店的销售总监李小石。

喜来登酒店管理公司有一套应急预案，每个季度都会演练一次。李小石经过与财务总监刘军商量，并启动应急预案后，工程部、客房部、安全部、餐饮部等相关部门的经理及员工，都依预案中规定的职责各司其职，按照既定的程序分别在楼道、大门等处值守、指挥，协助客人疏散及安全撤离，使其朝酒店的应急避险中心生肖广场转移。

当天晚上，有 877 位客人入住喜来登国际大酒店的 443 间客房。在客人撤离完了之后，酒店客房部与安全部的相关经理及工作人员，又根据事先分定的楼层，挨个房间搜寻，以防有客人未能及时逃生，在余震中造成次生灾害。

事实上，在疏散人员的过程中，安全部与客房部的工作人员便开始"逆流而上"，逐步排查房间，确保房内无滞留人员。

酒店安全部的倪童和李旭帆就是其中最好的代表。

得知 2 幢 4 楼有一位醉酒客人的信息后，来不及了解更多详情的他们便冒着余震的危险冲上 4 楼，投入地进行地毯式搜索。经过分析排查，终于锁定客人所在的房间是 2427。打开房门，果然发现一位醉酒熟睡的客人。在百般呼叫也没能叫醒这位客人的情况下，他们迅速做出反应：将客人御寒衣物披好，然后将之搀扶着转移到生肖广场，并通过紧急广播找到了同行的伙伴。

地震发生后，酒店工程部也按照应急预案流程，对地震中被挤压或者拉断了的水管进行阀门检查及近路关闭；对短路的电线进行排查、关闸，以及关闭中央空调的运行……

这一切安排，只花了几分钟，此时已是8月8日晚9时20多分了。

地震发生后，供电约莫停了两分钟，酒店的应急发电机随之自动启动，应急电源打开。又过了一些时间，生肖广场上的应急电源也打开了，明亮的电灯光重新辉耀，广场被照得如同白昼，客人紧张的情绪相对来说稳定了不少。

没过多久，安全部工作人员给李小石送来一个手持式扩音喇叭，他连忙对人头攒动、惊恐不安的人们喊开了话，安慰大家不要慌张，说喜来登酒店曾扛住了"5·12"汶川特大地震，所以是安全的。

见自己的话对稳定人们恐慌的情绪起到了一定作用后，李小石又说，地震后一定会有余震，怕山上落石，大家一定要待在广场上，不要乱走。

接着，李小石开始询问客人中有没有谁受伤，并让员工进行登记。

受伤的人大多是外伤，多系逃生时被坠落的瓷砖砸伤的；或者因为跑得太急而跌跤摔伤的；或者跑得太急不小心撞上墙的……还有因受地震的惊吓而引发心脏病、高血压者。

李小石又通过喇叭询问人群中是否有医生护士，如有请为伤病员清理一下伤口。

他话音刚落，便马上有好几人回答说："我是医生！"

李小石又问："客人中谁有速效救心丸？有位老人心脏病犯了。"

同样，他话音刚落，便立刻有两三个人送来自己随身携带备用的速效救心丸。

看到这些痛苦呻吟的伤员，不少人庆幸自己在地震发生时没有像那些人那样不顾一切地冲下楼，否则受伤的人员中完全可能有自己。

因而面对危难，冷静也是制胜法宝。

如果地震的级别足够高，或者房屋结构不够好，所在的楼层低，拼命朝屋外跑是明智的。如果所在楼层高，最科学的做法是地震开始的时候，应首先选择一个相对安全的地方保护自己，以避免被伤害。如果要逃离，则必须等到第一次地震停止后才合适。否则，就算你拼命逃离也不会那么幸运，受伤或遇难的可能性会很大。

　　安顿好伤员，喜来登酒店的员工们开始帮助住客寻找各自的同伴，因为此时，酒店住客基本上已经全都集中到广场了。这时，酒店门口也拉起警戒线，防止客人擅自进屋取东西，在余震中造成次生灾害。

6. 凉夜里的和暖

徐红光夫妻坐在喜来登国际大酒店生肖广场的地上，不停地感到明显的余震。他庆幸地震之前去一家万州烤鱼店大快朵颐，耽误了一些回房间的时间。如果早回房里，地震时可能就在洗澡了，那就非常惨了……

有人提醒，让他们与前面靠近公路的山保持距离，而与后面的山近些。因为酒店与后面的山之间有一条河沟，如果后面山体滑坡，首先河道会滞阻一些泥石的冲击。

徐红光感激这类友情提醒，但是他的心情并未因此而好起来。想到前一段时间媒体报道茂县山体滑坡把整个村子全部掩埋的事情，他便很害怕。因为漳扎镇所有的酒店都在狭长的峡谷里，两面的山又陡又高，所以落石、山体坍塌、堰塞湖、泥石流等灾难都可能发生，而且一旦发生，都是毁灭性的。

人们撤离到生肖广场后，发现自己的手机信号时有时无，想给家人报声平安，也无法实现。但令大家欣慰的是，间或能收到一条与抗震救灾有关的短信，虽然字数不多，却像镇静剂一样，使人内心的恐惧减轻不少。

当然，除了接到这类信息以外，也有关于灾情的信息。被困的客人们通过官方信息得知自己离震中这么近，九寨沟景区已经关闭，地震中还有人遇难……

夜色深沉，气温下降，由于地震时跑出房间的时间仓促，客人们穿得都不多，有的人被冻得瑟瑟发抖。

徐红光看到，有几位酒店员工解下自己的工作围裙给客人取暖。

余震在继续，但厉害程度不大。相比之下，寒冷对人意志的摧折更加猛烈。于是，一些客人们便不是很配合了，想冲进房间去拿御寒物品。

群情激昂，有一种势不可挡的气势。

正在这时，一次较大的余震又发生了，在离酒店客房部不远处，传来"轰隆"一声巨响，人们循声望去，发现刚刚的余震中，山上滚下来一块有两个大方桌般的石头，将一辆汽车瞬间砸成烂铁。这个有10多吨重的石头也幸好砸在汽车上，使其能量进行了释放，不然的话，一路滚向客人群聚的生肖广场，将会出大事。

见此阵仗，先前还坚决要冲进酒店房间拿衣服、拿东西的客人，激烈的情绪才稍稍消停。

在扎西宾馆的院子里，有的游客也想返回屋内取东西，扎西宾馆的老板何明庆与保安王勇极力劝阻，不让他们进屋："大家看看，围墙都震垮了，房间里也震出了裂缝，并且一直有余震，现在进去很危险，不要在乎自己的东西，东西都是身外之物，生命才是最宝贵的啊！"

何明庆还告诉客人们说，"5·12"汶川特大地震，自己就有亲人在主震发生后返回屋内取东西，结果遭遇余震而最终遇难。

但令这些远道而来的客人感动的是，何明庆说完这番话后，自己却和王勇等员工一人拿着一把电筒，戴上头盔，冒着余震的危险到屋里去了——他们将宾馆小卖部原本用来售卖的20多箱矿泉水、方便面、饼干等搬了出来，无偿分给大家御饥寒，"万没想到会发生大地震，弄得大家只能在停车场里过夜，还望大家理解，我把这些吃的喝的东西分给需要的人吧。"

何明庆话音未落，便有客人跑过来一人抢了几瓶水。何明庆见状有些生气，呵斥道："嘿！莫要贪心哦！吃的喝的每个人都需要，命都保住了，还贪心这点东西干啥？遭遇地震，大家应该相互关照，同甘苦，共患难啊！"

看到这么好的老板都生气了，那些人才没有继续哄抢。

此刻，喜来登国际大酒店也是这样。余震不断，当然不允许客人们进入酒店房间！但见客人们衣服单薄，在寒凉的空气中冻得发抖，有的客人还光着脚丫，有的甚至只穿了一条短裤，于是部分酒店员工又自发前往危险随时可能发生的酒店里抱出浴巾、睡衣、拖鞋等分发给客人。

见此情景，李小石索性安排一些身体健康、行动敏捷的青壮年员工去一楼，以及酒店东楼地下室库房取一些刚刚洗出来，还没有送到房间使用的浴巾、浴衣、睡衣等，给儿童、老人、孕妇御寒。

但令人难受的是，当运送这些御寒物资的布草车刚从地下库房出来，还未运到广场，更未开始发放，便被一些客人给哄抢了。

而且抢东西者还是力量型的男人女人，而非冷得不行的弱者。

有的人甚至一次抢了三条浴巾裹在自己身上。

不过，更多的人被酒店员工冒着生命危险为客人着想的义举而感动。

面对近在咫尺的温暖，大多数人躲得远远的，觉得哄抢爱心物资的人真丢人，这种行为比天气本来的寒冷还让人感到寒心。

接连两车浴巾、浴袍都在从宾馆运送到生肖广场的途中便被人抢了，李小石很恼火。要知道每辆布草车能装100多件浴袍、浴巾。

他决定改变一下爱心发放的方式，让员工们在布草车前排成人墙，不让客人哄抢。然后，又在喇叭里反复强调："小孩、老人、孕妇、妇女优先领取浴巾、浴袍，其他客人请先等一等。""有小孩子的，可以将孩子抱过来登记，我们先发浴巾、浴袍。"

地震时，人们超级敏感，用"惊弓之鸟"来形容一点也不为过。往往是一个人奔跑，其他人就会莫名其妙地跟着跑，以为又有落石或坍塌。

在阻止哄抢物资方面，地震对"惊弓之鸟"的威慑也得到了有效发挥：当有些人争抢物资或者跟工作人员无理取闹，工作人员无法正常工作时，只要有看不下去的游客突然说"快跑，余震来了！"那些正在哄抢的人便会落荒而逃，秩序立即井然。

为了纪录九寨沟喜来登国际大酒店工作人员不顾危险为住客着想的这些动人情景，不少客人特地拍下了一些照片留作纪念。

其实，喜来登国际大酒店的员工除了发扬人道主义精神，除了冒着余震可能带来的生命危险救助游客外，还非常累，累得走着走着就要倒下的程度。

被酒店员工的奉献精神所感动，这时住客中有不少人站出来担任志愿者，对一些情绪低落、被吓坏了的客人进行安慰，对一些需要帮助的客人提供力所能及的帮助。

底楼库房里的浴巾发完之后，李小石又安排员工跑到酒店六楼的布草间去搬被子。

由于应急电源只提供酒店外广场的照明，酒店客房不仅漆黑一片，也没有电梯，因而员工们只能通过楼梯搬运被子，从六楼跑上跑下地搬运，然后装上布草车，再运到广场。

那天晚上，喜来登酒店差不多拿出了60多万元的棉制品供客人使用、保暖。

虽然李小石一再强调保暖物资先发给小孩、老人和孕妇，但发放被子时，他还是发现有的人很不自觉，以自己孩子已经睡觉，不方便前来领取为由，领走被子。

而实际上，这些人要不根本没有孩子，要不已经重复领走几床被子。

后来，李小石又改进了发放办法，他让客房部将当天的住客名单打印出来，根据住客名单查找哪些房间有小孩，其大人的名字叫什么，然后依此进行发放。

这一招，一下子使冒领被子的人数减少了许多。

不过，对于有的冒领者，李小石却心里明白装糊涂——喜来登酒店的物资，原则上只发给喜来登酒店的住客，但有的冒充喜来登酒店住客的人前来领物资时，李小石通过查看酒店住客的名册后明知其撒谎，却装不知道，而将物资发给了他们。他之所以这样做，是因为这些人穿得实在太少了。

在生肖广场、在喜来登国际大酒店，被灾难撕去伪装的人性风景，也是春夏秋冬：

有人看到一位外国老人领到了浴巾，就质疑酒店员工崇洋媚外，给外国人特殊照顾。于是发放物资的两位女士当场反驳说，自己发放保暖物资时，始终坚持先发给小孩、老人和孕妇的原则，难道外国老人不是老人吗？更何况这位外国老人先前还将其从房间里带出来的浴巾给了一个中国孩子！

有理有据的反驳，令无事生非的质疑者哑口无言……

在大家瑟缩地站着或坐着的时候，有这样一个一家三口舒服地睡着觉，他们身下垫一床被子，身上盖一床被子，枕着三个枕头，旁边还放着几条浴巾。

大厅里有十几套用于展示、做工精美的藏族和羌族服装，地震发生后却被一些人不由分说据为己用，用以御寒。

一个年轻女孩安静地坐在那里，手里摇着转经筒，口中念着经文，为九寨祈福，为震中的人们祈福。

一位老奶奶把优先领到的浴巾，让给了一个没有去争抢物资的只穿着内裤的大男生，而自己继续受冻。

一位着短衣短裤的汉子在夜风中瑟瑟地站着，为了防寒他不时做运动。因为他把身上的浴巾和长衣都给了老婆和孩子。

不少游客斯文扫地文明返祖，不仅乱扔垃圾，还随地大小便。酒店大厅的厕所更是屎尿遍地，难以下脚，比动物圈舍还脏……

转眼一个小时过去了，10：30，从扎西宾馆房间里逃出来的惊魂未定的人们，吃着喝着何明庆免费发给他们的方便面、饼干，以及矿泉水，心里恐惧的情绪安宁了不少。但是何明庆本人却十分沮丧地坐在院子里抽烟，抽着抽着，眼泪便吧嗒吧嗒地落了下来。

见老板一把鼻涕一把泪的样子，魏庆凤不仅知道了何明庆的金名，也跟着难受，忍不住询问原因："何老板，你为啥这么伤心？这是地震呀，只要人员安全就是最大的幸运呀。"

"唉，今年的生意肯定亏惨了！"

听何老板这一说，魏庆凤心里也蓦地如针扎般痛。

是的，这一震，他的生意就完了……

通过与何明庆简单的交谈，魏庆凤不仅知道了何明庆的全名，还知道了其更多情况。

何明庆原本从事汽车维修，由于其靠打工的微薄收入时常入不敷出，2015年下半年，他在两个做宾馆生意的妹妹的引荐下，从成都来到九寨沟县漳扎镇，租下了扎西宾馆做经营。

要经营宾馆当然需要成本，80间房年租金要100万，由于无甚积蓄，他只能把自己位于成都的住房拿到银行做了抵押贷款。

很多人以为在九寨沟开宾馆很赚钱。

其实不然！

九寨沟游客众多没错，但九寨沟的宾馆也很多，业务竞争异常激烈。而且九寨沟的旅游又分淡旺季，夏天游客多生意还好，到了冬天冰雪覆盖之时游客甚少，生意门可罗雀。

2015年，初入陌生的宾馆行业，忐忑地经营四个多月，收支基本持平，何明庆对酒店的来年充满了信心。

然而2016年，由于整个旅游行业不景气，他竟然亏损20多万元，生意做得灰心丧气。

2017年，经过自身的努力和1年多时间积累起来的人脉，宾馆的营业额较2016年同期有所上升，何明庆对未来又充满了信心。

尤其是进入8月，九寨沟旅游旺季到来，游客渐多，他心里的喜悦也多了起来。

又谁知，8月8日，这个连着两个"8"，对生意人来说甚为吉利的日子，一场突如其来的地震，将他的宾馆震出巨大的裂缝，也将他扭亏为盈的希望毁灭了。

说到这里，何明庆已经哽咽。

但是他抹了一把泪后，站了起来说，不好意思，尽说这些没用的，他该去忙一会儿了。

一边说一边戴上安全帽，又带着王勇等员工冲进了宾馆。

不一会，他们从宾馆里取出枕头、被子、浴巾、浴袍等物品，为客人们御寒。还将洁白的被子铺到地上，让妇女们和孩子们躺下。

看到被子不够，何明庆又冲回自己房间，把自己床上的被子也拿了出来给客人使用，而他自己和男服务员则坐在椅子上过夜，同时也给游客们充当保护神。

尽管是8月，高原的夜晚却特别寒冷，怕客人们受冻，他又跑到附近藏族人家去借干柴，拿到停车场燃起篝火给大家取暖。

有篝火了，有被子垫着或裹着保暖了，有吃有喝了，客人们的恐惧情绪渐渐平复了。有的人还打起了呼噜。

见状，何明庆的心情也稍许安宁了一些。

不过，看到客人们裹着被子、垫着被子、盖着被子，他才突然感到自己的身体也有些冷。

于是，他再次冒着生命危险进入宾馆，想找件衣服穿。才想起，自己和王勇房间里的衣服之前已全都拿给客人了。甚至连布草间员工的工作服都全给客人穿了。看到镜子中穿着短袖的自己冻得有些发抖的狼狈样子，他觉得又难受又好笑。

夜色渐深，大多数客人都安静了下来，何明庆又关注起自己的宾馆来。

他看到宾馆外墙已经倒塌，宾馆大厅的墙上也裂开了很多道口子，有的房间墙壁裂开的口子起码有5厘米宽……宾馆震成这样，他颇为后怕——如果地震再持续一会的话，岂不是这栋楼都要塌掉吗？好在地震虽然很厉害，自己和老婆，还有小孙女，还有员工，还有客人们，都平安无事，这真是非常幸运的事啊！

然而，当他再转过头来看到整个停车场上全是自己宾馆的被子、毯子、枕头、浴巾、浴袍时，他心里又蓦地痛苦起来——原本还指望在今年实现宾馆经营扭亏为盈，这可恶的地震啊，直接将这一愿望化为了泡影！

地震后，还有谁敢到九寨沟玩？

何况，如果地震毁坏了景区景观的话，景区都可能因此关闭，什么时候再营业更难预测。

因而，不要说扭亏为盈，就是房租都交不起了！

还有更锥心的，用来经营酒店的银行贷款怎么还呀？

想到银行贷款，他的眼泪又涌了出来——这可是用房子做抵押去换来的银行贷款。

为了帮自己偿还银行贷款尽一分力量，他那辛劳了一辈子的农民父母，虽已年近八旬，却依然每天起早贪黑地去卖点小菜挣钱。身为儿子未能给老父老母尽孝，相反还如此拖累老人，他觉得愧对父母的养育之恩。

看到何明庆伤心不已、泪流满面的样子，王勇连忙安慰他说："何总，不要那么伤心，来年我们重新来过！我一定尽职尽责为客人服好务！"

其他几个服务员看到何明庆伤心流泪的样子，也都颇为恻隐，且不停地安慰他。

这个时候，却有一个人又哭又闹，骂他是大傻瓜，本来地震了就无法继续营业了，还将所有吃的、喝的、睡的、盖的全拿给客人糟蹋。

这个人就是何明庆的老婆赵润英。

赵润英文化不高，何明庆理解刚刚发生的一切已经超出了她的心理承受范围，因而她生气、撒泼。不过，他知道，她其实是一个善良贤惠的女人，自己应该开导开导她，对她说说理。

然而，他说出来的话却有些生气："我越来越不明白你是啥子婆娘了！我们做夫妻几十年，无论我穷我富，我吃什么喝什么，我们都一直同甘共苦，再苦再难的日子里，你都没有说我一个不好，你今天怎么在我最难受的时候骂我呢？你应该支持我啊！"

说这话时，何明庆是带着斥责口气的。

何明庆的话让赵润英一怔，这一辈子，何明庆可从未训斥过她啊！

王勇也以为这下老板娘要发飙了，因为老板不仅心好，性格也好，是一个典型的耙耳朵男人。却没想到老板娘不仅没有发飙，语气还突然变得柔软了起来：

"何明庆呀何明庆，我是怕你太累了啊！你这个瓜娃子！你都这么大一把年纪了，欠这么多账，该怎么还呀？"

是啊！男儿有泪不轻弹啊！谁愿意自己心爱的人这么伤心？

或许是老板娘想到自己以前是一个农村女人，后来跟着老板到了成都，又到了九寨沟，几十年时间里，老板一直爱她、宠她、迁就她，现在在老板最难受的时候她不仅没有支持他，相反还骂他，是很不应该啊！

王勇还看到，老板娘还走了过来，抱着何明庆的头说："别难受了，你想怎么做就怎么做吧，我今后再不为难你了！不管欠多少账，我都跟你一起还！"

差不多在这同一时间，九寨沟县政协副主席扎黑泽里、九寨沟县人大副主任许德禄和九寨沟县旅游发展局局长王剑来到了喜来登国际大酒店现场指导抗震救灾，与酒店总监李小石以及喜来登酒店的员工们一起战斗。

跟随他们到来的还有10多名武警，这在一定程度上对维持棉被、浴袍、浴衣的发放秩序起到了积极的作用。

这时，时针已指向了2017年8月9日凌晨2时许。

酒店先后发放了两个多小时的浴巾、棉被的活动也已结束，大多数客人都领到了相应的御寒物品，心绪也宁静了不少。

第二章
月夜疾驰

从剧里到剧外，假戏真做
的惊悚，令芳颜失色。疼痛的
仙境和被撕裂的守望里，却出
现了从中央到地方星夜疾驰而
来的和暖。

1. 被撕裂的宁静

"你说什么？九寨沟怎么了？我正在看格斗比赛，现场吵得很。"

杨星听到对方用急迫的声音诉说着关于九寨沟的事，可具体是什么事，又没有听清楚，因而近乎用喊的方式询问对方。

得知杨星正在观看格斗比赛后，对方也用吼的声音告诉她："九寨沟刚刚地震了，你与你的家人好不好？"

听清楚了，但杨星一时没有反应过来，"九寨沟地震了？不会呀，我怎么没有感觉到？"

"真的地震了，你不信看你的手机，一定还有别人给你发短信、打电话吧。"

是的，杨星知道自己的手机上突然有了不少未接电话，好多条未看短信，不少未读微信，但她万没想到这些未接电话、未看短信、未读微信会与地震有关，会与九寨沟有关。

杨星是阿坝州委常委、宣传部长，四川省马尔康人。

地震，尤其是九寨沟地震，这不是小事啊！

杨星连忙打电话给正在马尔康参加培训的九寨沟县委常委、宣传部长刘志鹏，向其了解相关情况：九寨沟是否真的发生了地震，灾情如何？九寨沟县城有没有事？

她连珠炮般地问道。

刘志鹏说，他只知道九寨沟县城房屋受损不严重，具体情况还在核实中。

为了在第一时间掌握更多的信息，杨星又赶紧询问坐在自己身边也在观看武林笼中对精彩比赛的王生和洪秀英，看其是否知道地震的详细情况。王生和洪秀英都是阿坝州政协副主席，就在杨星向刘志鹏打电话询问灾情的时候，王生也在打电话。杨星想，或许这个电话也与地震有关。

王生告诉杨星，他刚刚与正在九寨沟调研的阿坝州政协主席尼玛木通过电话，得知九寨沟县漳扎镇发生了6.5级地震。

这时，杨星又随便翻了翻手机上的微信群，从群里看到，已有微友转发了中国地震台网发布的消息："中国地震台网自动测定：北京时间2017年8月8日21时19分在四川阿坝州九寨沟县附近（北纬33.20度，东经103.88度）发生6.5级左右地震，最终结果以正式速报为准。"

随后没多久，她的手机收到了短信："中国地震台网正式测定：北京时间2017年8月8日21时19分，在四川阿坝州九寨沟县（北纬33.20度，东经103.82度）发生7.0级地震，震源深度20千米。"

上天对阿坝不公，汶川"5·12"地震过去尚不到10年，又在九寨沟发生了地震。正在愈合的伤口，又被无情地撕裂，杨星心里猛然泛起了一种撕裂般的剧痛。

此时，武林笼中对舞台上的格斗依然在紧张刺激地进行着，但灾难发生，灾情未知，杨星、王生和洪秀英再也无心观看赛事了，他们当即离开了武林笼中对的格斗现场，急切地赶往阿坝州委办公楼。

一路上，杨星边走边通知阿坝州委宣传部全体干部职工，务必立即回到办公室接受工作安排与部署。同时，按照工作程序，立即启动突发事件新闻发布应急预案，并宣布成立"8·8"九寨沟县地震抗震救灾应急新闻工作领导小组，把宣传部工作人员按之前的应急预案，分设为前方报道组和后方网络舆情组，赓即开展相关工作。

大约15分钟后，杨星、王生和洪秀英到达阿坝州委门口，遇到了阿坝州州长杨克宁。杨克宁告诉她说，他刚从阿坝州委书记刘作明的办公室下来，紧急商量了抗震救灾的事。

这么晚了，一把年纪的书记还在办公室操劳，而且是地震刚发生就出现在自己的办公室里，真令人感动！

表面看来，这是高原夏天的一个祥和之夜。2017年8月8日晚上9时许，已为阿坝州人民操劳了一天的刘作明拖着疲惫的身躯回到家中。但夜色深沉，他却还不能休息。与他同乘一辆车的阿坝州委副书记项晓峰、阿坝州委办公室副秘书长李江澜在他下车后还在向他汇报工作方面的事情。

就在这时，项晓峰的手机收到了一条短信：

"老爸，刚才是不是发生地震了？我脑袋有些犯晕。"

短信是项晓峰的儿子发给他的。看了这条短信后，项晓峰给儿子回了一条短信：

"你可能是手机看多了，你好好休息一下就会没事的。"

很快，项晓峰的儿子又发来了一条短信：

"老爸，是地震了！在若尔盖方向。"

"地震！在若尔盖方向？"

项晓峰惊得读了出来。

若尔盖方向有地震！

这下刘作明也紧张了，赶快打电话给若尔盖县委书记泽尔登、县长余开勇，想了解情况，但所有电话都打不通。

又过一会，四川省省长的电话打进了他的手机："作明，刚刚你那儿地震了！"

刘作明一听，有些发蒙："是若尔盖还是哪里？"

省长说："在九寨沟！你赶快确认一下灾情！"

"好的，省长！"

挂了电话的刘作明马上与项晓峰、李江澜往办公室跑，一边跑一边打电话，先后打了6个电话，都没打通。

继而，他又给阿坝州政协副主席章小平打电话。

章小平曾任九寨沟管理局局长，刘作明觉得章小平在九寨沟的亲友多，如果九寨沟真的发生了地震，那么章小平对灾情的信息应该是最先了解的。虽然他知道章小平正在成都出差。

电话通了："小平，刚刚九寨沟发生地震了？"

打往成都的电话能通，打往九寨沟县的电话却不通，刘作明想，一定是地震已将九寨沟县的通信设施破坏了。

章小平回答说："作明书记，九寨沟的确地震了。"

"情况怎么样？"

"我从我的旧同事、朋友、亲戚，还有其他人的微信、短信那里得到的信息表明，没太大的事，不严重，所有的游客都到了街上。"

"有没有听说发生重大伤亡事故？"

"还没听到有人伤亡！"

"那太好了！"

刘作明悬着的一颗心稍稍有些安稳。

就在这时，他的手机来了一条短信："中国地震台网自动测定：北京时间2017年8月8日21时19分在四川阿坝州九寨沟县附近（北纬33.20度，东经103.88度）发生6.5级左右地震，最终结果以正式速报为准。"

正在刘作明读短信的时候，他又收到了一条短信："中国地震台网正式测定：北京时间2017年8月8日21时19分，在四川阿坝州九寨沟县（北纬33.20度，东经103.82度）发生7.0级地震，震源深度20千米。"

我的个天！7.0级地震！发生在九寨沟！

而且，居然在第一时间里没发现人员伤亡！

真是如此吗？

他通过多次拨号，终于打通了阿坝州委常委、九寨沟县委书记罗智波的电话，向其咨询灾情。

罗智波报告说，自己正在九寨沟沟口漳扎镇，因为当天下午陪一位著名的地震专家考察。地震发生后，他暂时还没有听到人员伤亡的消息。

虽然灾情不明，但刘作明还是指示罗智波即刻在九寨沟口设立抗震救灾现场指挥部，同时锁定一个座机，以保持联系的畅通，收集汇报与地震灾情有关的情况，并强调要坚持以人为本、生命至上的原则，迅速组织救灾力量，全力以赴抢救伤员，疏散安置好游客和受灾群众，最大限度减少人员伤亡。

给罗智波打过电话后，他又致电阿坝州防震减灾局局长王树明，要求其密切监测九寨沟地震；指示在九寨沟调研的州政协主席尼玛木，要求其立即会同九寨沟县、九寨沟管理局一道，迅速组织抢险救灾；指示阿坝大九寨旅游集团有限责任公司董事长杨芳，立即前往九寨沟沟口与阿坝州委常委、九寨沟县委书记罗智波会合开展抢险救灾；指示若尔盖县委书记泽尔登、松潘县委书记泽小勇、红原县委书记廖敏等人，迅速核查灾情，组织抢险救援；要求松潘县和红原县民兵预备役力量集结待命，做好驰援灾区准备……

那段时间，刘作明还先后接到四川省委、省政府，以及国务院办公厅打来的电话，要求尽快了解掌握灾区情况并及时报告，积极救治伤员、安置群众；疏通道路、疏散游客；加强震情监测、防范次生灾害；依法启动应急预案。

当杨星出现在刘作明办公室门口时，刘作明连忙对她说："你来得正好！我已收到地震震源最新的情况，震中在九寨沟景区，州应急中心已启动Ⅰ级响应，我暂时坐镇马尔康指挥抗震救灾，由杨克宁带队立即赶往地震灾区一线指挥救灾。"

"震中在九寨沟景区？"

九寨沟不仅是阿坝州的核心龙头景区，还是四川旅游产业的金字招牌，九寨沟景区受损，将对阿坝州、四川省的旅游产业产生无法估量的损失和影响。曾经分管过5年旅游工作的杨星，听到这个消息时，心情无比沉重，眼泪也一下子涌了出来。

"作明书记，我请求立即前往灾区一线，请批准！"

"你是女同志，你还是不去灾区一线吧！"

"不，书记，我负责的是新闻宣传工作，又曾经有5年时间分管过阿坝州的旅游工作，我比别的同志更熟悉九寨沟的情况。"

刘作明想了想，同意了，并叮嘱道："地震无情，你一定要注意安全！"

请求得到批准，杨星马上飞奔回家。换好衣服后，她带着阿坝州委外宣办、阿坝州政府新闻办、阿坝州网信办副主任白迎春，阿坝州委宣传部办公室主任曾盛国，阿坝州委宣传部外宣科科长松涛，《四川日报》驻阿坝州记者徐中成，以及《阿坝日报》、阿坝州电视台记者一行 17 人，与阿坝州军分区司令员廖申强一起，即刻启程前往九寨沟，去追赶已早于她出发的杨克宁等人。

刘作明在九寨沟地震发生后迅速行动起来，其镇定指挥抗震救灾的睿智、魄力与行动，受到了四川省委主要领导的高度评价。8 月 8 日 21 时 54 分，他被四川省委省政府授权，在九寨沟前线全权指挥抗震救灾。

2. 疼痛的仙境

月色朦胧，向目的地疾驰的过程中，心情忐忑的杨星一路指挥和接受指挥，同时也浏览微信群里关于九寨沟地震的各种新闻，掌握舆情动态。

从马尔康出发，经红原县、松潘县，加速向九寨沟进发。这一路，微信群里关于九寨沟地震的声音不少，但杨星目光所及之处，村居、道路、建筑、山体，均未见到如"5·12"地震时明显的破坏痕迹。她有些恍惚，九寨沟真的发生地震了吗？

然而，当汽车经过松潘县川主寺镇，继续往九寨沟沟口行进的过程中，刚过弓杠岭便看到修建于山脚的路面上有不少飞石，而且沿路还有被山上跌落的飞石砸坏的汽车。

看到这触目惊心的一幕，杨星与随行人员才确认九寨沟真的发生地震了。

一路奔波，时间已经指向了2017年8月9日凌晨3时许。虽然心急如焚，但汽车却渐渐如蜗牛行进，继而完全停了下来。

杨星想联系一下先于她出发的州长杨克宁，但手机却打不通，因为地震将手机的基站震坏了，通信中断。

焦急等待道路通畅的杨星忍不住了，她走下车来，一路往前打探原因，才得知前面一个名叫关门子的地方，路被塌方的山体给堵住了。

关门子，顾名思义，状若一门，很窄。而"门"的两边则是巍峨耸峙的高山，通往九寨沟沟口的道路犹如从门里通过。没发生地震时，这么险峻而又被森林掩映的道路倒也诗意满满，但地震后，两边的山石垮塌，则一下子便阻塞了交通。

由于汽车无法继续行驶，杨星与随行的人从车上下来，决定步行前往九寨沟沟口。

到了关门子，他们看到前方道路封堵严重。现场，挖掘机和推土机已经早于她的车队到达，正在努力地清除垮塌的山体。

道路被堵塞成这样，不仅汽车无法开过去，步行也难以翻越，该如何是好？

正在此时，杨星看到了一个熟悉而疲惫的身影。他便是杨克宁——他像一个养路工人，一身汗一身泥地跑来跑去，正在指挥挖掘机以及推土机工作。

跟杨克宁在一起的，还有红原县县长嘉央罗萨、松潘县县长李建军等人……

"这个余震还挺厉害的！可能有六点几级的样子啊！"

杨克宁自言自语地说。

杨克宁是阿坝藏族羌族自治州的州长。

2017年8月8日晚上9时19分，杨克宁在办公室里开会。地震发生时，他还以为是"5·12"汶川地震恬不知耻的余震。但很快便诧异起来，余震不会有这么厉害的！他用手机在网上查起来，当得知刚刚发生的地震是原发式地震，且发生地在九寨沟时，他的心顿时紧张了起来。

他马上结束会议，并给时任阿坝州委书记的刘作明打电话，汇报地震的事。电话中，刘作明也颇为忧虑，叫杨克宁马上赶到他办公室去，大家召开一个紧急会议，研究抗震救灾之事。

急匆匆地赶到刘作明的办公室后，他与先后到达的项晓峰、廖申强、聂德江、李江澜，以及州公安局、州移动、电信、联通等单位的负责人一起，召开了紧急会议。

大家分析此次地震后觉得，与汶川大地震相比，此次地震震级不大，但或许灾情更可怕。原因是九寨沟正值旅游旺季，每天有数万游客前来观光赏景，地震会不会造成大量的游客伤亡？

而且，他们还在第一时间知道火花海出现垮塌了，虽然没看到照片以及图像画面，但心里却很着急，也担心别的海子出现溃坝。要知道，长海的储水量相当于一个大型水库的储水量，而滞留游客所住的宾馆都在九寨沟下游的漳扎镇，县城所在地则处于更下游，万一长海也在地震中溃坝，那这个大型"水库"的水一路排山倒海地冲下来，后果不堪设想。

会议决定启动应急响应Ⅰ级预案，国土、水务、交通、刑侦、气象、供应、财政，以及民政等部门，按应急预案所写，各就各位、各司其职参与抗震救灾。之后，杨克宁对刘作明说："书记，我想申请去灾区！"

刘作明想了想："要不这样，你先出发，我再跟省领导对接一下，然后也马上赶往灾区。"

就在刘作明、杨克宁等人召开紧急会议，商议救灾应急处理事宜的过程中，阿坝州政府办公室的人员也在准备车辆，以备急时之需。

之后，杨克宁与下楼后遇到的王生一起出发，在夜色中朝着九寨沟方向疾驰。

一路前行，杨克宁不时与刘作明联系，向其汇报并商量抗震救灾相应的事；不时与应急响应预案中所涉及的部门负责人联系，确保对预案应急的实施。

在奔赴九寨沟的过程中，车开到红原县之时，杨克宁接到了杨星以及阿坝州军分区司令员廖申强的电话，说他们在后面紧跟着他，并向他打听前方的灾情。

通话时，杨克宁突然想到一件事，便指示杨星在媒体上发布信息，对进入灾区抗震救灾的志愿者们进行相应的管控，希望有组织地进入，千万不要盲目。

通常情况下，一个志愿者团队由十多二十名志愿者组成，而每次参与救灾的志愿者团队少则十多个，多则几十个。志愿者们放弃自己平安的生活前来救灾，出发点是好的。但阿坝州在经历过两次大的灾难之后发现，不同的志愿者团队在救灾的过程中所起作用差异很大。

他们一行到达红原县城后，红原县县委书记廖敏、县长嘉央罗萨要求一同前往九寨沟抗震救灾。考虑到红原县也有日常事务要处理，杨克宁便叫廖敏驻留红原，嘉央罗萨跟他一起参与抗震救灾。

跟随杨克宁前往灾区的车，除了嘉央罗萨带队的救灾先遣队3人所坐的小车，以及由红原县副县长、公安局局长东升带队的公安救援队5人乘坐的一辆警车以外，在他们之后，还有红原县武警消防支队派出、由7人组成的消防救援服务队；由红原县人民医院副院长何永花带队、由7名医护人员组成的医疗救援服务队……

月夜疾驰，走过红原县没多久时，杨克宁接到了刘作明打给他的电话，说自己也从马尔康出发前往九寨沟了。同时告诉他，省委书记、省长等人将前往灾区一线，指挥抗震救灾："要不你与我一起在九黄机场迎接省委书记和省长的到来吧。"

在皎洁寒凉的月色里一路疾驰的过程中，刘作明沿途不歇，接听和拨打电话，指挥或被指挥抗震救灾。

8月9日凌晨1时许，得知九寨沟县公安局交警大队事故部中队长高碧贵、九寨沟县公安局沟口分局副局长毛清洪，以及诺日朗派出所副所长马勇等人，已经疏通了从漳扎镇通往九寨沟县城的道路，被困漳扎镇的游客可以向九寨沟县城转移的消息后，刘作明很高兴，准备指示实施游客安全大转移。

这个消息是尼玛木告诉刘作明的，但尼玛木却向刘作明提了一个建议：天亮以后再组织游客大转移，因为余震不断，山上掉石头，晚上进行游客转移风险太大。

刘作明觉得尼玛木说得有道理，但他想再听一下其他人的意见，便又就此问题打电话问罗智波。

他的话音刚落，罗智波便急切地回答说："书记，这事不能等啊！我们已经和平武、文县取得联系，目前道路是畅通的，沿线已有干部、公安民警值守。赶快转移游客吧！"

刘作明很奇怪："为什么呢？"

罗智波解释道："一旦得知道路是通畅的，自驾游而来的游客要转移想拦也拦不住，因而让游客自发地转移，比有组织地让游客转移风险更大！假如游客自发转移，他们在转移的过程中争先恐后，必然乱套。"

刘作明一想，的确如此啊！便对罗智波指示："那就马上组织游客转移！"

同时，他也要求罗智波进一步了解人员伤亡情况，全力抢救伤员，全方位做好游客大转移的组织准备和思想动员工作。

在电话中对罗智波做出实施游客转移的指示后，刘作明又电话指示阿坝州委副书记、秘书长项晓峰召集州委办公室值守人员，安排部署后方应急值守、信息报送、综合协调等工作。

自驾游的人可以在引导下转移，旅游团的游客可以乘坐自己来时的旅游车转移，那自由行的散客的转移又该咋办呢？

好办！由政府组织车辆转移即可。

为此，刘作明又分别致电大九旅集团董事长杨芳和总经理姚晓荣，要求其有序地开展抗震救灾，并调度车辆协助游客大转移。

电话真是一个接一个，刘作明给杨芳和姚晓荣的电话刚刚挂断，就接到了阿坝州政府副州长、公安局长刘波涛打来的电话，向他报告省道301线关门子段滚落巨石阻断交通的情况，还给阿坝州委副秘书长、办公室主任李江澜的手机发来了一名警察站在巨石前面的照片。

得知关门子大堵点的情况之后，刘作明要求加强现场警戒观察，在确保安全的前提下，适时实施抢通作业。

九寨沟的痛，牵动着中国的神经。8月9日3时16分，国务院抗震救灾指挥部根据四川九寨沟7.0级地震震情灾情综合判断，启动了国家Ⅱ级地震应急响应。

跟刘作明一样，自8月8日22：16，从马尔康一路出发，在夜色中朝九寨沟奔驰的过程中，杨克宁的时间也是由一个又一个电话拼接起来的：安排阿坝州副州长、公安局长刘波涛加强松潘、绵阳平武、甘肃文县三处远端管控，确保进州抗震救灾车辆畅通；指示何斌、葛宁、欧阳梅三位副州长召开九寨沟地震Ⅰ级应急响应成员单位会议，安排抗震救灾工作；与九寨沟县委书记罗智波通电话，了解灾情，安排抗震救灾工作；安排阿坝州交通运输局局长龚明调集人员和机具前往九寨沟抗震救灾……

在所拨打的电话之中，杨克宁与罗智波通话的次数比较多，其中原因不仅因为罗智波是九寨沟县委书记，而且地震发生时，他刚好在九寨沟沟口。

3. 星夜温犀的光辉

这是一个数字吉利且令人啼笑皆非的日子。

2017 年 8 月 8 日，阿坝州委常委、九寨沟县委书记罗智波与阿坝州人民政协主席尼玛木，陪同一位著名的地震专有专家考察九寨沟。在美景中一路行走，学识渊博的地震专家除了欣赏大自然的神奇魅力之外，还一路给罗智波等人普及岩层与地震的知识。

没想到，当天晚上地震就真的发生了。

对罗智波来说，这已经是他人生中的第三次经历四川地震了。

2008 年 5 月 12 日下午 2 时 28 分，成都。地震发生时，正在 7 楼上班的罗智波感觉房屋晃得很厉害，由于紧临他所在的四川省政法委办公楼的工地在挖地下停车场，他还以为是打桩机的力度过大，挖掘机挖得太深，将自己所在办公楼的墙脚挖松了，让房子摇晃了起来。

但这时有人拼命地往楼下跑，一边跑一边喊："地震了，大家快跑啊！"

他才突然明白，原来自己错怪了施工队，房子摇晃的原因是地震了！于是也懵懵懂懂地地跟着大家往楼下冲。

很快，他便知道是阿坝州汶川县发生了大地震。继而，身为四川省委政法委研究室副主任的他，便在四川省抗震救灾总值班室连续工作了 7 天 7 夜。

2013 年 4 月 20 日，四川再一次发生地震。

这是个星期六，早上 8 时许。已调到四川省纪委工作、任副秘书长的罗智波正在家中看书，芦山地震突然发生了，经历过汶川"5·12"地震的他意识到抗震救灾的紧迫性，立即赶往单位。平时开车只需半个小时就能到单位的他，这天因为堵车却开了两个小时。

到办公室后，他马上开了一个紧急会，并通过视频系统联系上了雅安市芦山县，询问其需要什么帮助。当得知灾区人民吃不上饭后，他便安排相关人士带上干粮和必需品，往雅安灾区送。

2017年8月8日地震发生的当天，罗智波正好在漳扎镇接待一位前来九寨沟考察的著名地震专家。前后三天，这位专家都兴趣盎然地进沟研究九寨沟的地质构造。8月8日是这位专家的第三天旅程，之后便将离开九寨沟。

考虑到第二天早上要为这位地震专家送行，罗智波决定当天晚上就住漳扎镇。

睡觉前，他与搞接待的九寨沟县常务副县长刘今朝，大九旅集团董事长杨芳、县委办公室主任叶林等几个人在一起，研究工作方面的事。

想到九寨沟风景区又迎来了一年一度的旅游旺季，罗智波高兴之余，也做出了一些相应的安排，以保障游客们能够称心如意地游览九寨沟，乘兴而来，满意而归。

8月8日21时19分，当大家正在兴奋地谈论着九寨沟由旅游强县向纵深以及全方位发展的一些未来规划时，地震便发生了。

罗智波与大家连忙冲下楼。此时，通过闪烁的车灯，他看到街上横七竖八地堆着从山上垮下来的一些石头。而且四周山体仍在垮塌。再一看手机，却发现已无信号。

他意识到此次地震震级一定不低，便立即召集身边工作人员，投入抗震救灾工作。

正在这时，他接到刘作明的电话，指示他即刻设立抢险救灾现场指挥部，与九寨沟管理局联动开展抗震救灾；又接到杨克宁咨询灾情的电话，也要求他马上组织力量开展救援工作，确保游客和群众安全。

于是，罗智波立即启动Ⅰ级应急预案，掌握震中具体位置，联系所有县级领导和乡镇领导，全面了解灾情，并宣布成立九寨沟县抗震救灾现场指挥部，指示公安、消防、武警、民兵、医疗卫生等部门全力投入到游客、群众救援和疏散转移工作当中。

继而想到九寨沟县公安局沟口分局指挥调度中心的指挥平台有固定电话可与外界联系，而刘今朝的车正好在现场，于是他坐上刘今朝的车后对司机说，马上去九寨沟县公安局沟口分局指挥调度中心。

到达沟口分局指挥调度中心后，他立即安排值班人员联系、召集在漳扎镇开展工作的县级领导、附近公安干警、九寨沟管理局领导和值班人员，在手机信号不佳的情况下，指定沟口公安分局指挥调度中心的固定电话0837－7739302、7712980为前线指挥部专用联系电话，开始指挥调度全县的抗震救灾工作。

21：36，随着电话信息的传递及与陆续到达人员的交流了解，罗智波综合各方面收集到的信息，经过分析后，果断做出此次地震重灾区就在漳扎镇的判断，并召集同在九寨沟漳扎镇的九寨沟县政协主席葛林冲、九寨沟管理局局长赵德猛、九寨沟县常务副县长刘今朝、九寨沟县副县长兼公安局长黎永胜召开紧急会议，要求全力抢通灾区通信，保障抢险救灾指挥部、救援队伍、灾区群众的通信畅通；全力做好电力系统抢修复电工作，保障全县供电正常；加强灾情信息统计，为全县的有效实施救灾工作奠定坚实基础。

当得知《九寨千古情》所在的宋城、九寨天堂洲际大饭店、甲蕃古城有人员伤亡时，罗智波又要求九寨沟县县委副书记、县长陶钢马上前往《九寨千古情》演艺场，安抚受伤游客和群众，并组织好安全疏散转移工作。

由于地震发生时自己在九寨沟沟口，不知道九寨沟县城的受灾情况，罗智波又给九寨沟县人大主任汪世荣、县委副书记彭开剑打电话，要求其立即在九寨沟县城组建抗震救灾指挥部，动员全县干部职工投入到抗震救灾工作之中。同时县级干部要迅速指导联系乡镇开展灾情统计和灾后自救；通过卫星电话、电台联系各乡镇，了解受损情况并统计上报。

当得知位于漳扎镇的九寨沟县第二人民医院有受伤人员就医时，罗智波又安排县政协主席葛林冲前往现场，了解受灾和人员伤亡情况，负责组织指导伤员救治工作。

得知九寨天堂洲际大饭店已有1人死亡、大量人员受伤，通往九寨天堂洲际大饭店的道路多处垮塌，车辆无法通行时，他立即给在宋城救灾的九寨沟县委副书记、县长陶钢发短信，要求其马上组织力量，派出突击队，向九寨天堂洲际大饭店突进，同时全力开展道路、通信、电力抢通保畅工作。

又向九寨沟县副县长龚学文发出指令，要求其立即组织大型机械，向九寨天堂洲际大饭店方向打通道路，同时要求联系位于漳扎镇中查村的四川九寨鲁能生态旅游投资开发有限公司组织施工机械，前后两头掘进，尽快打通生命通道。

罗智波觉得，要打通的道路还不仅只是从九寨沟沟口通往九寨天堂洲际大饭店的道路，还包括从九寨沟沟口通往县城的道路，因而他又要求调集全县的挖掘机、装载机等向漳扎镇集结，在九环沿线出现塌方的地点预留一定机械，随时保证县城至漳扎镇的道路通畅；迅速组织县城救护车辆向漳扎镇集结，以抢救受伤人员；组织应急救援人员向漳扎镇驰援；组织机要、通信、电力应急设备立即赶赴漳扎镇，做好信息、电力保障。

他要求组织全县所有公安干警，在注意自身安全的情况下，到岗到位，全力确保道路畅通，对县城往漳扎镇方向实施临时交通管制，漳扎镇所有干警要全部上路，要及时疏散滞留在危险地段的游客，尽量向地势安全的地带转移游客和群众。

在指挥这些的同时，罗智波心里一直挂牵着九寨沟风景区海子的情况，想打电话问，可是电话又打不通。正在这时，赵德猛返回汇报说，九寨沟出沟水量与正常情况相比有所变化。

得知这一信息，他立即与赵德猛等人一起前往河边查看水文，初步了解到在荷叶寨附近有水漫过道路的情况，并有形成堰塞湖的可能性。在综合研判后，他要求相关人员继续加大水文监测力度，加强与进沟救援人员的联系，随时掌握第一手信息。同时指令刘今朝初步拟定一个景区和漳扎镇群众转移疏散方案，做好应急准备。

给刘今朝交代之后，他又对九寨沟管理局局长赵德猛、九寨沟管理局党委书记徐荣林交代，要求做好受灾群众临时安置，落实专人监测长海等水位情况。

坚强且有条不紊地指挥着抗震救灾，罗智波内心也明白，在强大的震魔面前，自己与灾区人民一样，也需要坚强的力量支撑。

他感到欣慰的是，这样的力量自地震后就开始奔涌而来：来自邻县的、阿坝州的、四川省的、全国的……

令他鼓舞和感动的是，还有更强大的抗震力量也很快传递了过来。这份强大的力量来自于国家领导人对抗震救灾工作的重要指示，和对抗震救灾工作的重要要求。

根据指示和要求，国务院已派出由国家减灾委、国务院抗震救灾指挥部组成的工作组赶赴现场指导抗震救灾工作。

随后，罗智波向在场的同志传达了党中央、国务院及省委省政府的关怀和指示，要求立即通过各种渠道将党中央、国务院及省委、省政府的关怀和指示传达出去，要让每一位受灾群众和游客感受到党和国家的温暖。

灾情这么严重，罗智波一直祈祷不要出现令人痛彻心扉的事。然而，8月8日晚22：55，各地受灾点反馈的信息却依然令他心如刀绞：在此次地震中，死亡人数已增加至5人，受伤游客增至75人……

了解到位于漳扎镇中查村的四川九寨鲁能生态旅游投资开发有限公司下行200米处，由于山体垮塌量大，且不断有飞石滚落，掘进受阻，暂时无法向伤亡人员相对较多的九寨天堂洲际大饭店挺进时，罗智波焦躁不安。

九寨天堂洲际大饭店已成孤岛，数千游客以及当地百姓被道路两端的垮塌山体所阻，这是抗震救灾过程中又一巨大难题。

如何打通？如何救援？

想到有这么多人受伤，罗智波又给九寨沟县副县长张威打电话，指示其立即组织民政、卫生等部门做好伤员统计、家属安抚、救灾物资调运等工作，再次强调县内所有120救护车全部调到漳扎镇，以抢救伤员。

因为漳扎镇只有一家医院，而且医疗条件十分有限……

4. 关门子鏖战

被撕裂的宁静与祥和，挤满夜的空间。

一路朝着九寨沟灾区奔驰的过程中，杨克宁焦心着灾区的情况，当然也没忘记答应与刘作明一起去九黄机场迎接省上领导，并与省上领导一起去往九寨沟沟口的事。

然而当汽车行至松潘县川主寺镇的时候，他却因为太疲倦而睡着了。当汽车一个急刹而令他醒来时，才知汽车已经驶过弓杠岭了。

弓杠岭位于九寨沟县塔藏乡境内，海拔 3690 多米，因其岭如弓之杠得名。

弓杠岭是个重要地标，为嘉陵江上游最大支流白龙江的上源，又是岷江东源发源地。"缘崖散漫，小水百数"，滔滔嘉陵江与岷江始于这里的涓涓细流，自北向南，一路吸纳融汇，终成大江。

这里为亚高山灌丛草甸，靠北山麓，林茂树密，南麓柏树稀疏，砾石横生。春夏花木繁盛，万紫千红。秋冬层林尽染，白雪迷道。

弓杠岭，也是九寨沟地震灾情的分水岭。

车行至此，有一种哽咽，即将开始；有一种涉及生命危险的艰难，冷漠横陈。

前面，是正在呻吟疼痛的九寨沟；后面，是爱心潮涌、接连不断的川主寺。

已经错过了从松潘县川主寺镇去往九黄机场的分岔路，杨克宁决定继续前行。在这个不平常的夏夜，纵然前路再难，他亦要闯关。

因为假若汽车折返前往九黄机场的话，会给进入九寨沟灾区的救灾车辆造成拥堵。因而他连忙给刘作明汇报情况，并希望继续前进。

杨克宁一路从马尔康前往九寨沟县的过程中，都与远在马尔康，继而已从马尔康出发的刘作明保持着联系。但遗憾的是，此时电话却怎么也打不通——地震已将九寨沟的通信基站震坏了。

寂灭的手机信号，困厄住电话交流，却无法困厄自己抗震救灾的一颗红心。

月辉清冷，山林幢幢。颠簸的车身，让杨克宁心急如焚。

很快，他遇到了前行道路上的第一个垮塌点，在关门子这个地方：山体垮塌，将两山之间狭窄的道路堵死了。

平仄已堪忧，垮塌怎能行？

辚辚车声止，壮心岂愿停？

塌方如山，落石似雨，道路不通，只好弃车一隅。

下车后，没走多远，杨克宁看到塌方处已有挖掘机及推土机，在发电车的灯光照耀下，不惧危险紧张地工作着。

滚石阵阵，施工人员却豪情飞扬，这一幕，让他很高兴。

这时一个满面尘灰的人走了过来，跟他打招呼。

借着发电车的光亮，杨克宁认出此人是松潘县县长李建军。

跟李建军在一起的，还有松潘县副县长马劲松。

李建军向杨克宁汇报说，推土机是中铁一局成兰铁路指挥部提供的，这家建筑企业的推土机平时在川主寺镇搞成兰铁路建设。李建军带了其中三辆装载机、一辆挖掘机前来清障和开拓道路。

虽然汗泥交织，几成泥人，但是杨克宁看到了李建军与马劲松等人明亮的内心。

为灾区道路清障保畅之举，是李建军的自发行动，并非来自谁的命令。

一成不变的夜的宁静被地震的魔爪无情地撕碎之后，站在崩溃大地近邻县的李建军，第一时间联系了中铁一局成兰铁路指挥部，请其增援大型机具及相关人员，组建抗震救灾抢险救援队，前往九寨沟灾区疏通道路。他在接到杨克宁询问松潘县的地震灾情之时，也向杨克宁及时地汇报了这一情况。

那时，杨克宁的车队刚过尕里台，接到李建军的汇报，说将带一些装载机和挖掘机前往九寨沟灾区清障，杨克宁很欣慰，他没想到李建军的行动这么迅速。待他到关门子时，李建军所指挥的清障工作已经启动，并竭尽所能地工作起来了。

在这里，杨克宁还遇到了阿坝州旅游发展委员会副主任赵寿春及其司机钟磊、员工邹睿。

"你们怎么比我们早到这里呢？"在无尽的暗夜，看到叠加的力量，杨克宁自然开心。他问赵寿春："你们也是从马尔康过来的？"

"不是，我们是从汶川过来的。"同样的激动，也写在赵寿春的脸上，"我们到这里的时间差不多，我们也是刚到一会儿。"

"那应该我们先到才对呀！马尔康离这里更近一些啊！哦，我们开会耽误了一会。"

地震如烽燧狼烟，一触即发爱的火山，与义不容辞的责任。杨克宁随之又感慨道："我们的干部真是好，自觉性真高，都是在地震后自发性地为抗震救灾往灾区冲！"

汶川，这是一座曾经铭刻国殇和中华民族哀痛的城市。阿坝州旅游发展委员会副主任赵寿春在这里又一次感受到了疼痛。

2017年8月8日，在经历过9年的伤口愈合，渐渐康复的汶川县参加阿坝州交通安全工作会议的赵寿春，准备于8月9日前往南充参加全省旅行社诚信经营转型发展培训班。

吃过晚饭后，在阑珊的灯火编织的和美里，喜欢锻炼的他和驾驶员钟磊，沿着汶川滨河小道散步。走得累了，坐在一处长凳上聊起天来。钟磊的手机放在他俩的中间，手机收到信息后屏幕会闪烁，在晚上格外耀眼。聊天时，赵寿春无意识间发现钟磊的手机亮了起来，而且上面出现了一行字，有几个字眼惊心动魄：

"6.5级地震！"

"哪里?"

他惊呼了起来!

然后如触电般迅速拿起钟磊那正闪屏的手机来看。

钟磊被赵寿春的惊呼吓了一跳,也马上侧过头来看手机上的内容。

一条短信映入他俩的眼帘,赵寿春的声音有些颤抖地读了起来:

"中国地震台网自动测定:北京时间2017年8月8日21时19分,在四川阿坝州九寨沟县附近(北纬33.20度,东经103.88度)发生6.5级左右地震……"

"天啊!九寨沟地震了?!"

读完这条短信之后,赵寿春又一次惊呼。

犹如一支利剑刺进身体,深处的痛感,弥漫开来。他的心情瞬间黯淡。

再一看手机上的时间,是21时25分。

阴云漫漶,他们奇怪自己怎么没有感觉到地震,是岷江河边被风吹的声音遮盖了地震的震感?还是流水哗啦啦的声音纾解了他们正常的感知?不得而知。

赵寿春心急如焚:"九寨沟那么多游客,却发生了地震,这怎么得了啊!"

身为阿坝州旅游发展委员会的副主任,他当然对九寨沟的情况了如指掌:当天九寨沟景区进沟游客38000余人,6.5级地震,这可怕的关联多么令人不敢设想啊!

赵寿春的脑海里闪现了"5·12"汶川地震中的种种惨象:房屋倒塌、山体滑坡、人员伤亡……撕裂之痛,在这次大地震过去九年后,依然翻云覆雨,踩躏灵魂。

赵寿春是应用地球物理专业毕业的高才生,大学时学习的主要内容便是地震监测。虽然毕业后没有从事与此相关的工作,但专业知识告诉他,6.5级地震意味着什么。

意象里的血雨纷飞,令他心惊肉跳。他连忙对钟磊说:"我们马上回酒店退房，连夜赶往九寨沟灾区去！"

震魔凶残，震不垮坚强的意志。读过这条短信后，钟磊也如宝剑出鞘，意志凌厉。

心如山压，暗字沉潜。在匆匆地赶回酒店的过程中，赵寿春连忙给阿坝州旅游发展委员会主任巴黎打电话，汇报刚才所看到的短信内容。

"是的，九寨沟真的发生地震了！"同样的焦灼，在电话另一端弥散。发乎心，溢于情。

巴黎忧心忡忡地说："我正通知阿坝州旅游发展委员会全体员工前往办公室召开紧急会议，安排抗震救灾相关工作，你与钟磊可先行前往九寨沟，但一路上务必注意安全！"

21时50分左右，他们叫上一起在汶川开会的阿坝州旅游发展委员会员工邹睿，立即驱车踏上了起伏多舛的抗震救灾征途……

人在途中，心却早进灾区，揪心和牵挂，就像奔驰的车轮，片刻不停。

路上，赵寿春打电话给九寨沟县旅游发展局局长王剑，想了解灾区的情况。在对方微弱信号输出的断断续续声音中得知，他们很安全，正在就近组织力量安排游客转移避险。

接着他又打电话给九寨沟景区管理局副局长仁青周。但是信号依然若鬼魅般若有若无，尝试了几次都是接通了马上就断了。

他又在微信上联系了在中国地震局工作的同学，询问关于九寨沟地震的进一步情况。对方告诉他说，正式测定震级为7.0级，并且给他发送了地震具体位置的截图，告诉他目前收到的确切消息是已经死亡4人，情况可能会更糟糕。

赵寿春怔了几秒钟，思绪在往事与现实之间游弋，心里五味杂陈。再看同学发来的地震震中截图，他更是倒吸一口凉气：震中离景区那么近，不知道游客这会儿怎么样了？不知道当地的老百姓怎么样了？不知道九寨沟景区怎么样了？

虽然赵寿春从不信佛，这会儿也不自觉地在心里默念起"请菩萨保佑、菩萨保佑……"

为了尽早地知道灾区的灾情,他真想告诉钟磊开快点、再快点。

这真是一段虐心而悲壮的旅程。

他们越过茂县石大关山体高位塌方交通管制区,大约凌晨 1 点到达弓杠岭,沿着 G544 道路一直驱车前行,沿途滚石不断,树木倾倒,惨不忍睹,很多山体已经脱下漂亮的绿装,夜色中显得那样苍白,还不时传出"哗啦啦"的响声。

风,在呼啦啦地吹;心,在鸣咽;天地怆然。

大约凌晨 2 点,他们到了关门子。路如其名,大地用高山崩塌的岩石,关闭了这扇流通关怀的门。

前面堵了很多车,车走不了了,幸好堵车位置在比较宽阔的地方,没有什么危险。

但是,前面的前面是什么呢?是绵延不绝的堵塞?是孤绝张望的迷惘?

通畅,是此时唯一的目标。无论是情感,还是拯救,抑或扶危解困。他们决定下车徒步前进,固执孤行。目的明确,决不退避。

疮痍,从山上铺到山下,一直堆砌在路面之上。

前面的部分滚石已经清理了,留下许多很大的石头卧在公路两边,路上随处都是碎石,走起路来磕磕绊绊,极不方便。

就这样向前走了大约两公里,脚步像炊烟一样缭绕,脚踏实地是那么难。

一波余震袭来,大地像风中枯叶一般轻浮,山体上下左右抖动,撕裂般扭动,"吱吱嘎嘎"地响,毫无平素的沉稳。

很多人见状都拼命往回跑,大呼小叫,惊慌如潮。

赵寿春与钟磊也跟着大家一起奔跑。但他们没有呼,也没有叫,内心却盛满了旅游管理职业从业者看到风景被毁的痛楚,和悲哀的滂沱。

过了好一会儿,风依旧吹,山林萧然。感觉大地假寐,暂时没有动静了,他们才又继续向前走,怀揣着警惕与凛然。

大约又走了几分钟，迎面看见松潘县县长李建军、副县长马劲松正在组织清障队员利用大型机具抢通便道，估计已经持续了两个小时左右。

这是感动，是力量，更是暗夜星火的光芒。

而进行道路清障施工者，是中铁一局成兰铁路指挥部的抗震救灾道路疏通突击队。

2017年8月8日地震发生后，距离震中60公里的中国中铁一局集团成兰铁路指挥部，于当天晚上9时40分左右，召开了紧急会议，成立了安全隐患排查小组及机械管理检查小组。将项目部人员转移到安全避难场所，又成立了以孙书深为队长的抢险救援队，启动应急救灾预案程序，安排现场人员机械做好应急救灾准备，同时联系松潘县铁建办、松潘县应急办确定震源信息。他们的自发行为与李建军县长希望增援大型机具及相关人员，组建抗震救灾抢险救援队，前往九寨沟灾区疏通道路的倡议不谋而合。

1小时后，所有救援机械从各工地向指挥部紧急集结过来。

23时20分，抢险救援队25名队员、1台挖掘机、3台装载机、4台救援车、1台拖车集结完毕，在夜色中奔赴灾区。

2017年8月9日凌晨1时10分，抢险救援队进入九寨沟县界内弓杠岭关门子后，发现道路上散落着许多碎石和树木，便立即展开了清除工作。

排除道路障碍，对于从事开山筑路工程建设的他们来说，其实并不是难点。难点在于排除道路障碍的同时，头顶的山坡上不时有石头滚落下来。这些石头就如同炸弹一般，随时可能袭击他们。

在现场，孙书深和李建军、马劲松指挥着各种大型机具共同发力。但山体崩塌严重，掘进相当艰难。

这时，松潘县电力公司运来了发电车，为指挥人员和抢修人员照亮了前行的希望。

荒山野岭间，发电车也高大着人们抗震救灾的形象，坚强着人们不屈不挠的意志。

就在大家忙着向前疏通与掘进道路的时候，又一波余震袭来，只听见前面大山深处传来"轰……哗啦啦"，犹如雷鸣般的巨响。

山谷狂野，泯灭天然。

力量渺小，胳膊无法与大腿抗衡。大家赶快撤离，一起撤了好远。

余震过去了，各种机具又一次发力，顽强地与塌方体战斗。

但是，余震太频繁了，坚强的抢险队员们不得不与震魔进行着拉锯战。疏通道路的过程就这样在撤离，继续，撤离，继续中向前，向前，再向前……

大约凌晨2点半，赵寿春接到九寨沟县旅游发展局局长王剑发来的微信：九寨天堂洲际大饭店和甲蕃古城两个地方一直联系不上，而这两个地方所住游客很多，不知道情况怎么样。

消息隔绝，阻碍重重，该如何前进？

大约凌晨3点钟，他们迎来了从马尔康星夜奔驰而来的杨克宁州长一行。

杨克宁马上加入了这支临时组成的战斗队伍。

当推土机推掉一部分塌方体，人们勉强能够通行后，他不顾个人安危，身先士卒，带领大家踩着碎石，冒着余震飞石步行前进，越过了这个塌方体。

汽车开过，大家上车后继续前行。

然而，刚走几百米，却又发现，前方山体的垮塌更加严重：碎石、泥土、树木淹没了整条道路，延伸了好几十米。最令人震撼的是横亘在道路中间的一块货车一样大的巨石。

李建军与中铁一局成兰铁路指挥部指挥长、抗震救灾道路疏通突击队队长孙书深带领的30多名抢险队员，努力地清除着障碍。

可是这么大一块石头，推土机推不动，挖掘机挖不了，怎么办？

这时中铁一局成兰铁路指挥部抗震救灾道路疏通突击队副队长苟奇说："我们把这个石头炸掉吧！"

也有人附和："可以炸掉！"

杨克宁问："有没有炸药呢？"

苟奇回答说，他们出发时既组织了爆破专业人员、又带上了爆破器材和炸药。

"中铁一局在爆破、铺路方面很有经验，可以实施爆破。"这时李建军也说，"由松潘方向抵达的救援人员被滞留此地，如果不能快速爆破这块巨石，救援车辆将无法进入灾区。"

但杨克宁觉得，山体已在地震中变得软弱松弛，如果使用炸药清障，随着一声炮响，山上可能会垮塌下更多的石头土方，因而不赞成用爆破的方式解决此阻碍。

他借助发电车的电灯，仔细地察看地形后，发现靠山的一边能挖出一条便道来，便建议用这个方法"绕行"。

大家认为杨克宁说得有道理，一致同意采纳这个提议。

黑夜施工，又逢碎石滚滚，一不小心就有可能被滚落的山石砸中。危险当然可怕，但还得努力抢通道路。

中铁一局成兰铁路指挥部的抗震救灾道路疏通突击队副队长王福来，马上指挥2台装载机运土加宽路面。

紧张的半小时过去了，一条便道最终建成，救援车辆顺利绕过了这一"拦路虎"，继续向前推进。

杨克宁、杨星对中铁一局成兰铁路指挥部抗震救灾道路疏通突击队的专业水平和丰富经验表示非常满意，同时也被其奉献精神所感动。

可是过了这一关才行几百米，道路又被崩塌的石块全断面封堵。

此时已是凌晨3时40分，若清除崩塌体，所有清障机器开足马力工作，在余震和飞石不影响的情况下，也至少需要10小时。

救援时间分秒必争，此时如果采用清除障碍的方法，哪堪被阻滞10小时？

不仅如此，在这巨大的塌方体上，有一个更大的石包，就像一座小山，体量有一辆豪华大巴那么大，依岩石的密度估算，重约数百吨。

而这个巨大的石包周围，则靠着不少体量不小、被地震从山上震落下来的石头。

巨石横陈，推土机、挖掘机撼它不动，同样不能用炸药炸掉，当如何另辟蹊径？

"用破石机破碎！"

"这么大一块石头，要用破石机破碎的话，不知道会弄到啥时候？而且除了这个大石包外，还有不少大石头。关键是这个路障不解决，救援车辆便被阻滞于灾区之外，灾区的游客也无法转移出来。余震不断，最怕的就是次生灾害产生，所以时间耗不起。"

"就算处理了这块石头，这么大的塌方体要在很短的时间之内清理掉，也不可能呀！"

"迷则乐境成苦海，如水凝为冰；悟则苦海为乐境，犹冰涣作水。"

就在大家七嘴八舌讨论着解决方法的时候，杨克宁突发奇想：从马尔康过来，汽车前行的过程就是翻山越岭的过程，这小山一样的石头，撼它不动，绕它不过，为何不将之想象成一座山一座岭，搬来土石方堆出一条路，从其身上翻过去？

杨克宁的想法再次得到采纳，孙书深连忙指挥抢险队员照这个方案行动起来。

自此，杨克宁便跟个建筑工人一般，站在垮塌体上，在惨白的月色之下，观察山体是否有落石，给师傅们"站岗"。

5. 与阻厄博弈

夜风习习，吹面而来的尘灰传递着焦虑和对远方的牵挂。

抗震救灾，需要的是大决战的胜利，而非星星点点的占领山头。

由于机具有限，而且作业面窄，不需要中铁一局成兰铁路指挥部抗震救灾道路疏通突击队的 25 个队员全都塞在这处塌方体处，同时前方是否有被困游客，是否存在道路被阻、河道阻塞的情况，皆一无所知。孙书深在跟杨克宁、杨星和李建军商量后，决定将中铁一局成兰铁路指挥部的抗震救灾道路疏通突击队分成两个小分队：一小分队 10 名队员由王福来、王晓博、罗洪磊、刘勇、姚昆、周元明、孙志发、任波、殷亮、王跃辉、耿如亮组成，副队长王福来带队，越过这处巨大的塌方体，徒步前行，去查勘前方道路的垮塌情况；二小分队 15 名队员由苟奇、高忠、乔来生、熊春成、王林、周智勇、周二红、郑猛、周仁平、郑杰、齐有辉、耿其兵等组成，副队长苟奇带队，继续在崩塌体上修筑便道。

夜里操作，难度很大，视野受限，山上随时出现落石。想到被困沟口的数万名游客，以及当地百姓的生命安全，杨克宁不顾个人安危，始终跟师傅们战斗在垒土成路的过程中。

就在垒坡的过程中，还发生了一次险情：8 月 9 日凌晨 4 点多，当大型装载机沿着新修的大坡爬上巨石准备继续造路时，装载机打滑倾斜，差点侧翻。

虽然惨白的月光中，黎明正一步步蹒跚而来，但大地依然不时颤抖，加重了被困灾区人们心灵上的黑暗。

在关门子施工现场的尘屑弥漫中，有一个身材单薄的男子带领着一支由十几个身穿橘色衣服的人员组成的队伍奔跑了过来，欲冲过不时乱石疯飞的塌方体。

他们的衣服上写着"国家电网"几个字。

"现在山上石头随时都在垮，你们等一下通过行不行?"杨克宁对他们说。

为首那个身材单薄的男子认出了杨克宁，喘着气答道："州长，甘海子变电站瘫痪了，救灾亟须稳定供电，不敢耽搁啊!"

"现在通过太危险了。"

"请州长放心，我们会小心再小心，不会有危险的。"那个身材单薄的男子说，"再说了，如果我们怕危险，就会有很多游客和村民面临危险啊!因为电力对抗震救灾非常重要!"

"那好吧，我给你们站岗看着山上，看是否有石头垮下来，你们通过时要万分小心!"

"谢谢州长!"那个身材单薄的男子说着，又对他身后的人喊道，"兄弟们，快跟着我冲锋穿越塌方体，但是千万要注意安全!"

话没说完，一群人已经跑远了……

那位身材单薄的男子名叫罗亮，是国家电网四川阿坝州电力有限责任公司董事长、总经理、党委副书记，四川省电力公司"8·8"九寨沟地震抢险总指挥。

2017年8月8日晚，九寨沟县地震发生时，正在公司开会的罗亮马上中断了既有的会议主题，转换成了抗震救灾。

他强调："现在是九寨沟旅游旺季! 每天有三四万游客，必须设法快速恢复供电。"

当得知地处震中的110千伏甘海子变电站受损严重后，他又要求必须尽快修好甘海子变电站，因为这里是受灾核心区域与主网连接的枢纽。

会议结束后，他又带着抢险人员即刻出发，赶赴九寨沟。

罗亮等人冲锋翻越大塌方体后，转眼又1个多小时过去了。当那个巨大的石头沿着道路两边被垒上土石方，形成一个"凸"字形的道路之后，时间已经指向了8月9日凌晨5:30。

"路基本通了，谁敢第一个过去？"

苟奇问在场的人。

杨克宁毫不犹豫地说："我第一个过去吧！"

这时，在场的杨星、嘉央罗萨、李建军等人纷纷反对："您是州长，哪能让您第一个过去呢？还是我们先过去吧！"

"我是州长，代表着阿坝州的政府机关工作人员，在自己所服务的阿坝州的人民的生命财产出现危险时，理所应当第一个冲去解救！别争了，我决定了！"

杨克宁坚定地说："我们是一个肝胆相照、紧密团结的团队，我们谁通过这段乱石滚落的路段时，其他人都不会袖手旁观，都会利用手机或者电筒的照明来观察山体的滚石情况。我知道大家对我好，因而当我的汽车通过之时，大家帮忙盯着山体，如果发现有山石滚落，及时告诉我就行了！"

"这太冒险了！"这时一个声音说，"州长，还是我第一个过去吧，我也是阿坝州的行政官员啊！"

杨克宁一看，既诧异也感动。

说话的人名叫蔡清礼，是阿坝州的副州长。

有意思的是，蔡清礼 8 月 8 日晚上 9 时许刚刚从九寨沟赶回马尔康，便发生地震了。得知震中在九寨沟后，他甚至没有顾得上下车，便对司机说："掉转方向，向九寨沟灾区出发！"

"蔡州长，我们不是才从九寨沟回来吗？不休息一下？又马上返回去？"

蔡清礼的话让已经开了 6 个多小时汽车的司机哭笑不得。

"灾情就是命令！时间就是生命！哪能休息？"

"但是连续开车 10 多个小时的话，人很疲劳，而且又是夜晚开车，会比较危险。"

"没关系，你累了，你就睡会，我来开车就是。此时，灾区的人们才是最危险的。"

蔡清礼的话让司机很感动。

于是司机马上掉转车头，又从马尔康赶往九寨沟。

月色如霜，寒凉着两颗疾驰而又牵挂灾区的心。

当他们一路兼程赶到关门子时，刚巧看到满身又是汗又是泥的杨克宁决定第一个通过障碍物，于是蔡清礼便要求自己的汽车第一个通过障碍物。

但杨克宁坚持自己的决定，要将风险留给自己。

人们为杨克宁的安全十分着急，但看到他十分坚定不容更改的决定，便又建议说："州长，您坚持自己的车第一个通过危险路段，我们没有办法，那这样行不行？您不坐在车上，让司机先将您的车开过去，然后您才快步跑过去。"

"为啥要这样？"

"这样风险小一些啊！"

"我明白你们的意思！你们是为我好，怕汽车通过的时候路基不稳，或者山上塌方。但是我不同意这样做！我的生命金贵，难道司机的生命不一样金贵吗？"

杨克宁的解释让大家无可奈何，人们在为他捏着一把汗的同时，心中对他更加尊敬。

这时孙书深说："杨州长，那要不这样，您的车通过之后，在前方等着我们，我们要带装载机和挖掘机翻过这个塌方体，去前面开道，清除一路山体的垮塌物。"

李建军也说："对，杨州长，您的车通过塌方体后，请在前面等一等道路疏通突击队的这帮兄弟，他们需要在前面开道。装载机是大轮胎，遇到路上一些影响通行的石块，可以将其推往路边。"

"好的，就照你们说的办！"杨克宁说着，坐上了自己的越野车。

天，经过恐怖的迷蒙后，已经渐渐放亮。人们看到杨克宁无惧无恐地坐上自己的车，第一个通过有3层楼高的障碍物，十分感动。

自己第一个通过障碍物，真不怕山体落石吗？杨克宁那时只想尽快通过，而没想其他。他觉得关于落石的问题，即便道路没被塌方泥石堆砌，一样不时会有的。

于是杨克宁的车通过后，杨星的车、蔡清礼的车、王生的车、嘉央罗萨的车、李建军的车、孙书深的车，以及苟奇带队的装载机、挖掘机都一一通过。

一路上，都有游客在开阔地里待着，噤若寒蝉。在红岩林场，有不少游客围坐在一个大火堆旁烤火，寄希望于温暖和光明赶走恐惧和黑暗。杨克宁被这个在灾难中相对镇定、团结取暖的陌生群体所感动，也提醒大家要注意防火。

游客们以为杨克宁也是游客，便对他说，他们旅游团自 8 月 8 日上午 10 点钟吃过早饭后，就没再吃饭，地震的发生真是令人又惊又怕又冻又饿。

"我们这里成孤岛了，电话没信号，余震不断，没吃没喝，我们感到很绝望，生死难卜。"

有的女性说到这里，还绝望地哭了起来，身体也因恐惧而不停地颤抖。

杨克宁和杨星等人连忙安抚说："不会的，道路很快就会打通。"

"听天由命吧！不是被滚石砸死，就是被饿死，被冻死。"

"哪会呀！我们是政府工作人员，我们正在抢通道路，再等等，一切都会好起来的。"

杨克宁说到这里，转头对李建军说："将车上的食品、饮料拿下来分给他们吧。"

李建军有些迟疑，附在杨克宁的耳边小声说："州长，你也没有吃饭和喝水呀，给了他们你咋办？再说食品饮料少，游客多，无法实现人手一份，引发哄抢混乱咋办？"

杨克宁想了想说："食品饮料只有这么多，发完为止吧。到时车上都没有了，相信没有得到食品饮料的游客也能理解。"

幸运的是，就在李建军等人将车上的食品、饮料拿下来给游客们分发的时候，松潘县一个名叫葛玲的农民组建的爱心团队"泥腿子兄弟"送来了三车快餐面、萨其马、饼干、矿泉水、饮料等食品。同时，还用一辆车拉来了饭锅、炒菜锅、天然气瓶等做饭的家什……这在很大程度上给游客们解决了吃与喝的问题。

有葛玲照顾这些游客，杨克宁一行继续前行。

且说中铁一局成兰铁路指挥部抗震救灾道路疏通突击队一小分队在二小分队清障之时，越过关门子大塌方体朝下行进，一边沿途清障，一边安抚被困游客，给身处恐惧之中的游客带来了安慰与希望。

凌晨5时30分，一小分队行至甘海子，接近甲蕃古城的时候，发现前方道路被滑落的边坡、树木封堵。正当一小分队队长王福来准备用对讲机向二小分队队长苟奇说明前方道路状况时，苟奇已经在打通关门子大塌方体便道后，带着3台装载机火速赶过来了。于是装载机直接铲运散落在道路上的树木及碎石，三下五除二，甘海子段道路塌方体堵点便被抢通了。

之前穿越关门子大塌方体的罗亮，也将危险与恐惧放在一边，把责任作为信念的全部。他带着一行人到了甘海子变电站后，便与检修人员一起紧急维修起变电设备来，穿梭忙碌，全然不顾余震不断，山石乱飞。

对罗亮而言，他早已习惯了这样的生活。阿坝州地处川西高原，地质和气候特殊，灾害频发，春冬季冰灾雪灾不断，夏秋季洪灾泥石流及塌方又轮番登场。自2015年7月，罗亮到阿坝走马上任起，几乎每次灾难发生，他都第一时间出现在现场，镇定指挥，督导抢险。

夜的颜色在减淡，有光的时辰开始到来。

杨克宁、杨星、蔡清礼在带着干部职工所组成的抢险救援队伍过了甘海子、甲蕃古城，继续向下开进时得知，九寨天堂洲际大饭店受灾严重，几成"孤岛"，被困游客有数千人。

于是杨克宁连忙指令李建军安排人员紧急购买干粮、饮用水，并要求组织民兵100人将这些物资火速运送到灾区，供游客和老百姓食用。同时要求安排调用至少20辆巴士，于8月9日一早在弓杠岭候命，待道路疏通之后用以转移从灾区疏散出来的游客。

考虑到尽快打通川九路、疏通救援主线和清障通往九寨天堂洲际大饭店的道路、及时解救被困游客同样重要，杨克宁在与杨星、蔡清礼、孙书深、李建军等人合议后，又将中铁一局成兰铁路指挥部抗震救灾道路疏通突击队重新兵分两路：一路挺进九寨天堂洲际大饭店，一路继续向川九路九寨沟沟口方向开进。

通往九寨天堂洲际大饭店的道路受损严重，路面断裂沉降，两旁的挡墙石块被震落，将道路封堵。所幸装载机大显神威，对封堵路段的障碍进行了逐一清理，阻厄终变通途。

到达九寨天堂洲际大饭店，时间已是8月9日凌晨6时20分。救援队伍看到饭店大厅外面已经拉了警戒线，有保安值守，不让任何人进入随时都可能有物体坠落的大厅。

此时的饭店大厅破落颓败，好似经历了一场异常激烈的战争：先前陈述历史别具一格的文化墙已被震裂，装饰物震落一地；穿顶上的玻璃被地震剥夺了为人遮风挡雨的明洁，碎落成扎心的尖锋；大厅里的碉楼及石砌的建筑也被损毁；曾经的小桥流水也不再潺潺，仅只嘀答着悲伤……

在离酒店大厅约几百米远的停车场，几乎是一片白花花的海洋，1000多名受尽惊吓的游客衣冠不整地挤在这里，裹着被子、披着浴巾、穿着睡袍……

尽管游客们情绪低落，精神萎靡，但总体情况还好。哭的有，激动吵闹的有，悲痛欲绝难以自持的游客却基本没有。

这里的白色散发着柔软的光芒，有雪一样的纯洁，棉花一般的温暖。

看到救援人员伴着光辉而来，停车场上响起了掌声与欢呼声。

将危险抛置身外，阿坝州委宣传部长杨星是一个外形柔弱、内质刚强的人。当她到了九寨天堂洲际大饭店停车场游客集结点时，她心地慈良的一面又如花绽放，看到有一个30多岁的女性在那儿哭得很伤心，便连忙上去询问原因，以期安抚。

"我联系不上我们旅游团了，打他们的电话也打不通，这么危险，我该咋办呀?"

话语中流露出凄惶和无助。

得知这一情况后,杨星安慰说,现在她是安全的,余震也会小于首震,基本没啥危险了。同时,政府工作人员已从外面连夜赶了过来,说明九寨天堂洲际大饭店通向外面的道路也是畅通的,所以不用害怕。

高原清澈的阳光,温暖着这位士的无助。杨克宁也走了过去安慰,说自己有卫星电话,可试试用卫星电话联系她的同伴。

这位女士感激地接过杨克宁的卫星电话,急忙拨打同伴的电话,无奈电话依然打不通。

"你不要着急,暂时联系不上,不等于一直联系不上,再说,还有我们在呢!"

安慰仍在进行,但这位游客已经非常感动。

正在这时,有一个人叫起了她的名字,这个人正是她所在旅游团的导游。

灾难中的故事,过程曲折,但并非所有结局都糟糕。

阳光般的温度让夜的冷越来越淡。

在这里,杨克宁看到阿坝州副州长兼公安局长刘波涛和阿坝州政府办公室主任杜林,以及一些特警、消防、九寨天堂洲际大饭店员工,正顶着一脸的憔悴和满身尘灰,在安抚着游客,有序地组织游客按照1-7号楼1-9层的顺序、10人一组排成队,到房间拿行李或重要证件。

杨克宁很感动,凡是得知九寨沟发生地震的干部,都不眠不休不顾个人安危自发地前去抗震救灾,这是一种令人欣慰的觉悟,也是阿坝州干部队伍整体高素质的体现。

看到刘波涛和杜林等人正在组织游客有序地去宾馆里面收拾行李,杨克宁情不自禁地说:"你们早早地到达这里,有你们的付出,游客们的情绪好多了。你们辛苦了!"

刘波涛说:"州长,我们不辛苦。我从若尔盖过来的,所以到这里的时间稍微要早些。"

刘波涛平时工作地点在马尔康市，地震发生后他怎么从若尔盖过来呢？

其实这事很简单，他正在若尔盖出差。

地震发生的时候，正在阿坝州若尔盖县出差的刘波涛，顿觉震感强烈，不像"5·12"汶川特大地震后的阿坝惯常出现的余震。

震中在哪儿呢？会不会又发生在阿坝州的范围内啊？

时间转瞬过去了两分钟，正在他焦虑不安地求证的时候，都江堰一个朋友的电话打了进来："刘州长，你还好吧？刚才发生地震了，不像是余震，都江堰的震感非常强烈，会不会又是发生在阿坝州哪儿的地震啊？"

原以为能从这个电话中得知地震的确切位置，谁知朋友也不知道震中在哪儿，非但如此，还在电话中向他探询震中位置。

不过根据相关信息，他分析认为，震中一定在从都江堰到若尔盖之间的某个地方。

很快，中国地震台网就发布了信息，证明了他的分析是正确的：震中在九寨沟。

震中在九寨沟！

刘波涛惊出一身冷汗。

怎么又是阿坝州？而且还是聚宝盆九寨沟！

对九寨沟，他的感情是很深的，这里是人间天堂，是每个阿坝人心中的圣境，是每个四川人心中的圣境，是无数中国人心中的圣境，是全球无数人心中的圣境……

"震中在九寨沟，现在又是旅游旺季，那么多游客在那儿，多危险啊！我得马上去抗震救灾！"他对身边的人说。

他一边收拾行李，一边命令驻扎在若尔盖县的阿坝州公安局特警三大队的特警们马上出发，前往九寨沟县地震灾区抗震救灾；又命令若尔盖县公安局抽调民警，火速前往九寨沟县地震灾区救灾。

在前往九寨沟的过程中，他接连给阿坝州委常委、九寨沟县委书记罗智波打电话，给九寨沟县副县长兼公安局局长黎永胜打电话，给九寨沟县公安局沟口分局局长海滢打电话……想了解九寨沟震中的灾情。结果，这些电话都打不通，都是"你所拨打的电话不在服务区"。

就在刘波涛东一个电话西一个电话地不停拨打之时，他的手机短信铃声响了起来，一看，这是漏接电话的提示信息。这些漏接的电话中，有时任阿坝州委书记刘作明打给他的电话。

想到一定是书记对自己有重要指示，他连忙回拨过去。

电话通了，刘作明指示他马上向省公安厅报告，请求省公安厅对九寨沟的出行道路进行远端交通保畅。

刘波涛觉得书记十分睿智，做出要求对九寨沟的出行道路进行远端交通保畅的指示也十分英明。因为令国人痛彻心扉的"5·12"汶川特大地震，以及"4·20"芦山大地震发生后，虽然爱心潮涌，但由于自发的社会救援车、大型机具一窝蜂地往灾区赶，结果在相对狭窄的道路上造成了交通的严重堵塞，延误了灾区的正常救援和伤病员的及时转移。

去过九寨沟县的人都知道，九寨沟处于大山之中，道路修建不易，进出县城只有三条路：一条是从九寨沟县城出发，一路上行，经漳扎镇，翻弓杠岭，过川主寺镇，至阿坝州松潘县。另两条是从九寨沟县城出发，过双河乡分岔，一条道向右，经勿角乡过黄土梁到绵阳市平武县；一条道向左，经甘肃省文县，过广元市青川县，然后进入高速。

刘作明还在电话中表扬了刘波涛从若尔盖县紧急赶赴九寨沟的自觉行为，同时要求他在抓紧实行交通管制的同时，迅速组织力量摸清道路交通情况，为游客大转移做准备。

8月8日，九寨沟风景区迎来旅游旺季，据统计，当天游览景区的游客有3.8万人。根据游客们以往到九寨沟旅游的规律得知，当天游览景区后，约有20%的游客离开，剩下80%的游客则会留宿漳扎镇；第二天要浏览景区者，也会提前进沟住在漳扎镇，因此游客的总数预计有6万多人，加上漳扎镇本地百姓以及在宾馆饭店务工的5000多人，留宿在九寨沟沟口者便有 7 万多。漳扎镇面积只有 1.3 平方公里，却容纳这么多人，且大部分人来自五湖四海，发生了这么大的灾难，恐慌一定如山洪般冲毁了宁静，又如汪洋般淹没了希望……

游客们怀着轻松愉快的心情前来旅游，却遭遇生死之劫，内心的惊恐程度可想而知。

同时他们也要吃、要喝、要御寒、要防余震……

因而得尽快转移才行！

地震发生后，刘作明马上就意识到有两个重大问题越早解决越好。这两个重大问题是道路保畅问题和海子安全问题。

对第一件事情，刘作明打电话向罗智波及刘波涛作出指示，要求交通保畅。如果道路通畅，则火速对游客进行疏散转移，疏散的方式是先组织自驾游客人转移，加入旅游团的游客则在天亮以后再转移，否则大车一抢道，便走不动了。

对第二件事情，他又向罗智波指示，要求速派人员查看景区灾情，监测长海安全状况，如有险情及时汇报。因为长海、熊猫海、五花海等海子蓄积的湖水有数百万乃至上千万立方米，假如溃坝，湖水通过狭长的九寨沟倾泻而下，势必将漳扎镇和九寨沟县城冲刷得一干二净。

6. 石雨里前进

阻碍，会使忧伤凝结。

通畅的道路，是逃出灾难走向安宁的保障之一。

要做到交通保畅，首先得做到阿坝州内的道路保畅。

刘波涛在若尔盖草原深处，手机的信号时有时无，所幸跟随他前往九寨沟灾区救灾的有一辆公安系统的"动中通"汽车。

"动中通"，是一种在移动过程中也能保持完美通信的设备。通过"动中通"系统，车辆、轮船、飞机等移动的载体在运动过程中可实时与卫星保持联络，不间断地传递语音、数据、图像等多媒体信息，可满足各种军民应急通信和移动条件下的多媒体通信的需要。

通过"动中通"系统，刘波涛立即指示阿坝州公安局指挥中心启动交通应急预案，成立联合指挥部；同时要求公安局的相应领导、各警种主要负责人各司其职——马上调看道路监控天网，通过天网观察车流量的实时状况、交通保畅的情况，以及警力的布置情况。

无奈地震后九寨沟县停电，沿路的天网已成摆设。

得知这一情况后，刘波涛又指示交警在弓杠岭处设立卡口，要求除救护车外，一切车辆需得到允许才能前往九寨沟。

而对于阿坝州以外进出九寨沟县需要管控的交通要道，刘波涛则在第一时间向四川省公安厅领导进行了汇报，请求其帮助，并得到了支持。

之后，刘波涛又给松潘县副县长兼公安局局长曾玉林打电话，要求其确保通过松潘县小河乡到平武县的道路是畅通的；给松潘县县长李建军打电话，请李建军安排救援力量从松潘县川主寺镇带着装载机与挖掘机，往九寨沟沟口方向探路和开路。

而那时，李建军已经安排好了中铁一局成兰铁路指挥部提供的推土机、挖掘机，以及抗震救灾道路疏通突击队正准备出发呢。

同时，刘波涛又命令阿坝州公安局的消防、特警，还有州公安局机关的民警，也要赶紧组织力量前往九寨沟救灾。

半个小时后，四川省公安厅便对从成都到九寨沟的三条大通道实行了交通管控。

这三条大通道分别是通过绵阳市平武县到九寨沟的四川省道205线，通过四川省广元市、甘肃省文县到九寨沟的道路，通过都江堰、茂县、松潘县到九寨沟的道路。

随着九寨沟旅游旺季的到来，2017年8月4日，阿坝州公安局已派出该局特警支队三大队副大队长侯玉龙，带着26名特警来到九寨沟风景区执勤，维持旅游高峰期的景点秩序。于是刘波涛又马上给侯玉龙打电话，了解九寨沟的地震灾情和游客秩序。

电话打通了，正在《九寨千古情》剧场维持秩序的侯玉龙说，地震发生后现场比较混乱，但暂时没有发现人员伤亡……

正通着话，电话又断线了。

令人心灵摧折的煎熬或牵挂，有时候就因为无法做到信息的互联互通。

高山草原的夜幕，低垂而又空阔，闪耀的星星，格外吸引眼球。

但是刘波涛无心欣赏这美丽的草原之夜。

他的心，早就飞到了九寨沟灾区。

电话总打不通，心急如焚。

好在，不一会儿，他收到了九寨沟县副县长、公安局局长黎永胜发来的短信，汇报说，九寨沟县已经启动了应急预案，自己正与罗智波在九寨沟沟口公安分局指挥抗震救灾。

在安排抗震救灾的这些应急措施的同时，刘波涛前往九寨沟的车也在貌似平静的夜里奔驰着。有没有电话，打没打电话，他的心都沉郁又焦虑。

同样的焦虑，也在成都，在四川省委、省政府蔓延。

途中，四川省委常委办一位副主任给刘波涛打电话，向他了解九寨沟震中的灾情。

刘波涛告诉对方说，在若尔盖出差的自己正努力往九寨沟赶。关于灾情，他也正在收集的过程中，并建议其向九寨沟县公安局沟口分局局长海滢了解。因为海滢就在九寨沟沟口。

随后，他将海滢的联系方式告诉给了这位副主任。

同样的焦虑，也如地震波一样，共振全国人民的心。

在汽车奔驰的过程中，刘波涛也接到了来自公安部领导了解灾情的电话。

这么大的地震，这么多的游客，在这么逼仄的区域之内，灾情千万不要太严重啊！

心里忐忑不安的刘波涛不敢揣度，只能祈祷。

可是，越祈祷，却越忐忑。

10：28，他又收到了黎永胜发来的短信："目前还没有接到有游客死亡的信息。"

这条短信，让他沉重的心轻轻地舒了一口气。

然而，灾情就是这么折磨人。刚过一分钟，10：29黎永胜又给他发来短信："漳扎镇到甘海子松潘方向，山体垮塌，道路已断。"

依然没有人员伤亡情况。

没有最好！没有最好！

没有人员伤亡，这当然仅是一种良好的愿望。

真实的灾情在朝着揪心的方向发展。11：24，黎永胜发给刘波涛的第三条短信，让他的心蓦地一痛："刘州长，刚刚得知，已经有5个人在地震中死亡。"

这条短信如一把利剑，戳中他的泪腺，黑夜里急速行驶的车内，手机明亮的荧光照见了他眼眶里的泪花。

就这样，从若尔盖草原出发的刘波涛，一路联系了解地震灾情，并给出相应的处理办法，一路向相关领导汇报灾情，并接受领导指示，片刻不歇地奔驰。

然而，当他们从川主寺下行，走过弓杠岭时，发现往日平坦顺畅的路面，变得坑坑洼洼，且积满了震落的石块和车辙纵横的泥土。这是地震时垮塌的山体重创后的凋敝。

而路边，还有不少大石头；这些石头并非震落到路边的，而是被人为清障使然。除了大石头，路边还有被切割的巨大的松树树干，醒目的切面，刻录着排险抢险鲜活的印记。

这一幕幕景象，令刘波涛既震撼又温暖。

汽车像小船一样在路面上荡漾。荡漾无所谓，能勉强通行便行。

然而当他们走到一个叫关门子的地方时，却被垮塌下来的山体彻底"关"在了门外。

崩塌的山体，以及一块大如货车的石头，无赖般地横亘在道路中央，致使汽车无法通行。

这时，先前从松潘县赶去探路与开路的中铁一局成兰铁路指挥部党委书记孙书深所带的装载机与挖掘机，面对如此之巨的石头，也只能望石兴叹。

救护车、消防车、救援车……一众汽车行进至此，前进不能，后退不能，每个被阻滞的人都忧心如焚。

此时已是 2017 年 8 月 9 日凌晨 00：50 了，地震发生已经过去了 3 个多小时，九寨沟的灾情怎样？游客情况怎样？伤亡情况怎样？

得尽快前去救援啊！该咋办呢？

正在这时，刘波涛的手机响了，电话是四川省委常委办公室一位领导打来的，询问从川主寺到九寨沟沟口的道路是否通畅，说四川省委书记与省长从成都达到九黄机场后，想坐汽车前往九寨沟指挥抗震救灾。

刘波涛马上汇报了道路上横亘着一块暂时无法清除的巨大石头的情况。为了证明自己所言属实，他还叫一个民警在注意安全的前提下，站在石头前面拍了一张照片，并将这张照片发给了这位领导，使之能够直观地看到此石头的大小。

继而，他又将这张照片发给了省公安厅的领导，发给了随刘作明书记前往灾区抗震救灾的阿坝州委办公室主任李江澜。

由于装载机、推土机与挖掘机都无法撼动这块大石头，道路无法立马打通，刘波涛决定弃车步行，冒险翻越，向九寨沟进发。

飞石滚落，噼噼啪啪地从山上滚下来，砸得坡上的树干闷响，相互碰撞又发出枪炮般的脆响。犹如弹雨和刀剑织成的一张网，锁住了前行的路。

刘波涛要冲锋，架势而起时，惊起一片劝阻。

"刘州长，千万别冲啊！太危险了，还在垮石头呢！再等等吧。"

等等当然没问题。可是被困厄灾区需要我们前去救援的游客们怎么等得起？

"没事，我注意一些就行了！抗震救灾就好比是打仗，即使前方有枪林弹雨，我们也要冲锋！"刘波涛说，"既然是战场，就会有牺牲，我得尽早前往查看灾情，好向上级汇报，以利领导做出抗震救灾的相应决策。"

石雨呼啸，刘波涛瞅准一个时间的空隙，爬上这个巨大的岩石，在众人关切的高声劝阻中，冲上了塌方体，飞奔向前，消失在夜色中塌方体的另一端。

这位性格谦和的副州长，意志的棱角在夜色中闪亮，也振奋了同行的人，大家也都找准石雨打盹的空档，攀爬、飞奔、跳跃，然后穿过塌方体。

坎坷，并不是人生的全部，不过是命运的一处驿站。

通往九寨沟的险阻也一样，过一程就少一程。

经历一难，少一难。

继续前行，在抗震救灾这唯一信念的引领之下。

柔弱的血肉之躯，闪耀意志如钢的光芒。

从关门子往九寨沟沟口走的道路都是沟道，道路两边都是削壁高山。

而且，这山上的石头又非由很大的整石构成，而是像当地藏族碉楼那样，由一块块小石头叠加上去的，日久而丛生植被，平常倘若下场雨，都可能有石头滚落下来，滑坡、塌方之类更是常见。发生地震，这种现象就更严重了——这些石头都被抖松了，稍有余震，都会滚滚而下。

跨过这个塌方体，一边向下，一边躲避沿路山上不时滚落的石头，在经过一个名叫红岩林场的地方时，他们看到有两辆林场的小型越野巡逻车朝着他们开了过来。

蓬头垢面的巡逻车，如残冷之夜里的些许灯光。车上，除了驾驶员外，还有两名医护人员，他们担心被塌方体堵于路上的游客遭随时滚落的石头砸伤，因而一路呼唤游客到开阔地躲避，同时也救治伤病员。

在堆积石块的路面上艰难前行，满载的爱，给了游客战胜灾难的力量。

路面粗糙，行迹跌宕。既然巡逻车是从对面开过来的，说明前方道路能够通车。真好！

"为了能够早些前往九寨沟沟口，尽快掌握地震灾情，以供领导做出抗震救灾的决策，我们想借你们一辆车用用，不知可以不？"

刘波涛向巡逻车招手，待车停下后，他向司机说出了自己的想法。

"你们是……"

"我们是阿坝州公安局的。"

这时，跟刘波涛同行的一位警官亮明了身份。

在凶残无情的灾难面前，人与人之间最亲近的语言，便是救灾。

这句话是建立在爱与善良之上的心灵通行证。

没有任何迟疑，他们的提议便得到了积极响应。

刘波涛留下了巡逻车驾驶员、九寨沟红岩林场管理员夏天来，以及随车配备的杨冬梅、陈建两名医务人员，他们都是松潘县医院的医生。然后自己与此次随行的阿坝州公安局民警李永超，阿坝州公安局特警支队若尔盖大队民警马林涛，松潘县公安局的政委陈应全等人上了车。

折转复行中，巡逻车驾驶员夏天来对刘波涛说，阿坝州政府办公室的杜林主任等 3 人刚刚从这里经过，也正往九寨沟沟口方向赶去，且杜林膝盖受伤。

听夏天来这样一说，刘波涛连忙问："杜林是开车去的，还是步行去的？"

"步行去的。他的车也是因为关门子那巨大的塌方体堵住了道路无法开过来，因而将车停在那边后，徒步翻越塌方体过来的。"

了解这一情况后，刘波涛随即要求大家注意路上行人，发现杜林便将他叫上车来，一起前往九寨沟。

于是大家随着车的前行，一边此起彼落地喊："杜林主任在吗？杜林主任……"

汽车往前开了几公里，经过了三批聚集的人群后，终于遇到了杜林，刘波涛连忙将之叫上了车，与自己一起挤在副驾驶的座位上。

就这样，这辆车前排坐了 3 个人，后排坐了 4 个人，车斗里也挤了 4 个人。

在抗震救灾之路上，杜林为什么行进在刘波涛之前呢？

因为杜林也在出差，出差地点在松潘县。松潘县比若尔盖县离九寨沟县更近。

2017 年 8 月 8 日下午，阿坝州政府副秘书长、办公室主任杜林陪同国家发展和改革委员会一位领导，从若尔盖县到松潘县调研阿坝州生态保护与建设示范区工作，当天下午晚饭后，他们继续在松潘县政府二楼召开座谈会。

晚上 21：19，会议临近结束时，房屋突然开始了剧烈的震动。

"地震了，快跑！"

在这片经历过"5·12"汶川特大地震之后经常发生余震的土地上，人们对地震的敏感度已经非常强，因而当房子摇得吱吱嘎嘎响时，便有人惊呼起来，并迅速地向楼下院子冲去。

这不是汶川地震的余震！如此强烈的震感，让杜林判断松潘县周边肯定发生了大地震。

是松潘县，还是哪儿？

松潘与邻县平武处于龙门山北东向构造带、西秦岭东西向构造带和岷山南北向构造带的汇合部位，地理构造比较复杂。

1976年8月16日22时06分、1976年8月22日5时49分、1976年8月23日11时03分，在松潘、平武之间，便发生了7.2级、6.7级和7.2级强烈地震，使松潘、平武、南坪（九寨沟）、文县等县遭受震灾。由于之前地震部门曾做了中期和短期预报，并采取了人员撤离等积极的预防措施，所以人员伤亡较少。

虽然从情感上来讲，杜林不愿意任何一个地震发生在地球上，但理智上他又明白，刚才房屋剧烈摇摆与震荡情况的出现，附近一定发生了大地震。

10分钟后，经过多次与阿坝州应急办对接才终于确定，九寨沟县发生7.0级强震，震中位于漳扎镇附近。

获此信息，杜林马上致电九寨沟县常务副县长刘今朝。经多次拨打，终于接通。电话那端传过来的声音嘈杂不安：有人大声呼唤，有人大声哭泣，有人激动议论……

他焦急地向刘今朝打听灾情。

"我此时在九寨沟沟口。"怕电话突然中断的刘今朝语气急切地说，他当天有事在九寨沟沟口工作，因而在第一时间对灾情有所了解：漳扎镇的道路上有很多从山上垮塌下来的石头，但人员伤亡情况还有待进一步了解，房屋好像没有看到倒塌的。

听刘今朝这样说，杜林紧张的心情轻松了许多，但想到旅游旺季的九寨沟有数万游客，他不敢掉以轻心，决定立即前往九寨沟灾区参加抗震救灾安抚游客情绪。

得知杜林将决定前往九寨沟，刘今朝很着急，劝慰杜林不去为好。因为从松潘到九寨沟的公路全是沟道，路两边高山耸峙，地震一定震落下了许多石头，更可能有山体滑坡垮塌，加上天黑路远，非常危险。

既然是地震，当然危险了！

自己危险，那么多正处在震中的游客与当地老百姓不是更危险吗？

106

杜林决定即使冒再大的危险，也要去九寨沟震中参加抗震救灾，并收集灾情上报。

给刘今朝打过电话后，他又分别向阿坝州委常委、州政府常务副州长徐芝文和州政府秘书长贺松报告了自己将前往九寨沟查看灾情的决定。

徐芝文与贺松都叮嘱他沿途一定要注意安全。

听说杜林要马上前往九寨沟震中，与杜林一同开会的松潘县副县长甘健平对他单车前往十分担心，特地安排了松潘县发改委副主任沈明星一同前往。

7. 凛凛超越生死

阿坝州真是多灾多难，先是遭遇"5·12"汶川特大地震，接着又遭遇"7·10"泥石流，不久前又遭遇了"6·24"茂县叠溪海子山体滑坡，现在连九寨沟风景区也发生地震了……

车轮疾驰，夜色茫茫，想到仅仅阿坝州连续遭受自然灾害，杜林情绪十分低落。

见状，沈明星和杜林的司机卢晓华连忙安慰杜林。

但杜林听了沈明星与卢晓华的安慰之后，却很认真地对他俩说："要不你们不去九寨沟了，我一个人开车去就行了。"

卢晓华与沈明星都觉得颇为诧异，连忙询问原因。

"虽然此行的目的是抗震救灾，但我们其实心里都明白，此去一路风险很大。"杜林解释说，"我是阿坝州政府副秘书长、办公室主任、应急办主任，使命和责任要求自己必须尽快前往震区了解灾情。但你们不一样，你们没必要这么自告奋勇地前去抗震救灾。"

沈明星和卢晓华听了杜林的解释后，都态度坚决地表示要一同前往，让杜林很感动。他半开玩笑半认真地问："你俩不怕死？"

"死，谁不怕呢？但谁说此行一定会死呢？而且这世间的人死的形式多种多样，有的人吃饭、喝酒还死了呢。"卢晓华也半开玩笑半认真地回答，"再说，就算此行我真的会死，我是为救人而死，也比吃饭死、喝酒死的人要有意思得多。"

"师傅说得对！"沈明星也附和说，"我不信生死宿命，但生死宿命论者有一种观点可能还是有道理：如果老天真要谁死，他怎么也活不成；如果老天不让谁死，他怎么也死不了。"

两人的话让杜林很感动。

从川主寺到弓杠岭，一路道路还算平坦，山上也无落石，给人的感觉仿佛没有发生地震，似乎先前的地震消息是一种谬传。

但车刚过弓杠岭，开始下山，才走10多公里，一种异象便由浅入深：路面上堆积越来越多星星般的石头，山体不时动荡，不断有石头从山上滚落下来。

猜想到这一路下去，汽车很难畅行，必然会有山体塌方和滑坡的现象，杜林换上了平常放在车上备用的运动鞋，随时为汽车无法前行时的徒步做好准备。

果然，当时间指针转到8月8日夜里22:40时，在下山约30公里处一个叫关门子的地方，山上局部塌方的石头便堆积在道路上，堵塞了他们前行的道路，也堵住了一长溜汽车。

杜林和沈明星只得下车徒步前往塌方体处查看如何通行。

还未走近塌方体处，已经听到了山体仍在继续垮塌及落石的"隆隆"之声；也看到有不少人正远远打望山体垮塌情况，想通过此路段。

这些人看上去像游客，因为有导游举着导游旗。

杜林一路小跑过去，请他们务必站在安全的地方，不要离塌方体太近，以确保没有生命危险。

而他自己却一边说着一边跟沈明星往塌方体处走。

这时那些导游以及游客便不理解了，纷纷嚷嚷："你们叫我们站远一点，你们怎么却往近处冲呢？你们不怕死吗？"

杜林解释说："我们当然也怕死，但我们是政府工作人员，有责任探查道路的堵塞情况。"

杜林的话让人们很感动。

这时，又有一群人走了过来，看着装不像游客。

沈明星认识其中一些人：松潘县电信公司总经理泽里孝、移动公司总经理焦玉光、在松潘县出差的九寨沟电信公司职工张春燕。

泽里孝和张春燕都是九寨沟县人，九寨沟地震的发生让他们惊恐不安，他们担心着家人的安危，也想尽早得知家人的情况。

张春燕心里最着急。

张春燕是九寨沟县黑河乡人。九寨沟地震发生后，她从短信和微信中得知，震中就在黑河乡附近，正在松潘县电信部门开展跨区域业务指导的她吓坏了，连忙与老家的亲人联系。然而电话拨打无数次，也未接通。发生这么大的地震，她猜测当警察的丈夫雷江洪一定在地震后第一时间便去了救灾现场，又为丈夫的安危担心。想打电话了解一下情况，也打不通。

地震后，在中国电信阿坝州公司的统一部署下，相距震中较近的松潘电信分公司临危受命，第一时间组成抢险突击队，向灾区挺进。主动请缨参与救援的张春燕，成为这支抢险队伍中唯一的女性。

抢险队的车辆在黑暗而崎岖的山路上艰难地前行，车灯照耀下，山体滑坡，道路堆石，张春燕脑子里的愁绪层峦叠嶂，家中的孩子和老人，不知道他们是否安好，她继续拨打电话，一次又一次，可是手机里不是传来"你所拨打的电话暂时无法接通，请稍后再拨"，就是没有任何反应。

时间流逝，此时此刻她多么希望自己能陪在孩子身边。一种担心在骨髓里流淌。

也许，即使隔着山水，母子之间心灵也是相通的。没隔多久，一条微信跋山涉水地来了："妈妈，我们全都平安，爸爸送我到大姨家了。因为爸爸接到单位通知去参加抗震救灾了。"

短短的一句话，犹如灵丹妙药，治好了张春燕的担心。

想到相同的牵挂，正在万千母亲与孩子之间上演着，因为通信中断而扯心扯肺地煎熬着，她告诉自己，再大的苦、再大的难也要挺住，也要全身心地投入到通信抢险中去。

一路向前，终因山石垮塌造成道路阻断，车辆无法继续前行，抢险队员们只得将车辆停在路边，改为徒步赶赴救灾现场。

之后，他们便与同样徒步前往九寨沟抢险的杜林、沈明星、卢晓华等人相遇了。

就在他们相互认识的过程中，又陆续聚拢来十来个急着赶往震中的九寨沟居民，每个人都忧心忡忡，每个人都归心似箭，每个人都心如刀绞。

然而，汽车要想通过垮塌下来的堵路的山石，却并不容易。何况，山上还在落石。

时间慢下来，忧心苦脸。

"这么多石头堆在路上，如果不清理掉，我们的汽车根本过不了。"眉头紧锁的杜林说，"好在我们有20多个人，可以分工合作，尝试一下清障，争取努力清理出一条道路来。"

大家经过简单评估后，认为通过合作，可以徒手清理抢通道路。于是杜林将在场人员做了简单的分工：张春燕负责警戒，凭借强光电筒观察道路上方山体的动态；其余人员与刚赶到的松潘县消防队的战士、松潘县公安局的民警负责清理路上的石头：小的石头大家迅速分头去捡，大的石头大家齐心协力去推。

置恐惧于身外，众志成城。不到半小时，一条可以让越野车通过的便道，在大家的共同努力下抢通了，大伙儿顺利地通过了此屏障。

还是人多力量大！

汽车继续前行，杜林跟大家一样，心中有了小小成功带来的喜悦。

虽然人们知道前方道路不可能只有这一处塌方，但这个成功却如同在酷寒的环境里傲雪凌霜的蜡梅，馥郁着人们心中的希望。

不管是谁掌管着黑暗，它都既不可能成为永远的霸主，更不可能让黑暗成为世界的永恒。

汽车向前方又行驶约10公里，发现有一棵古松从山上坠落下来，夸张地横陈在路的中央，再次阻断了他们车辆前进的道路。

卢晓华将车停在路边后，杜林照例下车来观察。

在高原的天空下，这棵吸天地精华而成长起来的松树，树干竟有一人合抱那么粗，整体重量不知有多少吨。

古树无意，震魔恶毒。

看着这棵古松，杜林既为其阅世千年不倒却倾覆于地震而可惜与悲哀，更觉得其形体硕大无法挪移心中感到泄气与颓然。

因为先前的清障方式，在这里却毫无用处：古松粗阔，枝丫婆娑，纵然合力，也难撼其一步！

此时已是 8 月 8 日 23：30，距离地震发生，已过去两个多小时。游客煎熬，何计通行？

"咋办？是弃车徒步，还是另有他法？"

杜林转过身来问大家。

众人面面相觑，不知如何回答。

"大树没有石头可怕！"

这时，也停车下来的松潘县的消防战士走过来说："我们有办法解决它。"

杜林充满了好奇与期待："你们有办法解决？怎么解决？"

"方法非常简单，工具而已。"

消防战士说着，打开消防车的车厢门，迅速拿下电锯："有电锯，还怕对付不了这棵松树吗？除非它是妖精所化！"

旋即，他们便对大松树开始切割起来。

当然，大松树也并不是那么好对付，消防队员用电锯从树干上面往下来锯，结果锯到树干的三分之二处时，在重力作用下，下沉的树干却紧紧地将锯片给卡住了。

杜林说："刚才你们应该从树干下方往上方锯的，这样树干下沉，树干上所锯的口子就会越来越大，锯片就不会被树干卡住了。"

消防战士觉得杜林说得有道理，生活的智慧令他们不胜赞叹。

锯的锯，搬的搬，齐心协力用了近半个小时，第二个障碍，就这样迎"锯"而解。

跨过了第二个障碍，杜林带着车队继续前进。

虽然与灾区的距离在一米一米地缩短，但是在这个前进的过程中，杜林心中却喜忧参半，因为越往前走，路上的落石越多。

道路坎坷如此，势必步履维艰。

果然，又走了不到 5 公里，前方的道路正中便出现了一个房间大小的巨石，杜林和大伙儿停下来仔细观察才发现，想要第三次创造奇迹，排除障碍，看来是绝不可能了。因为这个石头至少有好几百吨重啊！

大家纷纷下车，用手机对着巨石拍照。

他们发现，就在巨石后面一米左右，有一辆小车停在路中，车的后部已经被石头砸得稀烂。看到小车如此惨状，杜林能想象车上的人在地震发生，被巨石砸中车尾时有着怎样魂飞魄散的生死瞬间！

万幸的是车上并未发现半点血迹，可见车上的人员没有任何伤亡。

"喂，你们两位，想在这辆车上找什么？快走开，山上正在垮石头，很危险！"

正在杜林与松潘县公安局交警大队大队长王毅打量这辆小车内部的情况之时，离车不远处一个声音大声地提醒着他们。

"我们看看这车上有没有人受伤。"

"没有没有，这辆车是我们的，我们全都安全地逃了出来。"

得知这一情况，杜林长舒一口气。但他却不忘对车主说："车被石头砸坏了，有保险公司理赔，你们没必要守着它了，离这危险的塌方地段尽量远一些，你们自身的安全更重要！"

这时，已是夜里 23：50，考虑到现场没有人员伤亡，车辆也无法通过，杜林请刚赶到现场的阿坝州地震局局长王树明安排车辆有序停放，给救援机具让出通道。他自己则带着十几人徒步前行，继续向震中挺进，同时派遣松潘县公安局的干警快跑前进，以侦察路况。

走了大约一个小时，松潘县公安局前去侦察路况的干警气喘吁吁地跑回来告诉他说，前面还有很大的塌方体，根本没有办法通过，建议他们返回停车的地方等待。

杜林和泽里孝、焦玉光、沈明星三人商量后，还是决定继续赶往塌方体，看看具体垮塌的情形再说。

走到近前，已经是 8 月 9 日凌晨 1 时了，杜林发现这处大塌方体距关门子大约 10 多公里，堆积的体量太大，掩埋了很长一段公路，不要说汽车无法通行，就是人从上面徒手攀爬过去也十分危险。

再危险，也要前进。杜林在仔细地观察和评估了这处巨大的塌方体后，决定徒手攀爬快速翻越。因为前方灾情紧急，不敢停留。

为尽可能降低伤亡风险，杜林要求大家在保证安全的前提下力求快速通过，越快越好。

他将随行的十几个人分成三个小组，分组通过。翻越塌方体时大家相互搀扶，相互照应。

10多个人在这个惊心动魄、手脚并用翻越的过程中，除了杜林一人膝盖受伤外，别的人全都无事。

杜林在攀爬塌方体时，由于左脚踩进了垮塌下来的石头缝隙里，膝盖撞上了石壁受了伤。所幸伤情不重，血流出来了他才感觉到痛。

看到杜林的膝盖上流出了血，大家都劝他休息一会，但杜林不想拖大家的后腿，婉谢了好意，继续前行。

途中，他们遇上一辆旅行社的客车，车的前门和车的尾部都被巨大的石头击中，站在路边的游客一个个惊恐万分。

当杜林一行人出现在他们面前时，他们既诧异又兴奋。

得知杜林一行是阿坝州政府的工作人员后，他们更如看到了救星，面露欣喜地围拢了过来，问长问短地打听道路情况。

经过了解，杜林得知，这个旅游团的车被砸得完全不能用，但车上的乘客们还算幸运，只有一位六十来岁的游客头部被石头击伤。

"我们是来探路的，我们还得朝九寨沟沟口方向走，你们不要害怕。"杜林告诉他们遇见这种自然灾害千万不要惊慌，要把车停放在相对开阔的安全地带，"我已经协调松潘县县长派出救援医生尽快赶过来，并请你们天亮后按照当地干部指定的方向进行撤离。"

听了杜林的话后，大家的情绪稳定了下来。

说完后，杜林继续带队朝前走。

一路下行，他们分别在九寨沟甲蕃古城以上的路段，遇到了近十个旅行团和十余辆私家车，游客们都滞留在路边，躲避着余震。

当杜林一行徒步走到红岩林场时，已是8月9日凌晨1：50，这时一大群游客正围在一个火堆旁取暖，看上去，其情绪还算稳定。

这个地方相对开阔，即使有余震也不可怕。

杜林找到红岩林场一个叫刘丹的人，在了解林场的受损情况后，特别嘱托刘丹，开车将关门子大塌方堆积体至红岩林场之间滞留的游客，全部带到红岩林场安置，并请林场的职工为游客们提供热水等急需品，疏导游客紧张的情绪，确保游客的人身安全。

交代完后，离开红岩林场继续前行，他在一瘸一拐前进的过程中，便听到了"杜林在吗？杜林主任在吗……"的呼唤，这个呼唤是刘波涛一行人发出的。

在从松潘县前往九寨沟沟口的路途上，杜林听说九寨天堂洲际大饭店住着近 2000 名客人，传言饭店塌方已经掩埋了两三百人。他便将这一情况向刘波涛进行了汇报。

得此消息，刘波涛心如刀割，"即便冒天大的危险，我也要前往九寨天堂洲际大饭店去看看。"

在粗糙坎坷的路面行进，绕开树，绕开塌方下来的石头，大概行进了十几分钟，他们终于到了九寨天堂洲际大饭店。此时已是 8 月 9 日凌晨 2：10。

以前的九寨天堂洲际大饭店人流如织，气派非凡，繁华如市，灯火辉煌，但此时却漆黑一片，如一朵凋残鄙弃的花。

而且大堂前的道路已经被塌方体堵住。

不为人知的灾难来得如此突兀，众目所望，一种切割在心上进行。

霜降于心只能无奈面对。由于不能确定酒店里的游客是否全部都在地震后跑了出去，刘波涛决定冲进酒店去搜寻客人。

从前厅进不了饭店，他们便冒着余震下到地下停车场，通过地下停车场的楼梯，从员工通道到达饭店一楼餐厅，搜寻被困人员。

以前漂亮的餐厅，此时已经变得满园破败，曾经在美丽被扫荡进了记忆。

那座醒目标志的石头砌成的雕楼，局部已经垮塌，就像刚经历了一场

115

战争般，徒余颓垣断壁。

"有人吗?"

"有没有人? 我们救你们来了!"

他们大声呼喊着，心痛的情感填满餐厅。声声呼唤的同时，他们也竖起耳朵听反应，又在手电灯光的照射下，观看垮塌物的动静。

但是一遍又一遍呼唤，一遍又一遍搜寻，却始终没有得到回应。

由于担心余震再次发生，杜林和随行干警李永超等人，合力将餐厅的大门推开，并迅速穿过餐厅来到饭店大堂。

饭店大堂已经被地震震得乱七八糟，大堂里的一些小雕楼垮了，地上到处都是在地震中掉落下来摔碎的玻璃碴、垮塌的石墙和散落的货架。

阴暗、枯萎、沉痛……这是夏天里的冬天。倏忽之间，景象走向另一个极端。

隔着地震的两面对比，令人痛彻心扉。

众人驻足。无语。静默。

静默，也是一种生发灵魂的默哀。

在大堂外面，他们遇见了一名负责值守的保安。

按捺住潮湿的情感，刘波涛上前询问："我们找过饭店餐厅以及大堂里，都没有发现人。客房里还有没有及时跑出去的客人?"

保安告诉他们饭店住宿楼在地震中未发生垮塌，游客已经全部转移到了较开阔的停车场。

刘波涛决定，去游客聚集的九寨天堂洲际大饭店停车场看一下情况。

第三章
爱 的 力 量

飞石如雨、灾情碾破的宁
静中，从黑夜到熹微，再到阳
光普照，爱的力量穿越生死，
无惧无恐。

1. 灾难褪去矫饰

远远望去，人影幢幢，声音嘈杂。

平日这里是停车场，此时这里是避风港，是余震落石汪洋中的一条船。

原本无人流连的一块土地，迎来了它的黄金时代。

九寨天堂洲际大饭店停车场，离饭店客房约有两三百米，上千名客人聚集在那里，他们或披浴巾或穿睡袍，慌乱不堪，寻找亲人以及朋友的喊声此起彼伏。

烦躁与恐惧的气氛像云雾一般升腾着。

寒冷冻身，畏怯彻骨。有不少人将倒下的树用来生成篝火取暖。

游客们披着浴衣或者裹着棉被，除了头部是黑色的以外，在皎洁的月光下，现场呈现出白茫茫的一片。圈围在停车场周围的，是冷冷的夜的篱笆和令人臆想连连的黑乎乎森林。

由于人员太多，十分喧闹，杜林请九寨天堂洲际大饭店的安全总监马战朋告诉大家，阿坝州政府副州长兼公安局长刘波涛来看望大家，希望大家不要担心不要紧张，目前酒店所在区域虽然交通已经被阻断，但是政府一定尽快疏通道路，让大家安全撤离。

实际上，客人们此时的惊恐与烦躁，相比于刚从饭店大楼里冲出来时，要好许多。

而这一切，跟九寨沟县公安局沟口分局嫩恩桑措派出所的警察，跟九寨天堂洲际大饭店的管理者，甚至游客本身的努力与奉献分不开。

2017年8月8日晚上9时19分，九寨沟地震发生以后，人们惊慌失措地从九寨天堂洲际大饭店里跑了出来，聚集在离酒店大厅有几百米远的广场上。

此时，饭店对面的高山，在地震中发生大面积垮塌。饭店通往成都方向唯一的通道，也因巨石滚落、山体滑坡而阻断。

而酒店内部，饭店大厅的漂亮穹顶仍在跌落，破碎的声音划破人心。

美好，在这一瞬间被无情地毁坏。又在被摧溃中痛苦呻吟。

此时，跟着工作人员转移的曹钰，在昏暗的光线下看到，饭店通道的一面墙已经垮塌了大半，他想，这么大一面墙，不知道有多少人被埋，多少人受伤。

突如其来的灾难让大家觉得惊恐，停车场内，大人孩子哭声一片。

时间一分一秒地过去，余震依旧，惊慌依旧，啼哭依旧，嘈杂依旧，呼唤依旧，凌乱依旧，绝望依旧……

像战火缭绕过的战场，烟尘渐逝，哀鸿啼血，恐惧难消。

就这样，转眼过去了半个多小时。

时针，度日如年地到了 22：00，气温在恐慌中持续走低，靠蓄电池的能量维持光辉的广场灯光逐渐式微。

随着世界逐渐覆没黑暗中，游客们几乎都席地而坐，内心默默地祈祷着空无一物的神灵。他们虽是一个团队，但也孤苦伶仃，不过是灾难缔造的汪洋中一条颠来荡去的柳叶破船。

伴随着多次余震，两侧大山上不时有"哗啦啦"滑坡的声音，这滔天巨浪拍打小船的声音，令游客们原本焦灼且脆弱的心，更加不安与烦躁。

手机信号消失，给人的感觉犹如被抛弃在地球之外，人间之外；对外界的未知与现状的无助，又使生命之弦被绷紧到了断裂的边缘……

无边的绝望，更令一些人呜咽悲泣。

恍然觉得自己的生命在寂灭的边缘行走，在锋利的刀刃上颠沛之时，有些游客变得烦躁、易怒起来。

这时，有一辆警车开了过来，从车上走下四位警察，为首的一个警察对游客说："大家不要惊慌，刚才发生的地震是很吓人，但接下来的余震就不会有那么厉害了，大家要保持镇定，政府部门正在想办法救援大家。"

这个警察名叫蒲磊，是时任九寨沟县公安局沟口分局嫩恩桑措派出所的指导员。

2017年8月8日晚上，蒲磊如往常一样，照例来到值班室值班。

这是九寨沟风景区的旅游旺季，他们的工作状态高度紧张，除了吃饭和睡觉，别的时间都处于值班状态。

藏语"嫩恩桑措"是"神仙沐浴的地方"的意思。

嫩恩桑措派出所管辖上四寨村片区、九寨天堂洲际大饭店片区、甲蕃古城片区及甘海子村片区，这四个片区都是游客游乐以及栖息的天堂，因而派出所的工作压力很大。

晚上9时19分，嫩恩桑措派出所值班室里的电灯闪了一下，蒲磊以为要停电，因为当天甲蕃古城及甘海子区域已通知要检修电网线路。

然而，他的"以为"很快便被残酷的现实无情地否定了——电灯闪了一下之后，房屋也"闪"了起来，门窗和室内的一些物品也"闪"了起来。

紧接着，便是一阵剧烈摇晃与震动。

"不好，地震了！"

蒲磊喊道。他下意识地双手抓住桌子。

这时，被摇来晃去的电脑及部分文件直接滚在他的怀中，他一边保证自身安全一边继续大喊："地震了，大家不要乱跑，抓住身边可以抓住的东西，暂时躲一下！"

待强震刚过，大家已经从各自的办公室跑到了派出所大厅，在蒲磊点名确认所有人都到齐后，意识到此次地震非一般小震，他便拿起手机准备给指挥中心汇报相关情况。可是手机已无信号。他又拿起步话机与指挥中心联系，依然无人应答。

令他欣喜的是，他手机的微信功能正常，他看到九寨沟县公安局沟口公安分局群里，传来了分局局长海滢所发的微信："刚才发生了比较大的地震，所有民警全部上路，维持交通疏散游客，把游客疏散到安全地点。"

他连忙将自己掌握的情况在公安分局的微信群里做了简短的汇报。

就在蒲磊发微信的时候，一阵轰隆隆的声音从嫩恩桑措派出所对面的山体传来。他知道，这是山体大面积垮塌的声音。

不一会儿，灰尘便弥漫了过来，呛得人直咳嗽。

"震中应该就在附近吧？"蒲磊想。

当时派出所里有丁龙杰、黄亮、李跃兰、彭福伟、秦思琪、张振宇、张朝海、马金平、杨文、如泽里等12名民警，另有卓玛孝和张恒两名警察在上四寨村神仙池路口值勤。由于嫩恩桑措派出所所长李桂玉在成都看病，蒲磊全权担负起了派出所的指挥重任。在这抗震救灾分秒必争的紧要关头，蒲磊决定将派出所内的在岗民警进行分工，按派出所辖片区，将12名民警分成三个小组，分别派往甲蕃古城、甘海子村和九寨天堂洲际大饭店，以保证每个辖区的秩序稳定可控。

地震刚过，房屋还在颤抖，蒲磊顾不上和家人取得联系，便带领所内在岗干警立即前往甘海子村安抚村民，维护现场秩序。待将所有人员统一疏散至安全地带后，他又安排其中一个组的干警留守现场。随后，带领丁龙杰、黄亮、彭福伟3名警察赶到离派出所最近、人员最密集的酒店——九寨天堂洲际大饭店。

从甘海子村到九寨天堂洲际大饭店，短短的路程平时开车不过5分钟，但是地震之后这段路却变得如同鬼门关，余震中不断滑落的山石一次又一次将他们拦住，直到三十分钟后，他们才一身汗水一身泥地到达九寨天堂洲际大饭店正门。

天啦！这是九寨沟高级酒店标杆的九寨天堂洲际大饭店吗？

眼前情景一片狼藉，令人心碎，不堪入目。

虽然地震已经过去半个小时，但是仍然有游客在逃生，有些员工还背着客人往外跑。

见此情景，蒲磊和战友们立即上前帮忙。

在疏散游客的过程中，蒲磊发现，在饭店大堂门口，一位带着一个七八岁小男孩的女士一边哭一边与大堂门前的保安吵架。声嘶力竭的样子，看上去像是遇到很大的难事。

这位女士见他穿着警服，便走了过来，自我介绍说，她叫吴美霞，来自福州，地震前，她带着孩子去看演出了，而她丈夫郑先生却在九寨天堂洲际大饭店藏吧吃饭，但地震后丈夫却失踪了，她想进饭店大堂寻找丈夫，可保安不让她进去，说里面太危险了。

听了吴美霞的讲述之后，蒲磊真想对饭店大堂的那位保安说，放她进去寻找丈夫。但是考虑到不时发生的余震，而且饭店大堂里很多装饰物还不断脱落，这样进去会非常危险，便打消了这一念头。

非但如此，他劝慰吴美霞尽快离开此地，说她的丈夫可能在停车场的人丛中，此时也在寻找他们母子。

但是，思夫心切的吴美霞根本不听蒲磊的话，说她丈夫不可能在停车场，说她已经在人丛中找过好几遍了，都没找见他："我敢肯定他一定在饭店大堂里，受伤了，或者有生命危险，我感觉得到！"

说着，她就又要往饭店内冲："有危险我不怕，即使要死我也愿意与他死在一起。"

蒲磊一把拉住她，"你应该再去游客聚集点找一下你老公，说不定他此时正着急地寻找你呢！你的儿子还小，这里如此危险，你不顾自己也应该对你儿子负责啊！"

这时，吴美霞的儿子也大哭了起来。

听蒲磊提到孩子，吴美霞才回过神来，并愿意跟他往安全地带撤离。

通过这件事，蒲磊看出来了，九寨天堂洲际大饭店的管理者在应对如此大的地震之时并未慌乱，而是组织有序，冷静应对，以将住客的伤亡降到最低。

事实上，九寨天堂洲际大饭店从经理到员工，在蒲磊等人尚未到来之前，在地震发生之后，便积极、冷静、理性、有效地开始了抗震救灾的相应工作。

由于灾难突然而至，恐慌至极的游客们在仓皇逃生之时，所穿甚少。

在海拔 2600 米，晚上的温度不到 15℃的情况下，冻得不行，于是饭店工作人员不顾个人安危，多次出入饭店，抢出饼干、食品、矿泉水和浴巾、拖鞋、浴袍、床单、床罩、褥子、棉被等物资，先发给年幼、年老和身体较弱的客人，再发给普通客人；急救的外用药品棉签、绷带、碘伏等，也被工作人员取了出来，并对受伤的游客进行简单处理与包扎。

爱，是温暖的；情，是醇厚的。灾难，尤其是可能使生命在一倏忽间消失的灾难，有时候犹如一阵飓风，能够吹去一些人身上矫饰多年的伪装，暴露出人性丑陋的一面。

浴巾的数量比较充足，虽然发放时有先有后，但是基本上能够保证每人一条。

然而棉被却因数量不足，只能先给老人与孩子。

可是，在给老人、孩子以及妇女发放被子的时候，有的青壮年却来索要被子，而且理由一套一套的。

"我还要一床被子！"有位怀抱一个小孩的少妇向工作人员提出要求。

这不是个案，只是个案的场景还原。

工作人员很困惑，"还要一床被子？你不是已经有两床被子了吗？难道我们登记错了？"

少妇说："你们没登记错，我们是已经领了两床被子了。不过，我儿子快满 3 岁了，也该要一床被子的。"

"人多被子少，你们母子能不能将就用一床被子呢？"

"怎么能将就用呢？我老公一床被子，我一床被子，儿子为什么不能再要一床被子？你们这是歧视儿童呀！"

"由于被子太少，我们刚才已经说明了，现在暂时只给老人、小孩和妇女发被子。"

虽然工作人员耐心解释，但那少妇却不依不饶，"可是你们给我老公和我发了被子呀，没有给我儿子发被子呀。再说我抱着儿子前来领被子，也符合你们所谓只给老人、小孩和妇女发被子的原则呀！"

"之前我们发的被子不是给你老公发的，是给老人、小孩和妇女发的。

也就是给你已经发过了，这里有登记的。"

"我老公不是人吗？为什么不给他发被子呀？为啥有的男人又发了被子的呀？"

"因为那些领了被子的男人是老人，老人的身体虚弱，不给他们发被子会感冒的。"

"我老公的身体也虚弱呀！你没见他冻得发抖吗？"

这时有一位裹着被子的中年妇女走了过来，对少妇说："工作人员说得对，我们要多理解他们，他们冒着生命危险从随时会有物体垮落的酒店里抢出这些被子来，我们更应该感激他们，听他们安排才对，不要为难他们！"

"我这是为难他们吗？我说得没道理吗？你这么理解他们，你这么高尚，你咋不把你自己身上这床被子给我们？"

"唉，别吵了，好吧，我把自己这床被子给你吧！"这位中年妇女说着将身上披着的被子递给了少妇。

这时人们才看到，这位中年妇女穿着泳衣，被子给少妇后，寒风中的她顿时打了一个冷战。

"你这床被子有些湿，怎么用？"少妇拿到了被子，依然嘴里不服输。但却边说边离开了，"好吧，湿一点儿总比没有强。"

一阵风吹来，中年妇女又打了一个冷战。这时有一位穿着睡衣的、约四十来岁的男人走了过来，将先前从客房逃生出来穿在身上的睡衣脱下来，递给了那位中年妇女："大姐，你穿我这件衣服吧。"

"你把衣服给我了，那你咋办？"看到脱掉睡衣的那个男人只剩下一条内裤，中年妇女感动地问。

"大姐，我没事，我年轻，身体强壮着呢！"说着就转过身准备离开。

"大哥，你等一下。"就在那个约四十来岁的男子准备离开之时，一个工作人员叫住了他，将身上的工作服脱了下来，递给了他："你穿我的衣服吧，我里面还有一件呢！"

分发物资时，有少数老人也很不自觉，他们一次又一次地来领被子，所领被子并非给自己，而是给其青壮年儿女的。

其实，比胡搅蛮缠和为老不尊者的行为，程度有过之而无不及之人也有，他们不需要任何理由，而是一上来就抢。

当运送被子的布草车辆刚开过来，他们便一拥而上，置风度于九霄，很快将被子抢光。

开始时，不少客人还规规矩矩地按饭店工作人员的吩咐，在原地等待着属于自己领取物资的时刻，但后来发现每到一批棉被，都被一些不守规矩的人抢走，便有不少人也离开原来的位置，加入到哄抢的队伍中去。

于是客人与物资发放者和客人与客人之间，指责、谩骂大戏上演，甚至拉扯、争夺，武力相向……饭店工作人员根本控制不了局面。

随之，现场出现了极具讽刺意味的画面：有的三口人身下铺着三四床棉被，身上每人再盖着一床棉被，陶醉且奚落地欣赏着那些啥也没领到、在寒风中瑟瑟发抖的游客；而那些连一床棉被都没有领到，也不屑于去争去抢，身上只披着条浴巾的游客，冻得只能不停地走动取暖……

发被子、发浴巾时抢，发食品、发矿泉水时也抢，一些人完全没有羞耻心。

对这些自私之人的表现，鲁强和崔宁鄙视至极。鲁强说，哪怕自己会被冷死，也不会抢。

鲁强在厌恶这些人的行为之时，也深深地意识到，此时需要有一些公义之士站出来。

这不仅是维持秩序的需要，更是为了让大家冷静地对抗灾难、镇定地开展自救的需要。假如密密麻麻地聚集了1000多人的不大广场上，有人因口角或物资分发的矛盾引发冲突斗殴，势必伤及无辜。大家已然经历一场地震灾难，不能再出现人祸。

而且，气温持续走低，广场上的灯光也逐渐变弱，应急电源的电量就快耗尽了。

黑暗重袭，两侧大山在余震中不断垮塌，继续制造着恐惧，一些人因与亲人失联，杜鹃啼血般呼唤悲哭……游客们原已焦灼的心变得更加不安和躁动起来，这也需要有人去安抚。

　　正在鲁强思考这些问题的时候，一个洪亮的声音震撼着他的鼓膜与心灵……

2. 凉薄里的温煦

"我来自台湾。台湾是一个地震不断的地方，我在大大小小的地震中生活了一辈子，因而有一些抗震经验。在灾难面前，大家一定要冷静、克制，并相互关爱！"

苍劲而有力的声音，将铁桶般围困住游客们的恐惧，击打得遽然松动。

这个声音是一位年近七旬的老先生发出的。他犹如一枚抗击绝望寒冬的火种，穿梭在人群之中，安抚着游客寒战烦乱的心情。

老先生笑傲灾魔铿锵有力的话语，不仅让人们对之肃然起敬、看到光辉，也让部分人扪心羞愧：一位老人尚且能在风浪中坚强搏击，自己却去争去抢，是不是太丢人了？

深受感动的鲁强，在目睹了部分游客的情态时，深深地觉得，此时应该有人站出来为大家服务，让大家冷静地对抗灾难、镇定地开展自救才行。

他想成为这样的人。

他的想法得到了老先生的称赞。

他高兴地回到了妻女身边，将这个想法告诉给了崔宁，也得到了崔宁的支持。

这让他十分感激。

不过，鲁强在感激妻子的同时，内心也十分愧疚，觉得自己既不是一个称职的丈夫，也不是一个称职的父亲。

由于平时忙于为学生服务，对家里照顾很不够。好不容易抽出暑假时间陪妻子和女儿出来玩一次，又遇到地震。

他们是散客自由行，他是他们一家三口所组成的"旅游团"的团长加导游，他应该是她们的天，是她们的顶梁柱，是她们的保护神。可是地震发生后，他既没能替她们去多要条棉被，又没能为她们多弄点吃的，现在还将离开她们去为大家服务……

仅有自己一人当志愿者当然不够，还得招募一些志同道合者才行。

于是，在马老先生的支持下，鲁强放开嗓子喊了起来：

"朋友们大家好！我是吉林大学的老师，名叫鲁强，我也是游客，地震前也住在九寨天堂洲际大饭店里。请问有没有朋友愿意当志愿者，跟我及这位从宝岛台湾远道而来的马老先生一道，为大家服务？"

"我愿意为大家服务！"一个洪钟般的声音响起。一位身形壮硕的中年男子走了过来，"我们都是地震中的灾民，我们需要相互关爱，我身体好，可以帮着干些体力活！"

"我愿意当志愿者！"一个清脆的声音响起，一位20岁上下的女孩子走了过来，"我是医科大学的学生，我能为伤者服务。"

"我想为大家服务，可以吗？"这时又有一位中午妇女走了过来，她说她的工作单位是街道办，她能对安抚游客的情绪起到一些作用。

……

在鲁强的号召下，先后又有27人站了出来，自愿加入他的团队。

这些人既有普通游客，也有导游，还有政府工作人员。

最让鲁强感动的是，一位年过六旬的游客，也加入到了志愿者行列中来。

清冷与忧惧交织的九寨沟长夜，因为他们的出现，充满了温暖。

志愿者队伍有了，可是如何利用好志愿者队伍？如何有效地让志愿者队伍取得游客信任？如何使志愿者队伍开展好工作？志愿者队伍要开展哪些工作？如果游客不理解不配合志愿者队伍的工作，甚至因此招来埋怨又该怎么办？

这些都需要鲁强有相应的思考和思想准备。

等待救援的时间是漫长的，为了赶走黑暗，九寨天堂洲际大饭店调过来一辆消防车给大家提供照明，虽然这不过是小范围内的一簇光明，却给游客们带来了些许心灵的宁静。此时的游客们由于劳累与惊吓，大部分都坐在地上休息，之前不安的情绪也平复了许多。

鲁强将志愿者的姓名信息进行了登记，然后三人一组，分了8个组，剩下的4人为机动人员，并确定了每个小组的组长。

就这样，成立志愿者服务队第一步工作顺利完成。

接下来，他们研究相应的方案，以便志愿者团队更好地为游客服务。

之后，便各行其是，负责维护相应区域的秩序、安抚相应区域游客的情绪。

有温暖，有感动，正能量的传递是令人振奋的。

由于御寒物资无法人均一份，在给老人、小孩和妇女发完被子时，虽然有少数素质不高的客人去抢被子，但轮到给普通客人发放被子时，却也有不少身体比较强壮的客人主动放弃领取御寒物资。

有两个来自南京的高中毕业生，他们只穿着背心、短裤，共同披着一条浴巾，在夜里气温只有5℃~6℃的环境下，冻得瑟瑟发抖。

崔宁见状，感觉很奇怪，便问他俩，身上穿这么少，先前怎么不去领御寒物资。

他们回答说，他们得知御寒物资有限，想将有限的御寒物资让给更需要的人，便没有去领取浴袍、棉被等物资。他们这样做，也因为觉得自己身体还好，应该能抗得住冻。

"真没想到九寨沟的夏夜这么冷。"

"不过我们不后悔当初放弃领取御寒物资这件事。"

"我们俩运动运动就行了。"

两个男孩抖抖索索，你一言，我一语地回答。

看到他们非常"冻人"的样子，崔宁既感慨，又恻隐，便将自己的棉被给了他俩，自己和女儿共用一条棉被。

在为所有游客义务服务的同时，鲁强会不时瞄一眼妻子与女儿。她们远远地站着，依偎在同一床被子里，但是视线却围绕着他转，默默地关注着正在奉献着的辛劳的他，默默在看着他安抚一个又一个客人。

这样的目光是深情的，又是无奈的，更是牵挂的。

鲁强知道妻子和女儿无时不在企盼着他的工作能早些完成，能早些回到她们的身边。因为他与她们在一起，便是给她们最大的安抚，她们比别的游客更需要他的安抚。

其实，鲁强希望看到她们那深情、无奈而又牵挂的目光，却又不敢直视她们的这种目光。因为他心里非常明白，她们也是正在躲避震灾的游客，她们也需要关爱，她们也需要安抚，她们是他的家人，一个是妻子，一个是女儿，身为丈夫与父亲的他，更应该关爱她们……

但是，为了1000多名游客的安危与秩序，为了消减部分游客因恐惧而伴生的偏激的情绪，他不得不"抛弃"她们，不得不放弃顾及她们的感受，放弃在乎她们的担心和心理需求……虽然，他内心是愧疚、纠结和难受的，更是自责的。

是的，为了广大游客的安危，鲁强虽然心里充满歉意，却只能选择让妻子和女儿冒着余震、山体塌方的危险，继续等在那里，等着他。

看到没有得到被子、浴巾或睡衣的人穿着单薄的衣服，或者赤裸着上身冻得瑟瑟发抖，九寨天堂洲际大饭店安全总监马战朋在请示集团领导之后，指令同属一集团的甲蕃古城假日酒店，运送一些棉被到九寨天堂洲际大饭店疏散点。

在九寨沟地震发生之后，甲蕃古城假日酒店也在第一时间展开了抗震救灾，保安部经理张晓飞按平时的应急预案，迅速将酒店保安人员分为救援组、搜救组和疏散组，对假日酒店600余名客人进行了安全疏散，转移至就近的停车场；员工事务部经理陈明和公共关系部经理杜勇则负责员工主区宿舍人员的安全疏散。继而，酒店员工又多次冒着危险冲进酒店将棉被、衣物拿出来让客人御寒。

接到马战朋的指令之后，甲蕃古城假日酒店迅速装载棉被，向九寨天堂洲际大饭店进发。

从甲蕃古城,到九寨天堂洲际大饭店,原本车程只需要 5 分钟,但地震后由于余震不断,滚石如雨,前后竟然花了 30 分钟。

就这样,直至凌晨 1 点多,物资发放才算基本完毕。

夜气萧索,等待救援的时间是漫长的,这煎熬的慢,让游客们的心情沉郁,眼睛里布满了泪水与血丝。

凌晨 2 点多,考虑到接下来,或者第二天还会有食品、饮料等的分发,鲁强又对志愿者再次强调了几条注意事项:身为志愿者决不参与任何物资的领取与发放,所有物资优先保证老人、儿童和妇女;协助饭店工作人员登记游客信息,标记姓名性别以及是否有失联人员;统计饭店 8 月 8 日当晚的住客和员工中失联人员数量,以及地震发生前他们所在的大概位置,以为救援赢得宝贵时间;安抚游客情绪,确保游客不要乱走乱闯,一直待在安全且开阔的地方,以免发生不必要的次生灾害。

其实,鲁强和他的志愿者队伍,在给广大游客提供帮助与服务的同时,也企盼着情感的温暖和心灵阳光,也期盼着政府的救援力量能够早些到来。因为他们也是游客,也有亲人。

但他们是志愿者,他们肩负着安抚游客的重任,因而他们只允许在心里盼望,而不能流露出来。

幸运的是,在凌晨 2 点 30 分左右的时候,他们终于等到了政府的救援先锋部队的到来。

虽然,只有阿坝州副州长兼公安局长刘波涛、阿坝州人民政府办公室主任杜林等几位领导徒步进入震区,但那一刻,他们心中的激动还是无以言表,大有一种劫后重生的感觉。

"我们有救了!谢谢政府!"

有人甚至因此而欢呼!

是啊!虽然有志愿者以及九寨天堂洲际大饭店员工在安慰着大家,但是多少人的心里其实并不宁静,看着惨白而凄清的月光下身边不远处耸立的大山,感受着一波接一波大大小小的余震,听着山上传来的沉闷恐怖令人心惊胆战的落石的声音，他们的内心是那样无助……

看到九寨天堂洲际大饭店受损情况并没有之前听说的那么严重，安抚游客情绪的工作做得不错，绝大多数游客也都得到了有序的安置，刘波涛和杜林便决定继续前往沟口方向探查道路，查看灾情。

"这次地震，约有五六万名游客滞留在九寨沟，要将他们安全地转移出去，有一个先决条件，那便是道路必须通畅，所以探路是重大任务。"临行前，刘波涛对蒲磊和马战朋交代说，"省委书记、省长等正往灾区赶来，军队和地方救援力量也正往灾区赶来，你们马上向游客传递这些信息，请游客们不要着急，也暂时不要去酒店取东西，要注意安全，因为余震还在不断出现。"

说完，刘波涛便带着杜林、陈应全等人踏上了重新探路的征程。

旅客们身处危难，有力且有效的救援，是唯一化解恐惧和不安的法宝。从某种程度上来说，通畅的道路也如一道护身符。痛则不通，通则不痛。

刘波涛与杜林深感重责在肩，不可懈怠。

夜，肆无忌惮的伤痛，令人鼻子发酸。

无论是绿意盎然的自然景观被撕裂，还是整饬华美的人造建筑被摧颓。

刚离开九寨天堂洲际大饭店停车场不到 300 米，他们看到道路上停放着一具遗体。这是一个芳华初绽的年轻的生命，是一名刚来实习的学生。

由于通信中断，一时无法和死者家属取得联系，也无法了解其家庭的更多情况。但同为人父的刘波涛心里却感同身受：一个如花的生命，就这样被震魔无情地夺去了，他不敢想象其家人知晓子殇后会有怎样的痛楚……

死者为大。他们站在这具遗体前，进行了一分钟的默哀，然后满脸悲痛地对九寨天堂洲际大饭店的员工要求，一定要妥善保护好遗体，以防吓着心智尚不健全的小孩子，同时也防备动物伤害遗体的完整。

交代完后，怀着阴郁心情的一行人，继续朝着九寨沟沟口方向前进。

一路前行，落石不断，刘波涛与杜林等人行至九道拐时，由于沟道异常狭窄，山体松弛而又破败，为避开道路拐弯处从山上不断掉落的石块和预防余震后塌方，他们只能抄小道走捷径，穿行在森林中向前方挺进。

那天晚上月光惨白，如人的心情一样悲伤。

绕一个弯又一个弯，走过一道坎又一道坎，艰难探路的过程中，他们看到路上停着不少汽车。沿途公路宽阔处，有很多沮丧、悲切、绝望、流泪，如惊弓之鸟的游客。

看着这些远道而来被地震吓得魂飞魄散、慌张无助的游客们，刘波涛与杜林很心痛着急，更想倾其所能帮助他们。

他们努力地安抚游客，舒缓游客紧张的情绪。可是，他们也知道，此刻，对于这些被一处处塌方体如拦水坝般牢锁在深沟的游客们来说，最重要的不是如何口吐莲花般安抚、疏解他们紧张的情绪，而是打通阻厄重重的道路，让他们离开这片仍在不时余震的土地。

近处，是恐慌的游客，远方，是未知状况的灾情。他们不敢太久停留，得抓紧时间探路。他们明白，恐惧如黑夜，并不可怕，只要心中有光明。道路没有疏通状态下的安抚与停留，对游客们来说，是很苍白，很无力的。

临行，刘波涛对大家叮嘱说，只要停留在宽阔地带就不会有事，千万不要随便乱走，一定要与团队人员在一起，同时安排好观察员，以免被余震所伤。

听到有人说又饿又渴时，他又强调，一定要尽量让老人和孩子们就地休息保持体力，并告之，已经协调松潘县有关单位，在天亮后一定给他们送来吃的、喝的。

8月9日凌晨3：00，他们行至九道拐如意坝道班下行两公里左右地段"新二拐"时，遇见更加巨大的塌方体，这是半座山垮下来形成的；在状如筛糠的余震中，道路两侧还不时有岩石猛烈滚落，尘土飞扬。滚落的石头与石头碰撞发出的撞击声，如炸弹爆炸；石头打在树上发出树枝折断的声音，噼噼啪啪，在寂静的夜里令人心惊肉跳……

道路，被彻底阻断了！

3. 黑夜过后的晨曦

激进的斗志，与寸步不让、随时垮塌的山体拉锯。

一次又一次地尝试着穿越，却一次又一次地撤了回来。

转眼半个小时过去了。一次次穿越的失败，无情地告诉了他们一个事实：仅凭他们当时的力量，除非有金刚不坏之身，他们才能穿过这处塌方体。

这时已是 2017 年 8 月 9 日凌晨 3：30。

时间，每一分每一秒都书写着焦急。颓靡地等待，并非战胜阻厄的不二法门。被巨大的塌方和随时滚落的石头所阻隔，无法继续前行而且沮丧不堪的他们，决定返回如意坝道班研究办法，并稍作休整。

在同一时间，由阿坝公安消防支队政委黄波率队，松潘县消防大队、松潘县政府专职消防队、黄龙机场专职消防队共计 20 人，徒步 10 公里，到达九寨天堂洲际大饭店现场。

虽然地震发生后，九寨天堂洲际大饭店的工作人员已在第一时间将全部客人疏散到了相对安全的停车场上，但当消防人员了解到饭店大堂的坍塌现场可能还有人被埋压时，决定马上进去搜救。

为了提高搜救效率，黄波将消防队员分为 4 个救援小组，分别对垮塌部位进行排查搜索。不久，他们在坍塌的碎石中，找到了一名被困者，遗憾的是这名被困者已经遇难。

灾难无情，人心有爱。在场的消防员立即停下救援工作，站成两排面向遗体脱帽志哀，为这位遇难者送行。

简单的默哀仪式后，遇难者遗体被抬离现场，紧张的搜救继续展开。

随后，四川消防总队又有多支搜救队伍赶到现场。

面对"新二拐"的巨大塌方体，刘波涛与杜林心里犯怵。

没想到在无计可施之时，一个意外的惊喜出现了：杜林的手机有了信号！

通过杜林的手机，刘波涛将这一路行进的过程中所目睹的情况向刘作明进行了报告。

得知刘波涛一行前进的路上塌方量大而且余震还不断发生、石头不断掉落，刘作明当即要求他们不要强行通过，以免造成无谓的伤亡，"九寨天堂洲际大饭店滞留了上千名游客，安抚好他们的情绪、引导他们有序撤离同样重要。你们回撤吧！"

"好的，明白了，您讲得非常有道理，我们一定按您的指示办！谢谢刘书记！"

于是刘波涛带领杜林、陈应全等人原路折返，朝九寨天堂洲际大饭店撤退。

在撤退途中，他们遇见一群人正艰难地从对面朝着他们走来。

伴随着这群人行走的，还有令人心碎的呻吟声。

这一群人是谁呢？这是要干吗？为什么有人凄惨地呻吟？

近了，他们才看明白，这群人抬着担架，想将4个重伤员送往位于九寨沟沟口漳扎镇的九寨沟县第二人民医院抢救。

地震凶残，游客血染。

原来，就在刘波涛与杜林带着一行人重新踏上探路之旅后，九寨天堂洲际大饭店的工作人员们，继续在停车场维持秩序、安抚客人，统计受伤人员，并利用酒店里的棉签、绷带、碘伏等救急备用药品，给受外伤的游客进行简单处理与包扎。

在这个过程中，他们发现客人中有4名重伤者，一个头部受伤的小女孩更是危在旦夕，必须尽快得到救治，否则便有生命危险。

焦急万分的小女孩的母亲找到蒲磊，哭着请求将其女转移到就近的医院救治。

蒲磊和马战朋商量，看能不能成立一支临时担架救援队，将伤员送往离九寨天堂洲际大饭店最近、位于九寨沟沟口的九寨沟县第二人民医院。

很快，他俩达成共识，决定自制担架，运送伤员。由于沿途道路不通，无法车载，运送伤员只能用人力肩抬，徒步行走的方式穿越森林与落石前行。蒲磊提议，由自己和嫩恩桑措派出所的丁龙杰负责带领饭店安全部的安保人员组成担架救援队运送伤员。

可是一想到沿路山体不停地垮塌、落石，非常危险，蒲磊又犯了难：叫哪些安保人员去运送这4个伤员呢？安保人员非派出所民警，他们没有挺身而出冲锋陷阵救死扶伤的义务，自己也不能命令人家。但伤员的伤情如此严重，又不能不马上将其送往医院抢救。

"倡议一下看看，是否有人愿意冒着自己的生命危险去拯救别人。"马战朋说，"我相信有人去的。"

只有这个办法了！

他们把饭店安全部保安集中起来进行了临时动员，将运送伤员的任务和一路上可能遭遇的危险都说了出来，希望能够有人自告奋勇地参加这支救死扶伤的临时队伍。

蒲磊的话音刚落，保安队伍中一个年轻帅气的小伙子就大声说，"我报名参加！"

这个帅气的小伙子名叫马宝国，20岁出头，是九寨天堂洲际大饭店的保安。

"很好！向你敬礼！"蒲磊说，"还有哪些人愿意参加这支队伍？"

"我愿意参加！"又一个人站了出来。这个人叫杨文元，也是饭店的保安。

榜样的力量是无穷的。很快，便有一个个保安向前跨出一步大声说道："我报名参加。"

先还担心是否有人愿意冒此风险去运送伤员，没想到，从开始考虑成立临时担架救援队，到临时担架救援队的组建完成，不过十多分钟。

蒲磊很感动。危难之时为他人着想，且对重重危险无惧无恐，这真是英雄义举！

这支豪气冲天视死如归的队伍由蒲磊、丁龙杰、杨文元、金华、李小兵、玉平娃、唐政、冯艳文、李艳强、桑扎修、马宝国、张国应、徐创创、毛国全、杨孟建、陈明等人组成。除了蒲磊与丁龙杰是警察以外，其余的人皆是九寨天堂洲际大饭店的员工。他们中年龄大者已过五旬，年龄小者刚满20岁……

"你们都是好样的！我一定会倍加注意一路垮塌的山体与落石，避险前行，把你们安全地带出去，然后再把你们安全地带回来，一个也不会少！"蒲磊抹了一把眼泪说。

继而，蒲磊一边指挥大家自制担架，一边将临时成立的担架救援队分成五组，一组在前面探路，另外四组负责运送伤员。

出发了，以壮士凛然的气势，以视死如归的心态。

一路上到处都是坍塌的山体、倒伏的树木、滚落的石头，以及被石头砸扁的汽车。

大路走不通，他们就踏着坎坷，穿越荆棘密布的森林，走林荫间无迹可寻的小道。

在路上，蒲磊一行遇到很多被困的游客，这些游客看见蒲磊与丁龙杰身着警服，便急切地问："你们从哪儿来？往上的道路是不是已经打通了？"

"我们能不能出去呀？沟两边的道路都被垮塌的山体堵塞，我们被困在这里已经有好几小时了。"

……

"通往九寨天堂洲际大饭店的道路是通的。"蒲磊告诉他们，"晚上天很冷，你们待在这里也不安全，可以顺着小路往九寨天堂洲际大饭店的停车场里走，那里有你们需要的食物和取暖物资。"

说完这些后，蒲磊带着伤员运送队继续向目的地进发。

在快到达九道拐道班的时候，他们看到了一队人马从九道拐下方向他们上行而来，蒲磊安排走在前面的探路队也尾随着这队人马折返了回来。

为首的一个男子对他们喊道："你们从哪儿来？打算将伤员送到哪

儿去？"

蒲磊说："我们从九寨天堂洲际大饭店而来，想将伤情严重的客人送到漳扎镇的九寨沟第二人民医院去。"

"前方道路不通，不能再往下面去了，请大家返回吧。"

这个男子个子不高，满脸疲惫与焦灼，却又英气逼人。

这个人就是刘波涛。

紧跟着刘波涛者，是杜林，是陈应全……

这时杜林也对这一行人说："前方道路完全没办法通行，不仅有着巨大的塌方体，而且石头还随时都在从山上往下垮，非常危险。我们本来是去探路的，但是由于太危险了不敢翻越，怕有人员伤亡，所以才折转回来的。"

听了刘波涛与杜林的话之后，这些抬送伤员的人有了些犹豫，可是那个头部受伤的小女孩的母亲却坚持要求冲过前面的滑坡体，将女儿送往前方医院。

不仅如此，她还把气发向蒲磊身上，"你是怎么搞的？你不是说下面有医院吗？我的孩子怎么办？不行！你们就是派飞机也得把我的孩子送到最近的医院去！"

这位女士的责难与要求，令蒲磊一时语塞，他怎么不想将伤员及时送往医院呀？可是道路被塌方体阻断，有什么办法呢？而且，大家一行徒步从九寨天堂洲际大饭店出发，肩扛手扶地抬着担架，穿越余震飞石，已经走了几公里的山路，眼看就要到上四寨了，却出现了这么严重的情况。返回固然令人失望，可是他也不愿意这样做呀！因为要让他们再抬着伤员从原路返回饭店的话，体力上已经完全不支了……

"前面山体垮塌的路段那么长，而且还在不停地垮塌，要想穿越过去是完全不可能的，所以我们要冷静地对待这个问题。"

刘波涛耐心地给那位女士做工作，"我之前已经跟松潘县方面联系过了，他们派出的医疗救护队也正往九寨天堂洲际大饭店赶，就快到九寨天堂洲际大饭店了，因而我们返回的话，轻伤员可以得到及时救治，特别重的伤员，我们会想办法往松潘的医院转送的。而且，松潘县的医疗条件也比九寨沟县第二人民医院的医疗条件要好许多。"

这时，杜林也立即与阿坝州应急办公室的杨桦副主任联系，看能否通过四川省应急办公室调派直升机救援伤员。

四川省应急办公室收到求救信号后，即刻做了回复：请他们马上返回九寨天堂洲际大饭店，并在那里寻找飞机起降点，以便天亮后派遣直升机前往救援。

杜林将这一情况及时告诉给了那位女士，并再次劝慰：救治小女孩当然刻不容缓，但是余震不断，塌方不止，如果在穿越塌方体时再次造成人员伤亡，小女孩即使得救了，她以后的日子能幸福吗？

见刘波涛与杜林等人所说的皆为实情，车行的道路不通，步行的道路也不通，同时，联系飞机之事也都有了回应，因而伤员家属最终同意了折返。

幸运的是，这时候由黑水县公安局副局长杨小军带队的16名干警也赶到了这里，加入了抬送伤员的队伍。

返回的路上，刘波涛发现又有许多大树倒在了路上，再加上先前就有的一些石头、大树，一个担架即使七八个人抬，也很费力。无法翻过大树时，人们只能猫着腰从树下的空隙钻过去，抬担架的人一部分在后面送担架，一部分在前面接担架。没有抬担架的人就用手机或手电筒照明，齐心协力呵护担架上的伤员，以免对其造成二次伤害。

在返回如意坝道班房时，聚集在这里的四个旅行团的几百名游客看见先前去探路的刘波涛与杜林等人又一个个灰头土脸地折了回来，便纷纷围拢来，打听道路的情况。得知巨大的塌方体阻断了前行的道路后，游客中有的人瞬间又哭了起来，有的人则垂头丧气，更多的人脸上写满了绝望。

眼泪，从游客的眼中流下，流进刘波涛与杜林等人的心里。感情的弦，在同频共振。别无选择，他们只得再次与游客进行沟通和安抚：虽然通往九寨沟县城的道路一时无法疏通，但政府将尽快协调打通前往松潘县川主寺方向的道路，确保天亮后大家就能安全撤离。

"你们确定那条道路能打通吗?"

"当然能打通!虽然通向川主寺方向的道路上也有塌方体,但是我们正是从那儿翻越过来的,可以看出塌方体并不是特别大,打通这个出口应该没有什么问题;而从此往九寨沟沟口方面的道路上的塌方体不仅大得无法翻越,而且山上还在连续不断地滚落石头,所以我们折返回来。"刘波涛肯定地说,"这一段路只要有一个出口打通了,我们就得救了,就能转移出去了,所以请大家放心!"

刘波涛话音刚落,杜林便向游客们介绍说,刚才讲话的人是阿坝州副州长兼公安局长刘波涛,自己是阿坝州政府副秘书长、办公室主任兼阿坝州应急办主任,"我们所讲的话不是信口雌黄,所以大家一定要相信政府!"

听了刘波涛的解释,游客们先前紧张的情绪得到了一定程度的舒缓。

当刘波涛向游客们解释着的时候,若尔盖县公安局纪委书记巴千带队的 20 多个警察赶到了,不一会,若尔盖特警大队近 40 名特警也赶到了。

警力增多,这下抬担架的压力小了许多。

辞别了这群游客,刘波涛与杜林等人继续朝九寨天堂洲际大饭店回撤。

当他们一行人返回九寨天堂洲际大饭店时,时间已经是 2017 年 8 月 9 日凌晨 5:00 了。

这时,从松潘县前来救援的医护人员已经赶到了九寨天堂洲际大饭店,刘波涛立即安排协调这些医务人员为受伤游客治疗。

同时,他也安排了一辆车将那个头部被石头砸了两个洞、年仅 10 岁的小女孩紧急送往关门子处,然后翻过关门子处大塌方体,经川主寺送往松潘县人民医院进行抢救。

危重伤员转移出去后,刘波涛稍微松了一口气,但是他却轻松不起来,看到这么多游客中不少人只披着浴巾穿着睡衣,且异常落魄的样子,他的心里就着急。于是,借用松潘县电信公司的卫星电话,他向刘作明书记请求调拨一些御寒衣物过来。

从马尔康到松潘县川主寺，正常的行驶速度需要6个小时，为了能在省委、省政府领导乘坐的飞机到达九黄机场之前赶去接机，8月8日晚上，刘作明让司机将车开得很快，并于8月9日清晨4时30分便到了川主寺镇。

5时30分，就在刘波涛请求刘作明为九寨天堂洲际大饭店的游客调拨御寒衣服的时候，刘作明正在前往九黄机场途中。

8月9日，劫后重光的九寨沟迎来了又一轮红日，伴随着光明到来的，还有解放军战士、公安特警、武警官兵、消防官兵、医护人员、民兵等救援的大部队，他们满身尘土、头发凌乱、双眼通红、汗流浃背。

后来鲁强才得知，他们都是在汽车无法前行的情况下，一边徒步赶路一边清理塌方体和倒伏的树木等障碍，马不停蹄地冲锋进来的。

这时，马战朋向鲁强介绍了刘波涛和杜林，继而又向刘波涛和杜林介绍了鲁强的志愿者团队的情况和所做的奉献。

"真是太感谢了！"刘波涛热情地握着鲁强的手说，"灾难发生，您不仅积极自救，还组织有同样爱心的志愿者们沉着冷静地维持好现场秩序，并为广大游客服务，安抚情绪，传递温暖，我们向您和所有志愿者致敬！"

通过与刘波涛及杜林等人的交流，这时候鲁强才知道，原来他们距离震中只有9公里，天堂洲际大饭店是距离震中最近的一家酒店，也是伤亡最重的一家酒店。

4. 泪眼中的坚守

晨曦初现，东方的天边，一道道明艳的阳光开始从山的那一边伸出了触角。

可以预见的灿烂，正在驱散漫漫长夜的黑暗。

昨天的风依然在吹，但人们已经感受不到曾经的洁净与清纯。清晨的寒，以及被撕裂的山体散发的尘灰，让人嗅进鼻子，感觉到的依然是猝然发生，却又一直没有离开的惊惧。

在等待刘作明书记给游客们调拨衣服的过程中，九寨沟又出现了一次强烈的余震，即使是坐在地上的刘波涛与杜林，也感觉到身下一阵剧烈的抖动，就像是地球躯体在经历强震后的一次痛苦的痉挛。

与此同时，九寨天堂洲际大饭店两边的山体，又开始新一轮疯狂滚落石头。山体呼啸而下的声音，就如同奔腾的河水的咆哮，随之伴生的，还有如《西游记》中妖怪出现之前的尘烟。

夜月中的余震与落石的惊悚尚不明晰，但在青天白日里耳闻目睹余震发生时山石滚落，尘烟陡生，还有炸雷般的声响，竟然让昨天一夜里都在这样的环境里穿行的刘波涛，内心不禁后怕——此刻即使远离危险，他依然毛骨悚然。

就在这时，他们接到了刘作明打来的电话。

刘作明说，自他接到刘波涛求助调拨衣服的电话以后，便马上与有关方面联系，从松潘调拨了一大批军大衣，打算即刻运往九寨天堂洲际大饭店。可是再一想，九寨天洲际大饭店有 1000 多名游客，就近的军大衣却没有这么多，怎么分配呢？如果要调集足够的衣服，只能从更远的地方想办法，但即使找到了，一时间也无法运到九寨沟去。

于是，他又通过卫星电话向刘波涛指示，在保证游客们安全的前提下，让他们取出行李，穿自己的衣服御寒最好。

刘作明解释说："如果要转移游客，他们的行李就应该取出来，而且游客都喜欢自己的衣服，再说这一批军大衣也远远不够这么多游客使用，而要调集更多的衣服运往灾区，也不是一时半会便能解决且能运输过去的……"

刘波涛觉得书记说得很对！

要让游客转移，当然得让游客带着自己的行李离开才是最正确的，不然游客内心还会留有不甘与牵挂。因而，提取行李是游客撤离前的重要环节。

于是开始组织游客进客房取行李。

鲁强等志愿者马上用扩音喇叭将此好消息通报现场游客，请大家配合，根据1—7号楼的楼幢号顺序排队，依序站成7个小分队，并在已经到达的公安特警、消防人员和饭店工作人员的带领下，每批10个人，从地下室进入客房，去自己的房间拿行李。等他们在10分钟内取出各自的行李物品并出来后，下一批10名游客又开始进入房间……

正在刘波涛以及杜林组织游客进饭店客房取行李的时候，杨克宁、杨星以及廖申强等人披着晨露带着疲惫，伴着冉冉上升的阳光一起到来了。

杨克宁与杨星以及廖申强等人的到来，不仅给了刘波涛及杜林等人极大的精神力量，更给广大游客带来了明朗的希望。

同一时刻，四川省抗震救灾指挥部第一次会议召开了。

2017年8月9日4时30分，当刘作明驱车抵达松潘县川主寺镇时，却没看到杨克宁州长的身影。因为之前，他们有过约定，一起去九黄机场迎接亲临灾区一线的省委、省政府领导的到来，再搭乘直升机去往九寨沟沟口。

现在没见杨克宁，他相信一定有原因。

危机四伏的夜晚，疲惫的疾驰，让他担心着杨克宁的安危。

8月9日清晨6时30分，四川省委、省政府领导到达九黄机场后，便在九黄机场驻地广场召开了四川省抗震救灾指挥部第一次会议。由于从川主寺前往九寨沟沟口的道路不通，参加此次会议后的刘作明与省委书记、省长一起乘直升机奔向了九寨沟沟口。

杨克宁与杨星、廖申强等人虽然没有参加四川省抗震救灾指挥部第一次会议，但他们此刻却正在九寨天堂洲际大饭店践行着会议的精神。

在这里，杨克宁与杨星、廖申强等人待了一个多小时后，决定继续往九寨沟沟口进发。虽然去九寨沟沟口的道路不通，但杨克宁觉得自己应该去塌方处督导抢险队员将道路弄通，而且8月9日之内务必疏通。

临行，他交代刘波涛和杜林坚守阵地，安抚游客，并听候进一步指挥。

"我和杨星、廖申强等人继续往沟口行进，你们还需要人手吗?"

"我们这里有公安干警，有公安特警，还有消防人员，人手是够的。州长您不用担心我们。你们一行去往沟口，塌方严重，要注意安全啊!"

想到那时通信中断，与外界联系不方便，杨克宁便将阿坝州应急管理办公室的卫星电话留给了刘波涛。

在杨克宁一行再度出发之前，清理完通往九寨天堂洲际大饭店道路的障碍，中铁一局成兰铁路指挥部抗震救灾道路疏通突击队一分队的救援机具及工程人员，便即刻撤出九寨天堂洲际大饭店，朝着九寨沟沟口开进，去清理一道拐至九道拐公路上的落石和塌方体。

而先前在挺进九寨天堂洲际大饭店时兵分两路的中铁一局成兰铁路指挥部抗震救灾道路疏通突击队另一路救援分队，此时正在解救被困于九寨天堂洲际大饭店路口至川九路一道拐路上的游客。这段路上总共有8辆被困车辆，救援队用装载机铲开树干和落石，帮助被困游客将可以开动的车辆移出危险路段，解救不能移动车辆上的伤员，及时送至后方救护车处。完成该路段抢通任务后，两路救援队合兵一处，一路清障，向九寨沟沟口进发。

一路前行，来到"新二拐"（又名十一拐），发现地震造成山体高位垮塌，塌方量约数万立方米，占道长约150米。救援现场余震不断、山石滚滚、尘土飞扬，这是中铁一局成兰铁路指挥部抗震救灾道路疏通突击队挺进灾区以后所遇到的最困难地段。

这时，已是8月9日清晨7点50分。虽然竭尽全力却如蝼蚁撼山，救援队进展缓慢。

刘波涛与杜林探索的脚步，之前也曾无奈地休止于斯。

正在这时，四川省交通运输厅厅长汪洋赶到了现场。

8月8日晚上地震发生之后，四川省交通运输厅党组书记、厅长汪洋立即主持召开紧急会议，传达四川省委、四川省人民政府关于九寨沟地震应急抢险救援的部署，研究安排交通运输抢险救援工作，会议结束，他便带着相关救援力量即刻出发。

到达"新二拐"的时候，看到塌方情况，汪洋心里很着急。

"这个堵点今天能打通不？"站在"新二拐"这个巨大的塌方体面前，同样着急的杨克宁问孙书深。

孙书深对杨克宁说，此处滑坡山体方量巨大，站在这边望不到那边，估计有150-200米长，8月9日之内要打通可能性不大。

"在保证安全的情况下，越快打通这条道路越好！"汪洋也强调说，"这条道路是连接九寨沟地震震中的生命通道！"

孙书深表示，一定尽力、尽早疏通这条道路。但因塌方体的方量太大，真说不好当天能不能将之打通。

汪洋估算了一下，觉得此道当天要打通确实有困难，即使能打通也会很晚。由于当天他一定要赶到九寨沟沟口去，于是便决定折转回去，从绵阳市平武县方向去九寨沟沟口。

就在汪洋一行撤退之后不久，阿坝州副州长葛宁也急匆匆地从马尔康赶来了。

跟随葛宁一起赶来的，还有阿坝州防震减灾局局长王树明、阿坝州财政局局长泽久、阿坝州旅游发展委员会主任巴黎、阿坝州国家税务局局长白冰等人。

看到这么大体量的塌方，以及山坡上不停滚落的石头，大家都倒吸一口凉气：该如何通过这个塌方山体呢？

"我先试着翻越一下这处不知道有多长的危险的塌方体！"阿坝州军分局司令廖申强说道，"我必须马上赶往九寨沟沟口！"

说着，他便带着警卫不顾危险，步行翻越塌方体，前往位于九寨沟沟口的抗震救灾现场指挥部去了。

其实杨克宁一行也可以徒步涉险翻越这堆滑坡山体过去的，可是问题的关键不是能否冒险翻越滑坡山体，而是必须指挥工程人员将这个滑坡山体掩埋了的道路打通，只有这样才能方便实施对沟口灾区游客的救援。

令人烦忧的是，就在他们到达此处，阿坝州军分区司令员廖申强历险徒步翻越塌方体后不久，山体又发生了一次猛烈滑坡，垮塌下来的山石将之前尚能勉强徒步跑过去的石方堆得更高，此时想要徒步穿越已是万万不可能了。

回宾馆提取行李，应该说这件事令游客们欢欣。

因为这是地震后第一件能让心灵接近安宁，眼睛看见平安的事。

但有一个人却愁绪满怀，在痛苦，在挣扎，在害怕……

就在鲁强喊话及维持游客提取行李的秩序之时，崔宁走了过来，问他：

"鲁强，你在这里指挥这个指挥那个，没办法去取行李，我想知道的是我去取行李的话，孩子怎么办？"

劳身焦思，忙而无暇，压根没有考虑过这个问题。因而面对妻子的诘问，鲁强一时无言以对，颇为尴尬。

因为按照自己刚刚通报给游客的关于提取自己行李的要求，得是入住该房间体力最好者，而他们一家三口所住的房间，体力最好者就是他自己了。但是他要维持游客们进房间取行李的秩序，又不能离开。

在这里，再多再华美的借口，都无法说明掏心掏肺，因而尴尬归尴尬，鲁强还是心中愧疚地对妻子的问题进行了避重就轻的回答："我实在走不开，你去取行李时，就让女儿自己在那儿待着吧。"

鲁强知道妻子希望他去取行李，也知道自己这个力不从心的答案对妻子来说是不及格的。

他以为妻子会继续责难他，却没想到崔宁沉默了一会后愁肠百结地对他说："好吧，你把女儿照看好，要好好爱她！疼她！"

听了这句，鲁强才猛然明白了妻子的意思，眼眶一下子湿润了，有一种生离死别的味道。

余震不断，去房间取行李，谁能保证没有生命危险？妻子其实不是怕去取行李，也不是怕去取行李发生不测，而是怕自己真有个三长两短，他照顾不好女儿！

多好的妻子啊！多大义凛然的妻子啊！

她总是向他展现出春天的芬芳，却以草芥般的低微对待自己。

时间慢慢地流淌，鲁强的情感狂澜奔涌。

当喊到 3 号楼的时候，鲁强看到妻子捧着女儿的脸在爱意满满地说着什么，其间还向他指了一下，继而又在女儿额头上深深地吻了一下，然后笑着默默地走进队列之中，一个人跟着队伍向几百米外的酒店走去，坚定、沉稳而又义无反顾。

美丽的妻子，姿态低过尘埃，却又是这么坚强。

这电影镜头般的一幕，让鲁强鼻子酸涩，一只无形的手，在以掌捆以拳击的方式，狠狠地抽打他的心：一家三口人，危难之时却身处不同地段，一旦再有重大险情，则是生死难聚啊！

鲁强与妻子相识 21 载，结婚 18 年，一直恩爱有加，这 7000 多天的日子里，他没让妻子干过重活脏活，更未让她独涉险境，唯有这次，而且是在这么大的灾难面前……

伤痛愁楚，忧虑如渊，但他真的无法推掉自己志愿者责任。何况自己还是这个游客临时志愿者队伍的倡议成立者和领头羊！

5. 油煎火燎的牵挂

四野沉寂，鲁强的世界全是妻子。

崔宁进入酒店收拾行李以后，鲁强的心在一寸一寸地被油煎。本来寒凉的天气里，他却急出一头大汗。他是一个无神论者，不相信唯心的力量。但此时，却无助地不停地祈祷：上天能够保佑不要发生大的余震，保佑妻子能够平安归来，保佑我们一家三口能够继续生活得平淡而又幸福……

时间怠滞，每一秒都如一年。鲁强紧张得感到全身的肉都在痛。可他也明白自己不能这么失态，不能让坚强出现裂纹，不然自己薄弱的情绪，会影响到停车场上的游客，他必须忍着：忍着担心，忍着揪心，忍着愧疚。

阴云密布，雷声隐隐，一种揪心的情感孤独地走。

直到8点多，自己祈祷了无数遍的场景出现，妻子独自带着两个行李箱回来时，他心上的千钧巨石才一下子落了地。

阴霾消散，天地清明。

相聚，是这世间最美好的事情。

妻子笑着走到他身边，然后一把抱住他，情感饱蘸地说："老公，我回来了！我回来了！"

鲁强一边摸着妻子的头，一边半开玩笑半认真地说："是的！是的！我媳妇儿回来了，我媳妇儿能干，这么柔弱，却拖两个大箱子，了不起，必须点赞！"

然而，就在他的话音刚落之时，却发现抱着他的妻子身体颤抖了起来，继而猛然间大哭，边哭边断断续续地说："老公，我真的很怕死！我怕进酒店房间取行李后再也不能走出来，再也见不到你与女儿了！"

"别哭别哭！我媳妇儿是啥样的人啊？她勇敢着呢！这么好的媳妇儿不会出事的！"

鲁强安慰妻子，他知道她胸中先前充满着委屈和害怕，但为了支持他的工作，却没对他说半个"不"字。妻子是笑着坚定地走进余震连连的酒店房间的，而当妻子完好无损地归来时，却抱着他大哭，这是一种劫后余生的情感释放啊！

那一刻，原本还与妻子开着玩笑的他，眼泪也落了下来，滴在妻子的脸上、头上。

他和女儿是妻子的全部。他无私奉献，识量宏博的爱，也是妻子包容的世界。

这是一种大地般的美德。他感谢妻子对他当志愿者的理解和支持！

他们本是恩爱夫妻，但这一次，他们的感情又得到了进一步升华，增加了和平年代殊难遇到的生死与共的金质光辉。

所谓患难见真情。共渡危难，也激发了不少人的内心之善。

周边的游客看见崔宁哭得很伤心，以为发生了什么事，纷纷过来安慰她。有一个三四岁的小女孩儿，还拿来一盒酸奶和一盒饼干递给她："阿姨，别哭，你吃吧，吃了就不饿了！"

灾难酷寒，一朵纯洁的小花绽放着芬芳，这是春雪里的美好。

崔宁听了小女孩稚气娇嫩的话，破涕为笑，脸上挂着泪对小女孩儿说："阿姨不饿，谢谢宝贝儿！你真乖！"

游客提取行李的过程，在九寨沟清晨的阳光中持续有序地进行着。

夜，越走越远。天地，越来越温暖。

明媚的阳光照亮世界的同时，也指引着人们走出地震灾难叵测的深渊。

这是一段看得见前程的光阴。

这个美好的过程，从早上 6 时许开启，持续到上午 9：30 左右。

150

伴随着阳光的渐次灿烂，上午9：00左右，有两个好消息传来。

第一个好消息是电信通信恢复了。

这个好消息是松潘县电信公司总经理泽里孝和九寨沟电信公司张春燕等人组成的电信抢险队，冒着危险去九寨天堂洲际大饭店地下室接通线路后，再发电创造的。

九寨沟地震发生后，通信大面积阻断。松潘县电信分公司迅速组织了通信抢险队。在这支临危受命的通信抢险队中，有一个柔弱却不失刚强的身影，一直在通信抢险队伍里穿梭、奔走。

她，就是九寨沟电信分公司网运组长张春燕，一个普通的电信女员工，一位平凡的母亲。

8月9日凌晨3时左右，经过4个多小时艰难跋涉，张春燕跟随泽里孝带队的松潘县通信抢险队伍来到受灾较为严重的九寨天堂甲蕃古城所在地，及时向正在现场安抚游客情绪、中途租用并乘坐红岩林场的汽车先于他们到达的刘波涛与杜林等领导，详细汇报了沿线电信受灾及通信受阻情况。

在了解到刘波涛所持手机无网络信号、无法通话时，张春燕又即刻将自己的电信手机和卫星电话供其使用，使其顺利与阿坝州委、州政府，以及抗震救灾指挥中心取得联系。

经过短暂停留，通信抢险组又随同在场的政府领导继续前行，赶往重灾区九寨天堂洲际大饭店。在这里，张春燕同抢险队员一道，一边参与游客疏散、伤员转移和对群众的心理安抚工作中，一边进行电信设备的检查、抢修和维护。

8月9日凌晨6点30分，当抢险队进入九寨天堂洲际大饭店网机房时，映入眼帘的是机房内空调倒在地上，机柜横七竖八，各类设备已停止工作。张春燕便同抢险队员一道，冒着余震，投入到紧张的抢险保通工作中。

通过大家的努力，先后抢通了传统语音及网络信号传输设备，并最终于8月9日8点40分恢复了该片区的C网通信业务。

就在电信通信恢复之后，另有一个好消息也随之传来：那就是关门子塌方体打通了！

关门子能通过小型越野车后，杨克宁带领州级相关部门负责人也到了九寨天堂洲际大饭店停车场游客聚集地。随同前往的阿坝州政府人民防空办公室副科长孙国江和阿坝州政府应急管理办公室的杨贵强，便与杜林和刘波涛等人在一起开展工作。

在愈加明艳的阳光和心境中，杜林还接到女儿杜婷打来的电话。

令杜林内心倍感熨帖的这个宝贝，没说两句话，便激动得哭了。

这是地震后彼此间的第一次电话联系，阴霾与黑暗笼罩的夜晚，只有她自己才知道内心有多么害怕。

地震震断了通信联络，却震不断血脉相连的牵挂。忙着抗震救灾、疏通道路、安抚游客情绪的杜林无暇顾及远方的妻女。但从地震发生后起，非常担心他安危的女儿杜婷便和妻子范文艳一直在连续不断地拨打着他的电话号码，辗转反侧，一夜无休。

迷惘无边的夜晚，无尽的"你拨打的电话不在服务区"的语音提示，无情地叠加着对她们母女身心的折磨。

现在电话终于通了，祈祷了近 12 个小时的平安的信息终于传递了过去，这本来是应该高兴的事。但是电话接通后女儿激动得哽咽的话语，传递而出的是她与母亲在读秒锥心的长夜中承受了何其沉重的煎熬。

微风吹过，杜林感觉到自己眼角凉凉的，他知道妻女又一次触碰到了他内心的柔软……

游客们的行李提取任务完成后，特警官兵又前往九寨天堂洲际大饭店的大堂、浴池和餐厅等地寻找客人们的行李和慌乱逃生时遗落的物品；蒲磊和嫩恩桑措派出所的民警同事们，则通知有东西遗失的游客到饭店大堂前堆放这些物品的开阔位置认领；消防战士们逐次按照失联人员家属指定的方位，开始了对被掩埋生命的新一轮寻找。

失物完璧归赵，游客们开心不已。

但在这时，有一个悲伤的身影，内心却死一般沉寂。

她就是吴美霞。

她曾经多少次祈祷，祈祷平淡美好的生活重新归来。

她曾经多少次泣血呼唤，呼唤经年累月的恩爱和鸣。

然而，残酷的现实总如一个内心歹毒的编剧，不近人情地上演着令人断魂的别离和残忍。

8月9日凌晨2时许，阿坝州消防支队的官兵涉险深入九寨天堂洲际大饭店大堂，查勘情况并进行搜救后反馈说，大堂里的顺兴餐厅、藏吧、羌吧等建筑毁损坍塌，一片狼藉，但由于余震频繁，级度较大，大堂里的建筑仍然在垮塌跌落，因而无法进行进一步救援。

这个无奈的消息，让蒲磊对吴美霞的丈夫郑先生的情况有了不祥的预感。但是，他却不敢向不时前来向他打听老公消息的吴美霞分析情势，或告之判断。

没有比这更残忍的事了！他多么希望能够有奇迹发生。

但令人心碎的事实还是再一次击溃了他的美好愿望：

8月9日上午9时许，消防搜救队从饭店大堂的餐厅里又搜救出一具男性遗体……

要不要告诉吴美霞，请她前去辨认遗体？

这是一件非常酷虐的事情！

蒲磊反复掂量着，思维出入于霹雳雷鸣的斗争之中。最终，理性打败了感性，他相信吴美霞经过一个晚上的情感缓冲，对自己丈夫的事，应该在心里已经有了答案，且具备相应的心理承受能力。

这不是生离死别，这是比生离死别更让人寸断肝肠的打击。

蒲磊从郑先生遗体被发现的位置，以及吴美霞所描述的她老公在地震前所在位置的高度吻合性，顿然明白一切辨别已毫无悬念。

所谓的辨认，不过是让一把把刀去剜吴美霞的心，让一支支箭去洞穿她的肝，让残酷的现实去崩塌她已经岌岌可危的精神支柱……

一切，既在意料之外，又在情理之中。在确认死者就是自己老公后，从来未想过与亲爱的人会如此生离死别，吴美霞的世界顿时昏天黑地，崩

153

塌将倾。

蒲磊见状，赶紧上前扶起她："姐姐，节哀顺变，保重身体！"

人有时候发泄性哭喊，会减少很多痛苦，而此时的吴美霞却面无表情，没有凄厉的号啕，也没有断气般的呜咽，更没有捶胸顿足的撕裂……

她满脸呆滞，目光无神，如一棵枯树。

吴美霞的样子吓坏了蒲磊，也让蒲磊不知所措。

"对不起，我以为他没事的！"蒲磊嗫嚅着说。想起之前自己无力地安慰吴美霞的过程，他感到很愧疚，"姐姐，你难受就打我吧，千万不要太悲痛伤了身体啊！"

"不怪你！怪我命不好！"吴美霞惨然地朝着蒲磊笑了一下，然后回头对自己的儿子说，"儿子，你以后要好好跟着你姨妈生活，一定要听话，不要太淘气……"

吴美霞的话让蒲磊不禁泪如泉涌，但他同时也意识到她可能有轻生之念。

果然，吴美霞说完，就朝着离她几步之遥的一辆车冲去。

蒲磊见势，打了一个寒战，瞬间明白过来的他上前一把抱住吴美霞，"姐姐，你千万不要做傻事啊！"

"兄弟，你说他都死了，我活着还有啥意思啊？"吴美霞突然大哭起来，悲痛欲绝，凄厉的声音撕破清晨的宁静，泪水如大水决堤，"他不守约呀！他说过要陪我慢慢变老的，可是他却先去了……"

"姐姐，孩子这么小，你就算再难受，也要替孩子想想呀！"

"孩子有他姨妈照顾呀！"

"姨妈照顾得再好，哪有亲妈照顾得好呢？再说了，你要有个三长两短，你老公他能放心孩子吗？"

……

在比长比短地经过30分钟的劝导后，吴美霞的情绪才慢慢平复。但与丈夫感情甚笃的她也向蒲磊提出了两个请求：

第一，请求蒲磊帮她找到她老公具体的遇难地点；

第二，请求蒲磊帮她在所住房间内拿到她老公的所有遗物。

"姐姐，我一定帮你完成这两个心愿！"

话毕，蒲磊便即刻安排起派出所的同事来。

"新二拐"的天亮了。

阳光如昔，蓝天如昔，但前一天还绿掩翠盖的山体，却鬼剃头般满目疮痍。

蝉噪林难静，鸟鸣山无幽。

除了心碎美丽山河在一夜之间改变了丽颜之外，面对这处不可逾越的巨大塌方体障碍，迫切地想早些到达九寨沟沟口的杨克宁，还油煎火燎，寸心若摧。

风止风起，尘埃回旋，山石的滚落声令他忧心忡忡，九寨沟沟口的游客此时的情况怎样啊？那儿可至少还有 6 万多人啊！

由于通信中断，杨克宁有所不知，此时，令他忧思萦绕的九寨沟沟口漳扎镇上的游客们，已经开始了转移。

为了探明转移的道路，与震魔抗争，也经历了一番如电影大片般激烈且惊险的战斗。

完成从九寨沟沟口通往九寨沟县城的道路疏通工作者是毛清洪、马勇、高碧贵等人。

这本来是一个紧张而又快乐的夏夜。

暝色掩映不了繁荣，平安护佑着祥和。

8 月 8 日已是九寨沟的旅游旺季，漳扎镇上的交通非常拥挤，因而民警们值勤一直要坚守到晚上 11：30 方可下班。

吃过晚饭，九寨沟县公安局沟口分局局长海滢与九寨沟县副县长兼公安局长黎永胜一起对漳扎镇的交通进行疏通。

时近夜里 9 点，漳扎镇其他地方的交通已然顺畅，原因是游客们大多如倦鸟归巢住店休息，先前如河水般流动的汽车，此时多数已经各有归宿，且在夜幕下栖息。

但漳扎镇也有一个地方，此时却人声鼎沸，车流如织，热闹非凡……这个地方就是漳扎镇宋城。因为宋城有不少玩乐的项目，还有《九寨千古情》的几场大型实景演艺节目，在一场场接连不断地上演。九寨沟旅游旺季夜色中的堵车点往往就出现在这里。

堵车就是问题，有问题就要解决。

海滢与黎永胜又一起前往宋城查看交通堵塞情况，并安排人员疏通，待疏通完后也好休息。九寨沟县公安局沟口分局的干警住宿区也在宋城附近——这儿老地名叫漳扎镇镇上。

果然堵车！由于人员太多，太乱，他们的车还未到宋城，刚行至漳扎派出所就开不动了。

无奈，他们只得从车上下来，准备将车停在一边，然后徒步沿路指挥交通。

这时，令人惊恐且方寸大乱的地震便发生了。

整个漳扎镇一下子停电了，电话没有信号，红绿灯也停止了工作。

很快，人们纷纷从室内跑出来，跑到空旷的地方。哭声、喊声，还有街上的汽车使劲地按着喇叭的声音响成一片，既嘈杂，又纷扰。

纵使灾难骤降，现场也不能混乱呀！

因为越乱越糟。

金色盾牌热血铸就，危难之处最显身手。

电话不通，海滢马上想到了网络，想看一下微信。因为九寨沟县公安局沟口分局有一个微信工作群，局里平时的工作安排也常通过此微信发布。

幸运的是，网络还有信号，还像一个警察一样值守在自己的岗位上。

他连忙通过微信群发布了通知："刚才发生了比较大的地震，所有民警全部上路，维持交通，疏散游客，把游客疏散到安全地点。"

这是地震后海滢发布的第一条信息，此信息发布时间为地震过后 3 分钟。

茫然失措的人们惊慌地东奔西走，附近的山体稠密的轰隆声持续炸响，至恐悲绝的惊叫声声，排山倒海。

之前拥堵的是道路，此时拥堵的是心灵。

心入泥淖，比灾情更可怕。因而发布这条信息后，海滢觉得还不够，又发了一条："各派出所民警，如果没在派出所的，马上到就近辖区派出所，安抚游客并确保道路畅通。"

1973年10月出生、1995年8月参加工作的海滢，以前在公安系统当了12年警察，然后又当了几年九寨沟漳扎镇的镇长、书记，然后再回警营。寄情于此十多年，对九寨沟的地形地貌、景区的风景风物、属地的风土人情等了如指掌。

由于前往宋城的汽车无法行驶，海滢便对黎永胜请示道："黎县长，地震发生了，需要警察指挥，要不我们到沟口分局指挥中心去？"

"这个提议不错，我也是这样想的。"

九寨沟县公安局沟口分局指挥中心全称九寨沟旅游应急突发事件指挥中心，指挥中心有警用特殊通信工具。

他俩重新上车，掉转车头往九寨沟县公安局沟口分局而去。但刚走到漳扎镇彭丰村，就遇到了险情：地震发生时，山上一块巨大的石头滚落下来，砸坏了两辆车，也将海滢与黎永胜的车给堵在那儿了。

令人触目惊心的是，在石头所压的车里，还有一位动弹不得的伤员在微弱地呼救。

人命关天，救援刻不容缓。

他们马上下车开展救援。由于现场的民警只有黎永胜与海滢，以及他俩的汽车驾驶员，尽管他们四人合力推石头，石头依然纹丝不动。

刚巧，有一辆警车从宋城方向开了过来，海滢马上对车上的警察招手说："把车停了，下来与我们一起把这个大石头弄开，将石头下的人救出来，同时将道路疏通。"

车上下来了两个人。

然而，六个人合力试图搬挪这个石头，石头依然如同生根。

见状，有不少老百姓也站了出来，帮着一起推这石头。

还是推不动，这时，又有不少汽车从宋城方向开了下来，也都堵在了后面，海滢便对那些车上的人喊道："车上坐的小伙子、壮劳力，以及村上老百姓中的年轻人，全都过来搬石头，抢救伤员。"这夜色下的凶残。

地震虽然让人们无所适从，但世界并未倒悬，救死扶伤的热血，也未被危难湮没。不需要了解更多细节，参与的人又多了不少。

团结就是力量，这次石头动摇起来。

人心齐，泰山移。又何况区区一块石头？

大家合力推开石头后，从被砸坏的车里救出了一名伤员，这是一个30多岁的男子，头部受伤，血流满面，呻吟揪心。海滢连忙叫司机用自己的警车将其送往位于漳扎镇上的九寨沟县第二人民医院。

海滢听现场一些住在附近的百姓讲，在他们的警车还没有到来之前，车上已经弄走了一个人，那是一个被石头砸死了的游客。

这次地震果然厉害！伤痛，填满黎永胜和海滢的心。

组织老百姓将石头推开，并救援伤病员，使道路通畅后，海滢与黎永胜赶到九寨沟县公安局沟口分局指挥中心时，看到了阿坝州委常委、九寨沟县委书记罗智波也赶到了指挥中心。

"来得很及时！"罗智波对他们说，"我们马上开一个会！"

在九寨沟沟口广场边，罗智波又召集同在漳扎镇的九寨沟县政协主席葛林冲、九寨沟管理局局长赵德猛、九寨沟县常务副县长刘今朝等人召开紧急会议，要求全力抢通灾区通信，保障抢险救灾指挥部、救援队伍、灾区群众的通信畅通；全力做好电力系统抢修复电工作，保障全县供电正常；加强灾情信息统计，为全县有效实施救灾工作奠定坚实基础；立即召集相关领导，会商研究灾情，调度部署下一步工作。

就在此时，罗智波又接到四川省委领导打来询问灾情的电话，同时要求"将抢救生命作为第一要务，全力开展伤员救治，游客、群众救援和疏散转移；全面摸清灾情，及时上报"。

要疏散转移群众，得有一个先决条件，那就是从九寨沟沟口通往外面的道路要畅通才行。可是地震后，九寨沟沟口通往外面的道路畅通吗？窄窄的道路有没有地方被地震震垮的山体给堵塞了呢？

罗智波要求黎永胜和海滢安排人尽快探明从漳扎镇到松潘方向，特别是漳扎镇到九寨沟县城方向的道路是否通畅。

九寨沟风景区所在漳扎镇只有两条路通往外面，一条路是往下走到九寨沟县城，一条路是往上走到松潘县川主寺镇。由于地震后无电无信号，道路监控系统派不上用场，只能靠人员去探明道路，看哪一条路是通畅的，就让游客从哪一条路转移。

刘波涛也向黎永胜以及海滢下达了同样的指示。

同时，刘波涛还指示黎永胜安排警力，从九寨沟县城出发，往绵阳平武方向探路，往甘肃文县方向探路。

从九寨沟县城出发，到离县城不远的双河乡时，道路便有了分岔——朝右拐，经过黄土梁，便能到绵阳市平武县；朝左拐，经甘肃省文县，过碧口镇，能到四川省青川县并进入高速路。

黎永胜与海滢接到刘波涛和罗智波的指示后，马上将从漳扎镇通往九寨沟县城的道路探索及疏通的任务，交给了九寨沟县公安局沟口分局副局长毛清洪等人。

随着夏季的到来，一年一度的九寨沟旅游旺季又来了。时间进入 8 月，已经连续多天游客均在 2.5 万人以上，8 月 8 日游客尤甚，达到了 3.8 万人之众。

毛清洪每天早上 6 点起床，6：30 到指挥中心。

在九寨沟旅游旺季，他所在的九寨沟县公安局沟口分局比正常上班的时间早两个小时，夙兴夜寐这种高强度的工作是为了保障旅游旺季的游客安全。

8 月 8 日晚，忙了一天的毛清洪与九寨沟县公安局沟口分局政委杨云峰吃过饭后回到家里，坐在沙发上他累得电视都不想看，满脑子想的是今天有游客 3.8 万人，那么明天游客可能上 4 万，如斯，明天可能就要启动

159

旅游旺季一级交通预案了。

毛清洪在想这些问题的同时，也不时看一下手机，因为九寨沟县公安局沟口分局的工作安排，往往都是通过微信群发布。

正在毛清洪微闭着眼睛思考着这些问题的时候，他突然感到沙发左右晃动了两下，这时他的妻子岳东梅也奇怪地自言自语："地震了嗦?"

自从汶川大地震发生后，近十年来，阿坝州便开启着"摇一摇"模式，这种模式既让人惊悚也让人麻木。毛清洪想，这次"摇一摇"也跟以往的"摇一摇"差不多，摇两下就会在人们见惯不惊的漠视下停下来，因而他并没当回事。他还在心里幽默地想，这或许是慈祥的大地母亲，觉得他劳累了10多个小时，以此方式来给他按摩一下。

然而，这次"摇一摇"来劲了，与往日大不相同，不仅越摇越凶，还将家具摇得"咚咚咚"地响，吊灯"哗哗哗"地响，房子结构在挤压中发出"吱吱嘎嘎"的声音，电视柜上摆放的小物品也"啪啪啪"地往地上掉……在这一瞬间，之前学过相关防震常识的岳东梅便拼命地朝卫生间跑去。

见状，毛清洪连忙说："东梅不要慌! 不要慌! 不要跑摔倒了。"
他边喊边朝岳东梅跑去，扶着她以免她摔倒。

很快，地震便停了。因为刚刚房子摇得太凶了，毛清洪想，可能这次地震震级有点大，不应该是汶川大地震的余震。而在地震刚停的时候，楼上楼下便传来人们惊恐的声音。

毛清洪一家住在三楼，见房子暂时没有摇动后，被地震惊魂的岳东梅连忙叫："走! 走! 走! 快点下楼!"

毛清洪担心地说："东梅，你不要慌哟，慢点慢点，看跑摔倒了啊!"
他边说边赶紧把鞋子穿起。

由于那时已经停电，他便打开手机电筒给妻子照路，并跟着妻子跟跟跄跄地往楼下跑。

此时的楼下，已如被惊扰了巢穴的鹤群，站满了惊恐的人们，还有小孩与女人大哭，有呼唤走散的亲人的大喊，有对破坏宁静与祥和的大地的痛声诅咒……

毛清洪没有怨尤苍天大地，他觉得自己最应该做的事是安抚这些惊悸的人们："大家不要慌！尽量到开阔的地方待着。"

小区中不少人认识毛清洪，因而他的安抚，在一定程度上对人们慌乱的情绪起到了稳定的作用。

见人们心绪好了许多之后，他又想到此时漳扎镇应该也有很多游客，一如眼前的人们这般被吓得失魂落魄，惊恐不安。于是他马上打电话，试图联系九寨沟县公安局沟口分局指挥中心，联系九寨沟县公安局沟口分局局长海滢，联系……

但是，他发现电话已经没有了信号。

这时，岳东梅也着急地给娘家人打电话。然而，电话，俨然沉睡，怎么都打不出去。

由于毛清洪所住之地离隆康社区只有400多米，想到隆康社区有几家大型宾馆，住着不少游客，他便带着岳东梅马上去到隆康社区安抚游客。

隆康社区的停车场上，挤满了着装五花八门、惊慌失措的人们：有穿拖鞋的，有打赤脚的，有顶被子的，有披浴巾的……看得出来，这些人几乎都是从酒店客栈跑出来的。

安抚了一阵这里的人们后，毛清洪又带着岳东梅折转回来，打算开着私家车往九寨沟县公安局沟口分局指挥中心走，以听候领导对自己的工作安排。虽然此时电话打不通，但微信还能用，他看到海滢在微信上发布的两条命令："刚才发生了比较大的地震，所有民警全部上路，维持交通疏散游客，把游客疏散到安全地点。""各派出所民警，如果没在派出所的，马上到就近辖区派出所，安抚游客并确保道路畅通。"

他开着车往通向沟口公安分局的主道走，这时有路边认识他的人对他说，到沟口的道路已经阻断了。主道堵塞，他就想走另一条名叫边边街的道，以尽快到达指挥中心，没想到边边街的游客与车辆将路封得更死。

无奈，他又撤回来，想重新走主道。这时九寨沟县公安局沟口分局政委杨云峰在微信里呼叫他，问他在哪个位置。

"我在边边街，准备走边边街到指挥中心。"

"你赶快过来，我们在星宇国际大酒店门口会合，然后一起去指挥中心。"

6. 带着家属冲锋

每个人的生活都离不开快乐的心境。

这次地震是那么猝不及防，它带给杨云峰的不仅仅是惊吓，更多的是心痛。

杨云峰与毛清洪在忙完交通指挥后，已经是晚上8时许了，由于他们所住之地在一个方向，而且挨得很近，因而两人下班后便一道回住地。

杨云峰的家在几十公里外的九寨沟县城，他在漳扎镇的住宅位于九寨沟管理局的宿舍区。在回到宿舍之前，两人一起去火地坝一家面馆吃了晚饭。

每到九寨沟旅游旺季，他们通常忙碌得吃饭都难以保证在饭点上，常常饥一顿饱一顿。饿了，便随便凑合着解决。

吃完饭，杨云峰回到九寨沟管理局宿舍区五楼的小窝里，简单地洗了一个澡，然后坐在宿舍的椅子上悠闲看书，准备稍事休息就上床睡觉。因为每逢九寨沟旅游旺季，都上班得早，身为九寨沟县公安局沟口分局的领导者之一，他得身先士卒做好表率。

劳碌了一天回到家，得闲休息一会，杨云峰觉得自己累得有些恍惚：怎么椅子动了一下呢？手中的书也好像被一双无形的手夺了一下。

没有这么灵异的事，杨云峰猜测是自己困了。

然而，接着发生的事却否定了他的猜测，因为椅子不仅又动了起来，一下，两下，而且房子也跟着摇晃了起来。

地震了！

猝然发生的地震让他在那一瞬间有些发蒙：以为是汶川地震的余震，不禁惊诧这次余震的阵仗有点大！

他不知道该不该跑，该不该躲避。

就在他这样思考着的时候，房屋却越摇越凶，他意识到这不是余震！于是拿上手机便匆匆地冲下楼去。

宿舍区的邻居也都如他这般狼狈不堪地纷纷冲下楼来，集中在小区的院坝里，哭的喊的叫的，脸上和内心布满了惊恐。

杨云峰连忙对这些失魂落魄的邻居们安抚起来，待邻居们的情绪稍微好些后，他又想到自己应该去九寨沟县公安局沟口分局的指挥中心，好统一安排抗震救灾的事。

通过微信看到海滢的命令以后，想到毛清洪与自己住得很近，他便通过微信呼叫起毛清洪来，询问其在哪个位置。

赶到星宇国际大酒店后，毛清洪看到酒店的停车场上挤满了游客，便将车停在路边，然后与杨云峰及岳东梅一起徒步向沟口公安分局指挥中心冲去，一边冲一边叫大家不要慌。

边边街两边的房子墙壁不断掉砖头，在余震中不时地摇一下。他们一边跑一边躲避，仿佛穿行在枪林弹雨之中。

到了九寨沟县公安局沟口分局指挥中心时，他们看到海滢、黎永胜及罗智波都在现场，且忙得不可开交，或者正在接电话，或者正在打电话，或者正在做抗震救灾的相应安排。

正在这时，有人给罗智波汇报说，火花海出现溃堤迹象，位于沟口的指挥中心很危险，如果从海子溃堤的湖水冲下来的话，顷刻间便会将指挥中心冲得踪影全无。因而为了安全起见，指挥中心得挪挪位置。

可是往哪儿挪呢？当时只有九寨沟县公安局沟口分局指挥中心（九寨沟旅游应急突发事件指挥中心）的电话才能连接外界，才打得通，转移到别处怎么与外界互联互通？

"要不将指挥中心从室内转移到室外的沟口广场吧，这样相对安全一些！"

罗智波采纳了这个建议。因为沟口广场离指挥中心仅百余米。

这时，黎永胜见毛清洪赶到了沟口分局，便对他命令道："清洪，你赶紧带人去查看通往县城的道路是否通畅，查看之后第一时间报告上来供领导决策。我马上安排县公安局交警大队的人从县城往我们这里探路、开路，你带人从我们这里往县城去探路、开路。"

此时，离地震的发生，已经过了快半个小时了，毛清洪发现自己所使用的电信手机偶尔又有信号了。不过，他关注的重点没在手机信号的有无上，而是在探路、开路这个重任上：黎永胜副县长叫自己带人去探路，可是自己带谁去呢？身边没有民警呀！自己一个人开车，一个人搬石头，也不现实呀！

他不知道谁有空，便喊了一嗓子："有谁跟我一起去探路呀？"

这时站在他身边的诺日朗派出所所长马怡妹对他说："毛哥，我们派出所的刘刚和马勇在沟口警务室，你喊他们跟你一起去吧。"

刘刚和马勇都是诺日朗派出所的副所长，但刘刚正患痛风病，去探路的过程中无力搬石头。马勇年轻，人又机灵，跟自己去探路应该挺不错，于是他便掏出手机给马勇打电话。

可是一连拨打了十多遍马勇的电话号码，都没打通。

毛清洪哭笑不得：手机信号就是一个调皮鬼，你没在意它时，它出现了；你要使用它时，它却消失得踪影全无。

正在这时，他看到民警赵小平在身边，便对赵小平说："赶快去帮我将马勇叫来跟我一起去探路，他在沟口警务室。"

赵小平去叫马勇的时候，毛清洪想到自己的警车是轿车，杨云峰的警车是越野车，轿车根本没办法在满地都是石块的路面上行驶，因而，他将杨云峰的越野车要来探路。

"你一个人咋搬得动石头嘛？我跟你一起去。"这时岳东梅心痛地对他说。

"你一个女人家，去做啥子？"

谁都知道地震是会死人的，毛清洪这话没有瞧不起女性的意思。此次探路，可以说十分危险，因为余震不断，道路两侧的山上随时都在垮石头，自己一人去有风险就算了，哪能让老婆也去担这个风险。而且，假如自己此去遭遇不测，老婆还可以照顾未成年、正在成都读书的儿子。而他与妻子同遭不测，儿子不就成孤儿了吗？

"女人家怎么啦？女人家一样能够帮你搬开石头。"

"我的意思是女人家力气小，你怎么搬得动石头呢？"

"不，我要跟你一起去！"

"你去干啥？这一去能不能回来还不晓得呢，你不怕死呀？"

"我不怕死！就算会死也要跟你死在一起。"岳东梅说，"再说，一路上我除了可以给你搭个手外，夫妻就该患难与共嘛！"

岳东梅说这话时，眼泪都快落下来了。

岳东梅的话很坚决，意志更坚决。她深深知道此次在余震中与丈夫同行，并非浪漫地散步，而是同生共死。

听了妻子的话，毛清洪很感动，也不好再说什么了。

这时毛清洪又想，一般的石头，自己与妻子能搬得动，遇到大的石头咋办？两个人怎么搬得动呢？要是能再增加几个人就好了。

他对杨云峰说了这个想法后，杨云峰很快给他叫来了薛凯强和泽旺夺基两名特警。

马勇也很快来了。毛清洪安排马勇开车，说自己比马勇壮实一些，路上有石头挡路的话，他可以下去搬。

就这样，包括毛清洪的妻子岳东梅在内，一行 5 个人开着杨云峰的越野车，朝着九寨沟县城的方向出发了。

一路下行，走到隆康桥的时候，堆砌在路面上的山体落石开始多了起来。前面不远处是从牙村。此处常有山石堵塞道路。因这段路的山体垮塌是常态，让行车至此的司机头皮发麻，如闯鬼门关。刚刚发生了这么大的地震，这段路一定垮得更厉害。因而他对马勇说，当车行至此之前立即停车，一听二观察，等到没有山石滚下来的空档，再急速通过。

所谓听，是听山上有没有落石滚动的声音。因为这是夜晚，看不见是否有石头滚落，只能靠耳朵听。

所谓观察，就是在车灯的照耀之下，看要通过的地方有没有大石头阻

166

挡道路。如果有大石头就要下去将石头搬开；如果石头大得搬不动，也要想应对之策，并将之报告给抗震救灾指挥部；如果不需要搬石头，则快速通行，以免垮塌的石头砸到车与人。

路上当然有石头，不过值得庆幸的是，这些石头都不是很大，几个人一合力都能搬开来。

刚过了这个塌方路段，毛清洪便看到牙村的一个开阔的坝子里聚集着至少上千人。人声鼎沸，有大声哭的喊的，有高声呼朋唤友的，有讲述地震发生那一刻自己的惊险经历的。

看见毛清洪他们的车开了过来，人群中走出一个人对他们说："你们来得正好！赶紧把这里游客的秩序维持一下，大家情绪很不好，既惊恐又焦虑，我们几个人简直没办法。"

毛清洪认识这个人，他是自己曾经的领导，原九寨沟县公安局副局长、现九寨沟县委常委、工会主席文成华。地震发生后，文成华正在那儿安抚游客的情绪，看到有警车过来，顿时喜出望外。

毛清洪真想去帮老领导一把，可一想到自己重任在身，实在爱莫能助："文主席，我们现在是受黎县长的指派前去探路的，看到底能不能够转移游客。所以我们不能下车呀。随后应该有警察会过来的，现在先辛苦一下你们。"

文成华一听，也意识到探路任务的重要性，十分理解地说："那好，那好，你们快去吧！"

"感谢老局长理解与支持！"毛清洪对文成华说完后，转过身来对马勇说，"我们快走，时间就是生命！你看游客们多焦虑啊，因此越早探明道路情况越好。"

马勇一边按喇叭，一边对沿路想搭车离开的游客大喊："请让一下！我们是去前方探路的，路通了马上告诉大家，大家好转移。"

过了牙村，继续往九寨沟县城方向走，当车行至沙坝村二组的时候，毛清洪突然听到山上传来雷鸣般响声，瞬间意识到了什么，即刻对马勇高声喊了起来：

"马勇停！停！停！停！快倒车！快倒车！"

虽然汽车发动机在轰鸣，但是山上石头滚下来的声音更大，马勇也听到了这可怕的声音，而且通过声音判断，这块石头不小。因而，当毛清洪叫他停车且赶快倒车时，他因为慌张，停下车后几次挂倒挡没有挂上。

千钧一发！

生死存亡就在此时！

这时，除了马勇之外，其他人都开始条件反射地拉车门，准备跳车逃生了。

幸运的是，马勇终于挂上了倒挡，汽车向后猛退，没过几秒，一块有1立方米大小的大石头就砸了下来，离车头的距离只有四五米，砸得地面震动，让汽车也跳动起来。

这惊险的一幕，每个人都吓得头皮发麻，手脚也不由自主地抖了起来，虚汗如雨。

天啦！要是马勇的倒挡没有挂上，大家又没有来得及跳车的话，他们就变成肉酱了。

毛清洪很快恢复了镇定，他觉得现在不是害怕的时候，而是应该继续排除障碍往前探路。因而，他给大家打气："我们赶快下车去将这块石头搬开，然后继续向前进，一路都在垮石头，没有砸着我们就是幸运。我们害怕不等于不会被石头砸中；不害怕不等于就要被石头砸中。"

想想也是这个道理，命运的舛错通常都是以一种不可理喻的方式呈现。因而车上的人都各自在心里给自己打气，然后下来合力将那块石头挪开了。

往沙坝以下，路又好了许多，但毛清洪心里却不乐观。因为在一个叫二道桥的地方，平时也经常有塌方和落石，而且通常一下雨就塌方，因而车行至二道桥时，他又叫马勇将车停下，然后一听二观察再伺机通过。

令大家欣喜的是，二道桥真是特立独行，以往这里常有落石，今日却能通达——虽然也有垮落的石头，但这些石头却并不大，马勇一脚油门便冲过去了。

168

在这段时间里，毛清洪还不时与九寨沟县交警大队大队长郭代安联系，问其是否从县城出发探路，走到哪儿了。因为黎永胜安排县公安局交警大队从九寨沟县城往九寨沟沟口探路，而毛清洪从九寨沟沟口往九寨沟县城方向探路——相向而行探路。

郭代安说他在外地出差，没有去探路，但他安排了交警大队事故部中队长高碧贵去探路，叫毛清洪跟高碧贵联系。

然而，毛清洪拨打高碧贵的手机，却打不通，网络也联系不上。

一路上，发现有石头，毛清洪便带着薛凯强和泽旺夺基两位特警以及岳东梅下车去将石头搬开，然后马勇一脚油门将车开过落石路段后再停下来，等着躲避落石的毛清洪他们几人在穿越塌方区上车后，再一起前行。

就这样行行，停停，既探路，也清障。

……

所幸二道桥一过之后，路况就好多了。当车行至芝麻家村南岸酒家时，看到路面上停了一辆警车，毛清洪马上叫马勇停车，去看那辆警车里都有谁，是不是来自县城的。

就在马勇将车停下来时，对面跑过来几个警察，毛清洪一看，跑在最前面的是高碧贵。

"你们从县城过来的吧?"毛清洪很兴奋地问，"那说明从县城过来的路是通的哦?"

"是的，我们从县城过来，从我们现在的位置往下的道路是通的。"

"太好了！那我们将道路的情况进行汇总，然后汇报给领导，因为领导需要第一时间掌握相关情况，好在抗震救灾的指挥中做出相应的决策。"

高碧贵说，从九寨沟县城往九寨沟风景区沟口走，白河乡那地方有塌方，马场坪那儿也有塌方，但都不是很严重，都能通行。其他路段的路面状况还好，基本没受什么影响。

"好怪啊！你从县城上来，看到的灾情并不重啊，我从九寨沟沟口往下走，却一路都在搬石头，尤其在从牙村那地方，垮得很严重，差点不能通行！"

169

想到自己一行 5 人历生死之险探路的这近一个小时，毛清洪真是感慨良多，因为从九寨沟县公安局沟口分局出发至此，平时开车所花时间不过 10 多分钟而已。

毛清洪马上给黎永胜打电话，欲汇报自己掌握的路况，但电话处于通话状态。他又给海滢打电话，电话也占线。就在他尝试着继续拨打电话的时候，杨云峰给他打来了电话。

原来黎永胜看到有漏接电话，而自己又忙着接打电话，便叫杨云峰给毛清洪代回电话。

毛清洪将自己探明的这段道路的情况向杨云峰作了汇报，并请其转告黎永胜。

不一会，杨云峰又打来电话说，黎永胜安排毛清洪与高碧贵就地设卡，对进出漳扎镇的车辆坚持一个原则，那就是只出不进。

于是两台警车停在那儿，只要看到有车朝九寨沟沟口方向开，他们便前去阻拦说："前方道路堵塞，请返回吧！"

"你说道路堵塞，那怎么有车出来呢？"

"为了游客能够顺利转移，现在进行交通管控，所有车辆只出不进。"

毛清洪坚持原则，不仅阻拦社会车辆、救援车辆，即使是政府工作人员的车、领导的车也不让进去。

那之后不久，毛清洪又接到了杨云峰的电话，说黎永胜有令，这个交通卡交给高碧贵及其所带协警负责就行了，他与马勇立即返回沟口分局指挥中心，并对沿途道路再一次清障。

接过电话以后，毛清洪马上对高碧贵转述了黎永胜的指示，同时建议高碧贵将离南岸酒家不远的黑河桥交警中队的人调过来一起负责交通卡的工作。

经过先前的清障，沿来路返回时，基本上没有发现有重新滚下的大块落石。

回到指挥中心，他们向黎永胜汇报了道路的情况之后，黎永胜很高兴。

7. 祸祟渊薮中来去

如果说九寨沟抗震救灾是一首英雄壮歌的话，那这首英雄壮歌则是由一个又一个铿锵的音符构成。

黎永胜在安排毛清洪去探察从九寨沟沟口通往九寨沟县城的道路的同时，也安排了相关人员从九寨沟县城出发往平武方向和甘肃文县方向探路，结果发现从九寨沟县城前往平武方向的道路是畅通的，从九寨沟县城前往甘肃文县方向的道路也已疏通。

回到沟口后，黎永胜又给毛清洪分派了新的任务，"你马上把交警中队及诺日朗派出所的警力全部调上，确保道路畅通，协助即将开始的游客转移工作。"

此时的时间已经是 8 月 9 日夜里 1 时许。

在九寨沟县公安局沟口分局，毛清洪是负责交通管理的副局长，所以让他负责从沟口通往县城的道路交通保障，也正是他的职责所在。

毛清洪马上安排沟口分局交警中队的中队长肖茂全，按之前应急预案的设定，将警力从《九寨千古情》演出场往下，在漳扎镇各个道路点位布局；又将诺日朗派出所 20 多位民警全部调出来，负责隆康桥以下的交通保畅，并交代诺日朗派出所所长马怡姝，将诺日朗派出所的警力分成几个小组，分布在隆康社区以下火地坝、从牙村等塌方道路段进行交通保畅，在注意落石，保障自身安全的情况下，一定要让车辆顺利通行。

马勇也没闲着。在未知通畅的道路上，还有许多梦魇需要破解。

他跟毛清洪、岳东梅、薛凯强、泽旺夺基从南岸酒家沿路返回到沟口公安分局指挥中心时，尚未下车，杨云峰便走过来交代任务，叫他不要下车了，他俩继续去探路，从沟口往上走，看通往松潘县川主寺镇的道路是否通畅。

于是，他又跟杨云峰踏上了危机迭出的探路征程。

相比于之前从九寨沟沟口前往九寨沟县城方向的探路，此次要惊险得多，上面的山石垮塌的情况也要严重得多。

一路上行，同样不断有游客涌出拦住警车询问路况，他们都耐心解答。

行至永竹村电站时，发现山上垮落下来的石头堆在路上有五六米高，不要说普通车过不了，连挖掘机也过不了，人要通过更是十分困难。

前方有险阻，岂能畏难休？他们决定徒步前行。

快走到鲁能集团希尔顿大酒店的时候，在翻越一处塌方体刚走到一半时，一个大的余震又发生了，有几块体量不小的飞石，伴着一大股细碎的沙石滚滚而下，月光下的山腰尘土飞扬，杨云峰预感不妙，马上喊马勇往回跑。

树枝被他们撞断，石头擦肩而过，他们不敢停顿，直到往回跑了20米才停了下来，这时轰隆隆的山体垮了下来，砸在了公路上，腾起的尘雾弥漫了视线。

多可怕的垮塌呀！要是迟疑片刻，他俩便被埋了。

惊魂暂定之时，马勇发现自己的皮鞋在刚才拼命奔跑的过程中，已经跑坏了。

差不多30米的塌方体，他们花了近半个小时才通过。

翻过此处塌方体，他们来到朗寨村鲁能小镇稍微休息了几分钟，坐在地上回想起刚才的惊险时刻，杨云峰突然后怕起来，想起在成都读书的10岁女儿，想起自己作为父亲未尽的责任，他心中很牵挂，也多了许多的留恋。在这历险探路的过程中，自己随时都可能被乱石砸死，被滑坡的山石掩埋，自己因公殉职倒不足惜，他最割舍不下的是还未长大的女儿和贤惠善良的妻子，她们该怎么办？

他赶紧掏出手机，给妻子打起了电话。幸运的是，此时手机竟然有信号。

"老公，你在哪里呢？还好吧？"

电话通了之后，在九寨沟县城家里的妻子着急地带着哭腔问："我打你电话始终打不通，心里担心得不得了，这一夜都不敢睡觉！"

杨云峰此时铁汉柔情，听到妻子关心的声音，竟泪眼蒙眬。他笑着对着手机说："老婆，你就放心地睡觉吧！我很好的！你还好吧？家里还好吧？女儿还好吧？"

"老公，家里好着啦！女儿在成都读书，也好着的呀！你在哪里？还好吧？"

"老婆，我没事，我在安抚游客的情绪呢！你们都好就好了，我很忙，就是向你通报一声平安。"

"那你要注意安全哈，老公！看到山上垮石头你要小心点哈！"

挂断电话，杨云峰擦了一把眼泪，他心中的后怕消减了不少，却感到身上传来阵阵疼痛。

检查了一下身体，才发现自己受伤了，是先前拼命逃跑时树枝将身体挂伤了，腿部被石头擦伤了。

虽然受伤，杨云峰却觉得自己很幸运，因为都是些皮外伤。

马勇也发现杨云峰腿部有血迹，关心地问其伤势重不重。

"都是些挂伤，擦伤，不碍事。我们继续前进吧！"

杨云峰将伤口进行简单的处理后，便站了起来，与马勇继续徒步前往九道拐方向。

从九寨沟县公安局沟口分局指挥中心出发，一路艰险，在死神张牙舞爪的空档里时行时停。沿路，马勇还不时给黎永胜发短信，既汇报哪里有塌方，哪里可以通行的路况，也汇报哪里有多少游客在路边凄惶地避难，有多少伤病员等待救治等情况。

凌晨3时，他们终于到达上四寨村路口。发现上四寨村受灾情况很严重，沿途有倒塌的房子，被砸坏的车辆，以及路边因受伤而哭泣的游客。

看着家园被毁不停唉声叹气的老百姓，杨云峰与马勇的心里很不是滋味。

继续前往川主寺方向探路，刚走过神仙池路口的拐弯处，他们就被眼前出现的塌方体惊呆了：这哪里还有路啊？刚才翻越的塌方体已经让他们九死一生几乎脱掉一层皮，可与眼前的塌方体相比，简直是小巫见大巫：此处的道路被垮塌的山体完全掩埋，河道变得更为狭窄。

就在这段塌方体所阻隔的山的另一边，已经以及正在发生令人动容的故事。

2017年8月8日晚9时许，成都天利康辉导游服务公司的张立所带的46人散客团行进在川主寺到九寨沟的路上，在快到达神仙池路口时，地震突然发生了，密集的碎石噼里啪啦地砸在大巴客车身上，车体剧烈晃动，游客惊慌失措，张立一度以为爆胎了。

万幸的是，大巴车没有被大石砸中，但却处于最危险的路段。

大巴车前方后方的山体都在轰隆隆地滚着石头，碎石、巨石不断地打在公路上、森林里，沉闷而巨大的声音令人心惊肉跳。

司机陈培文加大油门，试图冲出滑石区域。然而，他只向前开了50多米，便被塌方造成的落石堵住了道路。

意识到此时汽车已经成了飞石的活靶子，不能前进，他赶忙后退，瞬间刹车，挂倒挡，将车后倒，并在一个相对安全的路段将车停了下来。

山石在跌落，汽车不能动弹，让游客待在车上绝不是好办法。

因为在从山上滚落下来的巨大的石头面前，大巴车身上的铁皮比饺子皮还要脆弱。

行程失序，此时保障安全才是最重要的。张立马上组织客人全部下车，站在远离飞石滚落的一块相对安全的开阔之地。

在张立所带旅游团员们所乘坐的大巴车旁边，还有一辆大巴车，导游李文华也跟张立一样，在组织客人下车。

虽然游客们暂时没有生命危险，但是随着石头从山体上滚落下来的声响越来越大，沙尘漫卷，游客的情绪也越来越慌乱。

这段路当然不是震魔的临时剧场，也不仅仅是表演滚落石头的威慑场景那么简单。

事实上就在此时，就在地震发生的瞬间，已经上演了痛彻心扉的生离死别：有一辆中巴车被一块大石头砸进了河谷，满脸是血的司机带着一部分客人逃生，但有 5 人却下落不明。

另一辆大巴车被巨石砸中，有人被困车内，哭爹叫娘地喊。

还有一辆私家车也被巨石压在下面，导致幸福的一家三口自此有了生死之殇。

尘土呛着鼻子，恐惧刺扎心灵。与大地震动和尘烟弥漫伴生的是拥挤不堪的游客的尖叫、伤者的哀号和孩子揪心的哭泣。

更令人焦急的是，本地救援电话110、120都打不通。

生死攸关，求援无门。如何是好？

张立灵机一动，让大家试着在拨号前加上成都的区号028，拨打成都的110报警。

报警电话打通了，当人们连哭带喊地向成都警方报告了自己受困的方位后，内心却并无喜色。因为成都与九寨沟远隔千里，救援队伍何时能够到来，真是个未知数。

此刻，向生眺望，是张立倔强的信仰；如何通向往日平淡的美和生命无虞的生活，是他唯一的信念。他一边抽烟，试图通过缭绕的烟雾和熟悉的味道，让自己镇定下来，一边和前车导游、刚刚认识的李文华商量怎么办。

危难时刻，团结就是力量。

可是抽了两三根烟，还是六神无主。

作为数万名游客的一部分，张立所带旅行团的游客来自湖北、江苏、江西、上海等不同的省市。这些游客带着观赏九寨沟美景的美好愿望而来，可无情的地震却令他们还没开始九寨沟的游览之旅，就遇上了生与死的考验。

灾难发生，一切美好的出行都在一瞬间变成了漂泊。

逃生的路上，导游是旅行团里所有成员唯一认识的人，张立自然而然地成了众人的主心骨和领头人。就像先前的旅行途中一样。

重任在肩，自己所要做到的、必须做到的，已经不仅是冷静的事了，而是要拯救！

在这危机四伏的环境里，他得尽快做出跑还是不跑、如果跑朝哪跑的选择。

虽然跑与不跑，都生死未卜。

跑，就要面对随时可能掉落的山石甚至继续垮塌的山体对生命的威胁；不跑，余震可能震垮山体，把他们站立所在仅存的安全地带轰然埋没。

关于跑与不跑，游客们出现了意见分歧。分歧的焦点，是跑与不跑的利弊争议。

争执来去，烦躁中有人怒了，"你们跑不跑随意，我先跑了！"

张立一把拉住对方，大喝一声："你不能单独跑！"

对游客来说，跑与不跑是自己可以不受别人影响的个体选择。但对导游来说，跑与不跑则是整个团队的选择。

他阻止团员乱跑的原因非常简单：盲目逃生将会使生命的安危存在更大的不确定性。

"你为啥不让我跑？"

"我得为每一个团员的生命安全负责！这是我身为导游的职责！"

"你怎么知道我跑了以后就会遇到生命危险？"

"因为前方灾情不明！"

"那怎么办？难道我们一直待在这里？关键是这里两边的山体很陡且靠得很近，也很不安全啊！如果山体猛然垮塌，我们就会被深深地埋在地下，谁也活不了！"

"我想去前方探察一下灾情，看看道路上方山体塌方情况。"

张立话音落后，对方顿时无语。

也许，心里还为此而泛起了感动。

但黯淡的夜色中，看不见对方面容上流泻的感慨。

张立想去前方探察道路，他觉得这是自己身为导游的责任，自己不"导"，客人们怎么"游"？即使这次的"游"并非奔向美景，而是奔着安全而去的。

但他刚产生这一念头便又有了些许犹豫：我的孩子才 4 岁，万一自己出意外后，没有父亲的孩子该怎么办？

"自私！""失职！"

他在犹豫的同时，也在如此责骂自己。

两种念头在内心交战。

这些游客中不少人不也是人之父母吗？不也是人之子女吗？有什么好怕的呢？

最终，他还是决定，让李文华负责安抚游客，自己一个人冒险去前面塌方区域探察一下，看能否前往上四寨。

游客非草木，内心也都是充满感情的。张立为了大家的生命安全而独步风险的毅然决然之举，迎来了人们感动的掌声。

掌声，是为勇敢者送行。

前行之路，果然坎坷。

一路上堆积了不少巨石、沙土，有几棵大树横倒公路，巨大枝丫密集，很难攀爬通过。他使劲地掰断大枝丫，终于找到了一条生命通道，大约穿越 500 多米，就能到达上四寨开阔的安全区域。

发现道路可以艰难通行后，他马上返回大巴车，跟游客说明了前方道路的情况和随时都在垮塌的山体以及滚落石块存在的高风险性，然后说，愿意离开这地方的，可以冒险跟他穿越到安全区去。不愿意冒险的，可以在原地等候。

结果，46 名游客全都愿意冒险穿越到相对安全的区域去。

"我们身处灾难一定要患难与共，因而大家一定要做到以下几点。"

见状，张立又宣布了几条必须遵守的"纪律"：

一是在转移的过程中男人一定要帮助女人和小孩。

二是攀爬跨越塌方体的时候，大家无论认识不认识都要相互搭手，携手前行。

三是穿越危险地段时需要听山上垮塌与落石的声音，绝对不能喧哗吵闹。同时要依次穿越，不能相互抢道、冲撞。

四是20人一组跟他走，人太多了无法照应，他一批一批地将大家带到安全地带……

张立组织第一个撤离小组的时候，后面呼啦啦跟上了三四十人。他理解游客们急切地想离开的心情，但他又必须严格控制撤离小组的规模，不然遇到突发状况，庞大的队伍难以灵活应对，因而努力说服一些游客留下，等到下一批撤退。

开始转移，一路山上都在掉石头，张立用力压着几根大树丫，不断搭手帮助跨越的游客。

来回几趟，大约1个小时后，所有游客全部到达了上四寨，到了一个安全区域，并向村民借了柴火，生了10多堆篝火取暖。

不久，李文华所带的旅游团队也陆续抵达安全地带。

就在张立准备一一清点游客时，却发现客人名单和自己的包都还在大巴车上，他又一个人返回大巴车去拿客人名单。结果跑回大巴车面前时，他看见自驾游的客人中有好几人受重伤，血流不止，奄奄一息，令他心里十分难受。

回到上四寨，张立希望李文华和他一起，回去营救那些重伤员，说重伤员拖延下去后果会很严重事不宜迟。

张立讲述这些的时候心如刀绞，"如果见死不救，我会一辈子自责！"

李文华说："久走夜路必撞鬼！我倒是不怕，但是我们反复在不时垮塌的路段上来回穿越，很有可能要被砸到。"

张立点燃了一根烟，猛吸了一口，然后说："生死有命，富贵在天，怕啥子！"

"好吧！我听你的！"

然后两个人再次如壮士出征般豪迈出发，徒手穿越返回。

路上，他们遇到了在上四寨神仙池路口值勤的嫩恩桑措派出所民警张

178

恒、卓玛孝，于是四人组成了敢死队，一起穿越"生死线"。

没有担架，伤员背在背上要往下滑，基本上是走几步路便要停下来调整背上伤员的位置；有的伤员比较胖，一个人根本背不动，但背不动也得背，把吃奶的劲用上，这毕竟是救人呀！拯救伤员的过程中，还要不断躲避山上滚落下来的飞石，还要像走跳棋一般跨越树枝……

在拯救伤员的路途中，张立遇到了一名满脸是血、几近休克的年轻男子，白衬衣上全是血，怀里还抱着一个婴儿，一边跟跟跄跄地奔跑着，一边声嘶力竭地呼喊："救一下我娃娃，求求你们救救娃娃呀！"

娃娃躺在年轻男子的怀里像在睡觉，但头部一半已肿大，像被石头击中。

这个年轻男子名叫龙占伟。

8月8日晚上9时许，家在松潘县城，平时在深圳打工的龙占伟回到四川，驾着车在九寨沟神仙池酒店东南方向的301省道川九路上行驶。车上坐着他的妻子、快满1岁的女儿，以及从成都来九寨沟旅游的两位朋友。

川九路藏在森林簇拥的高山之间，山青水碧，空气清新，蓝天更是一尘不染。龙占伟很喜欢这条路，在这条路上，他开着车走了不止十回，回回都让他心情舒畅。

这一次，他们全家陪朋友去九寨沟里玩，晚上6点出沟，吃完晚饭回松潘去。90公里，按照平时的速度，两个小时就能开回去。

但是，这条令龙占伟喜欢的路说翻脸就翻脸了。在他毫无准备的时候，道路两边山体上的巨石一瞬间排山倒海般倾泻而下。

地震发生了！

不幸的是，一块石头砸中了车子，坐在司机位置的龙占伟被挤压住了，出不来。

大地在颤抖，车子颠簸摇晃，人几乎被摇晕过去。同车的朋友们都从车里挣扎着跑了出去，边跑边喊龙占伟快跑。

但龙占伟跑不动，坐在副驾位置的妻子紧紧抱着11个月大的女儿龙芯瑶，也跑不了，一家三口都没能出去。

不跑就是等死，何况还要救妻子与女儿。龙占伟费尽九牛二虎之力，好不容易跑了出来，他想拽出妻子，妻子却卡在了座位里，拖不动。他只能先把女儿从妻子身上抱出来。

孩子一到手，他的心便随之一紧：他摸到女儿的头，虽不见血迹，却有一面凹下去了。

"瑶瑶！瑶瑶！"

龙占伟呼唤着女儿的小名，先前精力旺盛的龙芯瑶此时却没有哭，也没反应。

龙占伟慌了神，他带着哭腔连续不断地呼唤着女儿的小名，抱着女儿凭着记忆向附近的寨子跑去。

"救命啊！快救救我女儿呀！"

龙占伟觉得脚下的路从来没有那么长，那么黑。大概跑了半个小时，实在跑不动了，便一边低沉地哭喊着呼救，一边继续向前迈着沉重的脚步。

这时，有一条汉子朝他跑了过来。

这条汉子就是张立。

龙占伟气喘吁吁，满脸是血、几近休克。

张立看着头部肿大、像在睡觉的龙芯瑶，马上从龙占伟手中接过来，并一边跑一边同样狮吼般呼喊："救命啊，救救娃娃呀！"

他一手抱着孩子，一手拉着龙占伟向前跑，可是只跑了七八米，就感觉龙占伟跑不动了。

龙占伟哭着对张立说："大哥，求求你快跑，将我女儿送去就医。我不行了，跑不动了，请帮帮我，救救我女儿！"

于是张立丢下龙占伟，抱着孩子夺命狂奔，跨过土堆石头，攀过树枝树干，朝九寨沟沟口方向奔去。

穿越100多米落石区域，到达神仙池路口前方，他冲着所有人喊救命，希望有车子送娃娃去医院。有几个人围过来说："没车，而且前面塌方堵死了，有车也没用。"

但是张立不管不顾，依然在嘶声咆哮："救救娃娃呀！谁有车呀？请救救娃娃呀！"

这时，林旭也加入了进来。林旭是来自福建的自驾游客人，但他的车已被石头砸坏，没法送娃娃去医院，只能帮着张立呐喊："救命呀！救救娃娃的命！需要车子！谁有车子呀？"

不久，他们终于看到一个骑摩托车的藏族大哥，便拉着他，求其帮忙。这时龙占伟也用尽力气跟了过来，哭着哀求。

这位藏族大哥立即让龙占伟坐上摩托车，待龙占伟坐稳后，张立把孩子递给龙占伟，递的过程中，他感觉到孩子还有体温，手指还微微动了动……

看着他们远去的背影，张立内心既感激，也担忧。这时，见自己的手机有了网络信号，情难自抑，便在微信朋友圈里写了如下一句话：

"看着他们远去的背影，我深深祈祷好运有命，他们还得穿越前方五公里断断续续的碎石塌方区和各种大小飞石区，但愿能平安……"

"瑶瑶，瑶瑶……"

抱着女儿，龙占伟不停地呼唤女儿的小名。

但是龙芯瑶却没有笑，没有哭。惨淡的月光下，他看到女儿目光呆滞地看着他。

这短短的路是那么漫长，龙占伟的眼泪一滴一滴地滚落在女儿的脸上，他又伸手去给女儿擦拭眼泪。女儿的脸还有淡淡的温度，但是女儿依然没有表情。

终于到了一家诊所。

看到龙占伟满头是血，两位女医生还以为他是重伤者，连忙帮他头上缝了针，得知他一路跑来是为了救女儿时，又在给他头上缝针的同时，对龙芯瑶进行急救。

一心救妻子，一心救女儿，一路跑来的龙占伟全然不知道疼，直到此时才知道自己头部也受了伤。

此时整个漳扎镇都处于停电状态，手机没信号，楼也摇摇欲坠。为了救他们，不敢在房间里操作的医生们，把被子拿出来给他们铺到路边，在路边对他们急救。

虽然尽了全力，但是龙芯瑶依然没能熬过去，当天晚上抢救到凌晨两点，她如花的生命还是夭折了。

送走龙占伟父女之后，张立又返回"孤岛"继续救援。

返回的过程，他没有再跑，而是慢悠悠走过飞石区。

他之所以如此，一是因为先前跑得太快，此时心慌气紧；二是觉得生死由命，懒得管头顶上的山体落不落石头，只想稍微缓一缓，再投入下一个伤员的营救。

有的伤员骨折，他们就找来自驾游游客车里的行军床当担架，把伤员抬过去。

虽然他们都清楚，在那样的地方多逗留一秒就多十分的危险，那一晚，4人一起往返了3趟，张立在塌方体上来回跑了至少7趟，共救出6名伤员。

李文华本来就瘦，一个人先后背了两名重伤人员，当他最后一趟到达上四寨时，已累得几近虚脱，并瘫倒在地。

当杨云峰与马勇到来之时，先前还能勉强通行的山体又垮塌了许多石头，再难通行了。

他俩多想翻越过神仙池路口往九道拐方向挺进，可是除非长出一对翅膀，别无办法。

那么多祸祟云集于此，纵然焦虑如鼠噬心，也只得退回至上四寨村。

面对无法逾越的阻隔，杨云峰及时将探路情况及游客受灾情况，向黎永胜以及九寨沟县委办主任叶林进行了报告。

黎永胜了解情况之后，指示杨云峰与马勇就地展开救灾、秩序维护、伤员转移工作。

于是，他俩立即与上四寨村村两委取得联系，把该村的百姓及游客聚集在安全地带，同时安抚大家的情绪，通报最新的路况。

8. 未曾消弭的美

祸祟飞扬跋扈，危难覆盖了九寨沟的山山水水。

爱与美却并未遗弃这块土地，一直闪耀着温暖的光辉。

夜色渐深，在九寨沟喜来登国际大酒店生肖广场上，在获得御寒物资之后，喜出望外且心生感激的客人中，有的人沉沉地睡觉，有的人仍绷紧神经不能入睡。因为山峦紧挨，余震不断。

困厄中的人总是心向美好的。如果没有可怕的地震，这样的夜晚应该还是很美丽的。这不仅仅是异乡的夜晚，还因为天上的星星离大地是那么近，天穹是那么净，如梦如幻如童话，星光明亮，月光皎洁，令人怀念童年和故乡。

可是，这些美好都被身下大地不时的震动所打碎，被"隆隆"的岩石扭动的声音所惊醒，并无情地提醒人们：这不是在欣赏浩瀚星光和明洁月光，没有那么诗意！这是在躲避灾难，在经历一场浩劫。

人们当然也担心有更大的余震突然发生，担心酒店两面巨大的山体轰然垮塌，如果那样的话，即使广场与山体之间有一定距离，这个距离也是可以瞬间被忽略的。

毕竟，生肖广场位于狭窄的两山之间。

这个晚上人声喧哗，惊悸与悲鸣编织出了夜的晦色，山上巨石滚落的声音与内心惊恐的声音同频。一切，都是那么令人惊恐。

据说山下的公路碎石遍布，有的地方还被垮塌下来的山体堵塞。120救护车在他们身边的公路上来来回回地奔跑，揪心的呜咽令人更添悲哀。

不少人感叹，这次地震一定很严重，什么时候才能逃离这个地方啊？

随着时间的推移，李小石和扎黑泽里、许德禄、王剑等人不断地为人

183

们播报最新情况，并安抚大家的情绪。这让客人们能感觉到，应该不会有比第一次地震更厉害的地震了。而且根据酒店的准备工作判断，他们也会尽快撤离出这个地方。

至于何时撤离，就要看路面交通是否通畅了。

幸运的是，8月9日凌晨3点半左右，一个沙哑的声音通过扩音器传来，带给大家振奋的力量。这是李小石的声音。这个先前洪亮，但经过几个小时安抚游客、维持秩序的呼叫之后变得沙哑的嗓音，总能给人带来安慰或喜悦。

"各位贵宾，现在可以排队依顺序进入各自的房间取行李了。"

"还有余震，是不是很危险啊？"有游客马上问道，"我们一直停留在广场上，不就是为了躲避危险吗？"

"不会有多危险了！大家放心！我们的客房不仅经历过这次地震，也经历过汶川大地震，但是主体建筑除开裂了一些小口子以外，没有任何破坏。而且即使有余震，震级也不会大过先前发生的地震震级的。"

这时王剑也拿过扩音器对广大游客喊道："大家放心，各位有组织地去取行李，快进快出，敏捷一点，应该不会有问题的。"

这时，也有不少客人觉得李小石和王剑说得有道理，短时间内应该不会有大的余震。

虽然有些人也心存犹豫，但见先前排队去取行李的人平安进客房，又平安出客房，也便渐渐消除了恐惧。

客人们小心翼翼地进入房间后，看到酒店给每个房间都打开了应急手电。

地震让酒店变得颓败不堪，地板上是跌落的杯子、茶壶，等等。

先前仓惶离开的时候没有注意到的细节，这时候人们都看清了。

虽然此次进屋也担心会有大的余震发生，但想到在他们进入客房之前，酒店的员工已经多次出入客房：先是寻找并帮助没有及时逃出酒店的客人逃出房间，继而又去打开每个房间的应急手电……换位思考，内心的感动胜过了害怕。

是的，快速地收拾行李时，没有谁的内心不害怕，但害怕的同时更觉得酒店员工很伟大。

跑出酒店房间，再次回到广场之时，人们又一次心生感恩：

感恩酒店的人性化，每个屋子员工都提前开好了手电；

感恩下楼时拿着沉重的行李，酒店员工赶紧上来帮忙；

感恩自己所住酒店不是酒店，而是温暖的家；

感恩酒店的员工不是员工，而是自己的亲人……

"爸爸！爸爸！"

在扎西宾馆停车场自己的汽车内，魏庆凤的女儿龚喜突然惊叫了起来。

女儿的惊叫声让魏庆凤的心由之一紧。

她连忙安慰女儿："宝贝，爸爸没事的，你快睡吧！"

但龚喜没有回答她。她才知道女儿刚才的话是梦呓。女儿因为担心着爸爸的安危，熟睡中也做噩梦了。

是呀，丈夫龚武清这一去医院便没有了消息，电话也打不通，他还好吗？去医院的路都是山路，石头不时砸得地面轰隆作响，他是否安全到达了医院？医院的情况又怎么样？

还有，现在暂时有何明庆这样的好心老板给大家带来温暖，可是明天咋办呢？吃什么？在这里还要待多久？进入九寨沟的路都是崇山峻岭中的山路，地震后是不是路被滑坡的山体砸坏了？掩埋了？是不是大家被困在这里了？

想到这些，魏庆凤不由得打了个冷战，也因此毫无睡意。

时间缓慢地流动，魏庆凤心里每一秒都书写着担心。

终于，快到 8 月 9 日凌晨 3 点的时候，龚武清拖着疲惫的身躯回来了。

"你回来了？"看到丈夫平安地回来了，魏庆凤开心得不得了，悬着的一颗心也蓦地落了下来，"你知道吗？我好担心你啊！"

185

"你不用担心我，我会保护好自己的。幸好我去医院了，真的太惨烈了，伤员太多！"龚武清说，"唉，我不是骨科医生，我要是骨科医生就好了，都是些骨折病人。这家医院的医疗条件太差了，室内不能住病人，都在医院的空地上，我帮着他们做简单的包扎，危重病人已经连夜转往县城了。恐怕县城的路也难通哦。我们太幸运了，你不晓得，《九寨千古情》的女演员，有一个送过来就只有微弱的呼吸了，还有外省的游客跪在地上求医生救救他们的亲人，我们哪儿有回天之力哦……"

九寨沟县第二人民医院整体框架在地震中没有受到大的损害，但许多检查室、病房的内墙上都出现了上下贯通、有一指多宽的裂缝；有些墙体上的水泥块还凸了起来。这些水泥块看上去令人胆战心惊，似乎只要再有余震，就会砸下来。

地震发生时，该院院长黄正俊正在一楼值班，忽然，楼体左右剧烈摇晃，然后又上下跳动，当时他感到有点头晕，站立不稳，紧接着就停电了。

楼道内传出大喊声，医院里其他值班人员也吓得紧紧地抱在一起。

黄正俊很快回过神来：发生地震了！他安慰大家要镇静，同时组织大家将六七名急诊留院观察的病人或扶或抬地疏散到住院部前的院子里。

就在大家惊魂未定之时，一批又一批头部、颈椎、腰椎、骨盆及四肢被砸伤的伤员便被送进了医院，护送的亲属大声地叫喊着："医生，快救人！快救人哦！"

大震虽过，余震不断，附近的山上不时发出石头滚落的声响。为了抢救伤员，医护人员们又冒着生命危险，从急诊部、药房和库房中抢出急救器械和绷带、夹板等急需用品。

同时，他们很快按照急救要求，将医院大楼前的坝子分为4个区域，按照伤员伤势轻重，给其臂膀上贴上红色、绿色等纸条，并安置在不同区域，分别进行清创、消毒、包扎。

这些用于贴在伤员臂膀上的纸条，是早就裁剪好放在急救箱里备用的。平时，医院要求急诊科做好应对突发事件的准备，这类纸条便是提前准备的要素之一。

九寨沟在旅游旺季日均接待游客 3 万人以上，经常有游客因突发疾病前来医院就诊。与很多县级医院不同，这家医院早晨病人不多，却经常要忙一个通宵。

九寨沟县第二人民医院是在乡镇中心卫生院的基础上扩容升级而成的，相关管理部门在对该医院进行扩建时要求不搞小而全，而是根据景区医院的特点，突出急诊、门诊。因而全院 70 名职工中，有 14 人是急诊科的，全院有 4 辆救护车，1 台 CT 机。

抢救地震伤员的时候，由于漳扎镇停电了，于是 4 辆救护车的车灯全部打开着，照亮医院大楼前的坝子。同样被分成几组的医护人员，有条不紊地按应对突发事件的预案各司其职，忙而有序。

但是，随着送来的伤员越来越多，医院的救治力量也越来越力不从心，医院的库存医药用品也越来越少，因而超出医治能力的伤病员更需要转移才行。

黄正俊及时地将这一情况向九寨沟抗震救灾指挥部进行了汇报。

令黄正俊感动的是，这时龚武清，以及其他一些从事医疗职业的游客志愿者，纷纷赶了过来帮忙……

"你辛苦了！你在人们危难之时挺身而出救死扶伤，你真的不愧是白衣天使！"见丈夫实在累得不行了，魏庆凤心疼地对龚武清说，"我看着孩子，你休息一会吧。"

也就在这个时候，离扎西宾馆不远的公路上有警车呼啸，警察用高音喇叭传递着令人振奋的消息：从漳扎镇通往九寨沟县城的道路已经疏通了，自驾游的旅客们可以在统一指挥下有序地向九寨沟县城撤离。

魏庆凤与龚武清商量了一下，觉得此时驾车上路，路上都是车，还有余震，晚上视野又窄，决定暂时不撤离，等待天明再说。

2017 年 8 月 8 日 21 时 19 分，九寨沟千鹤国际大酒店各部门的职能人员都在按部就班地做着自己的事，整个酒店却突然抖了起来，抖得人都站不稳。

地震了，员工们的第一反应是要往酒店外面跑。但职业操守，却使他们很快镇定了下来，自觉地按照之前经常演练的酒店应急预案，各自值守在大堂、餐厅，以及一、二、三号楼各楼层间，疏散客人，避免客人在朝外面跑的时候发生碰撞与踩踏。

继而，员工们又一个房间接一个房间地搜寻，并疏散还在惊慌中的客人。

经过 10 多分钟的疏散，酒店 570 多名旅客及员工全部安全撤离到了篮球场上、草坪空旷处等安全地带。

疏散完客人后，员工们并没有在安全的地方待着，而是转身又朝酒店跑去，拿出衣物、浴巾、被套、床单、拖鞋等物品，提供给客人御寒。

担心客人口渴，又将酒店的矿泉水全部拿出来，免费发放给客人。

8 月 9 日凌晨 2 点过，有员工突然发现千鹤国际大酒店一侧边边街畔的河水水位迅速上涨，酒店又马上派出 2 名员工到河边值守，观察水势情况，同时担心九寨沟景区的海子溃堤，员工们又马不停蹄地将客人往地势较高的地方转移。

凌晨 4 时许，在河边观察的员工发现水位开始下降，并逐渐恢复如常时，酒店的员工们又将游客重新从高地转移到了篮球场上来。

令客人们感动的还不仅于此，8 月 9 日早晨 7：20 分，酒店餐厅为所有客人准备了免费的稀饭、馒头、糕点、鸡蛋等早餐。

当大家吃到热气腾腾的稀饭的时候，都在感慨千鹤国际大酒店真好！

要知道，这是酒店员工冒着余震的危险在厨房里为大家做的饭啊！

这是一群多么令人尊敬的人啊！这些可爱的人，有的还不到 20 岁。大灾大难让他们表现出了人间的极美之爱，以及大无畏的责任感。

2017 年 8 月 8 日，本是一个忙碌而幸福的日子。因为九寨沟旅游旺季到来了，家乡的美景能陶醉来自五湖四海的朋友，并给他们带来视觉的享受和心灵的抚慰，这是九寨沟人民最快乐的事情。

晚上 9 点过，九寨沟县漳扎镇镇长王志华忙完一天的工作，与驾驶员陶晓代走进街边面馆，各买了一碗面条吃，边吃边畅想九寨沟旅游旺季游客的数量。

正在这时，王志华的手机响了，一看来电，是漳扎镇司法所所长杨军打来的。

杨军这么晚打来电话，有什么事吗？王志华在心里嘀咕着。

不过，在九寨沟旅游旺季，再晚打电话都不奇怪。

接通电话，杨军语气急促地说，九寨沟千鹤国际大酒店有一名游客突发脑溢血猝死，叫他快去处理一下。

王志华顾不得继续吃面了，即刻乘车前往九寨沟千鹤国际大酒店了解情况。

在车上，他通过电话交代酒店总经理张海平要冷静地依法处理此事，安抚好死者家属情绪，避免事态扩大。

当车行驶到彭丰村月亮湾假日酒店路段时，先前还安宁祥和的大地顷刻间颤抖了起来，公路一侧山上的石头如雨点般砸落下来，石头滚落的声音像打雷一样轰隆隆地响……

凭借多年在小震频发地带生活的经验，王志华立即意识到地震了，因而条件反射地拿出手机通知漳扎镇班子的成员们刚刚发生了地震，到处垮塌，要注意安全。同时，要求迅速了解各村、社区受灾情况，积极投入抗震救灾的工作之中去。

正说着话的时候，整个漳扎镇电停了，手机信号也突然中断。

王志华和陶晓代马上从车上下来，夜幕中，飞石的滚落声、车辆的鸣笛声、人们的呼救声交织成一团，让他俩脑袋犯懵，不知该何去何从。

但很快，王志华脑袋清醒了，他不能害怕，更不能像游客那样抱头逃避，而应该肩负起保护游客的重任来，因为自己是漳扎镇镇长。

他对陶晓代说，他俩一起去维持秩序，游客们千万不要因为受到地震的惊吓而发生意外。

说着，他拉着陶晓代便朝着月亮湾假日酒店冲去。

此时的月亮湾假日酒店就像是被捅了一棍子的蚂蚁窝，人们从酒店大厅里凌乱地冲出来，四散逃逸，惊慌失措。

　　"我是漳扎镇的政府工作人员，大家别慌，不要乱跑，大家往广场上撤，那儿远离山体，也远离建筑物，很安全。"

　　"大家跟我跑，前面广场安全，乱跑容易发生踩踏。"

　　陶晓代也叫大家不要慌，并介绍说刚才说话的人是漳扎镇的镇长，大家听王镇长指挥。

　　当游客们在王志华、陶晓代以及酒店员工们的组织之下跑到广场上之后，王志华的脑子又在想另外一些问题：震中在哪儿？游客有无伤亡？家人是否平安？

　　……

　　无数念头一闪而过，此时电力、通信中断，漳扎镇笼罩在黑夜之中。而王志华的身边，则是游客们的喊声、哭声、骂声，拨打电话声，以及导游呼唤自己旅游团团员焦急的声音……

　　由于担心有游客受伤，以及自己与陶晓代的力量有限，王志华不敢多想自己家人的事，马上便朝漳扎镇彭丰村村委会跑去——他要组织村两委人员和村民，利用村内绿化带及安全避险点安置游客，安抚游客。同时请彭丰大药房的老板及相关医护人员提供一些药材，对受伤人员进行简单处理，以协调医院进行救护。

　　接着，他又安排彭丰村主任曹珠组织干部群众安全安置游客，自己则不顾余震依旧强烈、飞石不断滑落的危险，在全镇停电，通信信号完全中断的情况下，带着漳扎镇党委原副书记毛伟和漳扎镇干部汪泽顶着黑夜，徒步了解沿途群众及游客伤亡情况、道路交通受灾情况。

　　身为一镇之长，王志华对漳扎镇的情况太了解了，也对九寨沟旅游旺季的游客人数十分了然。在这突如其来的地震面前，有六七万游客被困在这面积逼仄、地势狭长的沟里，这是一件十分棘手的事情，因而在第一时间掌握灾情，为抗震救灾的决策、决战、决胜提供第一手信息非常重要，这也是自己身为基层镇长义不容辞且应该主动担当的责任。

在得知永竹村、郎寨村等多处道路因塌方中断后，王志华又想去沙坝村道班处协调装载机、推土机，尽快打通道路，以便游客安全撤离。

然而从月亮湾假日酒店到沙坝村还有 10 公里路，当他与毛伟及汪泽两位镇干部快速奔向火地坝时，一辆出租车却追着他开了过来，一边躲避滚落的石头，一边大声问他们往哪去，要不要搭载他们一程。

"由于电话联系不上，我们要去前面沙坝村道班找装载机、推土机，永竹村、郎寨村道路有塌方，必须清理一下，不然汽车不好通行。"满头大汗的王志华气喘吁吁地回答说，"一路山上都在垮石头，太危险了，汽车不好走，我们还是自己跑去吧。"

"没关系的，上车吧，我又不收你钱。"

"为啥不收钱？再说了，这不是收不收钱的事啊，是很危险的事啊！"

"地震了还怎么收钱呢？地震了应该献爱心才对。"司机笑着说，"我小心开车就是，总比你们跑得快些。"

既然这位出租车司机这么热情，于是他们便上了这位司机的出租车。

上车之后，在车子继续行进之时，王志华与司机聊起了天。通过了解得知，这位出租车司机名叫邹方许，是九寨沟县的上门女婿，其老婆张莲英是九寨沟县郭元乡本地人。邹方许以前是泥瓦匠，老家在四川省德阳市中江县，小的时候由于家里穷所以没有怎么读书，认的字并不多，10 多岁的时候跟着师傅到处做瓦，来到九寨沟郭元乡后认识了张莲英，并倒插门结为夫妻，从此成了九寨沟人。

后来，由于农村建筑风格发生变化，修建砖房者多，修建瓦房者逐渐减少，对瓦的需求也逐渐减少，邹方许改行学起了驾驶，并当上了出租车司机。

8 月 8 日这天，邹方许从九寨沟县城驾车送一位客人到九寨沟沟口住宿，晚上 9 时许，在九寨沟漳扎镇宋城，他搭载 3 个客人往九寨沟月亮湾假日酒店走，刚走到漳扎镇政府的时候，地震便发生了，他连忙将车停下，汽车都没熄火便拉着车上的 3 位乘客往安全地带跑，很快，他们身边的一辆车便被山上滚落的一块大石头砸毁了。

幸运的是，虽然邹方许的出租车没有熄火，也没有关车门，但是山上滚下的石头却没有砸坏汽车。大震过后，他又马上对那3位乘客说，他去将车开过来，继续把他们送到月亮湾假日酒店去。

一路穿行在石头滚落险象环生的道路上，好不容易将3位乘客平安地送到月亮湾假日酒店后，客人要付车钱时，邹方许却婉言谢绝了，说如果是平时，他肯定会收车费，但是现在发生地震了，车钱就免了。

3位客人说，地震了，他送他们平安到达目的地，就更应该收钱才对。但邹方许依然不收钱，说他们从远方来，在九寨沟遇到了灾难，九寨沟人应该让他们感到温暖才对。

由于邹方许坚持不收乘客的车，乘客们只好一再道谢后感动地离开。

下了客人以后，邹方许准备开车回九寨沟县城，当他将车开到火地坝的时候，便看到了王志华等3人在路上向前猛跑，便主动追上去询问起王志华等人去往何处……

在邹方许的全力帮助下，王志华一行赶到了沙坝村道班处，并成功协调好了装载机、挖掘机用于抗震救灾，同时督促其立即开展道路排危抢险抢通工作。安排完工作后，他们又乘坐邹方许的出租车返回到彭丰村月亮湾假日酒店。

这一路去来之后，王志华要给邹方许车钱，邹方许同样婉言谢绝了，理由依然是地震发生了，他身为九寨沟人的一分子，自己付出一点是应该的。

一个普通的出租车司机，在地震发生后却如此大义，王志华心里甚为感动。

虽然地震发生的时间已经过去了半个多小时，但月亮湾假日酒店广场的游客聚集点依然喧嚣，很多游客情绪激动。

聚集在这里的游客，从数量看上去有两万多人。为了避免因避险不当而导致踩踏事件的发生，或引发其他安全事故，王志华指示漳扎镇党委原副书记毛伟、纪委书记蒋建雄、副镇长宗志忠等镇政府干部、职工，以及彭丰村两委人员努力安抚游客情绪。

此刻，在九寨沟县第二人民医院指挥抢救伤员的九寨沟县副县长兼漳扎镇党委书记高恺衡，又通过对讲机对王志华进行了新的工作安排，要求他前往九寨沟县抗震救灾临时指挥部，向阿坝州委常委、九寨沟县委书记罗智波报告灾情及月亮湾假日酒店游客聚集点的情况。

接到指示后，王志华马上出发，再次穿行于飞石之中，来到九寨沟沟口广场县抗震救灾临时指挥部，向罗智波汇报了月亮湾假日酒店游客聚集点的情况，同时也转述了高恺衡关于游客安全大转移的相关建议。

汇报之后，他又即刻返回月亮湾假日酒店游客聚集点，继续安抚游客们惊魂不定的情绪。

夜风吹拂，王志华的满面倦容，犹如容颜更改的故乡。

第四章
游客大转移

公安、武警、消防、交通、百姓……温犀的光辉，生死不离铺满山道的爱，彰显着一颗颗置生死于度外的至美之心。

1. 消除命脉的障塞

这个余震不时搅扰的晚上，一夜无眠。

那么多脆弱的心拥挤在一起，恐惧紧挨着恐惧，恐惧的力量就在递增。

灾难中的人尤其思念亲人。更有隔山隔水的乡愁。

李春蓉觉得母亲说得非常对，远道而来的广大游客更需要关心和安抚。

因而安顿好亲人后，她又去安抚广大游客。

虽然身为九寨沟人的自己也是灾民，但是怎么说自己也是九寨沟的主人，九寨沟是自己的心灵疆域。因而，主人对客人理当多多关心才对。

8月9日，上班时间，单位的同事们陆续来到办公室。

这是注定不平凡的一天。

司法局局长去成都学习了，剩下身为纪检组组长的李春蓉和两个副局长在家。他们安排办公室将值班人员名单排出来，同时报送省州县相关部门。然后，单位的同事们又纷纷自觉地到设在九寨沟县政务中心一号楼一楼人大会议室里的志愿者登记点，通过手机扫描二维码加入了抗震救灾志愿者微信群。

九寨沟县司法局也在县城的文化艺术广场设立了志愿者服务点，为从漳扎镇转移到县城的游客服务。李春蓉和单位两位退居二线的局长便在这个服务点为转移的群众服务。

山体垮塌掩埋了道路，余震不断，巨石大树随时向下滚落，不知道前面这样的情况到底有多少。面对"新二拐"这体量巨大的滑坡山体，该怎么办?

这时已经是8月9日早晨8:30。

鉴于九道拐山体高位垮塌方量特别巨大、一时难以抢通的实际情况，杨克宁组织在场的阿坝州副州长葛宁、副州长蔡清礼、州政协副主席王生、州政府秘书长贺松以及州防震减灾局局长王树明、州财政局局长泽久、州交通局长龚明、州国家税务局局长白冰等人开了一个讨论会，讨论解决办法。

尘烟时起，石头滚落，轰隆隆的声音如同雷鸣。

余震让大地一阵一阵地颤抖。

在大地狂躁的颤抖中，大家的看法高度一致：假如将这处滑坡山体移开，道路疏通，游客的生命通道也便打通了。

因为沿途都有游客、有客车、有小车，他们原本奔波在通往九寨沟沟口的公路上的时候，出人意料地发生了地震，于是他们像大江截流般地滞留于此了；还有一部分游客是在沿途住进酒店和客栈的，地震发生后慌不择路地跑了出来，然后寻找了一块稍微开阔的地面待着，不敢再回原本住着的酒店、客栈。余震不断，他们恐慌不已，想要逃出去，又没有通途，而且没吃没喝，因而心情很糟。

可是怎么移开这处巨大的塌方体呢？

转眼半个小时过去了，大家心急如焚，商量来商量去，没有一个结果。

纵然豪情万丈，也应理性面对现实。

在万恶的震魔面前，英雄主义不是蛮干，而是巧干！

"这样等下去不是办法，我们干脆返回九寨天堂洲际大饭店去！我们就从这个塌方处将沿路的游客组织起来，尽快转移。"这时杨克宁提议说，"这个地方虽然堵塞了，但从这个堵点往九寨沟沟口方向的游客可以先转移到九寨沟县城，再从九寨沟县城向平武方向、甘肃文县方向转移，我们如果能将此堵点以上的游客安全转移走，也是很好的。"

杨克宁觉得自己身为阿坝州州长，有义务保持冷静，更有义务保护每一个生命的安全！

杨克宁的提议得到了大家的支持。

因为从这个塌方处往上，不仅有在九寨天堂洲际大饭店住宿的游客，还有在甲蕃古城的一些酒店及客栈住宿的游客。

此时，在九寨天堂洲际大饭店，对刘波涛与杜林来说，8月9日的第一项重大任务是游客行李的提取，第二项重大任务是解决所有人员的食物和游客的有序撤离。

由于从九道拐之"新二拐"（十一道拐）通往九寨沟沟口的道路彻底中断，甘海子、九寨天堂洲际大饭店和九道拐沿线游客的食物只能从松潘县运抵。

幸运的是，在九寨天堂洲际大饭店的游客们陆续取回行李的过程中，松潘县退伍军人葛玲组织的"泥腿子兄弟"救援队等松潘县的救援力量，陆续送过来了地震后的第一顿早餐。

虽然早餐只有小馒头、面包、火腿肠和矿泉水等，量也不大，无法满足全部游客的需求，但是仍然让游客们感到了温暖，感到了政府以及社会救援力量反应的迅速。

鲁强组织志愿者协助酒店工作人员把食物和水首先分发给老人和孩子。

令人欣慰的是，现场的秩序相比于8月8日晚上已经好了许多，基本上只有老人和小孩按照公安民警的指挥，默默地排队领取食物。萨其马、面包、方便面、火腿肠，拿到什么就是什么，没有人计较食物的多少，没有人计较食物的好坏。

食物本来很少，不讲规则哪行？

食物全部发放完毕后，仍有部分排队的老人和小孩没有领到食物，他们并无怨言，而是默默地回到家人身边，披着浴袍等待下一批食物的到来。

在物资匮乏的灾难中，相互理解，互助互爱尤为重要。

有一个小伙找到两名执勤特警，说他的家人自8月8日下午以来，一直没有吃东西，简直饿得不行了，问特警还有没有食物。这时一名特警迅速地从作战服中取出一个小面包递给他，"我们也是10多个小时没有吃东西了，不过我这还有一点食品，你拿去给你的家人吧。"

小伙见状愣了一下，连忙摆手，"不要了，不要了，真是不好意思，你们留着自己吃吧。"

当酒店工作人员在给老人和孩子发放馒头和矿泉水的时候，一位家长领着一个小孩找到鲁强，说他孩子感冒了，没有小儿感冒药，很着急。鲁强连忙通过手提扩音器，向全广场的游客寻求帮助。

令人感动的是，他话音刚落，便有好几人高声地回答，自己那儿有小儿感冒药。

有一位女士找到鲁强，说她先前去客房收拾行李之时，在酒店的路上捡到了一部手机，想请鲁强帮忙寻找失主。

鲁强又通过手提扩音器向广大游客寻找起手机主人来。很快，手机的主人出现了，拿到这部失而复得的手机，手机主人对这位拾金不昧的女士感激不已。

发放完食物和饮料后，九寨天堂洲际大饭店的游客转移时间便到来了。

2017年8月9日上午9：30，杜林在联系松潘县县长李建军时得知，松潘县派出的接送游客撤离的车队已经就位，而且高约20米的关门子大塌方体上，也抢通了一条便道，勉强可供车辆及行人通行。

这真是好消息！阿坝州交通运输局、松潘县交通运输局的抗震救灾工作做得很不错！

是的，地震发生后，阿坝州交通运输局快速反应、主动作为，第一时间启动了地震应急预案I级响应；第一时间成立了交通运输系统抗震救灾抢险领导小组，并下设道路抢通、运输保障、综合协调、物资保障四个工作组；第一时间由局长龚明带领局领导班子相关人员以及州公路局、运管处领导赶赴灾区，靠前指挥，为抢救生命与时间赛跑。

地震发生后刚过 10 分钟，正在茂县石大关开展公路抢通工作的阿坝州交通运输局局长龚明与总工程师詹永康在得知九寨沟发生地震，且震中位于漳扎镇的信息后，连忙从茂县出发赶赴九寨沟。行进途中，龚明通过电话紧急指挥全系统立即开展抗震救灾工作，明确指示九寨沟、松潘两县交通运输部门立即调集机具分别从九寨沟县城、松潘县城向漳扎镇方向挺进，路遇塌方受阻点时就地排障清除。

阿坝州交通运输局公路局局长益英、公路分局安全总监尹忠、阿坝州交通运输局运管处处长马兴明等人也相继赶到灾区，并迅速投入到抗震抢险工作中。

与此同时，龚明指示在马尔康值班的阿坝州交通运输局副局长负责安排综合协调组、后勤保障组和机关人员 24 小时值班，进行数据、信息收集报送及后勤保障等工作。

地震发生时，正值九寨沟、黄龙旅游旺季，游客众多，而震中所在的川九路是游客进出景区的唯一通道。如何最快速度打通生命通道、迅速投入救灾队伍、运输救灾物资、转运疏散游客和受伤人员，是摆在阿坝交通人面前的第一要务。由于指挥果断，决策快速，震后仅半个小时，阿坝州交通运输系统就调集了九寨沟公路分局、松潘公路分局、若尔盖公路分局和周边铁路、高速、隧道等施工企业的机具人员第一时间全力以赴赶赴灾区，至 8 月 9 日凌晨 2 时，已有 10 台装载机、5 台挖掘机、80 多人到达灾毁现场开展公路应急抢通工作，用最快时间打通了通往灾区的生命通道，为救援人员和救灾物资及时进入灾区和游客及时转运疏散赢得宝贵时间。

8 月 9 日凌晨 4 点，交通部门第一时间抢通了洛黑龙大坍方处通行便道，使最先赶到的救援人员、指挥人员、抢险急救机具设备立即前行，并于 8 月 9 日清晨 6 时许，到达了九寨天堂洲际大饭店受灾点。

从松潘县川主寺镇到九寨沟县城的川九路，多处山体崩塌，形成多个"孤岛"，阻滞数万游客，在此路的排障疏通方面，松潘县的道路交通部门功不可没。

地震发生仅过 5 分钟，松潘县人民政府分管交通的副县长许建国、松潘县交通运输局局长张勇，便组织全系统干部职工迅速集结开会，启动应急预案，组成了道路抢通、运输保障、安全保障三个抢险工作组。

道路抢通组由松潘县交通运输局副局长李松涛、县公路分局局长吉海东以及相关救援人员 21 人、抢险救援机具 11 台构成，该组高效快捷，于 8 月 8 日晚 22 时集结完毕，向灾区开进。该组的核心任务便是道路的抢险、疏通。

运输保障组由松潘县交通运输局副局长李谋、县运管所主持工作的副所长邓玉平及 13 名干部职工构成，运输保障组的任务是利用已经组织的客运车辆，把救援力量运至灾区一线，同时把被困游客转移出灾区。

地震发生后，离震中最近的松潘县川主寺镇阿坝州道路旅游客运监管中心快速反应，主持工作的副主任李鹏立即要求启动突发事件应急预案，要求全体职工保持应急状态，迅速到中心办公室集结。

与此同时，松潘县公路运输管理所副所长邓玉平召开紧急会议，通报九寨沟地震情况，要求全所干部职工认真贯彻落实上级指示，迅速行动起来，全力以赴投入到抗震救灾工作中。随即，松潘县公路运输管理所成立抗震救灾工作组，并安排所内人员分两组行动：一组负责巡查路况，了解灾区道路受灾情况、游客滞留的数量和主要地点，正确研判安全转运游客的工作方案，做到思路清晰，措施得当；另一组前往各车站、企业，统计运力，调集在县境内所有客运车辆，作为应急运输车在川主寺游客服务中心集合待命随时出发。

阿坝州道路旅游客运监管中心立即与松潘县运管所联合成立了抗震救灾运力保障领导小组，联合作战，共同抗震。

随后，根据道路巡查组反馈的信息得知，九道拐道路受损相当严重，滞留在九寨天堂洲际大饭店、甘海子、甲蕃古城的游客将是川主寺转运点的运送主体。抗震救灾运力保障领导小组又在已经成立、由李谋和邓玉平带领 13 名干部职工构成的运输保障组的情况下，成立了综合协调专项工作组，该专项工作组负责开展抗震救灾应急运力征调工作。

8月8日22点30分，阿坝州道路旅游客运监管中心通知四川九寨运业有限责任公司、阿坝藏族羌族自治州岷江运业有限责任公司、四川九黄运业集团、四川晶犇运业有限责任公司、九黄机场客运公司等运输企业24小时值班，并指令企业联络员前往阿坝州道路旅游客运监管中心，实行一对一的运力调配。同时，也统计运力并调集在辖区内所有营运车辆作为应急运输车，在川主寺游客服务中心集结待命，随时出发。

8月9日凌晨1点过，松潘县运管所调用3辆35座班线车辆，运送民兵、武警官兵等救援力量，从川主寺镇前往九寨沟灾区一线。同时，也安排运输企业抽调车辆在川主寺游客服务中心集结待命。

8月9日凌晨3点，阿坝州交通运输局运管处处长马兴明从马尔康到达川主寺镇，来到阿坝州道路旅游客运监管中心，现场指挥及细化游客转运工作。

8月9日凌晨5时许，松潘县运管所陆陆续续调集的33辆客运应急车，在川主寺游客服务中心集结完毕。由于场地有限，运管所抗震救灾工作组经过讨论，决定张贴好应急救援运输车辆标识后，由松潘县运管所副所长邓玉平和松潘县运管所工会主席马松勇带队，前往同样位于川主寺镇的岷江源头停车场待命。

8月9日早晨7点，运输保障组由邓玉平带队，前往地震灾区了解滞留游客的情况，并组织游客接力转移；综合协调组由李鹏带队，在川主寺游客服务中心组织到达此处的游客转运与应急运力调运工作。此时，又组织了客运车辆52台，集中于川主寺镇游客服务中心待命，用于转移安置被困游客。

邓玉平驾车前往震中，发现沿途多处山体垮塌，道路上石头遍布，余震不断，山体不时落石。行至关门子附近时，看到关门子到甲蕃古城的路上有一处山坡上一整片森林随山体倾斜，全部压在路面上，导致稍大客车无法正常通行。此刻，前时到达的松潘县交通运输局组织的挖掘机、推土机等机具正在清除障碍物。

到8月9日9点50分左右，障碍物基本清除，考虑到实际路况，邓玉平电话通知马松勇带领 35 座及 35 座以下的应急客运车辆前往甲蕃古城执行转运任务。

接到电话通知后，马松勇立即带领 7 座、8 座、17 座、19 座、30 座、35 座等车辆 22 辆前往甲蕃古城。

当车队行驶至距甲蕃古城还有 6 公里处时，由于塌方严重，车辆无法继续前行，邓玉平和马松勇在垮塌路段附近选好一个安全的地方作为转运点后，让应急车辆有序停靠。两人徒步前往垮塌处了解情况，经过一番研究后决定，由甲蕃古城及九寨天堂洲际大饭店转移过来的游客到达此塌方体后，下车步行翻越塌方体，然后再到塌方体近川主寺一侧，改乘由松潘方面提供的车辆，接力向川主寺转移。

2. 爱与怨的两种愁

困滞灾区，便易产生无助、惊惶和疼痛。在无尽的翘望中，游客们一颗起伏飘忽的心很难安抚。

阳光越来越热烈，风清日朗，看得出来，陆陆续续取出行李的游客们，昨夜凝聚于心的沉甸甸的愁，正被身外的明媚与灿烂驱散，而幽暗凉薄的心间，也隐隐约约充满了光亮。

转眼又过了近两个小时，9：30，这时手机已经有了信号，而且游客们提取行李的工作也接近尾声。

于是杜林给李建军打电话，询问转移车辆的相关事宜，当得知用于接力转移的车辆已经准备就绪了时，杜林连忙向刘波涛进行了汇报。

一直为游客的转移而内心焦虑的刘波涛得知这一消息后，顿时舒了一口气，疲惫的脸上出现了欣慰的笑容，他马上找到鲁强，交代起了接下来的任务："鲁教授，自驾游的客人可以开车先行撤离了，要辛苦您以及各位志愿者对广大游客解释一下，同时维持好相应的秩序。"

简单的话语，却振奋人心，撤离工作的开始，就意味着所有人的撤离希望将逐步实现。

于是，鲁强马上组织志愿者，请自驾游前来九寨沟的游客开始排队，然后在武警的陪同下依次取车，遵从指挥，按指定路线依序离开。

得知道路勉强疏通，可以离开之后，受了一夜又大半个上午身心煎熬的游客们发出了欢呼，有的人甚至喜极而泣。

能够渐次转移，当然是一件大大的好事。但是在百感交集的欢呼之后，尤其是9：40开始实施转移之后，当得知塌方路段只能通过19座以下的车辆时，却随之出现了躁动与怨尤。有好多随团游客和像鲁强一样的自由行游客，在对先行者羡慕与嫉妒的同时，开始有了新的抵触情绪：

"自驾游可以先转移，那我们怎么办？"

"只能通行 19 座以下的车辆，难道游客转移还要分三六九等啊？我们就该在这里等死吗？道路不通，不能尽快将其弄通吗？"

过激的言辞，既散发着委屈与迷茫，也夹杂着理性失缺与集体疏离的荒谬。

见状，鲁强马上拿起扩音喇叭安抚大家，说自己也是游客，还是散客，自己跟大家一样渴望早些离开地震灾区。但要想尽早转移出去，最好的办法是配合政府组织的转移工作。因为政府绝对不会抛弃任何一个旅客，更不可能厚此薄彼。

"据可靠消息，符合条件的救援车辆马上就会到来。而且，越到后面余震越小，转移的路途上还越安全……"

举善劳心，言之谆谆。再加上凭借最初建立起来的信任关系，大部分游客的情绪渐趋稳定，少部分情绪仍然激动的游客，则分别安排志愿者苦口婆心单独安抚。

诚实的语言当然可以照亮忧郁的内心。

随着自由游行游客的逐渐离开，九寨天堂洲际大饭店停车场上游客的逐步减少，鲁强与志愿者们又一次统计起现场人员的情况，并与刘波涛、杜林等人商量起团队游客的撤离方案。

由于关门子塌方点无法通行旅游大巴，大家经过一番讨论，最后决定由现场旅行社的大巴车辆将各自的团队游客送至关门子塌方点处，游客下车，在武警的护送下有序步行通过塌方点后，再转乘停在塌方点另一侧、由松潘县交通运输部门组织的车辆至指定地点。而旅行社的车则返回九寨天堂洲际大饭店停车场接力转移剩下的游客。旅游散客则待团队游客撤离后再有序组织撤离。

方案定好后，又涉及到游客撤离的顺序问题，为了防止争先恐后再次出现躁动与混乱，鲁强把所有旅游团的导游和领队都召集了起来，对导游与领队传达了方案，让导游和领队清点好自己团队的人员数量与行李，然后每个团队排成一列，司机去取车，并听从指挥，将车辆开到集结地点，开过来一辆车走一个团。

如果有些旅游团的游客数量不是很多，坐不满一辆大巴，空出来的座位便优先安排带婴儿的人和身体有残疾的人补缺先走，其次考虑 70 岁以上的老年人走；再次考虑妇女和带有儿童的家长走。

有了如此科学且人性关怀的转移方案，以及由志愿者和特警、消防官兵、民兵们维持秩序，游客的转移过程总体来说还是比较顺利的。

当然，这世间就没有十全十美的事物。游客大转移的过程也是一样。

在游客进行有序转移之时，也有一些形色殊异的小插曲，表现为有些游客十分自觉，有些游客却十分不自觉；有些游客十分谦让很有爱心，有些游客却唯我独尊极端自私。

在自驾游的游客转移之后，因为散客没车，要组织车源才能转移，因而在成建制的旅游团队进行转移的过程中，便请散客就地休息，不要排队；而参加了旅游团且有旅游大巴的游客则开始排队，导游将自己的团队成员集中在一块，导游的车来了就走。

由于停车场游客太多，人声嘈杂，不少游客没有听清楚转移规则，以为排上队就能走人。而且，不少维持秩序的特警也没有听清楚转移规则，也如此以为，因而组织所有游客排队。

旅游团队游客和散客混杂在一起，打乱了先团队游客、后散客的转移计划。后来，当特警弄明白只有加入了旅游团的人才排队等候上车，散客暂不排队，等有了转移的车辆再排队的科学合理的游客转移计划后，便要求散客从已经排好的队伍中撤出来。没想到这下激怒了渴望早些离开，正争先恐后地排队等候上车转移的散客。

"凭啥旅游团的人先走？我们散客后走？旅游团的游客是人，我们不是人吗？"

"旅游团的游客长得好看些是吗？凭啥让他们先走啊？"

为了消解这些人的怒气，鲁强与志愿者们连忙解释："旅游团有自己的旅行车，所以他们先走。散客没有车，现在政府正在努力组织车辆，所以请再等等。"

被情绪冲昏头脑的一些游客根本不听解释，"再等等？要等到什么时候啊？在灾难面前每一分钟都关系到生命的安危，怎么等？我们虽然是散客，又不是走路到的九寨沟，我们也是坐车来的，为什么不把当初载我们的车用来转移我们？"

"我们正在协调各种车辆用于广大游客的转移，转移只是迟早的问题，请大家冷静。"刘波涛与杜林也连忙解释，"关门子大塌方处，旅游大巴根本无法通行，所以我们要求旅游团的车将他们自己的客人送抵关门子塌方体，且交给塌方体另一侧松潘方面组织的车辆后，还必须返回来接力转移散客。"

但部分散客还是不依不饶，"既然说加入了旅行社旅游团的游客先走、散客后走，那为什么又在不时叫部分散客上车先走？"

"这部分游客是老人和带有小孩的游客呀，而且这也是我们见旅游团的大巴有空位，我们叫他们补的缺。"鲁强又解释道，"我也是散客呀！我跟大家有着一样的心情，都希望能够早些离开，但是我们也要尊重最佳的游客转移方案呀！"

虽然一切安排都是合情合理的，但有的游客讲理，有的游客却不讲理，依然怒气冲天，对人性化的要求不管不顾，不听劝阻冲乱队形。

游客能够转移本来是一件大好事，但如果因为转移而另生枝节则是一件可怕的事。即使转移了相当一部分游客后还有近千人的队伍，如果慌乱无序，竞相争抢位置，也极易导致冲突、踩踏等不可控事件的发生。

意识到巨大的危险可能发生，杜林赶紧要求干部和公安特警手拉手形成人墙，并严格根据车辆载客量一拨一拨地组织人员上车，公安干警和民兵则帮助游客装运行李。

规则如堤坝，不能被泪水侵蚀，也不能被怒气冲垮。

愤怒止于无懈可击的公正，也止于远离阴翳晦暗的明朗。

转移游客的过程虽然琐碎，却不潦草。

人墙筑就，蛮横与无理无空了可钻，喧闹的人群终于相对安静下来，情绪再次趋于稳定。

那个时候，杜林的心里一直默默地祈祷着，祈祷能尽快把游客转运出去，快点再快点。多走一个、早走一个都是胜利！

企盼了一夜又大半天，终于迎来了转移，这是多好的事啊！但转移的过程却如剧情推演，一波未平，一波又起。

散客觉得自己被安排在最后转移有意见，正在被转移的一些旅游团的导游也有意见。

插曲，多数时候来自误会，但有时也生发于无理取闹，及自我膨胀。

有一家旅行社的一位女导游，听说由于旅游大巴无法通行关门子大塌方体处，游客乘车到达此处时只有下车徒步翻越塌方体，到塌方体另一侧改乘由松潘县方面提供的车辆才能继续实施转移，便纠缠住刘波涛不放，语气凌厉的问题一个又一个砸向他：

"我们旅游团的游客过去转乘别的车走了，我们的司机怎么办？我们的大巴车怎么办？"

"你给我们送到安全地带后，谁来安排我们的食宿？是不是把我们扔到那边就不管了？"

"我们在这里还相对安全，现在又不时在发生余震，要是我们转移的过程中发生意外怎么办？谁对我们负责？你负责吗？"

"你能不能保证我们在转移的过程中不发生意外？能保证我们才敢转移，不能保证，我们怎么敢转移？"

这个女导游的这一系列问题如一块块板砖，不晕人，却让人生痛。刘波涛不知该如何回答才好，他不是苍天，也不是大地，怎么知道有没有意外发生？不过作为指挥者，他敢指令游客转移，当然前提条件是能最大可能性地保证游客的生命安全。

这个女导游的举动让鲁强很是无语，从 2017 年 8 月 8 日地震开始，志愿者们连一口水都没喝上，一直在不停地宣讲、传达、做思想工作，叫大家相信政府，积极自救，但没想到对这位女导游来说，却似乎一点作用没有起到，他奇怪这位导游怎么这么奇葩。

他实在看不下去了，不能让她总是去纠缠现场最高指挥官，制造阻滞游客安全转移过程中的人为瓶颈。因而他把她从刘波涛身边拉开来，满脸堆笑地告诉她说："政府已有安排，如果你相信政府，就请你带着你的旅游团队离开，如果你不相信政府，你可以跟你的团队暂时不走，在原地等待，等到你觉得合适的时候、觉得安全的时候再走，但不得在此干扰正常的秩序。不要再烦扰政府的救援了！"

这个女导游气势汹汹地质问鲁强："我提这些问题不对吗？我问清楚一点不行吗？"

鲁强微笑着说："小姐，你提的这些……"

"谁是小姐了？谁是小姐？"

"好吧，我不是那个意思，我叫你美女吧！"鲁强依然笑容满面，"美女，你提的这些问题都对，我给你的建议也对：你要是担心比较多，就先和你的团队留下来，直到不担心了再离开。就这样吧，我得去组织想马上转移的游客了。"

说完，鲁强就转过身忙自己的去了。

这位女导游自感无趣，最后还是选择了带领团队离开。

除了这个女导游以外，还有一个女导游也把刘波涛折腾得哭笑不得。

在九寨天堂洲际大饭店实施游客大转移计划之后，这位女导游找到刘波涛，让他安排她所带的游客团先走，理由是她所带的旅游团的 20 多位团员都是新加坡客人，年龄也都在 50 岁以上。

她的旅游团里老人居多，安排其先走倒也无所谓，但她还提了另外一个"必须"的要求，却让刘波涛颇为犯难。她说，她所带的旅游团的团员全都是外国人，因而要刘波涛保证她的团员坐车到达关门子塌方体、下车并徒步翻越关门子障碍后，所乘坐的松潘方面安排的转移接待车必须为同一辆车。

刘波涛说："我能保证你们安全地通过关门子，通过关门子后有别的车接力转移，并保证你们的团队所有成员都能平安到达川主寺接待处。但过了关门子那边是不是能够坐同一辆车，却保证不了。"

"为什么保证不了？这不是很简单的事吗？"

"这件事并不像你所说的那么简单。我说保证不了有两个原因：一是现在是全部游客安全大转移，松潘那边接力转移的车有大有小，不可能那么合适刚刚找到一辆跟你们旅游团所用型号相同、座位相等的旅行车；二是如果松潘方面用于接力转移的大巴车上有空位，他们肯定会安排别的游客补缺。这是避灾转移，以尽量多救人为上，请一定多多理解，因为在灾难面前，所有的生命都是值得珍惜的！"

这位女导游为此事几次三番找到刘波涛，希望予以特殊照顾，而且语气一次比一次强硬。在坚持原则也确实处理起来相当有难度的刘波涛面前未能如愿之后，她便通过旅游团中一个团员跟新加坡驻成都领事馆的领事通上了话，并要求刘波涛接电话。

电话中，一番礼仪式的客套之后，领事问："现在九寨沟的地震灾情怎么样？能够保证新加坡客人的安全吗？能够尽量保证这个新加坡旅游团队在徒步翻越塌方体后也坐同一辆车，而不与别的游客混坐以实现转移吗？"

刘波涛很热情，也很认真地回答说："我们不仅能够保证尽快以整车转移的形式实现贵国旅游团游客的运送，而且还能保证到了关门子塌方体处，有我们的干部、民警、民兵护卫他们穿过塌方体及飞石区，到塌方体另一边后有政府组织的大巴车接力转运，上车便可以走。但是，到塌方体那边贵国旅游团游客能不能乘坐同一辆车，这真不能保证。因为在大灾难面前，每一个生命都应该拯救，都值得尊重，因而只要车上有空位，就要安排游客补缺。我哪敢以浪费资源，浪费运力的形式为贵国游客搞特殊化呀？"

刘波涛不卑不亢的解释，让领事恍然大悟："我了解基本情况了，这完全能够理解！您的指挥很合理，很科学！谢谢您！"

接过电话后，刘波涛对这位女导游说："我们现在就安排你们旅游团走吧，你叫司机去将车开过来。"

一招失灵，又来一招。为了挽回面子，女导游却对刘波涛说，她所带的旅游团的车被别的车挡住了，想走走不了，不知道是不是有人故意的。

听了她这话，刘波涛觉得这件事比较严重，便马上安排蒲磊过去看："是谁的车将她所带旅游团的大巴车给挡住了，让其马上开走。"

没过多久，这位女导游又来找到刘波涛，质问刘波涛为啥不马上安排她的旅游团离开。

"你们车没有开过来呢。"

"我刚才不是对你说了吗，我们旅游团的车被别的车给堵住了，怎么开过来？"

"我不是刚才安排警察去看了你的车是否被堵住，并要求如果被堵住了，就让堵住你车的那辆车马上开走呀！"

说到这里时，他马上责问刚刚安排去处理此事的蒲磊，结果蒲磊说，这位女导游所带旅游团的车前根本没有任何车挡道。

女导游很生气，"没有车挡道？不可能，我是听司机说的。"

"那马上问问那个司机。"

为了弄明事情真相，刘波涛马上叫人找来这个旅游团的驾驶员，一问结果，证明女导游所言皆虚，她所带旅游团的车前真没有任何车挡道。这事就让刘波涛有些生气了，他严肃地质问司机："你的车明明没有任何车辆挡道，为啥要说车被堵着开不出来？"

"是她对你们这样说的吧？我可从来没说过我们的车被别的车堵着开不出来！"被刘波涛质问的司机感到很委屈，急忙辩解说，"而且她也明明知道我们的车停在什么位置，车辆前后有没有别的车堵着。"

这就奇怪了，这个女导游为何要虚构情节？是她故意的，还是想达到什么目的？

再问才知，原来是这个旅游团的驾驶员与这个女导游之间有过摩擦，且正在闹着情绪。驾驶员悄悄地对刘波涛说："我是马尔康的司机，这个导游就是无理取闹，别搭理她！"

得知真相后，刘波涛真是又好气又好笑，不过，他还是对之进行了委婉地批评："小姑娘呀，你太不会与人沟通了，你看你说话一是不尊重事实，二是语气太强势。现在是在大灾难面前，你怎么可以这样虚构情节提不合理要求添乱呢？"

说过这句话之后，刘波涛又对那个司机说："不管你与你们旅行团的导游之间有着怎样的矛盾，但你必须马上去将车开过来，将这些游客安全地转移走。"

而两位来自西亚的女游客在九寨天堂洲际大饭店游客大转移的过程中所发生的故事，也十分有趣。

这两位女游客长得身宽体胖。8月9日上午，当九寨天堂洲际大饭店游客转移计划实施以后，当广大游客在排着队等候安排转移之时，或许是她们不明白这么多游客排队所为何事，或者她俩自视另类，表现得无动于衷，不排队只当看客。

但是过了一会，她们却找到刘波涛叽里咕噜地说起来。

刘波涛以为她俩要投诉什么，很重视，问在场人员："谁会外语？"

"我会！"

这时一个男中音回答。这是九寨天堂洲际大饭店的一位员工。

通过这位员工的翻译，刘波涛得知，这两位西亚客人并不投诉谁，也不投诉什么事，而是想插队提前转移。

她们说："我们很急啊！要乘飞机啊！"

看她们说话那样子，刘波涛也着急了起来："你们什么时候的飞机呢？"

"我们明天的飞机到成都。"

"如果是今天下午的飞机，可以先安排转移的事，明天下午的飞机那还早着呢。"

听她们这一说，刘波涛心中的紧张情绪一下子松弛了下来，微笑着建议：

"你们想要先走的话，也可以先排着队，大家都是排着队等待转移的，我们不能给你们搞特殊照顾啊！"

说完这句话后，刘波涛便去忙别的了。

没想到，一个多小时后，有记者便来问刘波涛："现在网上有消息说，此次游客安全大转移只重视国内的游客，不重视来自国外的游客，是这样吗？"

刘波涛笑着说："我们对来自国内的游客与来自国外的游客都是一视同仁的。在大灾难面前只有年龄和性别的区别，没有其他任何国籍的区别，因而，所有的游客在今天都享受的是国民待遇。"

九寨天堂洲际大饭店的游客转移工作就是这样曲折而又光明地进行着。

而早于九寨天堂洲际大饭店游客大转移的，是九寨沟沟口的游客。

在毛清洪与马勇去探明从九寨沟沟口通往九寨沟县城的道路能够勉强通车之后，即开始了游客转移。

得知从九寨沟沟口通往九寨沟县城的道路打通了的消息后，8月9日凌晨1：52，罗智波在九寨沟沟口一线指挥部召开了简短会议，商议并确定滞留游客疏散转移方案，准备启动游客疏散转移工作。

当罗智波了解到九寨沟月亮湾假日酒店、九寨沟喜来登国际大酒店、《九寨千古》情演艺场等处已聚集大量游客后，要求立即送水、送食品、棉被等物资，并安排九寨沟县委副书记罗成友、九寨沟县副县长刘明清统筹协调，重点对游客和群众集中的九寨沟月亮湾假日酒店、九寨沟喜来登国际大酒店两处游客聚集点进行全力疏散。

其中九寨沟月亮湾假日酒店由九寨沟县政协副主席左光远、九寨沟县县委常委、县委办主任杜文钲、九寨沟县副县长高恺衡负责；九寨沟喜来登国际大酒店由九寨沟县副县长刘明清、九寨沟县人大副主任许德禄负责；九寨沟县副县长龚学文、九寨沟县副县长兼公安局长黎永胜做好漳扎镇至勿角乡到九寨天堂洲际大饭店方向的道路保畅工作；由阿坝大九寨旅游集团有限责任公司党委书记、董事长杨芳负责车辆保障。

同时，罗智波又安排九寨沟县委常委、常务副县长刘今朝与绵阳市平武县、甘肃省文县方面联系，请求做好相关准备，帮助开展滞留游客转移疏散工作。

于是，绵阳市调集了190辆大巴车，成都、德阳两地共调派了87辆大巴，一起前往平武县集结，共同参与疏散工作。形成了把游客由九寨沟县送至平武县，再换乘车辆疏散至绵阳市和成都市的"接力"转移。

3. 患难中的真情

命运的转机，始于走出地震灾难，朝灾区外转移。

在九寨沟喜来登国际大酒店，当李小石总监与九寨沟县人大副主任许德禄、九寨沟县副县长刘明清、九寨沟县旅游发展局局长王剑，以及广大酒店员工、志愿者们组织住客将行李从客房里拿出来之后，酒店员工便开始清点和登记起住客信息来，这样做是为了分流住客，准备转移。他们向游客喊话："政府必将竭尽所能，用最快的速度将每一位客人安全转移。"

游客要实现转移，就得需要客运车辆，那么用于游客转移的车辆是怎么解决的呢？

地震发生后，阿坝州交通运输局第一时间启动了地震应急预案Ⅰ级响应，成立了交通运输系统抗震救灾抢险领导小组；同时，局长龚明还在第一时间带领局领导班子及阿坝州公路局、运管处的相关负责人赶赴灾区一线指挥，为抢救生命与时间赛跑。

阿坝州交通运输局安全总监尹忠、阿坝州交通运输局运管处长马兴明在连夜赶到松潘县川主寺镇阿坝州旅游运政监管中心后，积极组织调运车辆，先就近调运了九黄机场客运公司、松潘县附近的旅游车辆前往弓杠岭以及关门子附近做好游客转运准备。

同时，安排了四川永盛运业有限公司、九寨沟绿色旅游观光有限责任公司的车辆在九寨沟县城聚集，以备游客转移之需。

随着公路的疏通，游客转移工作逐渐进入高潮，阿坝州交通运输局又紧急调运了四川九寨运业有限责任公司、四川九黄运业集团、若尔盖县、红原县、阿坝县、茂县班线客车参加到游客紧急疏散转移的工作之中来。

为做好灾区人员的安全疏散转运工作，阿坝州交通运输局相关领导还制定了灾区向外转运人员的具体预案：一是组织九黄机场客运中心的20辆中型客运车辆，对弓杠岭以下，神仙池以上，包括九寨天堂洲际大饭店、甘海子、甲蕃古城、九黄机场、黄龙景区的受灾群众、游客实施到松潘县川主寺镇游客服务中心方向的转移。二是在川主寺游客服务中心，集中调运大型客车，发放抗震救灾应急运输临时线路牌，分批次从川主寺至红原、理县，由交警警车护送，到达成都茶店子客运中心。三是在九寨沟沟口九寨沟喜来登国际大酒店停车场、九寨沟县城等地，组织调运大型客运车辆，分批次从九寨沟县城至绵阳市平武县、绵阳市，在警车的护送下，到达成都茶店子客运中心。

此次地震，对于九寨沟交通人来说，有着更加深刻的切肤之痛。

面对突如其来的灾难，九寨沟交通人，反应迅速、主动出击，九寨沟县负责交通运输的副县长龚学文、九寨沟县交通运输局局长高水平第一时间奔赴重灾区漳扎镇，在电话很难打通的情况下，他们一边前进一边通过手机短信、微信协调安排调集九寨沟公路分局、四川交投绵九公司、九绵高速中铁一局等单位的抢险机械30余台、200余人开展公路抢险工作。

同时，九寨沟县交通运输局成立了"探路先锋组"，深入灾区调查、掌握、反馈灾情。省道301线上四寨至弓杠岭等重要生命通道被地震撕裂得面目全非，泥石流、山体滑坡随处可见，高达10余米的塌方堆积物将公路彻底阻断。尽管余震不断，飞石滑落，给探路先锋组队员们带来了巨大的困难，但在生死抉择面前，他们的目标只有一个：第一时间掌握灾区道路受损情况，为抗震救灾的决策、决战、决胜提供第一手路况信息。

为抢在"黄金救援72小时"之内对受灾群众展开搜救，九寨沟县交通运输局的道路清障人员在与兄弟县市交通运输部门以及社会救援力量的共同努力下，于8月9日凌晨4点抢通省道301线K79处塌方便道；8月9日凌晨6点清理完毕省道301线县城至青龙桥、省道205双河至黄土梁段的塌方和落石。

在排危抢通救援生命线的同时，九寨沟县交通运管部门又积极协调运力、组织车辆，在九寨沟沟口的九寨沟喜来登国际大酒店停车场，九寨沟县城汽车站，县城新区广场三处设立乘车点，科学有序、高效圆满地完成了游客和外来人员的接驳转运、转移疏散任务。

灾情发生后，九寨沟县运管所25名干部职工与协管人员上下紧密团结，通力协作，全体干部职工以忘我的状态投身到抗灾救灾工作中，不辱使命地履行了运管人的职责。

地震发生后不到10分钟，九寨沟县运管所所长侯红荣便通过电话和单位微信群下达启动突发事件应急预案Ⅰ级响应，又通过对讲机对九寨沟漳扎运管站执法人员下达第一时间巡视路况、及时上报营运车辆受损情况的指令，并派遣安全股张旭琪赶赴九寨沟漳扎镇，组织运输力量保持道路运输的畅通，命令县城和九寨沟沟口汽车站所有在县班线车辆、公交车辆驾驶员做好应急运输的准备工作。

地震后虽然运管所办公楼也存在部分墙体裂缝、天花板掉落的情况，但为了保证信息的畅通，办公室却实行24小时值班制度，抗震救灾期间取消一切休假，通知本县运输企业和联系友邻运输企业立即启动应急储备车辆，随时做好出发准备。

为此，九寨沟县运管所成立了应急运输小组，由侯红荣担任总指挥、总调度，全所职工按照职责分为前线指挥小组、后勤组、办公室统计小组，同时要求必须不折不扣地完成上级下达的各项任务，尽快将滞留乘客有序地转运出去。

由于大部分旅客滞留在九寨沟景区，九寨沟县运管所调用由在县班线车、公交车及观光公司客车组成的主力转运车队转运旅客，由先行前往九寨沟景区调查营运车辆受损情况和地震灾情的张旭琪具体调度。

于是，在各级政府的理性而又高效的指挥之下，在交通运输部门、旅游管理部门，以及公安、消防、武警、特警、民兵的共同协作下，酒店－政府－旅行社－运输车辆，共同架接起了生命至上、与时间赛跑的生命转移桥梁。

万恶的地震，将自己原本丰满的希望一下子化成了泡影，自己刚刚起步的经营也瞬间跌落到了解放前。

在余震中，在离《九寨千古情》演艺场所在的宋城不远处的扎西宾馆的停车场上，何明庆虽然困倦，却怎么也睡不着。

他不是因为恐惧而睡不着，而是因为悲凉，因为忧虑：这未来的日子怎么过呀？欠下的债怎么还呀？

停车场上那白茫茫的一大片，都是从他的宾馆里拿出来的被子、垫絮、睡袍、浴袍等物品，这在他眼中，是白花花的银子，是所借外债无法偿还的凄凉。

时间漫长，每一秒都是那么难熬。

何明庆在寒风中看着天上的星星，看着惨淡的月辉，他觉得自己的命运就像这月光一样，看上去润洁，却暗淡无光。

凌晨3时许，扎西宾馆门前的马路上救援车辆开始多了起来，"呼呼呼"地开过的声音，像是河水在流淌，他猜想，这可能是通往县城的道路已经打通了。

果然，不一会儿，便有喜讯传来，那是民警通知想转移的游客可以往县城转移了。

人群呼啦一声便有了活力，有的人还鼓起了掌。

此时，有些客人马上裹着棉被往大巴车上走，大巴车师傅发动车辆准备走了，地上就只剩下几堆垃圾和几床床单了，王勇想上车去把酒店的棉被讨回来，何明庆拉住了他："兄弟，算了，这些被子算我送给他们的吧！这么冷的天气，他们还用得着的，如果我们去要回来，那真的有点太不近人情了。再说，我们命都差点没得了，还在乎这点儿钱么？"

王勇只好作罢，"何总，你的心太善良了！善良是没错，可是他们多半会将之丢在路上的，这丢的是你的钱啊！"

凌晨4点过，客人陆陆续续走完了，只有何明庆和扎西宾馆的员工们留下了。何明庆用电筒照了照停车场，映入眼帘的是一片狼藉，这番景象让他心里的滋味特别不好受。

大家伙围在一起睡意全无，都在七嘴八舌地聊地震的事情，酒店员工胡大姐的老公在开旅游商务车，听说在九道拐处车辆被落石给砸中了，幸好人没事，大家都在安慰她："人没事就好了。财物是死宝，人是活宝，有人在就能生出钱来！"

在九寨沟喜来登国际大酒店，转移的顺序也是自驾游的客人先行离开，之后再集合导游，让其带领各自旅行团成员回到旅游大巴上，等待转移号令的发出。于是，生肖广场就基本上只剩下一些自由行到九寨沟旅游的散客了。

人不能像鸟儿飞，当然疏散的过程有个先后顺序。但在这个分流的过程中，有些游客却不理解为什么半夜让自驾游住客先走。认为发生了这么大的地震灾害，在地面交通情况不太清楚的情况下，让自驾游客人先行离开并非很安全。虽然身边有自驾游游客听到可以转移后，便欢欣鼓舞地马上离开了，但还是觉得这个决策并非最佳之选。

其实不解与感动只隔着一道浅浅的时间。当了解到自驾游客人知晓道路通畅后便阻挡不了其离开的步伐，同时沿途也有警察和消防人员值勤，随时观察道路两旁的垮塌与落石情况后，还是挺感慨的。觉得政府的公职人员以及社会救援力量，为了保障转移车辆的安全去执勤，其实风险更大。

因为公安、消防、森警，及政府公职人员所值守的地方正是山体一直在垮塌或者落石的地方，这个危险程度相当于头顶上一直悬着一把达摩克利斯之剑。

而对于旅游团的转移，不少客人觉得非常智慧——组织者将导游资源进行了充分的利用。因为导游熟悉自己所带的旅游团的成员情况，也对自己旅游团的成员有一定的号召力。

大约半个小时之后，经过分流的生肖广场上的人数明显减少了，由先前的数千人，变成了四五百人。

凌晨5点左右，九寨沟的天开始蒙蒙亮，酒店负责安置疏散的志愿者开始根据散客的登记安排车辆，保障每个人及时离开。

在扎西宾馆停车场自己的汽车之内迷糊一觉醒来，魏庆凤发现已经是8月9日凌晨5：50了，天色熹微，嘈杂的声音更甚于前，睡意蒙眬的她再也睡不着了。

微明的晨光，渐渐映亮了东边的天空。而眼前，扎西宾馆被地震撕裂的口子赫然在目。

走到宾馆门口，街上的大巴正在撤离游客，一位拖着行李箱、手提包的游客可能太紧张，过马路时，物品散落了一地，魏庆凤赶快跑过去帮忙拾起来。

大街上的人儿，披着旅店的毛毯、床单、被子匆匆走过，就像化装舞会一样，在湿漉漉的晨曦中，有一种怪异、凄凉、落魄之感。

街上的店铺满目疮痍，昨日还热闹非凡的饭馆，今日已狼藉一片，同时也都关门闭户。

余震还在不断发生，尽管其淫威让人感觉越来越无惧，但它每一次抖动，山体和房屋都还是被震得撒落一地尘土和碎石。

地震发生后，昨夜路中央的石块已几乎被清理到了路侧，这是九寨沟县公安局沟口分局交警队的赵富尧、苟中秋、李克佳、罗春明等警察连夜清理的结果。因为每有新的石头掉下，警察们都在第一时间冒着飞石前去清理。

不仅如此，这些警察还在开展救援工作、疏通交通的同时，不顾房屋掉落物体，以及沿途山体垮塌落石砸伤身体的危险，往医院运输伤员20余人。

6点过了，天已经大亮，何明庆看到远处一些大山因为地震产生了相当严重的滑坡，很多山上树都没有了，一时间想到曾经游人纷至的九寨沟，美丽的山河变得如此颓败，心里不免忧伤和叹息。

他更忧伤和叹息的是自己瞬间崩塌的生意。

他叫起员工，让其有序地回到房间收拾好各自的东西，然后对他们说，地震发生了，客人暂时不敢来九寨沟旅游了，宾馆的生意没法做了，大家收拾好自己的东西回家吧。

说到这里，表情若无其事，内心却十分痛苦的何明庆用双手搓了一把自己的脸。

这时，他看到，龚武清出现在了停车场上，便关心地问龚武清，医院的情况还好吧？受伤的人不多吧？

龚武清看了一眼脸上写满哀伤的何明庆，又看了一眼被地震将墙壁震裂了好多口子的扎西宾馆，说自己凌晨3点过就回来了，然后在自己的车里睡了一小会儿。"医院死了几个人，伤了几十个，我在医院帮忙给那些受伤的人包扎护理了一下，自己不是骨科医生，帮不了大忙，就回来了，唉……"

"唉……他们真可怜！"何明庆也叹了一口气，"你这么辛苦，咋不多睡一会儿？"

龚武清说："不睡了，我见街对面有卖早餐的，我去买点早餐。"

这时魏庆凤对他们说："你们聊吧，我去买就行了。"说完，她又对龚武清交代道："你把女儿照看着就行了。"

街对面有一家路边摊在卖包子、鸡蛋，不少游客在围着购买。这家路边摊的老板说，他本来不想做饭的，但想到这么多人没吃的，所以还是冒着余震的危险起来做了饭。都遭灾了，大家都不容易，所以他也不想赚大家的钱。有钱的话，给个成本价就行了。如果莫得钱，也可以自己拿去吃，就不用给钱了。

魏庆凤买了馍、包子、蒸饺和豆浆。回到扎西宾馆停车场时，龚武清将之分了一些给何明庆，说何明庆看上去憔悴得不行，应该吃点东西。

何明庆再三婉拒后收下了。可他哪吃得下啊？

何明庆把员工都召集起来，对大家这几年对他和扎西宾馆的帮助表达了感谢："你们跟着我已有3年了，这次地震震得我一下子一无所有，但我就是砸锅卖铁也要把大家的工资补上，这几天酒店里留下来的现金只有1万多元了，你们每人先拿2000块钱回家，回成都以后我就算把房子卖了，也要把大家的工资给补上，大家的工资加起来有10多万元，我现在还欠供应商10多万元货款，欠银行上百万元，所以现在我没有能力给大家一次性结清工资，真是非常对不起！"

何明庆说完，给大家深深地鞠了一躬。

222

"何总，我们相处也不是一天两天了，我们都相信你，等你有了钱，你再付给我们吧，我们不会催你的。"

"何总，我跟了你快3年了，也知道你很不容易，知道你人很仗义。你要实在没钱的话，要不工资就算了吧！"

"对，何总，我们也知道你很不容易！我们有这2000块钱回家做路费就可以了！地震发生后，你为广大游客把家底都赔上了，我们还要工资，真的有些于心不忍啊！我们不要工资了，就算你所献的这份爱心，也有我们一份吧！"

员工们的话，把何明庆和赵润英感动得哭了，他们没想到自己的员工这么好！

但是，大家生活都不容易，自己欠他们的钱怎么不给呢？

"各位，你们的好意我心领了。但是，我欠你们的工资一定要付的！大家在我这里打工，为的就是养家糊口，同时也是帮衬我，因此不管是什么理由，我都要付你们的工资，遗憾的是，时间可能稍微要晚一点儿。"

何明庆想，既然那么大的地震灾难都能活下来，说明老天爷一定有让自己活下去的理由，更何况家中还有头发斑白的父母，所以，自己一定要坚强地活着！

大概到7：30，王剑向九寨沟喜来登国际大酒店生肖广场上的游客们通报了疏散转移的相应安排：游客们将会被转移到140公里外的绵阳市平武县，在那里政府会继续安排车辆，将他们接力转移到包括成都在内的其他三个地方，然后再借助各自中意的交通工具回家。

在王剑公布方案后不久，第一辆车就出发了。客人们根据酒店员工的安排陆续上车。

经受了一个漫漫长夜的煎熬，现在终于可以离开灾区了，多少人心情很好，却也百感交集。车里装载着满满的感慨。

然而，就在他们刚刚坐上汽车，正准备出发的时候，这时又有一次比较大的余震发生了。并且很快得到消息说，由于通往九寨沟县城的沿途道路在继续塌方，很多车辆都折返回来了，因而暂时不能发车，游客们可以在车上待着，也可以下车待着，以等候转移通知。

这个消息让大家本来愉快的心往下一沉：怎么自己运气这么差？人家半夜三更进行转移，都能一路顺风，而现在天亮了，山体怎么又开始垮塌了呢？难道自己会继续滞留于此？

现场哀声连连，焦虑一片，自叹运气弄人。

不过，这种焦虑，这种哀怨只是暂时的，大约半个小时后，可以转移的通知便来了，他们终于可以开心地撤离这片让自己感受美丽、感受恐惧、感受寒冷、感受绝望、感受温暖、感受自私、感受伟大、感受患难与共，能铭记一生的地方了。

8月9日早上9：00，车轮滚滚，驶向家的方向。

此时，离地震发生的时间，正好过了12小时。风吹窗棂的声音，如梦如幻。如果不是明媚的阳光照耀得人心情愉悦，如果没有看到窗外青山绿水中出现令人心碎的创痕，他们真不敢相信这是真的。精神恍惚，情感真实，变故、不测、伤痛、恐惧的心依然在跳跃，一切，恍如经历了一场由自己参演的人生电影大片。

感动，轰轰烈烈，也发生在转移的过程中。

在一辆转移车上，有两位司机，其中一位头上绑着绷带，T恤左侧上肩还有血迹，俨然就像刚从战场上下来的伤员。人们好奇地问："师傅，你受伤了吗？严重不啊？"

那位受伤的司机淡定地说："这伤是昨天晚上地震时被石头砸的，现在还有些痛，但是不影响驾驶。"

"那你受伤了怎么不休息，今天还要开车？"

"哪能休息啊！我们得把你们平安转移出去啊！政府征集了我们九寨沟所有的旅游大巴，要求我们所有司机今天都要参与游客的转移疏散，所以，我受点伤算啥？能让大家早些转移才是最重要的！"那位受伤的司机大声说，"所以你们有些游客还着急上火，完全没必要！要多理解政府呀！政府很不容易啊，而且在同样的地震环境中，我们都一样，也是很辛苦的。"

那位受伤司机的话，让车上不少游客由衷地感动："谢谢，真是太谢谢了，你们辛苦了！"

一路行进，车上的人说话并不多，却又个个精神饱满。透过车窗抬头望天，蓝天如洗，祥云缭绕，而汽车经过的道路两旁，都是满脸疲惫依然在打望可能随时垮塌以及落石的山体的特警、消防、政府工作人员。身处相同危险，甚至更加危险的环境之中，他们却置生死于度外，无怨无悔地付出。

车上不少人，不知不觉间，早已热泪盈眶。

魏庆凤与龚武清一家要离开九寨沟时，特地前来与何明庆告别。

唉，真是患难识真交！何明庆很感慨，要不是这场地震，他与龚武清一家不过就是一面之缘，但是这场地震却让他们知道了彼此，了解了彼此，从外表到内心。

龚武清也很感慨："是啊！患难见真情！"

这时，何明庆突然有了一个想法，他低着头看了看龚武清的汽车里所坐的人，以及空出的位置，问龚武清能不能麻烦把他老婆赵润英和小孙女曦妹带到成都去。

"可以呀！这有啥麻烦的！"

魏庆凤也爽快地答应了。

但是，当何明庆将赵润英叫来之后，赵润英却说什么也不愿意离开他："虽然现在宾馆没办法继续营业了，但还有许多善后需要处理，我哪能把你一个人扔在这里？"

"你走吧，我一个人能够处理这些事的！"

"我不走！要走到时一起走！"

"你不走？那曦妹咋办？余震这么凶，你不担心她呀？"

"我担心她啥呀？吉人自有天相！我担心你！"

"对呀！如你所说，吉人自有天相，你担心我啥？"

"别说这么多了，反正我不走，要走到时跟你一起走！"

225

无奈，何明庆只好对龚武清与魏庆凤说："算了，她不走，你们先走吧，路上多注意安全，咱们以后回成都见吧！"

看到魏庆凤与龚武清的汽车越来越小地消失在远方，想到这不足 24 小时内所发生的惊心动魄的事情，以及山川与人生际遇的蓦然改变，何明庆的眼泪又一次落了下来……

九寨沟喜来登国际大酒店生肖广场的游客开始转移了，加入旅游团的人，通过自己先前的旅游车转移，也可以免费坐政府安排的车辆转移。但徐红光一行人没跟大部队走，而是坐他们先前包的车走的，司机姓杨，是当地的白马藏族人。

地震凶蛮，杨师傅却无惧无畏，豪气冲天："大家放心，我们把你们安全地拉进沟，就会把你们安全拉出去！"

杨师傅说这话是有感人前提的，因为有人愿意出六七千元钱包他的车进行转移，但是他谢绝了。谢绝的理由只有一点，那便是徐红光他们一行曾经包过他的车。

看着一路被滚石压得惨不忍睹的车，听着杨师傅的话，想着他不顾生命危险拒绝大把钞票的诱惑送他们出沟，徐红光心里真是万分感慨……

临出发前，杨师傅的老婆孩子来为他送行，表情忧郁依依不舍："你一晚上没有休息，要不今天不开车了？"

"这么多游客被困在这里，怎么能不开车呢？"

"你看嘛，这一去好危险啊，不仅一路都在垮石头，而且要开八九个小时才能到成都，我很担心你啊。"

"你放心吧，我不会有事的，我昨天晚上也不是没有休息，还是休息了的。我走后你要照顾好自己和孩子。"

杨师傅没有多言，仅寥寥交代几句后便关上车窗走了，将两眼是泪的老婆和孩子抛在了渐行渐远的烟尘里。

同样在灾区，当然是灾民。可是游客是一天一夜的灾民，而本地人却是走不掉也躲不开的灾民，但他们却在灾难面前公而忘私，不惜冒生命的危险而为游客着想、为游客服务。此番情景让一车人不知道该说什么才好，心里除了感恩，还是感恩！

余震不断，一路都在落石，有不少被砸坏的汽车……灾难让这一夜又一个半天的光阴变得冰凉，但"沉舟侧畔千帆过，病树前头万木春"，转移的路上，却都是温暖。

这温暖所在，便是游客转移的沿途有好多服务站，服务站准备的吃的、喝的、用的，所有东西都免费。

游客们眼中最关注的除了滑坡的山体、滚落的石块外，更多的是站在最危险的落石处的交通警察和当地村民。内心装着大爱的他们是游客安全转移的保护神，他们凭着一双警惕的肉眼，紧盯着山坡上的落石，机警地指挥着撤离车辆的通行。

然而，他们在保障游客生命安全的同时，自己的生命安全却时刻都在受到威胁。人心都是肉长的，此番光景，无不令人动容……

大灾难中才能见到人性的光辉，徐红光见到了，而且见到了很多很多。

当手机有信号以后，跟携程办理机票和接机取消业务，提及喜来登国际大酒店未住取消时，徐红光脑海中立刻闪现出地震发生后酒店工作人员不顾生命危险进入客房为客人取物资的情景，无畏的气势与纯净的心灵，再度令他潸然泪下，因而他马上改变了主意，酒店未住的两天不必取消了，费用也不用退了……

此次地震，酒店的损失得有多大啊！可他们没有考虑自己的损失，而是倾其所有让客人安全温暖地过夜，安全舒服地撤离，这太让人感动了……

途中，他们还经过两个被泥石流淹没的村子，一个是半淹没，一个是全淹没。群山默默，灾情凛冽。看着泥石流留下的巨大沙堆和被泥石流冲垮的房屋，他们不禁身心怵栗。

他们还经过了"5·12"汶川大地震后留下的遗址。看着这些遗址，想到同样经历地震的自己却幸运地活了下来，不禁唏嘘。

4. 我是州长请跟我走

余震仍在，青山时颤，昔日沉稳的美景容颜顿改，杨克宁好心痛！

美景念旧，时光唯新。就在刘波涛与杜林开始组织游客向松潘县川主寺镇方向转移的时候，经过一夜鏖战眼里布满血丝的杨克宁，经过与在场的干部商量，决定暂时放弃冒险翻越"新二拐"处的大塌方体，而把九道拐以上的游客快速转移到松潘县川主寺镇，并讨论起在场机关工作人员对相关聚集点的游客转移的责任分工来。

由于九寨天堂洲际大饭店和甲蕃古城的游客比较多，故而分工如下：

阿坝州副州长葛宁带队，与阿坝州旅发委主任巴黎，阿坝州旅发委抗震救灾工作队员沈永林、梁代成、杨华勇、杜斌、徐杰等人，前往九寨天堂洲际大饭店，协助刘波涛副州长和杜林主任，负责九寨天堂洲际大饭店的游客转移工作。

杨星带队，与阿坝州旅发委副主任赵寿春，以及旅发委抗震救灾工作队员陈勇、刘忠、邹睿、钟磊等人，前往甲蕃古城，负责甲蕃古城游客的转移工作。

而杨克宁自己则担任这两个游客转移点的总指挥。

人员分配完毕之后，考虑到如何转移这一路上滞留的游客的问题，杨克宁又交代说，从"新二拐"折返的过程中，自己在队伍前面带路，杨星在队伍后面扫尾，让沿路的自驾游游客转移，而参加旅游团的游客，以及散客则疏散至九寨天堂洲际大饭店或甲蕃古城游客聚集点，再进行转移。

当他们行至九道拐公路养护站的时候，看到有三辆旅游大巴客车，以及一些自驾游小汽车停在那里，还有100多游客围着一个火堆在烤火，于是杨克宁便将车停了下来，希望带着他们向川主寺方向转移疏散。

游客们看到好几辆车公务车停了下来，便马上围了过来，情绪激动地问该咋办，说他们在那里被困了10多个小时没吃没喝，难受死了，也没见政府派人来救援。

这时一个个子不高，皮肤黝黑的男子说道："大家不要吵！不要吵！领导来了就是解决问题的，先听领导指示吧。"

"我就是来救援大家的呀！"杨克宁拿起车上的扩音话筒大声喊道，"请各位司机载好自己的乘客，按次序排好队，跟我走！"

正被忧伤啮咬，游客们不解地问："走哪儿呀？"

这当然不是芬芳的梦境，而是实实在在的希望。

杨克宁解释说："安全转移呀！跟着我们离开这危险地段，转移出去！"

如同恐惧构筑的深沉的夜里蓦然出现灯光，令人心里一亮。但游客久违的信心被坍塌的群山震慑，仍然将信将疑：发生了这么大的地震，道路根本不通，怎么走啊？如果真能走出去，我们这么多人还会等到现在吗？别开玩笑了！

这时，那个个子不高，皮肤黝黑的男子又说："大家不要吵，先听领导说。你们看领导这么疲惫，也一定为我们的事操心了一夜没有休息。"

累得疲惫不堪还不被理解，杨星为杨克宁及自己这一行人的奉献感到憋屈，但她也能理解晨曦里的游客心中依然弥漫不散的惊悸的阴影，因而热情且高声地对游客说："他是我们阿坝州的州长，相信他吧！我们跟着他走吧！"

"是的，我是州长请跟我走！请大家相信我！"

杨克宁进一步解释说："我们就是从马尔康连夜赶来抗震救灾的，并且是从川主寺那边过来的，如果道路没有疏通，我们怎么来到这里的呢？"

"你从川主寺方向过来，那为什么你的车来自相反的方向呢？"

"是的，我们是从川主寺方向过来，一直往下行走，想去九寨沟沟口救援，结果发现九道拐以下的道路有巨大的塌方体，完全过不了，步行也不行，所以又折返回来，觉得先行转移这一路的游客也同样重要！"

"州长都来了！我们有希望了！"

"这话说得有道理！"

"可以走了啊？"这时那位个子不高，皮肤黝黑的男子又问杨克宁。

当这位男子的话音刚落，又有人问道："真的能走了啊？"

"当然是真的可以走了！我给你们带头，你们跟着我走吧！"

杨克宁想，如果有一辆客车跟着走就好办了，因为这一路上去会有那么多自驾游的人，假如体量那么大的客车都能走了，自己的小车便能走，也说明道路已经疏通了。

这是他希望看到的头羊效应，也是一种有形的引导力量。

肯定的回答，却没有得到人们肯定的回应，大家对杨克宁的话依然将信将疑。

这是一种无法言说的尴尬。

透过依稀的尘雾，杨克宁看到道路边朝川主寺方向，停有一辆旅游大巴客车，便希望这辆旅游大巴车能够载上客人跟着他的越野车前进。

于是问道："这辆车是谁的，司机在哪儿？能不能载着客人跟着我们走？"

这时那位个子不高，皮肤黝黑的男子回答说，他是这辆车的司机。

"那你能载上客人跟我一起走吗？你如果跟在我的车后面走，其他旅游团就会相信道路真的通了，就会跟着我们一起转移。"

那位个子不高，皮肤黝黑的男子回答说："可以呀！可以呀！那我就跟着你走嘛！我相信州长的话！"

师傅配合得很积极，话音刚落便组织自己旅游团的游客上车，然后跟着杨克宁的车一路向川主寺方向转移。

于是那些自驾游的人也相信了，也排起队来，有序地跟在大巴车之后前进。

紧接着，那些旅游车也都载上自己旅游团的游客，跟着杨克宁的越野车开始转移。

车流浩荡，顺着希望的方向前行。

沿路，杨克宁、杨星、葛宁、王生、贺松、泽久、巴黎、李建军、嘉央罗萨等人，边前进边劝导游客上车，跟着自己向松潘县川主寺方向行驶、转移。

就这样，他们一路汇集了600多名游客。

快接近甲蕃古城时，杨克宁看到一路上横七竖八的都是汽车，将道路堵得死死的，便拿出车上的手提扩音喇叭对那些车上的人喊话，说自己是州长，请大家让出一条道来，他要去前面指挥道路疏通。

听杨克宁这么一喊，那些车辆便自动让出一条道来，让他通行。而杨克宁后面跟着的客车也一直尾随着他的越野车鱼贯前进。看见这种情况，停在路边的车辆也发动引擎，慢慢且有序地加入到前行的队伍之中。

到了关门子后，杨克宁发现只有越野车和部分小汽车才能通行，便站在关门子塌方处，观察落石的情况，指挥车辆前行。

但是当看到疏通的道路狭窄，过车缓慢，大客车又过不了时，他心里又很着急，觉得这样通行，不知道啥时才能将游客转移完。

该如何加快游客的转移？如何让道路变得更通畅？如何解决塌方体以及那个巨大的石头的阻碍？

正在这时，有人汇报说，后面的旅游大巴看到只有一些越野车才能通行，而自己的大巴完全不能通行，便产生了激愤的情绪。他又折返，去安抚那些心绪难平的游客。

"各位尊敬的游客，我是阿坝州州长杨克宁，我真情地告诉大家，现在道路通畅，车辆能够转移出去了，这是一件很好的事情，区别只是时间和先后顺序的问题，请大家不要着急！"

杨克宁一路向甲蕃古城方向行驶，一边用车上的扩音喇叭安抚游客："现在越野车以及部分底盘高的小汽车可以转移了，待这些自驾游客人转移出去后，道路就宽阔了，旅游大巴也便能更好转移了。"

到达甲蕃古城。考虑到关门子塌方体临时修筑的便道狭窄，只能越野车通行，所以他们又将从九道拐方向上行至此的部分旅游大巴车和底盘较低的非越野型轿车暂时安置到甲蕃古城开阔地带，伺机转移。

从"新二拐"大塌方体处折返，朝关门子行进，一路搜罗游客。

杨星负责扫尾工作，清点掉队人员。她召集沿路游客，告诉他们，自己是国家机关工作人员，前方道路能通车了，请跟着她转移。

高云黯黯，晨风萧萧，行至九道拐时，她遇到了由几个家庭组成的游客团在此等候救援。这些人的形貌神色看上去十分凄惶。

当得知望眼欲穿的他们自地震发生后一直没有吃东西，特别是几个小孩饿得够呛之时，她立即把自己车上的食物和饮料分发给了他们。

予人玫瑰，手留余香，但杨星也同时发现，自己和同事们也是自地震后便没有吃过东西。

不过，看到这些游客接到食品与饮料后高兴的样子，虽然自己也是饥肠辘辘，但她心里却是充实和快慰的。

一路上行，杨星劝慰游客跟着自己朝关门子方向疏散转移，人们将信将疑之余，也都，陆陆续续地跟着他们走。

当然，这其中也有心存执念，不听劝慰，坚决不走的人。

8月9日上午11时许，在甘海子，有一位搂着一个小女孩的年轻女性，就固守己念，不肯跟着政府工作人员朝关门子方向转移。看到她们母女四目含泪，且寸步不挪的样子，杨星觉得很奇怪，便走上前去询问缘由。

那位女士告诉杨星说，自己是陕西人，女孩是她的女儿。久闻九寨沟风景如画，她与丈夫便带着女儿到九寨沟旅游，不幸遭遇地震。最糟的是，地震发生后，慌乱逃生的丈夫还走失了。由于怕丈夫返回后找不到自己，她与女儿只好在原地翘首相盼。

"我真的不知道该怎么做，我们母女若跟别的游客一样转移出去，又怕老公找回来时看不到我们而担心，而且我们要转移还没有车，因为我们是自驾游来的，车被老公开走了，也不知道老公现在安不安全，心里很着急。"

"那你们是怎么走散的呢？"

那位女士说，地震发生后，他们一家拼命从车里跑出来，丢下车朝空旷的地方跑去。大震结束只有余震时，她老公说去车里拿一些吃的喝的东西，同时将车开过来，自此走散。由于手机没有信号，联系不上彼此，只好在这里等候。

"我们已经在这里等了好几个小时了，也没有等到老公回来，不知道他为啥不回来。我们很担心他的安全，一路的山坡都在垮石头，我们都不敢往深里想……"

女士说这话时快哭了。

"别着急，你老公不会有事的！我想想办法帮你先寻找一下你老公吧。如果暂时找不到，我也想办法安排车把你们母女转移出去。"杨星动了恻隐之心，对女士进行了一番安慰。然后又问这位女士的老公长得有什么特征。开的什么牌子的车、什么颜色的车等。

"我老公开的是香槟色的宝马X3越野车，车的左前方还被飞石砸坏了。"

那位女士还将自己老公所开轿车的车牌号告诉给了杨星。

怕记在纸上弄掉了，记在手机上又担心手机到时没电，杨星特意将那位女士车牌号记在自己的手背之上。

"你也可以跟着大家转移，或许你老公已经跟着大家向关门子方向转移了。"杨星想了想说，"你老公有车，他转移应该没问题，你们不用担心他。"

但是那位女士依然不愿意跟杨星他们一起走，坚持要在原地等待自己的老公。杨星只好无奈地安慰她们母女不要着急，自己一定帮忙留意她的老公和她老公开的车。

说完后，杨星继续带领游客向关门子方向撤离，直到甲蕃古城。

得知乘坐大巴车的旅游团游客对转移的顺序很不满，杨克宁便从关门子折返，一路朝甲蕃古城前行，一路安抚游客，他话如春风，暖身暖心，游客的情绪因此平静了许多。

然而，当杨克宁刚到甲蕃古城不久的 8 月 9 日 10 时 17 分，九寨沟县又发生了一次 4.8 级的余震。先前能够勉强通行越野车以及部分小汽车的道路，又被余震震下的山体堵住了，现在不仅旅游大巴转移不了，连越野车和部分小汽车也停止了转移。

得知这个消息后，他又一次掉转车头，朝关门子大塌方体开去，要去现场督阵指挥大塌方体的疏通。

而负责扫尾的杨星到了甲蕃古城后，看到这里聚集了大量游客和车辆，一路从"新二拐"转移上来的游客并没有多少人从关门子大塌方体处转移出去，觉得很奇怪，一问执勤民警才知，前方又出现了塌方，抢险队员们正在疏通。

见赵寿春等人正在安抚甲蕃古城的游客的情绪，她便带着同事去甲蕃村了解灾情，同时也帮那位来自陕西的女士寻找走散的丈夫。

进村以后，她看到部分村民的房屋在地震中有所损坏，担心余震震垮房屋，村民们都不敢进屋，聚集在屋外相对空旷的地方。

她也看到甲蕃村的一些小卖部里没有食物与饮料，有的小卖部还有食物和饮料。一了解才知，没有食物饮料的小卖部是地震发生后，老板将店里的食物与饮料全都送给了游客吃喝；而尚存食物与饮料的小卖部的商贩也没有哄抬价格，依然按平常的价格进行买卖，游客们也没有觉得贵而与店家引发争执。

在这个过程中，杨星刻意观察视野里的汽车，并在甲蕃村停车场看到了一辆香槟色的宝马 X3 越野车，一比对自己手背上所写的车牌号，发现这辆车正是之前那位女士所说的她老公的车。

发现这辆车的同时，杨星还见此车前站着一个神情焦躁的男子，便走了过去与之打招呼，询问其个人的相关情况。

此男子正是杨星在甘海子所遇到那位陕西女士的老公。男子告诉杨星说，他与妻子及女儿走散之后，也很着急，原本想将车开过去接她们的，但按照交警统一指挥，车辆是不允许再往九寨沟沟口方向行驶的，只能往关门子方向撤出，所以他撤到甲蕃古城便停了下来，等她们。他不知道她们转移没有，更不知道在他离开她们后是否平安。

杨星告诉此男子说，他的老婆孩子都很平安，正在几公里外他们先前分开的公路边等他。

"那可怎么办呀？交警又不让车子朝沟口方向走，看来我得步行去接她们了。"

"这样吧，你这是特殊情况，我帮你向交警申请一下，看行不行。"

交警了解到这位男子的具体情况之后，特地给他开了绿灯。

在甲蕃村了解了一些情况后，杨星又继续回到甲蕃古城，做一些游客的情绪安抚工作。

一位五十来岁的女游客得知杨星是政府工作人员后，便如抓救命稻草般地抓住她的手，且像个孩子般哭起来，边哭边诉其心中的害怕，脆弱之至，令人情感备受摧折。

杨星安慰说，主震都过了，现在余震不可怕了。再说了，自己便是从外面走入灾区来的，所以要把大家安全地转移出去也不是问题。

这位如惊弓之鸟般的女游客并非个案。

杨星理解她们，自己也是女儿身，何尝不惧地震的淫威？不同的是自己身为政府工作人员，肩负着保护游客、安抚游客、并安全地转移游客的重任，不容许害怕，也没有工夫害怕。

约半个多小时后，正在杨星忙着安慰游客之时，一个有些耳熟的女声跟她打起了招呼。

杨星转过头一看，跟自己说话，站在自己侧面的人正是先前在甘海子她所遇到的那位来自陕西的女士，而与女士手牵手的是她的老公和女儿。

"真是太感谢你了！我都不知道该说什么才好。"那位女士的老公也说，"有这么多的游客转移你都要管，却还细致到关心每一个具体的游客，真的很感动。"

"不用谢！能让此次灾难中的每个游客、每个家庭都感到温暖，这是我们应该做的。"

看到重新相聚，且脸上洋溢着感动与幸福的这一家三口，杨星打心里替他们高兴。

先前听杨克宁说，通往松潘县川主寺的道路已经通畅，并在杨克宁的号召下跟着一起朝关门子方向转移，未承想这途中不仅旅游大巴过不了，而且还发生了一个4.8级余震，山石在瞬间垮塌了下来，这让原来满怀希望的游客心中又恐慌起来，甚至对杨克宁产生了埋怨。

"你叫我们跟你走，现在走到这个山上随时都在垮石头的地方，前进不得，后退不能，你说该咋办？这个地方比我们先前待的地方更危险，你怎么可以拿我们的生命当儿戏呢？"

被游客埋怨，杨克宁心里很憋屈：道路本来是通畅的，游客们是可以转移的，因而他表明自己的州长身份，并带领大家跟着自己向关门子方向转移。又谁知人算不如天算，会突然发生这么大的余震呢？

同时，他心里也很着急。余震的发生时间是不确定的，震级也无法预知。现在道路在余震中重新堵塞，游客非但转移不了，旅游车辆停留的地方比先前在九道拐所处空旷之地更危险。

"请各位不要着急，我也没有料到会发生一个比较大的余震，造成山体新的滑坡，将本来疏通了的道路给堵住了，我现在马上赶过去督促清障，尽快疏通道路。"

面对游客的怨言和愤怒，杨克宁只能努力解释，并期望通过自己的努力，能够尽快将塌方体处的道路疏通。

"大家不要生气，更不要愤怒，杨州长也是为了我们的安全，才冒着同样的危险组织我们向九寨沟外转移的。在这个过程中，他没有远离我们，却比我们压力更大，我们应该感激他，理解他才对！"那个个子不高，肤色较黑的大巴司机又说话了，"余震的发生也不是杨州长能掌控的，余震更不是他制造的，我们要恨，应该恨地震，恨余震才对！假如我们将不满或者怒气朝着杨州长发，我觉得是不对的！他如果不是真心关心我们的生命安全，便没必要亲自到灾区来。因为他来到灾区后，便跟我们一样，遭受着同样大的危险。"

司机的话音落后，那些从车上下来躲避落石的游客也都七嘴八舌地议论起来，对司机的观点表示赞同：

　　"是的，师傅说得有道理！余震又不是杨州长所能掌控的，更不是他制造的，我们如果朝着杨州长发脾气是完全没有道理的！"

　　"对，我们应该感谢杨州长与我们患难与共才对！他为了我们的安全以及尽快转移跑来跑去，其实比我们更危险！如果我们再不理性地配合他，那真是伤了一颗好人的心啊！"

　　听了司机与部分游客的话之后，杨克宁很感动："感谢这位司机朋友和各位对我工作的支持！也同样请大家多理解！我现在正是赶去督促疏通道路，相信道路很快便会通畅的！"

　　"杨州长！感谢你对我们安全的操劳！你也一定要注意安全啊！"

　　这是沧桑故事中的插曲，虽然过程曲折，但是杨克宁凭着自己的真诚奉献，最终赢得了游客们的理解与支持，并因此成了游客们心中一道独特的风景。

5. 在至险的地方战斗

杨克宁不惧怕余震导致的山体滑坡以及石头飞落对自己生命所构成的威胁，也不在乎游客们是否理解自己。他只希望尽快疏通道路，以重新实现游客的安全转移。只有这样，才能解除游客们面临的危险，以及堵在他们心中的烦忧。

一路前行，一路化解怨愤，谆谆的话语抚平跌宕的情绪。

匆匆来到早上自己指挥师傅垒起来的那个可以通行的"凸"字形路段，杨克宁发现余震致使山体再次滑坡垮塌，铁路部门抗震救灾道路疏通突击队的师傅们忙得汗流浃背，正在紧张地疏通着道路。

由松潘县交通运输局副局长李松涛、县公路分局局长吉海东组织成立的救援道路抢险组，将道路勉强疏通得能够通行之后，他们又顾不得休息，继续值守，随垮随抢，始终坚守一线。

"没想到发生了这么大的余震，你们辛苦了！要注意安全啊！"杨克宁感慨地对抗震救灾道路疏通突击队的师傅们说。

"州长，我们不辛苦！我们的职业就是逢山开路，遇水架桥。再说了，想到那么多游客被困在灾区，我们也不敢松懈呀！"正在清障的师傅说，"余震与我们进行拉锯战，这一上午的时光就是塌方、抢通，再塌方、再抢通，与震灾和滑坡持续地战斗，已经记不得有多少次了！"

"是的，游客们渴望能够尽快转移出去！不知道这次塌方什么时候能够再次疏通？"

"我们一定努力，争取在半个小时内实现再次通车！"

"太好了！"

看到这些开挖掘机的农民工兄弟们不顾塌方危险，在乱石飞落的环境

238

里清障与筑路，杨克宁非常感动，不知道该说什么才好。为了保护这些兄弟们的生命安全，他也像一个农民工一样站在塌方体上，满脸灰尘与污泥，仰望着头顶上的山体，眼睛一眨也不眨地观察山上的动态。如果发现有尘烟骤起，便高声呼叫师傅们赶紧撤离。因为尘烟起处，定会有石头滚落。

惹不起这些疯狂乱滚的石头，躲开是最明智的办法。

为了了解大塌方体朝向川主寺镇那边道路的疏通情况，在无法通行的情况下，杨克宁又请开挖掘机的师傅帮忙，自己坐在挖掘机的挖斗里边，通过开挖掘机的师傅移动挖掘机的摇臂，把他转移到川主寺方向的一端。

在这边，负责关门子与松潘道路保畅指挥工作的松潘县县长李建军连忙汇报说，他们正在紧张地清障，力争尽快打通道路。

"建军，你们辛苦了！"杨克宁从挖斗里出来握着李建军的手说，"道路不通，被堵在路上的游客们心里便是恐慌的，因为太不安全了，所以，越快疏通这条道路越好！"

看到这些开挖掘机的农民工兄弟们不顾塌方危险，在乱石飞落的环境里清障与筑路，他非常感动，连忙掏出烟来，递给他们："兄弟们，你们辛苦了，把烟抽起！你们放心地施工吧，我站在这里给你们放哨，看着山上的变化。"

一支烟是桥梁，连通了杨克宁与这些农民工兄弟之间的友谊，也缩短了州长与百姓间心与心的距离。

一支烟所带给抢险队的这些农民兄弟的不仅是感动，是热血，更是力量。

大约半个小时后，关门子大塌方体的便道再次修通。

虽然路通了，那些自驾游的车依然不敢通过。这时，杨克宁又翻越塌方体，走到朝向九寨沟沟口方面的那端，呼唤大家跟着他翻越塌方体。自己徒步在前，带着尾随其后的政府车通过，并带动之后游客的车依次通过。

人与人之间最大的感恩，莫过于生死相帮。这些因为地震滞留了一个晚上又半个白天，心里原本悲哀、恐慌的游客们，在通过了这段路后，犹如时针回拨，重回人间，抑或从笼子里放出来的鸟儿一样开心，都情不自禁满含热泪地向杨克宁等人挥手致礼，泪雨纷飞地表达着由衷的感谢。

由于大塌方体处整理出来的路太窄，只能通过底盘高的小型汽车以及越野车，旅游大巴无法翻越大塌方体的路段，因而乘坐旅游大巴车的游客都只能在大塌方体朝九寨沟沟口一端下车后，徒步翻越大塌方体，到了川主寺一端后再转乘松潘县调度的车辆接力转移。

经过 10 多个小时的惊吓与劳顿，大多数游客来到这大塌方体时，体力已经不支，加之对山体可能滑坡、飞石的高度恐惧，这高达 20 米，短短的 200 多米的便道，却成为他们一生中最难的路。

实在的陡坡不难翻，心灵的陡坡最难越。

所幸便道再次可以通行之后不久，部分从九寨天堂洲际大饭店以及甲蕃古城前来增援的特警也赶到了。这帮满头大汗满脸污泥的特警顾不上休息，马上加入了协助游客转移的队伍，帮游客拎包拎箱，扶老携幼。

余震不断，塌方体上方时有飞石坠落，石头相互撞击时发出啪啪啪啪的声音令人胆战心惊；现场灰尘弥漫，犹如妖怪出没之时所起的浓雾。哪怕会历生死炼狱，他们也在所不惜，也一定要把游客安全地送出关门子。

考虑到游客的身体、心理状况和对灾难现场的承受能力，必须要有人站在便道的最高处协助游客转移，同时随时观察山体变化情况。

道路通行后，头发上是泥灰，脸上是泥灰，身上是泥灰的杨克宁，一直来来回回跑着，搀扶着游客中的老人与妇幼跑步通过塌方体。

奔波来去，他沙哑的嗓音随着险情的张弛而起伏，他身先士卒地站在至险的地方战斗，犹如一面旗帜，昂扬着游客们穿越石雨的勇气。

豪迈勇武，纯粹而又高蹈。

感动的细节在绵延叠加，赞美的声音接连不断。

跟他一样搀扶游客翻越塌方体者，还有贺松。

同样站在最危险的塌方体上观察山体异动的来自红原县公安局的向建华、扎西和几名特警队员，他们向战友们提出了唯一一个要求，请多拍儿张他们的工作照片，万一有个什么闪失……

这，无疑是杨克宁、贺松等人视死如归最好的写照。

李建军则负责将越过大塌方体后的游客朝川主寺方向的接力转移。

跑过来，跑过去，送走一批游客，又迎来一批游客，虽然劳累、困倦，但杨克宁脑子里只装着一个念头：尽快将游客安全地转移出灾区。

因为游客们在余震连连，落石不断的灾区多停留片刻，便多几分危险。

但是，在他殚精竭虑地考虑着游客安全的同时，却忘了顾及自己的安全。

不是刻意大义凛然，将自己的安危置之度外，而是太专注于正在转移广大游客的安全而无暇顾及，忘了顾及。

又有一位游客被地震吓成了惊弓之鸟。

这是一位中年妇女，她先还能走，可是当她走到塌方体中央时，因为有石头滚动，便突然腿打闪闪，害怕得挪不动脚步。更不巧的是，这时又发生余震了……

"太危险了！不要怕，快点跑！"杨克宁一边着急地喊着，一边朝这位女士冲了过去，想搀扶其跑过塌方体。

但就在这时，一位特警已经先于他冲了过去，身体一蹲，以迅雷不及掩耳之势，背起这位妇女便拼命朝塌方体川主寺那一端跑开了。

又过了一会儿，杨克宁看到，从九寨沟沟口一侧跑上塌方体的一些游客却被特警纷纷拉住手臂，拼命地往回拖："快回来！快回来！"

他正觉得很奇怪时，有两个特警突然跑到了他面前，不容分说架着他的胳膊便拼命地朝川主寺方向跑，一边跑还一边气喘吁吁地大声喊："快跑开！快跑开！"

这一切都发生在一瞬间。

一天一夜没休息的杨克宁脑袋有些发懵：这是怎么了？

正在他被强拽着跑开的时候，他们的身后传来了"轰"的一声巨响。他回过头一看，什么都明白了！

一块轿车轮胎那么大的石头狠狠地砸在他先前站的附近，将地面砸出一个大坑。

我的天！这块石头所砸的地方，离他被特警架着跑开的地方，不足3米！

要是没有这两位特警保护并拖开，后果简直不敢想象！

"谢谢你们！两位好兄弟！"

看到刚刚发生的这一幕，身上吓出冷汗的杨克宁连忙对救了他命的两位特警战士说。

"师傅不用谢！"一位特警笑着说，"你是铁路系统的吧？你为我们疏通了道路，还站上塌方体去帮助转移游客，很令人感动。"

"他哪是师傅呀！他是我们的州长！"这时他们身旁不知是谁说出了他的职务。

"啊？你是州长啊？"那位特警感动了，但也有些局促，"实在对不起啊！州长，我看你一身是泥浆泥灰，刚才没认出来！"

"我也以为你是清障突击队的队员呢！"这时另一位特警也恍然大悟地说，"是呀，难怪我觉得有些面熟！"

在九寨天堂洲际大饭店，随着游客的逐渐转移，刘波涛与杜林发现，用于转移游客的车辆越来越少。这种情况的出现是因为转移散客只能靠旅游团的车辆和少数私家车往返，但旅游团的车辆与私家车都没有统一的建制，全出于自愿及奉献，所以有的旅游团的司机看见转移途中很危险便一去不返，置承诺于不顾；或者返回后停在远处观望，并不继续参与转移救援……

与此形成鲜明对比的是，大多数司机在转移客人的过程中，都不计较个人得失，其中一位旅游大巴司机便几次找到杜林说，只要有需要，随时可以安排他的旅游车为广大游客服务。

这位司机叫金永建，是四川省遂宁市射洪县人，供职于成都灰狗运业有限公司。

金永建是一个热心的人，"5·12"汶川特大地震发生的时候，他便参加了灾民的无偿转运。那天，他从成都载客去达州，得知汶川发生了特大地震，便连夜从达州折返直奔灾区，深入震中转移游客，前后三天时间加起来只休息了几个小时。

太阳越升越高，日照越来越强，腹中饥肠辘辘，余震还总是一次次发生……

当前几批游客说转移就转移了，等待的游客却久等不见车来，部分人不满的情绪又激动了起来，对先疏散旅行团游客后疏散散客的方案不理解，认为自己已排队很久却总也走不了是政府工作人员办事不公，因而出现了冲乱队形、争抢车辆并与武警特警冲突的事情。

当阿坝州特警支队一大队副大队长杨忠头带着队友们维持游客转移的秩序之时，还遭到了谩骂和羞辱。

"为什么先走的是他们？难道我们不是人？"

有个男子情绪很激动，指着杨忠头说："你们来这是在救援吗？你们救援了谁？你们是来救援的还是来添乱的？你们是我们纳税人的钱养的，养你们还不如养条狗！"

杨忠头一再解释，但此男子就是不听解释，继续谩骂。

最令杨忠头气愤的是，这个男子谩骂他一阵之后，还朝他吐起了口水。

被吐口水本是一种莫大的侮辱，对藏族人，则程度更胜一筹。因而此男子的这一行为激怒了杨忠头："你骂我们不如一群狗，我都能忍，你朝着我们吐口水，这对我来说是恶毒的诅咒你明白吗？"

"我就要吐，你要怎么样？"这个男子说着又朝着杨忠头吐起口水来，这让杨忠头忍无可忍，想将这个男子拉过来，用其衣服擦拭吐在自己身上的口水，或者让他尝一下自己愤怒的拳头。

见状，刘波涛与特警支队支队长竹旭贵果断地阻止了杨忠头的行为。

是的，抗震救灾现场也是战场，上级的阻止是至高的命令，杨忠头不得不执行。但是倍感羞辱的他，眼里却充满了泪水。

杨忠头长得健硕魁梧，但他却不是粗人，1985年9月出生于马尔康县的他，毕业于四川警察学院特警专业，2008年12月参加公安工作，是阿坝州十佳警察。先后担任公安部警务技能实战教官、送教教官，四川省公安厅警务技能实战教官等职。

2017年夏，在北京举行的全国公安系统英雄模范立功集体表彰大会上，他还被表彰为"全国优秀人民警察"，并作为四川公安英模代表参加了表彰大会。

大丈夫流血不流泪。但这个坚强的汉子，曾经是英模的汉子，最终却满眼含泪地离开了那个男子。转过身的他撩起袖子，抹干了眼泪，继续自己的工作，坚强地维持着广大游客安全转移的秩序。在一边工作的同时，他也在心中安慰自己：我是为游客们的安全而来的，在余震中穿行，生死尚且置之度外，受点羞辱又算什么呢？

没有遮掩的人性，有时候非常美好，有时候却又非常可怕。

大巴车不断地转移滞留游客，谁都能得到转移的机会。但是个别素质不高的人缺乏礼让精神，拼命抢位置，让更多本来循规蹈矩排队的人也躁动起来，争抢着上车。于是，大巴车的门被堵死了，彼此寸步不让挤来推去，场景甚为不堪。

随着旅游团队的撤离，导游和领队也同时离开，九寨天堂洲际大饭店志愿者中便少了一大部分人，现场游客的安抚工作越来越难做。

此时负责带领剩余的志愿者劝说游客安心等待的鲁强，也同样遭遇了谩骂与侮辱。

有一个女游客情绪异常激动，因觉得自己没有得到及时转移而指着鲁强的鼻子骂："你是怎么安排的？怎么组织的？怎么做的预案？为什么现在还不安排我们坐车？你没能力组织就别干这事儿！你们的安排从昨天晚上开始就有很多漏洞，你们这帮爱挣表现的傻×……"

声音很大，用词不堪。

几乎从地震发生后开始，光着一双腿，穿着一件浴衣跑出酒店的鲁强，就一直在为游客服务，没吃没喝累得不行，遭到谩骂后，鲁强心里很委屈，很想回击这位不讲理的人。但想想算了，只是苦笑着解释："我没有做好，你指出来，我改，但请别骂人啊！"

"你改？你怎么改？改到现在我还被晾在这儿，这是你能改得了的吗？"

这时崔宁见丈夫被骂，气愤不过，越过鲁强和她对峙起来："这是突发事件，你懂不懂？你在家做完演练来的啊？他什么都不是什么都不会，你家老爷们儿什么都会什么都能干，那昨天需要志愿者的时候你怎么不让你家老爷们儿出来？关键时刻当缩头乌龟，现在有精神蹦跶了？他为了所有人都顾不上管我们娘儿俩，你们这么厉害怎么没有一个人帮他去取行李、看孩子？从昨晚到现在你们看见他喝过一口水没？吃过一口东西没？连个棉被都没混着，光腿穿着浴袍站一宿！看没看见他现在都被晒成啥样了？你想过吗？他是你什么人？他有什么义务为你服务？他为大家献了爱心，你怎么还有脸指责他？"

怕激化矛盾，鲁强赶紧把妻子拉开，制止了妻子的继续理论。他知道妻子心疼他，看他付出了这么多还被人骂心里替他憋屈，想替他出气。但他自决定当志愿者那一刻，便想到会遭逢屈辱和埋怨。因为"人上一百，形形色色"，平常出现这样的人都可理解，何况身处灾难之中，被灾难刺激。

鲁强面对咒骂保持沉默是明智的，他制止妻子替他出气也是对的。他沉默的那一刻，大家都在静静地看着那位女游客，眼神里充满了不可理喻和鄙视，女游客最终闭上了嘴。

看到人多车少游客躁动的窘迫，刘波涛与杜林商量后决定，在场的干部职工、公安干警、特警官兵、消防官兵、游客志愿者手拉手形成一堵人墙，最大程度增加游客与车辆之间的距离，阻止一些素质不高的游客的争抢，杜绝乱撞队伍、乱插位的现象。

同时，他们也不停地开导和劝慰那些不守秩序的游客：

"转运车辆已经在返回路上，请大家耐心等待，车很快就会回来了！"

"今天肯定把大家安全转移！"

"放心，每个人都会安全地被转移出去的。"

"我们也有家人，我们此时也跟你们一样，在相同的时间，相同的地点，经历同样的余震，请理解并支持我们的工作!"

"饿了的话，可以先去领取食品。"

……

忍辱负重，是因为把游客当成亲人、当成贵宾，他们远道而来，相比自己更不容易，再加上地震这么大的灾难，他们变得自私、狭隘、易怒，也是可以理解的。

经过大家的努力，游客上车的秩序终于回归正常。

与部分游客失态不同，曹钰一直非常平静，他觉得自己能够搭乘政府提供的免费客车去往成都，已经是非常幸运的事情了。

8月9日11：30左右，游客不断地被折返的旅游大巴运走。救援人员贴心地为未离开的游客分发方便面和水。

这时，一位女士对排队上车却并无多大的激情，因为她在离开九寨沟天堂洲际大饭店前，有一个心愿迫切希望实现。

她就是刘海燕。她想寻找一个人。

"请问昨天晚上在天浴中心救了四个小孩的服务员在哪?"她拦住一名工作人员问。

在这名工作人员的带领下，她看到忙碌了一整晚正困得躺在地上睡大觉的儿子的救命恩人王源。

"如果没有你带着我的孩子跑出来，我真不敢想象会有什么样的后果。"

刘海燕感激地握着王源的手，泪眼婆娑："兄弟，我一定要好好感谢你!"

"千万别说感激的话，这真的没什么值得感谢的。在大灾大难面前，我不可能看着孩子们不管，自己一个人逃出去。"王源有些不好意思，"而且，对于地震逃生，我是懂一些的，所以当时除了急以外，并不慌乱。"

"兄弟是四川人？经历过地震?"

"不是，我是陕西汉中人。"王源解释说，"2008年汶川地震时，我正在上体育课。虽然地震未对学校造成破坏，但此后我却开始关注地震逃生的知识。"

　　"兄弟，你是我儿子的救命恩人，我一定要报答你！如果你不嫌弃的话，我们认作姐弟吧！我希望从此后我们要像亲戚一样经常保持联系，并经常走动。"

　　"好的，那我很荣幸！我认下你这个姐姐了！"

　　两人最后互留了电话。

　　高原澄澈的天宇，见证了这份源于患难的真情。

6. 缘聚缘散难掩怅然

急躁是时间与恐惧的累加。

游客们急于离开灾区，情绪出现剧烈波动是可以理解的，苍茫的高原，蔚蓝的天空，洁白的云朵，都抵不住一颗似箭的归心。刘波涛觉得，问题的关键不是游客是否有情绪，而是有没有足够多的车辆用来进行游客转移。

为了增加转移车辆，他和杜林商量后决定，立即让在场执行任务的机关公务用车、120急救车、消防车、社会车辆等，全部义务参与到转运游客的队伍中来。

有一对自由行前来九寨沟旅游的老夫妇，由于暂时没有车辆对他们实施转移，刘波涛怕老人家时间耗得太久坚持不住，便问他们是否忌讳用救护车送他们转移，他们感激地说："不忌讳，不忌讳，能被及时转移就是大好的事了，我们忌讳什么？我们只有感恩！"

老人的理解，如同煦暖的阳光，照进刘波涛的心，抚慰他疲惫而又操劳的神经。

救护车看上去很大，实际上却载不了几个人，因为相关的医护设备及担架等占据了车厢里的空间，因而车厢最多只能坐4个人；消防车后面的车厢放满了消防器械，转移的游客也只能坐在驾驶室副驾驶的位置上……

就在刘波涛、杜林等人为找不到更多车辆用以转移游客而心急如焚之时，有人说关门子附近有三辆空着的大巴车停在路边，既不走，也没加入转移游客的队伍，还有些阻塞交通。于是刘波涛便带了几名特警，找到这三辆车的驾驶员，对他们说，现在是游客安全大转移的时间，首先是必须保障道路通畅，大巴车不能停在路边阻碍交通。同时，由于转移游客的运力严重不足，在开始实施转移任务之前，就已经宣布今天九寨沟的旅游大巴属于无条件紧急征用车辆，你们有车不用，见死不救，还将车停在路边堵塞道路，这样做是很错误的……

救死扶伤，人之美德。这三个司机听了刘波涛的话之后顿感羞愧，便开着自己的车加入了游客安全大转移的队列。

当然，即使多了三辆旅游大巴，车还是不够。

为了组织更多车辆用于游客转移运输，刘波涛干脆决定发挥群众的作用：只要看到车辆，便动员车主及其车辆加入游客大转移的队伍。无论这些车是单位的，还是当地百姓的。

"这车是谁的？"

"是我的！"

"你现在用不用车？"

"暂时不用！"

"那马上用来转移游客。"

"好的！"

就这样，各种车辆都开始了转移游客的壮行，游客们的转移速度因此快了不少。将心比心，烦躁的情绪也得到了一定程度的缓解，现场秩序也好了许多。

时近中午，九寨天堂洲际大饭店大部分游客都已经坐车安全撤离了，但有一位伤心的女士却不愿意转移，理由是她不愿意与老公分开。

这位女士便是吴美霞。

蒲磊试图劝说她尽快离开，承诺说她老公郑先生的遗体他们会想办法帮其尽快运出，可是她坚持要与自己老公同车离开灾区。

这可让蒲磊犯了难，要与老公的遗体同车离开灾区，旅游车肯定是不行了。本来用于转移游客的旅游车就运力不足，如果在运载吴美霞及其老公的遗体的同时，还搭载其他游客，势必会让其他游客感到不适。而如果用一辆旅游车，即使是中巴车用来运送吴美霞及其老公的遗体，那也是不妥的，因为还有不少游客等待汽车转移呢！

想来想去，蒲磊觉得，既要满足吴美霞提出的要求，又不能浪费运力，唯一的办法就只有求助民政部门了。

他找到正在现场安抚游客情绪的阿坝州民政局局长王国民，请他安排一辆车用以转移吴美霞及其老公的遗体。

王国民听蒲磊讲述之后，十分重视，当即便协调起相关车辆来。

就在等待车辆到来的过程中，吴美霞的眼泪如泉水汹涌，她对儿子说，该死的人是她，而不是他的爸爸。

她自责且碎碎念，极为伤悲。

明白一切的孩子也失声痛哭，伤心不已地喊："我要爸爸！我要我的爸爸！"

母子俩相互拥抱，哭成泪人。

悲伤漫溢，氛围传染，站在一旁的蒲磊也泪盈于眶。

就这样过了一会儿，吴美霞对蒲磊说，请他帮忙照看下她的儿子，她想去解决一下内急。

吴美霞这句话让蒲磊又警觉了起来，担心她依然想不通，另生枝节。

怎么办？女士去上卫生间，自己身为七尺男儿，怎能跟随而去保护她？

还有，她是真去解决内急，还是有别的想法？

正在蒲磊为此纠结之时，这时九寨沟县电信局职工、九寨沟县公安局刑警大队教导员雷江洪的妻子张春燕出现在了他的视线之内。于是他飞奔过去找到张春燕，告诉她自己正遇到一件颇为棘手的事情，请其帮忙陪着吴美霞去上卫生间。

张春燕听了蒲磊的讲述之后，一口就答应了下来。

张春燕自8月9日凌晨6点30分，跟随泽里孝等人进入九寨天堂洲际大饭店地下室，同抢险队员一道冒着余震，在接入网机房先后抢通了输语音及网络信号传输设备，并最终在8时40分许恢复了C网通信后，维护工作就相应轻松了一些。

于是，张春燕陪吴美霞走进了树林，找了个安全的地方让她解决了

250

内急。

　　然而解决完内急，张春燕却发现吴美霞没有返回的意思，而是在那里哭得更厉害了，不停地抓头发。

　　张春燕赶紧抱住吴美霞，泪眼婆娑地安慰她：人生没有跨不过的坎！自己生在美丽的阿坝，在别人眼中应该是很幸福的了，可是短短几年却遭遇了汶川大地震、甘沟特大泥石流、茂县大塌方等自然灾害……是不是很惨？但是自己同每个阿坝人一样，却坚强地活着，坚强地一直走到今天，坚强地期待每一天的朝阳升起！

　　其实，死亡都是一件很容易的事，而活，才不容易！你的孩子已经没了父亲，你不能让孩子再失去你，孩子还小。况且你爱人一定希望你能代他陪伴和抚养孩子，能代他照顾赡养年迈的父母！你是因为与他很恩爱，在他不幸去世时你才如此悲痛。可是你想过没有，他是因为厌世而去了天堂的吗？他不热爱自己的妻子、儿子与父母吗？如果他热爱人世生活，他的离世纯属意外，那么他的愿望没有实现就不能不说是一种遗憾。你既然这么爱他，就应该努力去实现他的愿望才对。他不在了，你悲伤是可以理解的，但怎么可以因为悲伤而厌世？而置你最爱的人生前未能实现的美好愿望而不顾？

　　张春燕的一番劝说，让吴美霞的情绪好了许多，并愿意跟张春燕一同返回到小男孩身旁。

　　小男孩手里握着一根巧克力棒，边吃边哭地告诉张春燕说："阿姨，我今年8岁了，我很爱我的爸爸，我爸爸也很爱我，我和爸爸妈妈开开心心地来九寨沟旅游，可是爸爸却死了，从此以后上学再没有爸爸送我了……呜……呜……呜……"

　　这是一段内心与情感备受折磨的话，同样是母亲，同样是妻子，张春燕泪水横流。

　　那之后，怕吴美霞再有反复，张春燕一直陪着他们母子。有张春燕从女人的角度和母亲的角度，对吴美霞进行安抚，吴美霞也不再像先前那样情绪激动。

看到痛不欲生的吴美霞，蒲磊又突然想到了什么，因而找到阿坝州民政局局长王国民，希望民政局的车辆到了后，在送吴美霞及其老公郑先生的遗体的同时，还安排一位女士随车陪护吴美霞，以免再生枝节。

8月9日上午11：40左右，王国民协调的民政用车到达了九寨天堂洲际大饭店停车场，他们将郑先生的遗体小心翼翼地抬上车，并将吴美霞以及儿子也安排上车，又特地安排了一位护士与之同车。

临别，吴美霞紧紧地握住蒲磊和张春燕的手，痛哭流涕，虽然最终连一句"谢谢"都无法说出口，但蒲磊和张春燕已经感受到她内心想表达的一切……

时间在一分一秒地流逝，救援撤离工作有序地继续着。

到了8月9日中午12：30左右，滞留在九寨天堂洲际大饭店的游客只剩下了50多人，高原的太阳炙热而强烈，游客们聚集在九寨天堂洲际大饭店的停车场之上，被晒得汗流浃背。这里虽远离不时滚石的山体，却无遮无拦，始终处于阳光直射的环境之中。

不过，如同日渐正午的阳光一样，灿烂也一步步接近这些默默地站在那里，有序地排着队的人们。身心，除了疲惫，恐惧与不安，已经被阳光晒得渐渐远去。

此时，政府提供的第二批救灾物资穿过塌方体和滚石编织的险阻，已经运到，救灾物资中的食物，相比早餐的小馒头要丰盛许多，有泡面、面包和饮用水，而且也不像早餐那样分发，游客们可以随时取用，如在自己家里。

看着剩下的不争不吵一团和气、相互关心如同家人的游客，想想这一天一夜的经历，鲁强紧张的神经也松弛了下来，累，并快乐着。

这部分游客心中是有大爱的，因为留在后面转移的他们面临着巨大的风险——天气预报说，8月9日中午九寨沟将会有暴雨。有暴雨就意味着会被淋惨，就意味着地震震松的山体被雨浸泡后可能会滑坡，可能会有更多的石头崩塌，意味着可能有泥石流，意味着被困厄的时间更长，意味着被冻坏……

但是，他们也是幸运的，老天被他们的善良与谦让所感动，眷顾他们，原本预报的暴雨并未如期而至，或者只控制在某朵云的下面，象征性地下了一点点。

对明知有着极致危险却将转移先机谦让给别人、自己坚持到最后才转移的这些游客们，现场的政府工作人员是心怀敬意的。

8月9日下午1时许，杜林告诉竹旭贵与杨忠头："最后这些人是非常值得尊敬的游客。他们不骂不闹听从指挥，理解我们，支持我们，建议当他们离开之时，在场的所有特警列队向他们敬礼致谢！"

"是的，我们也是这样认为的！"竹旭贵与杨忠头回答说。

在最后一批游客撤离时，竹旭贵和杨忠头带领现场的阿坝州特警支队队员列队向游客久久地敬礼，以示感激；游客们也纷纷挥手示意，还以致敬。

还未上车的鲁强看到，这一刻，这些游客的眼眶里瞬间充满了泪水。如同情感并臻的剧情一般感染人心。

鲁强明白，这是游客们在九寨沟历经生死之劫的传奇之旅后百感交集的泪水，是自己煎熬了一个夜晚一个白天饥寒交迫之后终于可以离开灾区的幸福的泪水，是情不自禁地给为他们的安危与冷暖辛苦了一天一夜的政府工作人员流出的感激的泪水，也是向全心全意忍辱负重地为人民服务不计回报、向游客致敬的亲人致以感谢的泪水……

这泪水是九死一生的铭记，是感恩戴德的不舍，更是真情褒奖的勋章。

这一刻，鲁强微笑的脸上，也挂满了泪珠。他既是游客，又是志愿者；既是接受救援的灾民，又是施以救援的善者。两种感情，他都体味得最为深刻。

大家都可以平安离开了，他和妻子、女儿也可以放心地上车离开了，自己应该高兴才对呀，怎么就哭了呢？先前有部分游客辱骂自己时，委屈满腹的自己都不曾流半滴泪，这一刻怎么就泪水哗哗的？还有，自己咋就这么舍不得离开呢?

这时崔宁和鲁虹汐也哭了,呜呜呜地低泣,肆无忌惮地流露自己的情感。

这是最后一辆车。游客们都上车了。就在车门关上,准备出发,特警和消防人员们行礼致谢这最后一车游客对政府工作人员以及志愿者们工作的配合之时,感人的细节仍在上演。

即将启程,蓦然回首,车上有人说:"还有游客没上车呢,他们正走了过来!"

大家回头一望,看见了一对相扶相携的青年男女朝车子走来,男子头上还缠着血染的纱布。

"你们咋不争着、抢着尽早撤离呢?"杜林走过去,半开玩笑半关心,同时也语带感激地问,"是不是伤得很厉害呀?要不要叫一辆救护车转移你俩?"

青年男子用四川话回答说:"领导,我受的是轻伤,没事的!我老婆没受伤。我们之所以没有急着转移,是想将机会留给别人,我们最后走没关系的。"

这对夫妻就是况永波与李雅。

"你们真大义啊!非常感谢你们如此配合我们的工作!也如此关爱着别人!"

"不,领导,我们也充分感受到了别人对我们的关爱,所以心里非常感激!"

是的,没有主动积极地尽早转移,更没有像部分自私的游客那般争着、抢着、哭着、闹着、骂着、咒着早些离开,不是因为况永波头部受了伤,行动不便,而是况永波与妻子李雅商量,将先撤离的机会让给别人。虽然头部受伤的况永波更有理由提前转移。

他们这样做,是因为感动,因为感激,更因为感恩。

地震发生,且被厨师长松中书背出饭店大厅之后,在松中书的嘱咐下,他们跟其他游客一起前往几百米外安全的九寨天堂洲际大饭店停车场疏散。

夜幕之下，况永波光着一只脚，李雅也穿着单薄的衣裙，在夜风中瑟瑟发抖，在惧怕与寒冷中行走的过程，也甚为艰难。

走在逃生的途中，两人遇到了一位游客大妈。身体单薄的李雅触动了大妈内心的善良，她拿出一件黑色的T恤送给李雅："姑娘，你冷吗？你要不嫌弃，把这件衣服穿上吧！"

大妈的义举，又一次让李雅与况永波感动。同遭厄运，爱心荡漾。这不过是一件普通的衣服，却让他们感觉特别温暖。

继续往停车场行走的过程中，有一位不熟识的中巴车司机看到况永波赤着一只脚艰难地行走的样子，又马上叫住了他："兄弟，你请稍等一下，我送给你一样东西。"说着，一阵快跑，去不远处的车上拿下一双鞋子递给他："兄弟，你穿上我这双鞋吧，刚买的，还没穿过。"

一阵礼节性的推让与坚持之后，况永波穿上了这双鞋，但是他不轻弹的男儿泪也顿时湿了眼眶。"谢谢"刚出口，已无语凝噎。

到达相对安全的停车场之后，人们看到了况永波头部受伤的情况，便马上去帮他寻找医生。不一会，便有医务人员赶了过来，帮他处理伤口，进行包扎。

"宝贝，你去新加坡工作的护照还在餐厅里呀！咋办？"这时况永波的头越来越痛，但是他却没有顾及自己的头怎么痛，而是想到妻子的护照。

"护照？到时再说吧！"听丈夫这么一说，李雅也是突然一愣，但她很快又说，"护照不算啥，只要咱们都平安就比啥都强！"

"不，我去帮你找出来！没护照你怎么去新加坡呀？"

"老公，真的不用去找了，有你就比有什么都强！"

"除了你的护照，还有身份证呀！我们如果没有身份证则寸步难行啊！"

"那我去找吧，你头受伤，脚又被玻璃扎伤了，不方便走路。"

"那也应该我去寻找，因为我是男人！"

"亲爱的，你太大男子主义了吧？要不我们到了再用剪刀石头布

255

决定。"

"宝贝，你还是那么可爱！"况永波笑了。

笑的时候，他感觉后脑勺痛得更厉害。

于是，李雅扶着况永波朝饭店大厅走去。

刚走到大厅门口，李雅丢下况永波便一马当先地朝饭店大厅冲去，边冲边喊："老公，你一定要在大厅外等着我！我一会就出来了！"

但是李雅刚冲到大厅门前，便被消防人员和酒店管理员拦住了："你是女士，现在余震不断，别进去了，还是我们陪你老公进去寻找吧！"

"他受伤了也没关系，他带我们去就行了，搜寻的事让我们来做！"

李雅心里又一次感动：这些人可真好啊！

回到先前他们吃饭并塌墙的地方，况永波看到惨不忍睹的场景，才开始后怕起来：先前他们吃饭的桌子已经变成木条碎片，墙塌了，落地书架也倒在了屋子正中间……

原来自己能够成功逃命，真的是很幸运呀！

随后，酒店工作人员帮他们顺利地找回了护照和身份证。

上车了，汽车启动，告别这爱与痛都将永记一生的九寨沟，况永波与李雅思潮腾涌。

　　　　红尘自有痴情者
　　　　莫笑痴情太痴狂
　　　　若非一番寒彻骨
　　　　哪得梅花扑鼻香
　　　　问世间情为何物
　　　　直教人生死相许
　　　　看人间多少故事
　　　　最销魂梅花三弄

这时，车里的视频播放起了一首旋律优美的歌。

这是一首名叫《梅花三弄》的歌曲。

听着这首歌，感悟歌词中的哲理，李雅情不自禁地一把抓住况永波的手，想到这 12 个小时之间发生的生死之劫和爱情的坚贞，以及人间的温暖，她又一次涕泪横腮。

泪水鼻涕一滴滴滴落在了况永波的手上。

"老公，我愿意为你去死！"

"宝贝，看你说啥话呢？我们现在幸福地在一起生活不是很好的吗？为啥要去死呢？快别哭了，我们安全了，不是吗？"说着，况永波用手去擦妻子热热的眼泪。

"嗯！经历此劫，我更加热爱生活了！"李雅小声说着，"九寨沟见证了我们之间深深的爱情，这个 10 周年的结婚纪念日虽然特别，但却十分有意义！亲爱的，我们一定还要回来！还要回到九寨沟的怀抱中来！"

当所有滞留在九寨天堂洲际大饭店的游客全部撤离之后，刘波涛又带队到关门子继续疏散滞留在那里的游客。

而在九寨天堂洲际大饭店现场，则只剩下松潘县的消防官兵、若尔盖县的民兵等人员。他们坚守在这里处理善后工作，以及组织九寨天堂洲际大饭店除留守的 200 余名员工外的其余 800 多名员工朝川主寺转移。

这一刻，在关门子大塌方处，有一个人眼里也涌出了泪花。

他，便是杨克宁。

看到一辆又一辆的汽车通过，意志刚强却忧思茫茫的杨克宁，心里越来越踏实。因为这些汽车只要通过了这个地方，前面就安全了。

从 500 多公里外的马尔康不舍昼夜地奔波而来，在余震连连的危险环境里不顾个人生死地跑来跑去，他为的就是抗震救灾，游客安全！

首先放行的是越野车，其次是小汽车，再接着便是一些中巴车。而大客车开到"凸"字形路段通往九寨沟沟口一侧时，因无法翻越道路狭窄的"凸"字路段，便停了下来，游客下车徒步翻越"凸"起的那个人工刚刚堆筑的"山"，之后再徒步 200 余米，便转乘松潘县特地为之调集的旅游客车，再向成都等地转移。

虽然游客众多，但看到政府职能人员冒着生命危险穿梭于落石之间，镇定地指挥他们大转移，同时有附近甘海子派出所的公安民警的执勤，也便排队转移起来。

毕竟人心都是肉长的，地震不是阿坝州政府制造的，阿坝州政府的职能人员也非金刚之身，他们却在同样的山石跌落的风险中跑来跑去，不顾个人安危，全身心地投入到游客安全转移工作之中，能不令人感动吗？

先前，在杨克宁督战关门子大塌方体道路疏通的时候，在甲蕃古城，由于余震阻塞了本已勉强通行的道路，游客只能暂时停止转移的进程。这忙坏了在甲蕃古城维持秩序的 5 名特警，他们不时劝导游客不能离山体太近，以防滚石砸伤，不能在桥上休息，以防桥断落水……

因为暂时不能离开甲蕃古城，游客难免焦躁，不时打听前方的路况。为稳住大家的情绪，杨星、赵寿春、陈勇、刘忠、邹睿等人分头行动，找到大巴车司机和导游，请他们向游客说明情况、安抚游客耐心等待，并保证 8 月 9 日当天让大家安全地到达川主寺镇。

还有部分自驾游散客，他们也挨个说明情况。

游客朋友们渐趋理解，并配合安抚工作。归心似箭，焦虑依然，却几乎没有一个游客再因等待而着急上火，生出是非。

杨星等人在安抚游客的同时，也开展了滞留游客数量的统计工作。

统计结果显示，在甲蕃古城，共有团队游客 490 名，自驾游 26 辆车 116 人，无车散客 20 人（含外宾 3 人），共 626 人。

时间一分一分地过去，杨星急切地盼望着道路能够尽早通行，让受尽惊吓又着急等待的游客能早一点离开灾区，到达川主寺，好好地休整。

然而，天不遂人愿，赵寿春听人说，关门子大塌方体处的道路刚抢通一点儿，余震又来了，新塌方体又覆盖了已能勉强通行的道路。

这个消息让赵寿春忧心如焚，他几经周折联系到在关门子塌方保通现场的松潘县交警大队大队长王毅，询问道路的疏通进展情况。

王毅告诉他说，刚刚发生的余震对关门子通行确实有影响，但正在努力抢通，应该要不了多长时间就会打通的。

挂了电话，赵寿春却未将这个消息转告游客们，他怕关门子又塌方的消息会再度刺激游客脆弱的神经。

8月9日11时许，前方终于传来了好消息，说小车可以通行了，赵寿春高兴得几乎要跳起来。他们马上通知自驾游车主尽快前行，于是26辆自驾车相继离开了甲蕃古城。

剩下的团队游客又等了很久，在游客们的怨尤声中，赵寿春又联系了正在关门子协助杨克宁指挥道路疏通的阿坝州公安局党委副书记王贵元，询问道路的通畅情况，王贵元在电话里告诉他说："大巴车可以放行了！"

于是赵寿春马上通知旅游团的游客上车。

就在这时，几个特警战士走了过来，十分严厉地质问赵寿春："你是谁？为什么让旅游团的游客上车？我们没有得到上级的命令，旅游团的游客不能放行！"

十分难堪的赵寿春连忙解释："我是阿坝州旅游发展委员会副主任，我已经和前方联系了，可以通行，我们应该让游客早点离开。"

特警战士们忠于职守，赵寿春非常理解并尊重他们。为了证明自己并非无中生有乱发号令，他再次联系王贵元，并把电话交给特警战士。特警战士得到王贵元的指示后，不仅马上向赵寿春敬礼，还迅速配合起他的工作来。

于是没过多久，大巴车便一辆接着一辆地开出甲蕃古城，依序向关门子进发。

短暂相处，临到告别，竟也依依不舍，彼此挥手再见，互道平安之时，又见不少人，涕泣难收。

一个半小时后，最后一辆旅游大巴离开甲蕃古城，消失在重重群山之间。

茫茫人生，缘聚缘散，竟也莫名怅然。

7. 兵戈相向拉锯战

当甲蕃古城的游客转移得所剩无几的时候，杨星接到四川省委宣传部领导电话，告之当天下午，将在设于九寨沟沟口广场的抗震救灾现场指挥部召开新闻发布会，希望她能赶过去。

这时已经是 8 月 9 日中午。由于从甲蕃古城通往九寨沟沟口的道路尚未打通，杨星只能从关门子方向出去，经松潘、黄龙绕道平武，再从平武去到九寨沟沟口。

在经过 5 个多小时、400 多公里路程的奔波之后，杨星与阿坝州委外宣办、阿坝州政府新闻办、阿坝州网信办副主任白迎春，阿坝州委宣传部办公室主任曾盛国，阿坝州委宣传部外宣科科长松涛等一行，终于在 8 月 9 日 17 时 40 分到达九寨沟沟口漳扎镇。但于当日 17 时 20 分召开的抗震救灾第一场新闻发布会已经结束。

杨星等人到达九寨沟沟口后，立即投入到了灾情报道和舆情引导工作中去，在受灾现场建立了媒体服务点，对进入地震灾区的媒体记者进行了登记管理、核准发证，确保媒体可控、新闻真实。同时，又建立了"8·8九寨沟地震微信外宣群"，为中央、省级 55 家媒体 285 名记者服务，及时提供新闻素材和线索。对境外媒体的管理，也有礼有节、有理有据，先后劝返、劝阻 6 家外媒共 15 人。还和公安、外事部门建立联席机制，查处假冒中新社记者 2 人并遣返；查处假冒中国纪检监察周刊杂志社记者 1人，并予以治安拘留。

在中宣部、四川省委宣传部的大力支持和正确指导下，建立起了国家、省、州、县网信办"四级联动"舆情管控机制，有效地疏导了社会舆论。

当甲蕃古城的游客全部转移完了之后，赵寿春等人又驱车前往九寨天堂洲际大饭店，准备和阿坝州旅游发展委员会主任巴黎等人会合，增援九寨天堂洲际大饭店的游客转移工作。

当他们来到九寨天堂洲际大饭店停车广场之后，发现只有少量游客还在排队候车，大部分游客已经转移出去了。在人丛中走了一圈，除了看到杜林和葛玲等人外，却没有见着巴黎。

葛玲的"泥腿子兄弟"合作社是此次社会救援的有生力量，这帮《泥腿子兄弟》不仅自费买了很多饼干、饮料，还自带粮油、炊具到灾区生火做饭接济游客，让游客们很感动。

看到赵寿春一行前来之后，葛玲及其这帮泥腿子兄弟们连忙招呼他们用餐：方便面、自热饭、开水、矿泉水……

热情的笑脸，香香的食物，顿时让早饭与午饭都没吃、饥肠辘辘的他们感到温暖与感动，竟致眼泪汪汪。

就在他们狼吞虎咽地吃着饭的时候，赵寿春的手机响了。

接通电话，里面传来了新任务。

2017年8月9日13：47，杨克宁又从关门子折返而下，前往甲蕃古城收拢散落与滞留的游客。原本已经转移完游客的甲蕃古城，在赵寿春等人前去增援九寨天堂洲际大饭店后，又积聚了一些背着大包小包的自由行游客。他们住在甲蕃古城附近的一些宾馆、客栈，看到甲蕃古城的游客转移后，便聚了过来。

然而，这些游客到了这里才发现，自驾游者及加入旅游团者，都先后转移，而身为散客的自己却没有车辆可以转移，于是心里十分着急。散客中有哭的喊的、叫的骂的，情绪激动又绝望。

见状，杨克宁便安慰他们不要着急，说车一定会有的。

"哪儿有车啊？有车我们还滞留在这儿干啥呢？"

"我说有车就有车嘛！"杨克宁笑着说，"你们可以坐我们的车嘛！"

"坐你们的车？真的吗？"游客被感动了，"那你们怎么办？你们不

261

转移?"

"是的,坐我们的车!我们不转移,我们的责任就是尽快实现你们的安全大转移!"

"他是阿坝州的杨克宁州长,他说的话当然是真的!"

杨克宁发现这一路的阿坝州级干部有10多人,除了之前所罗列的干部之外,还有阿坝州民政局局长王国民、阿坝州水务局局长陈连义等人……如果将这10多人的小车都用来转移游客,那不是就能缓解游客急切地想早些离开的紧张情绪了吗?

因而,杨克宁不仅将自己的越野车拿出来供游客使用,还下达命令:"现场所有干部都将自己的小车拿出来运送游客,我们则在路上指挥。"

一辆小车能载四五个客人,大家挤着坐,10多辆车一次能运送转移几十个人。由于松潘那边准备的是大客车,所以那边的接力转移没有问题。

赵寿春所接电话,是负责九寨天堂洲际大饭店游客转移工作的巴黎打来的:"赵主任,你在哪里呢?没在甲蕃古城吗?"

"巴主任,我在九寨天堂洲际大饭店,甲蕃古城的游客转移完了,我下来增援你。"

"哦,我此时在甲蕃古城呢,九寨天堂洲际大饭店的游客已经转移完了,我也是想到增援你而到了甲蕃古城,看来我们在途中错过了。"

"是的,我们可能在奔向彼此阵地的过程中错过了。我们还向九寨天堂洲际大饭店的职工打听你与葛宁副州长呢,他们说你们去关门子了。还好,甲蕃古城以及九寨天堂洲际大饭店的游客都转移完了,终于可以松一口气了!"

"还不能松气啊!你们快到甲蕃古城来吧,我与葛宁副州长正要找你呢,有新的任务!"

巴黎叫赵寿春带着人马快到甲蕃古城去有啥事呢?

几分钟后,赵寿春一行再次到达甲蕃古城。巴黎连忙对赵寿春说:

"我们快去关门子大塌方体处增援吧，那儿又堵上了！"

原来，他们先前放行的各种车辆，并没有离开关门子，而是堵在路上，关门子的通行故事比他们想象的要曲折得多……先还能勉强通行，但此时又堵上了。

而在此前，得知关门子大塌方点又堵住后，杨克宁也很奇怪：先前道路明明能勉强通行的呀，咋又堵上了？而且又没有余震，这是怎么回事呢？

他又一次朝关门子奔去。

到了关门子，见清障队伍正在热火朝天地开着机器忙碌着，他很诧异："你们这是在干啥？刚才这段路不是都能通车了吗？现在怎么又堵上了？"

满身是汗，负责关门子与松潘道路保畅领导与指挥工作的李建军连忙说："州长，现在道路不通并非因为余震导致岩石垮塌，而是我们看到只有越野车以及一些底盘较高的小汽车才能通过这个'凸'字形的塌方体，这对旅游大巴来说很不方便，我们想将先前能够勉强通行的路面拓宽一些，以使大巴车也能通行，这样游客便转移得快一些。"

原来是这样啊！杨克宁有些哭笑不得。

"你们的想法是好的，但这样做不行啊！赶快维持原状吧！游客们急于转移出去，如果交通不畅，转移受阻，心中焦躁啊！"杨克宁解释说，"哪怕暂时只能让小车通行，游客的心也会安定许多的。而且转移至此的客车离山体更近，余震不断，落石不断，停留的时间越久，危险性越大呀！如果他们在转移过程中发生了次生灾害，这个责任就很大了！"

"明白了！明白了！州长，我们马上按您的指示办！"

"那大约啥时能再次通车？能不能在半个小时内重新通车？"

"我们一定努力，争取在半个小时内再次通车！"

看到这些开挖掘机和装载机的师傅们不顾塌方危险，在乱石飞落的环境里清障与筑路，杨克宁非常感动。这些铁路系统建筑公司的农民工，如果不是发自肺腑，他们完全没有必要前来抗震救灾。他们虽然身上布满了汗渍、积尘，却有一颗纯粹质朴的心。

无数次历险奋战，这些散漫而狂野的石头，最终臣服于抢险队师傅们的不屈意志，为抗震救灾低头。

道路再次疏通。

葛宁、巴黎、赵寿春一行人正往关门子急行的时候，葛宁接到杨克宁打来的电话，要求务必于8月9日下午4：30之前，将困在"新二拐"至关门子这一段路上的游客，全部安全转移到川主寺，不然到了晚上危险指数就会倍增。并指示葛宁全权负责。

临危受命，葛宁带领巴黎、嘉央罗萨，以及阿坝州旅游发展委员会抗震救灾工作组全体成员，迅速到达关门子现场，快速地了解情况，进行了相应的工作安排：

由李建军组织调配松潘县的摆渡车辆，负责将游客从关门子向川主寺镇转移；

嘉央罗萨和赵寿春负责对从"新二拐"上行，包括九寨天堂洲际大饭店以及甲蕃古城等地转移过来的非自驾游旅客进行劝导，要求其下车步行通过塌方点，并保障人与车的安全；

巴黎则站在塌方点近川主寺一边，负责把从塌方点徒步翻越过来的游客有序地安排上松潘县组织调配的摆渡车，并转运至川主寺镇游客服务中心。

得此安排后，嘉央罗萨和赵寿春、阿坝州旅发委的杨华勇、梁代成，还有几十名特警战士，立即组成了游客转移突击队，进行游客的第二次大转移。

嘉央罗萨找来一面红旗，和梁代成、几名特警战士一起站在塌方点上，一边盯着头顶上山体的异动，一边摇动手中的红旗，指挥游客通行。

红旗竖立，则道路安全；招手为可以通行；摆手为暂时等待。

就这样，他们用生命竖起了一面旗帜，指挥着游客通向安全的前方。

赵寿春和杨华勇则做导游、游客的工作，解释前方山体塌方道路受阻，只能小车通行，因而乘坐大巴车的游客需要下车，并带上自己的所有行李步行翻过塌方体，到塌方体对面乘坐摆渡车，前往松潘县川主寺游客服务中心。

如此这般进行游客转移，虽然挺累，但令他们感激的是，那么多游客，那么多导游，全都积极配合，在很短的时间内集合，跟着导游的小旗行走，并在特警战士的护送下迅速翻越塌方点。

就这样，一面旗帜，一个手势，一辆辆小车，一拨拨游客，像跨越烽火线一般快速地经过塌方点，坐上塌方体对面的摆渡车，驶向阿坝州委州政府专门安排的游客安置点——川主寺镇游客服务中心。

当九寨天堂洲际大饭店的游客转移完，正打算带着特警队员们向九寨沟沟口挺进的杨忠头，也接到上级指令：关门子路段山体滑坡严重，必须立即赶往帮助游客安全撤离。

于是，他马上带领特警们徒步赶往关门子。

在赶往关门子的过程中，他才发现，先前从九寨天堂洲际大饭店及甲蕃古城等地转移出去的游客，除了自驾游的客人以外，几乎都还滞留在沿途的路上。

这是一条长长的生命线，如何保障这条生命线上的游客的绝对安全，如何快速地将这条生命线上的游客平安地转移出去，依然是他们义不容辞的责任。因而他们毫无顾忌地投入到了第二次生命大转移的保障工作之中。

这次转移的难度很大，主要表现在滞留游客人数较多；抢修的生命通道比较窄，他们乘坐的旅游大巴车根本过不了；余震不断飞石不断；按四川省公安厅领导的要求，必须在 8 月 9 日当天下午 6 点前、阿坝州要求当天下午 4：30 前结束转移工作，时间相当紧张……

由于关门子塌方体已成为横亘在游客安全返家面前的最后一道危险关卡，为了抢时间，特警们一路跑步前行，在过塌方体处，则分批高速通行。

到达关门子塌方体后，已经是 8 月 9 日下午 2 时许，这时在杨克宁州长的指挥和督战下，已经从余震震落的山石中清理出了一条通道，因而特警们帮助游客抱孩子、拎箱子，穿越在危险重重的塌方线上，一次又一次。

为了观察山体的随时落石情况，杨忠头特地跑到大塌方体的最高处，也是最危险处站着，指挥与保护游客们通行。

就在这时，一位中年妇女两股颤颤地走到大塌方体中间，竟然吓得面如土色，她一把拉住正在高处指挥的杨忠头，整个人瞬间往地下蹲，"警察，我走不动了，帮我一下！"

杨忠头来不及思考那么多，便对那位妇女说："我背你过去！"

说着，俯下身去背起这位妇女就跑，直到安全通过塌方体后，他才将她放下。

这位妇女的丈夫见状流泪感谢，杨忠头摆摆手，回头再次逆行在转移的游客中。

考虑到游客对不时落石的山体的恐惧，杨忠头始终站在便道的最高处，也是最危险之处，观察山体异动，指挥游客通过，并减轻游客步行通过此危险路段时的精神压力。

这段时间，杨克宁一直坚守在大塌方体上，跟其他干部一样指挥和帮助着游客通过，并观察山体的落石与塌方情况。而他的司机则将他的座驾用来运送游客。

跟别的公务用车一样，一次又一次地将没有汽车可乘的自由行游客转移到安全的地方，但是，当司机跑了三趟后却迟疑地对杨克宁说："杨州长，我不能再送游客了。"

"咋不送了呢？在这最关键的时刻你不送游客安全转移，你想干啥？"

"州长，不是这个意思，汽车跑得快没油了。"

听司机这样一说，杨克宁才顿然明白错怪司机了。而更令他感动的是，就在司机给他解释后他发愣的当儿，司机竟然靠在车上睡着了。

这感人的一幕，让杨克宁眼里瞬间滚出了泪花。

时间，已进入 2017 年 8 月 9 日下午 3 时许。

虽然游客翻越大塌方体后在朝着川主寺方向慢慢地转移，但杨克宁却发现等候转移的游客越来越多，有不少游客见自己依序排队却久久未能转移，便很着急，很烦躁。

这时杨克宁意识到，仅靠朝关门子方向一个出口转移游客还不行，不能在要求的时间之内实现游客的完全转移，还应该尽快打通"新二拐"通往九寨沟沟口的道路。

那么，"新二拐"现在的清障情况怎样？何时能够疏通塌方体？是否也需要安排政府工作人员去督战？

杨克宁又开了一个临时会议，将现场的干部分成两个组：一组由葛宁、王生、巴黎、嘉央罗萨等人组成，由葛宁带队，前往"新二拐"山体塌方处打探道路疏通情况；另一组由贺松、泽久、李建军等人组成，由杨克宁负责，继续组织"新二拐"以上、通往关门子这段路的游客转移。

转移了一阵子后，杨克宁又把自己这一组分成两个更小的组：一组继续指挥关门子塌方体处的游客转移，而另一组则由他带队，增援"新二拐"堵点。他希望当天一定要将通往九寨沟沟口的道路打通，将游客全部转移出地震灾区。

承载着沉甸甸的责任，再次向"新二拐"进发。杨克宁想，无论余震多么张狂，无论滑坡多么跋扈，也一定要将游客安全转移。

屡遭打击，依然不屈不挠。在"新二拐"处，正在紧张施工的中铁一局成兰铁路指挥部党委书记孙书深看到杨克宁再次亲临施工现场，督战清障，很激动："州长，我们正在努力，眼前的塌方体堆积下的道路能够在今天之内打通。"

其实那段时间，从九寨沟沟口出发的道路抢险队伍也在想法打通这些屏障，无奈由于山体不停地垮塌，道路疏通工作进展缓慢。

"真是辛苦你们了！"杨克宁握着孙书深的手，感动地说，"你们这是在献爱心呀，我代表九寨沟灾区人民感谢你们！"

"您过奖了，州长。国家有难，理当挺身而出。"孙书深感慨地说，

"我听说前面 122 林场因为道路被垮塌的山体堵成了孤岛，困住了大量游客，我想象得出他们是多么强烈地盼望着我们能够尽快打通道路，赶过去救援，因而我心里真的非常着急！"

是的，地震发生后，在"新二拐"半边山崩溃处与上四寨神山滑坡体之间，有两段道路都因山体的垮塌而将这段区域变成了"孤岛"。就在杨克宁指挥着铁路部门的工程抢险队，尽力地疏通着被垮塌山体堵塞的道路的时候，前面"孤岛"122 林场搅拌站，聚集着 200 多人，他们在地震发生后经历了恐惧、绝望、惊悚等炼狱般的煎熬，处境艰难，期盼着救援。

不过，他们也感受到了温暖，感受到了人间大爱。

这些温暖，这些人间大爱，来自 122 林场搅拌站的工人，来自 122 林场的护林员。这些护林员，以及从远方到这里来打工的农民，自己也是被垮塌的石方阻隔的灾民，但是灾难发生后，却在危险无处不在的时候勇敢地站了出来，把自己当成主人，紧紧地抱成团，像汪洋中的方舟一样，在灾情与恐怖的海洋中，泅渡惊魂失魄的游客们。

不仅冒死拯救游客，把自己的衣服、被子拿出来给游客用，还把自己住的板房全部让给游客住，为游客做饭熬粥……

第五章
至美之心

上下齐心，睿智应对，在24小时之内，受困灾区的6万多名游客零伤亡安全大转移。神奇的九寨，大爱缔造了如同电影大片般的奇迹。

1. 镇定的女汉子

大巴车司机杨志华起初觉得自己是幸运的。

地震发生时，他正在给一个旅游团开车。

一天的游玩结束了，从九寨沟景区返回九寨天堂洲际大饭店的路上，游客们很疲惫。

通常情况下，这段夜路开车只要 40 分钟，但正值九寨沟的旅游旺季，一路上车多人挤，他从沟口出发上行，还没到九道拐，大巴就已开了两个小时。

九道拐是九寨沟景区往南的一段公路。顾名思义，这段路上有 9 个急拐弯，是九寨沟景区周边最险的公路。

地震发生后，看到沿路都是山上滚落下来的石头，尤其是在车前方还有一处大约 100 多米长的道路被垮塌的山体所堆埋，他觉得自己很幸运。

"小曾，我们运气真好，要是再往前一点，我们就遭了！"

他对车上一位芳龄 25 岁、名叫曾彩容的导游说。言语之间有着一种欣欣然。

曾彩容也不无感慨地应和，"是啊，我们是挺幸运的！"

然而，天有不测风云，就跟《九寨千古情》正在上演地震一幕之时就真的发生了地震一样，曾彩容的话音刚落，车子右后方便传来一声巨响，车身也产生了剧烈的震动，随之而来的是一整车人的惊叫。

这一瞬间，他们意识到，自己的车被滚石砸中了！自己所在的位置也塌方了！

杨志华迅速把大巴车调整到公路远离山体、靠近河岸的一侧，与此同时，曾彩容转身朝游客们大声喊："这段路的山上可能在垮石头，但大家不要害怕，不要惊慌！保持冷静！"

她一边说一边组织车厢右边靠山体一侧的游客转移到车厢中部，以防被落石击中。

常年在九寨沟景区通往黄龙景区的九黄线上跑的导游和司机，在川西高原崇山峻岭间遇到塌方是常见的事，大多数导游和司机都有应对经验。

直到那时，曾彩容也没意识到这是一场7.0级的地震。

安抚好游客，曾彩容和杨志华下车查看。公路两边的山体都传来了石头滚落的声音、树枝被石头打断的声音，石头与石头相撞如鞭炮炸响般的声音。那一刻，惊恐的曾彩容甚至听到了自己的心跳声。

和曾彩容搭档的杨志华，是一位经验丰富的司机，在九黄线上开了10多年的车。可是这一次，曾彩容还是看到，这位老司机的手也在发抖。

杨志华打着手电筒查看了车子受损位置，回来描述：砸到车子的石头恐怕有2吨重，像小汽车那么大。

"这不是汶川地震的余震，也不是普通的塌方，而是地震了！"

惊慌的乘客们还在车上，想冲下车又怕被石头砸到，进退维谷。曾彩容和司机在车外紧急地商量着该怎么办。他们的车子看上去漏油了，最要命的是，汽车前后都有塌方，想走也走不了。

曾彩容和司机查看地形后判断，附近一个林场，可能会有开阔地安顿游客。他们回到车上，跟游客交代撤离方案。

我不能慌！我不能慌！上车之前，这位25岁的女导游不断提醒自己，如果我一慌乱，客人会比我慌乱十倍。

杨志华拿着手电筒在前方带路，曾彩容在队伍的最后压尾。一路上，她不断地鼓励一位抱着两岁孩子的年轻妈妈和一个连喊"走不动"的胖哥。

40多位客人的安危，都在我肩上，担子很重。曾彩容告诉自己，必须保持冷静，只有自己表现出平静的样子，客人们才不会慌乱，因为不熟悉地形，她也不允许旅行团的游客乱跑。

大约又过了20分钟，几束手电筒的光照过来。

远远地，有人冲他们大声喊：

"有人没有？"

"前面有人没有？"

"有人的话请回答一声！"

曾彩容赶紧回应："有人！有人！"

那一刻，她觉得希望降临。

是的，希望降临了！

给他们带来希望的，是一个名叫孟庆虎的人，以及孟庆虎的工友兄弟组成的救灾敢死队。

2017年8月8日，中建三局成都公司九寨沟文化小镇项目部安全总监孟庆虎来到南坪林业局122林场检查工作，那里有他们单位的搅拌站。

晚上9时许，孟庆虎与谌宗辉、张志瑜、唐小军、邓品飞、韩周军等人正在林场办公室里聊天，9时19分，一阵剧烈的晃动袭来，把他从凳子上摇到了地上，他以为是谁开玩笑揣了他凳子一脚，可是凳子周围没有人啊！他赶紧站起来，谁知地面强烈的摇动让他怎么也站不稳。

这时候，他突然意识到发生地震了："地震了，快跑啊！"

说着，他们几个赶紧往屋外冲去。

跟他们一样疾速冲出屋外的，还有20多名工人。虽然逃生的过程很慌乱，但是大家都不约而同地跑到了搅拌站旁边面积约有1000多平方米的空旷的林场上。

停住奔跑的脚步后，惊魂未定的他们看到，林场的房子没有整体垮塌，砖瓦房的承重部位却出现了明显裂痕，122林场的白色牌子也被震得掉了下来。房屋门口的路上还有很大、很深的裂缝。

这么大的地震，大家逃生时慌不择路，孟庆虎首先想到的是人员安全。他马上清点了职工人数，发现全体员工都安全地跑了出来，紧绷着的神经才松弛了许多。

继而，责任意识强于惊恐的孟庆虎又担心起水泥罐是否倒塌、变形的事来，由于害怕造成二次伤害，他又与工友们一道检查起水泥罐的安全状

273

况来。

20分钟后，一群人确认水泥罐体等设备安全后，再次回到林场。

没有山体滑坡、没有建筑倒塌，没有设备倾覆，他们先前悬着的心才又放下了许多。

感到所在地带很安全后，他们和跟他们一样慌忙跑出来的林场的职工都摊在地上，一动不动，让受惊的心平静平静。刚经历了惊心的一刻，大伙都不想说话。沉默中，他们听到远处的山体正在轰隆隆地滑坡。

"你们说，有没有人会困在路上？"这时，有人打破了沉默。

"可能有哦！这两天正是九寨沟旅游旺季，现在又不是太晚，路上不可能没游客。"

"这一段通往风景区的路在夹沟里，两边都是高耸的山，刚才听见山体垮得这么凶，垮塌下来的石头不可能没堵住道路。"

"对呀，垮下来的石头有没有打着游客啊？他们有着原本好好的生活，来旅游就是为了消费快乐，如果被山上滚落下来的石头砸着了，可真划不来！"

大家有一句没一句地议论着。

他们的搅拌站恰好位于两个热门景点中间，往左边走两公里是九道拐，而往右边走一公里是神仙池。平日，从这里经过的游客很多。

大家正在议论着的时候，孟庆虎突然坐了起来，"我想去看看有没有人困在路上，看能不能帮他们一把，他们远道而来，不容易！如果受伤了，更应该帮他们！"

他话音刚落，便有几个人也坐了起来："孟总，我想跟你一起去，看能不能帮人家一把。"

不过，这时也有人躺着不动，且若无其事地说："我们不也是远道而来的人吗？这年头谁管谁呀？他们有钱旅游，比我们过得好，担些风险也是应当的。再说我们与他们素不相识，我们凭什么帮他们呀？我觉得在这么危险的情况下，自己还是保命要紧。"

这时又有人坐了起来："我们也是远道而来的人，也不容易。但是，正

274

因为都不容易，所以，我也想去看看，能不能在他们困难的时候搭把手。"

"素不相识不是我们不帮他们的理由，他们比我们过得好，更不是我们不帮他们的理由！"这时又有一个人坐了起来，"在生死面前，无论富贵，无论长幼，也无论男女，都没有区别。如果我有能力帮他们而没有帮他们，我今后良心会想不过去。"

……

于是，孟庆虎、谌宗辉、张志瑜、唐小军、邓品飞、韩周军、邓雪、郭玉满等人先后坐了起来，又站了起来，然后冒着生命危险再次冲进屋去取来安全帽戴上，找来4支手电筒，以及一把把工兵铲，壮士出征般朝着不可预知的危难出发了。

他们中有中建三局成都公司九寨沟文化小镇项目部122林场搅拌站的工人，也有122林场的护林员。

然而，一行人刚走出林场，便有些蒙了。

夜色里，他们看不清前方，而他们务必经过的地方，滑坡与落石的声音仍在继续。

"大家小心了啊！我们是去救人，不是去与石头相碰比谁更硬。"看到大家心情比较紧张，这时孟庆虎幽默地说，"更不是让自己成为被救的人。我们救人的前提是必须保证自己的生命安全，不然我就太对不起你们了！"

"孟总放心，这一段路，我们经常在饭后来散步，比游客熟悉，我们小心一些应该不会有啥问题。"

一路前行，迎接他们的是横在路中间倒下的树木和巨大的石块，道路起拱、裂缝明显，路两边的山上还在不时飞石头。

他们一边走，一边拿手电筒往前照，往上照，往左照，也往右照。既照人找人，也照石头和滑坡的山体……

"除了呼唤人以外，我们现在尽量少说话，专心走路，专心听头上石头滚落的声音，听左右山体滑坡的声音。"

虽是如此，但每遇路上有车时，他们都会用电筒照车子，同时大声呼唤："车里有人没？车里有人没？"

同时还此起彼伏地喊：

"有人没有？"

"前面有人没有？"

"有人的话请回答一声！"

声音在山谷中回荡，回应他们的是"噼噼啪啪"的石头从山坡上滚下来的声音。

孟庆虎一行一路小心翼翼地前进，就这样走了四五百米，行至九环线主干道上时，他们喊破喉咙的呼唤得到了回应。

"有人！有人！有人！"

这一群人便是曾彩容与司机杨志华所带的旅游团。

见状，孟庆虎和工友们飞奔上前，"我们是这附近的工人，知道地形，快跟我们走！去一个安全的地方！"

"我们这里有伤员呀，咋办？"

"有伤员大家相互帮衬着，这地方太危险了，必须去一个安全的地方才行。"孟庆虎说："我们也是义务来救援大家的，是自发行为，在这生死攸关的时刻，大家应该不分彼此，互帮互助！"

路上，曾彩容反复向孟庆虎求证："大哥，您能跟我保证林场里面是安全的吗？"

"林场里当然安全，不然我们为啥要冒险来救大家？"

这时，只有90多斤的厨师郭忠发，连忙跑过去背一位150斤重、腿部受伤的胖哥。

这番情形，犹如一只蚂蚁背一座山。脸上青筋暴露气喘吁吁的郭忠发在艰难地行走的同时，也感到有一滴一滴先温热再变凉的水落在自己脖子上，他明白，那是他背上那位大哥落下的喃喃感激的泪水。

在孟庆虎和工友们的感召下，游客们都行动了起来，将彼此视作家人、视作亲人，扶的扶、背的背、抱的抱、扛的扛，彼此抱团，彼此安慰，彼此温暖。跟孟庆虎他们一起，穿过不时垮落的飞石，来到了几百米外搅拌站旁的一片空旷的林地上。

到了这里，曾彩容仍不放心，问孟庆虎，这里是否安全。

孟庆虎回答说，这里离山体相对较远，很安全的。但是建议大家不要乱跑。

得到肯定的答案后，曾彩容便斩钉截铁地对游客说："我们这儿是最安全的。"并反复提醒游客保持安静，不要混乱，要保存体力，保存电量，好好休息，安安心心等待救援。要相信国家、相信政府、相信这些工友。

救下这 47 名游客，并将他们带到安全地带以后，孟庆虎并未停止继续搜寻游客的脚步。想到可能有更多游客被困，他对曾彩容说，这个地方就交给她了，他还要和工友们出去救人。

听到这句话，曾彩容的眼泪夺眶而出。那是她在震区唯一一次落泪。她之前几度想哭，但泪水在眼眶里打转的时候，也只是看看天空，不让眼泪流下来。但此时她没有因为害怕而哭，却因为感动而哭了。

"妹妹，别哭，我们很快就会回来的！"孟庆虎安慰曾彩容说，"你也不要担心什么，这里很安全的。"

说完，再次离开林场，向着更深更远的地方搜去。

继续搜寻的路途中，在所经过的一处塌方体上，有一块 1 米多高、几米宽的大石头拦住了去路，他们要通过这段路，就必须翻过这块石头才行。于是他们一部分人用电筒照着山坡，观察头顶上的山体是否有垮塌与落石，另一部分人快速爬上石头再翻过；翻过石头的人又在另一端用电筒照着山坡，观察头顶上的山体是否有垮塌与落石，让还没有通过，且先前执行观察任务的那一部分人快速爬上石头再翻过。待大家全都通过这块大石头障碍后，再一起继续前行。

刚翻过大石头，前面不远，又有一棵棵倒下的古树挡住了去路，面对这些合抱粗的古树，他们或用手上的工兵铲清理树枝，或者从树干下钻过去……

又走了 600 米，他们发现路边有两辆被砸坏的大巴车，车里空空如也。猜想到附近一定有人，于是他们边走边用电筒往前方照射，并大声呼唤：

"喂，附近有人没有？"

"有人吗？附近有人吗？有人的话请回答一声！"

"有人！有人！"

这时，他们听到了一位女士尖细的回答声。

这一群人是李唐所带的旅游团，以及另一辆车上的散客。

渐渐近了，哭声此起彼伏。在离受损的大巴不远处的一片较为空旷的地面上，聚集着三四十名游客，或拥抱在一起，或蹲在地上哭，或不知所措走来走去的，或被砸伤后坐在地上痛得"哎哟！""哎哟"不停叫唤……每一个人都灰头土脸，萎靡不堪。

大巴车边上的山体仍在落石，由于这些游客们不熟悉附近的地况，因而不敢轻易乱走，多数人都吓得魂不附体，不停战栗。

走近了，孟庆虎对李唐说："我们是附近的工人，比较熟悉这里的地形，大家跟我们往林场的空旷地走，你们这儿沟窄山高，危险！"

得知孟庆虎是来拯救自己的，旅游团中不少人又一下子感动得哭了。

他们是来自山东的游客。在地震发生后，也经历过生与死的炼狱。

舒爽净洁的夜色下，一辆载着 25 名游客的旅游大巴车，平稳地行驶在 2017 年 8 月 8 日晚 9 时许从松潘县川主寺镇往九寨沟沟口方向去的道路上。

带这个旅行团的成都美女导游李唐，为团员们订好了九寨沟附近的酒店，他们趁着夜色前往九寨沟沟口的宾馆住宿，是为了第二天进入"人间天堂"，尽赏九寨沟的神奇与美丽。

夜色渐深，山道弯弯，担心驾驶一天的司机打瞌睡出意外，李唐一路不时与之聊天。

实际上，此时的李唐已有些困倦，但她却不敢表现出倦意。

当大巴车行驶至九道拐至神仙池路口路段时，有些恍惚的她觉得自己左手边的树木似乎在摇晃，很快，她确认了这一点，在九寨沟旅游线路上带了 5 年游客的她，见惯了泥石流现象，因而第一时间猜想，这是发生泥石流了吗？

不过李唐也奇怪，发生泥石流的话，应该有山体滑落呀，可是没见着呀！这到底是怎么回事呢？难道真是自己睡意恍惚的错觉？

她问司机："我咋见路边的树在摇晃呢？是不是发生泥石流了啊？"

"没有，哪有泥石流呀？"司机跟她开玩笑说，"树摇晃的话是正常的事啊，风吹树，树就会摇晃的。"

"不是，我说的树摇晃不是树梢摇晃，而是树干也在摇晃。"

"那是汽车开在路上的原因，你把行驶的汽车当成静物了，所以看路边的树就是摇晃的。"

这时，一辆小轿车超过了他们所在的大巴车。那辆车走了 30 多米时，李唐突然看到前面的山坡上在往下落石头，砸得路面巨响，她这才意识到，一定是发生地震了！

同样的场面，大巴车司机也突然注意到了，虽然已经是晚上 9 时 19 分，开惯山路的他还是相当警觉，险情发生后他当即紧急地踩了一脚刹车。

随着大巴车刹车垫片与刹车鼓之间强烈摩擦所产生的"嘎"的一声响，车上正在打瞌睡的不少人惊醒，有的乘客的头还碰到了前排座椅的靠背。

游客们正想冒火，却又听见"咚"的一声巨响，车身尾部跳了起来，然后又落了地，又跳了一下又落了地……

"啊……"

人们声嘶力竭地惊叫起来。

惊恐的声音催魂摄魄，如见厉鬼。

人们惊叫的同时，也惊悚地发现，大巴车着了魔般地乱动，是因为有一块看起来有几百斤重的大石头，砸中了大巴车的挡风玻璃。

因而这时车上的游客除了惊吓之外，心中也有无尽的感激——假如司机没有紧急踩刹车的话，那么这块大石头就将砸在大巴车中部，那后果简直不堪设想，也许连惊叫的机会都没有，自己就变成了肉酱。

这时，虽然自己所乘的大巴车停下来了，但是却像被吓坏了的人一样，不停地颤抖，并发出吱吱嘎嘎的声音；大巴车前后道路的山体发疯似的垮塌，像泥石流般疯狂地扑向公路；大巴车两边的山体也在不停地滚落石头，砸得山坡上的原始森林乒乒乓乓地响；整个世界都在茫茫的夜色之下，演奏着"轰轰隆隆""噼噼啪啪""吱吱嘎嘎""乒乒乓乓"的魔界交响曲；不仅如此，还有妖雾般的尘雾，如同魔爪一般扑了过来，将大巴车淹没……

这完全是美国灾难电影中才可能出现的场景呀！

从未经历如此大劫，游客中不少人，都被这惊恐吓得惊叫、大哭、瑟瑟发抖。

虽然李唐也很害怕，但她还是赶紧安抚游客们的情绪，大声喊道："大家别怕，听我指挥！现在下车，离山体远点，拿好自己的贵重物品和厚衣服，其他行李不要了，保命要紧！"

车门打开，游客们慌慌张张地下车，可是刚下车看到车周围的山上在垮落石头，又想重新钻进大巴上躲避。

李唐与司机一边组织大家下车，一边对逆着人流重新上车的游客喊："大家别慌！大家别再上车了，车上并不安全。因为公路离山体近，我们找一个离山远一点儿的地方先躲躲，应该没事的。"

当将游客都转移到了离山体远一些的地方后，游客们纷纷掏出手机，想给远方的亲人打电话，却发现自己的手机在地震后完全没了信号。

不过此时李唐却发现自己的手机还有信号，因为她用的是电信手机。也许移动与联通的手机基站都在山上，地震一发生便被破坏了，电信手机线路却是沿着公路铺设的，还未震坏。

然而当她试着拨打电话向外界求救时，却发现自己有信号的手机也打不出电话。

"前方道路是不是堵住了啊？"李唐问司机，"要不我去前面看看，你在这里照顾着游客们。"

"不，还是我去前面看一下吧。"司机说，"你在这里照顾游客好一些，毕竟你是导游嘛。"

"我跟你们的司机一起去探路吧!"这时有一位男士对李唐所带旅游团的大巴司机说。

这是一辆拉散客的大巴车的司机,地震发生后,他也将自己车上的散客集中到了李唐所带旅游团游客那片稍宽一些的位置:"如果还留在原地,路两旁都不断垮塌,真的无法预知有何危险将要发生。"

"那太好了!你俩要注意安全啊!"担心他们去探路所花时间太久,李唐嘱咐他们,"手机现在失去作用了,你俩必须在半小时内返回。"

两位司机出发以后,李唐劝游客暂时不要动:"大家一定要待在这里不要乱走,其他地方在不停地垮塌,而且离山体也很近,因而非常危险。现在两位司机都去探路了,一会儿就有消息回来。我们先静静地等他们的消息吧!"

两位司机走后不久,又有一些人朝着他们站立的地方跑过来。

"怎么了?你们先前待的地方怎么样?"李唐赶紧问。

那些人气喘吁吁地摇头叹息:"前面垮得非常厉害,根本走不了!"

这些人的回答,让李唐旅游团的游客们中那些哭的人哭得更厉害了。

她只得继续安抚游客们的情绪,虽然她自己对于道路是否通畅心里也没底。

大约 10 多分钟后,两位探路的司机回来了。李唐想,之前与他们约定的时间是半小时内必须返回,现在他们走后才一会儿就回来了,一定有喜讯。

"道路应该是通的吧,不然咋这么早回来?"

"唉,通啥通呀!堵得太厉害了!"李唐的司机摇着头说,"不要说通车,就是人要想徒步通过都不可能!"

那位拉散客的司机也说,前面有一大面山体垮塌了,将道路完全封住了,手机电筒照射下一眼望不到头。不仅如此,山上仍然在不停地垮石头。

听了两位司机的话,李唐很失望,游客更绝望。

"天啊!我们又没有做什么坏事,为啥要这么折磨我们呀?"

"导游，到底该怎么办呀？难道我们就一直困在这里吗？快与外面联系呀！"

"大家冷静！大家冷静！"游客们的话让李唐非常无奈，她何尝不想离开这危机四伏的地方呀，但她不能向游客们叫苦，她明白自己唯一能做的事就是耐着性子安抚他们，"地震发生后，我们虽然受到了惊吓，但是我们全都安全，这就是幸运呀！而且我们正在想办法！"

李唐回过头来对司机说："那我们返回川主寺吧！"

"返回川主寺？这一路的车堵成这样，要返回也不可能呀！"司机非常无奈地说，"而且，保不准九道拐那边的山体也垮塌了，因为那边的山更陡呀！"

想想也是这个道理，李唐一时不知说什么好。

正在这时，又有一些人从九道拐方向过来，见到李唐他们这一群人，着急地问："通往九寨沟沟口的路通吗？我们是来探路的，因为从九道拐下来的路被垮塌的山体堵住了！

这些人的话让两位司机与李唐的心蓦地往下一沉。

我的天啊！这就意味着，我们所在的位置两端的公路都被垮塌的山体堵住了，我们这儿成为"孤岛"了！

进退都堵，只能在原地等待，可是周围没有稍微开阔的地方，这该怎么办呀？

得知自己所在位置成了"孤岛"，通信又完全中断，游客们绝望不已，此时不说女人哭，连不少男人都哭了起来。

"大家镇定！大家请镇定！虽然我们这儿暂时前进不了，也后退不了，成了'孤岛'，但是我们要相信政府，政府一定会来救我们的！"

李唐也从来没有过这样的人生经历，她内心何尝不感到绝望呢？可是身为导游，同样脆弱的她只得强打精神："我们现在一定要冷静，保持体力，等待救援人员前来救援。这是我们生存下去的关键，请大家切记！"

"你说政府要来救援，就会来救援呀？我们一切通信工具都不起作用，政府怎么知道我们被困在这里？"

"对呀，你这样安慰我们有啥用呀？我们现在最需要的就是尽快离开这个地方！我们是加入你所在的旅行社的，你是导游，就应该对我们的生命安全负责呀！"

……

"请大家别生气！也请大家多理解！我现在的处境跟大家是一样的，所以，我的心情也跟大家一样。"

李唐被大伙东一句西一句的话呛得委屈万分，但是她没有为自己解释，而是继续安抚大家："而且，我真心觉得我们这时保存体力最重要！既然谁也说不清救援力量啥时到来，我们就更应该冷静，并保存体力。"

所谓将心比心，李唐的话让大家情绪稳定了一些。见状，她又说："我们看过电视，都知道汶川大地震和雅安芦山大地震，虽然通信中断，但是参加救援的人员通常都是利用直升机搜救的，所以，我们不会在这里待多长时间。"

这下，游客们再不言语了，先前大声哭着的人，此时哭的声音也小了起来，变成了嘤嘤啼哭，或者无语抽噎。

不久，远方树丛中突然传来了呼喊："喂，附近有人没有？""有人吗？前面附近有人吗？有人的话请回答一声！"

……

隐隐约约由远而近，一声声给人力量的呼唤，让游客们心里为之一振。而电筒，更是射来了希望的光明，照亮了幽暗的心……

这是孟庆虎他们带回的伤势最轻的一批游客，这些游客基本都是自己跟着孟庆虎等人走到122林场的。

将这一批游客带回搅拌站旁边122林场的开阔地带后，孟庆虎与工友们再次出发，去继续搜寻惊魂无助的游客。

这一次，他们在1公里外的一处滑坡山脚下，又发现了40余名游客，这批游客伤者数量较多，伤势也比前面两批游客都要严重，令人肝肠寸断的呻吟十分痛苦。

显然，如果采取先前扶与背的方式根本不行，会加重伤员的伤情。

这时韩周军说，他回去将车开过来，用车载他们到林场的开阔地带去。

韩周军的话让孟庆虎觉得很奇怪，我们哪有车呀？

韩周军解释说："装载机呀！装载机前面不是有车斗吗？将伤员放在车斗里一定比用人扶要好许多。"

这话很有道理。这可真是急中生智。

"太好了！那你们快去！"

2. "孤岛"中有爱流淌

没想到美好之旅，会遭逢这么大的人生劫难。

在地震发生后形成"孤岛"的这一段路上，坐在行驶的大巴车之中的谢中舜与毕倍倍，突然间被砸中大巴的巨石挤压得命悬一线。

地震发生的那一刻，车上的游客顿觉车身一震，有车身三分之一大的石头砸了下来，来自深圳 28 岁的游客谢中舜和来自江西乐平市 29 岁的毕倍倍被石头砸中。

导游抢起应急锤砸破玻璃，连忙把游客转移出去，但此时车上仍有乘客被巨石压住，动弹不得。

导游是最后一个下车的，他叫了几个长得强壮的游客跟他一起去搬开石头。

无奈，谢中舜头部被砸破，血汩汩地流，极其疼痛。但这一刻他却声若游丝地对导游说："我不行了，大家不要管我，快去救那个女孩吧！"

大家好不容易才将石头彻底移开，将"那个女孩"救了出来。

"那个女孩"，便是毕倍倍。

为救伤员，韩周军与另一名装载机司机张昌盛驾驶着装载机过来，沿途还清理了满地的石头，让路面更好通行。

将一台 2 米高的装载机开来之后，他们连忙将几名受伤游客抱入搅拌槽，然后小心翼翼地载到搅拌站旁的林场空旷地上。

这些伤员中有两名无法行动的重伤员，其中之一便是毕倍倍，另一位是谢中舜。

在向 122 林场转移的过程中，救护人员问毕倍倍身上哪儿痛，毕倍倍说自己肚子疼。

这种回答，让原本担心她伤情的救护人员轻松了不少。觉得她外伤不严重，仅是肚子痛，应该无甚大碍吧。

将这一批游客全部转移到安全地带后，在他们去寻找又一批游客前，用砍下的细而直的树干，与安全网捆扎在一起，做了两个简易的担架，同时将两台装载机都开了出去。之后，又在 2 公里外寻找到了几十名游客。

这样来回折腾，尽管累得不行，但是他们并没有停止搜寻游客的脚步。

当他们将这第四批游客转移到搅拌站那块空旷的地方之后，又一次出发了。

因为大批游客都通过他们的引导转移到安全的地方了，这一次，他们采用的是大海捞针的方式进行搜寻，又在沿途找到了十来名零星的散客……

江苏游客魏平一家，也在这段路遭遇了地震。

虽然地震无情，但魏平一家却感受到了九寨沟人的温暖。

2017 年 8 月 8 日晚上 8 时许，他们一家四口刚出九黄机场接机大厅，四川晶犇运业有限责任公司的商务车司机牛玉奎和藏族导游便接到了他们，一起去往九寨沟沟口的希尔顿酒店。

虽然夜色渐深，但汽车灯光下的一路风景依然赏心悦目；空气清凉而洁净，是都市里绝对没有的。

这是一个美好的旅程！魏平与家人分享着这份快乐。

谁知，当他们的车行至神仙池附近时，地震却发生了。

第一次经历地震的魏平，吓得不行，尤其是当她亲眼看见前面的一辆车被大石头砸中，车顶上石头哗啦啦地响时，就更是这样。她当时就想，完了，我们一家四口要被埋这里了。

他们迅速下车，并在中建三局成都公司九寨沟文化小镇项目安全总监孟庆虎以及该公司 122 林场搅拌站工人兄弟们的帮助下，转移到了 122 林场的空旷地。

那个夜晚是难眠的，又是温暖的。魏平一家跟其他转移到 122 林场的游客一样，在惊恐中煎熬，又充分感受到了中建三局成都公司九寨沟文化小镇项目部搅拌站和122林场员工们的大爱。

跟魏平一家到达122林场以后，牛玉奎并没有歇着，他又跟中建三局成都公司九寨沟文化小镇项目部搅拌站的工人折回去，参与救援其他游客。

就这样，几个小时之内，他们先后多次返回景区，爬过1米高的石头，砍掉倒地的树枝，深入乱石区两公里，将近200名游客救到搅拌站旁1000多平方米的林场空地上。这些游客中，还有13名小孩。

夜，越来越深，九寨沟夜晚的温度比白天低了至少10度以上，而且湿度又大，刚刚经历了恐慌之后的游客们感受到了寒冷。

大伙蜷缩着身体，有的人蹲着，有的人坐在冰冷的地上，几乎都打着哆嗦。那些小孩子们更紧紧地依偎在父母身旁，冻得不断地哈气。

见状，孟庆虎、谌宗辉、张志瑜、唐小军、邓品飞、韩周军、邓雪、郭玉满、梁小平、郭忠发、张昌盛、李春江、吴海馀、茸里、袁有宝、更秋、赵敏、傅起君、吴章平、娄文明、刘政尧等20多名搅拌站的工人谁也看不过去了，都不约而同地取出了自己的棉被给游客们使用、保暖。

20多床被子哪够近200名游客使用呀？这时，这些农民工兄弟们又将自己的衣服纷纷拿了出来，给游客披上。

人群中，孟庆虎看到一位60多岁的老太太捂着一位老大爷冰凉的光脚，嘴里不停地叨念："跑那么快，鞋都没有了，你看现在知道冷了吧？"

"你说是命重要还是鞋重要呢？"老大爷辩解说，"我们能够躲过这场生死劫已经很幸运了，应该高兴才对，冷一下有啥关系？又冻不死人。"

见状，孟庆虎走了过去："老人家，你要不嫌弃，我把我脚上的鞋子脱给你穿吧？"

老大爷听了孟庆虎的话之后，很感动："我当然不嫌弃，但是你把鞋脱给我了，你自己穿什么呢？"

"我再想办法吧。"孟庆虎脱下脚上的休闲皮鞋一边给老人穿上，一边说，"我毕竟在这里打工，不止一双鞋子的。"

287

之后，他便光着脚走到装载机上，取回另一双休闲鞋穿上。

孟庆虎的义举打动了搅拌站的其他工人，他们也都纷纷从宿舍里取出自己的鞋，递给那些光着脚丫的游客们。

122 林场位于九道拐和神仙池路口之间，从九环线主干道的一条窄岔路进去，就是林场。它三面环山，虽然地震后滚石不断，但也是近 200 位游客的唯一庇护所。

在 122 林场工作了 39 年的老护林员李如林十分熟悉周围的山体地貌、植被种类。他明白，主震之后除非地裂，林场还是安全的。而山崩，应该不会威胁到这片空地。

凌晨，气温越来越低，露天里的游客感到越来越冷。在茂密的森林里，火是森林保护的大忌，防火也是护林员的首要职责。然而，看到瑟瑟发抖的游客们，李如林心中却跳动着火苗，他希望能为游客们做点增加温暖的事情，内心却又纠结不已。继而，孟庆虎不抱希望地与他商量，希望生几个火堆给游客取暖……

这位老护林员纠结地落泪了，他第一次决定"放弃"对原则的坚守，与厨师郭忠发一起四处找来柴火，生起了几篝火。

于是，大家围着篝火，围坐温暖，惊慌凄凉的情绪渐渐平复，开始了彼此之间的交流，和共抗震魔的慰藉。

"老李，森林里不能生火的呀！这是原则呀！"这时，有别的护林员拉住李如林说，"万一引发森林大火怎么得了？"

"出了什么问题我负责。"李如林坚定地说，"我们既然是护林员，我们当然要护林！现在火堆生起来了，我们倍加小心就行了！"

这一晚，对于大家来说，可谓真正的人生磨难，小小的余震，或者轰隆的滚石声，都会引起一阵恐慌。

多数游客从未经历过地震。曾彩容和李唐也没有，汶川地震时，她们还在外地读书。她们理解游客此时对地震莫名的恐惧。

这样的夜晚，对伤者尤其如此。这些受伤的游客们，立不能，坐不能，只能躺在冰冷的地上，还翻身不能，痛得不时嗷嗷地叫，呜呜地哭。

于是，建筑工人们又当起临时医生。没有酒精，工人们取出白酒，没有纱布，他们拿出毛巾、哈达，跪在地上，一一给伤员擦拭、包扎伤口。

中建三局成都公司九寨沟文化小镇项目部搅拌站站长谌宗辉，见一位武汉游客手指受了伤，拎起锯子，从树上锯下一小根树枝后，再用刀片削平，做成夹板，给他固定起来。

令孟庆虎感动的是，当晚，一名北京游客肋骨受了伤，却一刻也不休息，连说自己是医生，不停给其他的游客们号脉，查看伤情、治疗、包扎……

救人者和导游们想办法去安抚游客的情绪，可是情况却在进一步恶化：一男一女两个重伤员流了很多血，一位来自上海的女医生想救他们，但由于没有药品，女医生无助得直哭。

这世间，最令人痛苦的事莫过于身边有很多想帮助自己的人，却爱莫能助；这世间最最痛苦的事是，看到眼前的生命在一秒一秒地走向消逝，想救援却无能为力……

2017 年 8 月 9 日夜里两点多，在被救之前依然想着别人、后来一直昏迷的谢中舜，没能挺过煎熬，永远失去了生命。

而另一位重伤的女游客毕倍倍，从被救出时腿部就断成了 3 节，因失血过多，生命也在一步步走向终点。

求生的欲望深深刻在毕倍倍的眸子里，她一直坚持着，坚持到母亲也转移过来之时。然而，她等待的只是一个告别——她母亲来了没多久，她就在母亲的怀抱里去世了。

这原本是一个孝顺之旅，散心之旅——见母亲心情不好，毕倍倍主动提出带母亲到九寨沟旅游，没想到却让自己的生命走上了终结。

多好的女儿呀，你怎么就这样走了呢？撕心裂肺的悲哭声中，毕倍倍的母亲几欲断魂。

而最残忍的是，8 月 8 日地震这天，正是毕倍倍的 29 岁生日……

生命，在人们眼睁睁的无助中走向消亡；生命，在人们感同身受的绞心中岌岌可危……没人知道自己会在这个看似安全的"孤岛"里待多久，也没人知道这摇个没完的大地和松垮的山体何时才会复归慈祥与平静。

长夜漫漫，好不容易迎来了清晨，迎来了朝霞，可是仍然处在"孤岛"之中，游客们在万分感激这些善良朴实的护林员，以及同样是远道而来的农民工无私且温暖的爱心奉献的同时，心里其实也十分焦灼，对生死充满着无限恐怖。因为就在这"孤岛"中，已死了两个人，还有若干人受轻伤或重伤。

"亲人们呀，你们在哪里呀？快来救救我们呀！"

多少人心里默默地祈祷，更有不少人流着泪口中如此这般地念念有词。

他们知道，要打通垮塌下来的巨大的山体，是很不容易的，虽然心情无比急迫。

同样的急迫，何尝不是在时刻煎熬着与他们咫尺天涯的阿坝州州长杨克宁，中铁一局成兰铁路指挥部党委书记、救灾突击队队长孙书深，煎熬着"孤岛"另一侧正在上四寨抗震救灾的嫩恩桑措派出所的民警魏志杰，煎熬着九寨沟公安局沟口分局的海滢局长和杨云峰政委，煎熬着九寨沟县副县长兼公安局长黎永胜等人。

一个漫长而不眠的夜晚，在一次次余震制造的战栗、山体垮塌制造的恐惧中，度日如年地过去了，人们绝望地迎来了又一个艳阳天。

8月9日一大早，牛玉奎又和中建三局成都公司九寨沟文化小镇项目部搅拌站的工人去往被砸的大巴车，抬出了头一天晚上已经发现没有了生命体征的两具遗体……

天亮不久，在上四寨，杨云峰与马勇又碰到了从漳扎镇彭丰村匆匆赶来增援的警察同事、嫩恩桑措派出所内勤魏志杰，以及原来在成都治疗、得知地震后匆匆赶回的嫩恩桑措派出所所长李桂玉。

2017年8月8日，魏志杰在家休假，地震发生后，他连忙赶往嫩恩桑措派出所上四寨片区，参加上四寨片区的抗震救灾。然而由于通往上四寨的道路不通，他又无奈返回，在彭丰村与其他民警一起疏散附近宾馆的游客。

在这个过程中，他一直关注着九寨沟公安局沟口分局微信群里关于道路的疏通消息，直到 8 月 9 日清晨 5 时许，得知从九寨沟沟口前往上四寨的道路已基本疏通，于是再次出发，前往上四寨。

先步行，再搭乘武警的汽车，魏志杰经过一个多小时的奔波后到了上四寨，并与黎永胜、杨云峰以及原本从成都紧急赶回的李桂玉一起，在上四寨村灾情严重的神仙池口子执勤。

8 月 9 日上午 11 时许，从头天晚饭后一直顾不上吃饭的魏志杰，刚把一盒自热米饭拆开，就又接到了新任务。黎永胜在电话中指示：从多个渠道获悉，在九环公路 122 林场所在位置，有 200 余人被困，需要及时解救。

122 林场位于"新二拐"半边山垮塌体与上四寨神山滑坡体之间，两端道路因被崩塌的山体阻碍，变成了"孤岛"。

通信中断，道路被垮塌的山体完全阻断，122 林场的情况又是怎么被人知道的呢？这要归功于武警四川森林总队以及阿坝州公安特警。

从 8 月 9 日凌晨开始，武警四川森林总队副参谋长刘佰利便带着 69 名官兵，兵分三路抗震救灾，一路在景区沟口疏散群众维护秩序，一路在神仙池路搜救和转移伤员，一路在达基寺村配合医务人员救治转移伤员。

在武警四川森林总队总队长李岩的指挥下，九寨沟中队官兵徒步进入沙务沟逐户搜救，同时又利用无人机进行空中侦察，结果发现有近 200 名游客被困于 122 林场，于是他们将这一情况及时地向抗震救灾指挥中心汇报。

黎永胜接到上级对 122 林场被困群众展开救援的命令之后，马上电话指令杨云峰安排人员前往救援。

杨云峰随即安排魏志杰、卓玛孝，会同武警官兵、森林警察、九寨沟民兵、医生等 30 多人，携带担架等医疗器材 6 件、急需药品 20 余种、各类给养 10 余箱，前往 122 林场搜救。

由于救援人员多、沿途又不断有飞石滚下，为保证大家的安全，魏志杰将随行人员分成几个组，每个组保持一段距离，在通行危险路段，一边躲避飞石一边快速通过。

途中，魏志杰右手臂被飞石砸伤，鲜血直流，他只是让同行的医生简单地包扎了一下，便继续前行。

到达122林场后，经过统计，近200名游客中，已有4人死亡、有8人受重伤，还有40多名老人、小孩……

在这里，魏志杰看到已经有公安特警早于他们到达。

这些公安特警是阿坝州特警支队二大队大队长马悌所带队的、奔驰千里而来的特警。

2017年8月8日晚，阿坝州公安局特警支队二大队正在马尔康执勤，得知九寨沟发生地震的消息后，他们马上联系领导，请求去灾区救援。得到批准后，大队长马悌随即带领90名特警从马尔康出发，连夜奔波，于8月9日早上6时许，到达弓杠岭。

那之后的道路，由于塌方太多，险阻太多，特警队员们采用了步行的方式向震中推进。

当特警队员们到达九寨天堂洲际大饭店后，在刘波涛的指示下，马悌留下80名队友在现场展开救援工作，然后叫上扎西夺机、田朝健、泽旺、保玉、杨忠尔甲、关明军、李得林、路玉足、陶文涛，外加自己，共10名特警队员组成突击小分队，沿着塌方的301省道继续向九寨沟方向徒步前进，展开搜救。

临行前，刘波涛特地对马悌交代说，他们要去探险的道路他与杜林曾经走过，十分艰难凶险，因而要求他们在参加搜救的过程中倍加小心，保护好自己。

"请局长放心！夜里去与白天去还是有区别，夜里要危险得多。而且现在余震越来越小，危险性也应该要小许多！"

"山体垮塌随时都在发生，无论白天黑夜都一样危险，千万要小心！"

"遵命！我们一定会小心的！"

踏上征程后，马悌也对队友们强调，虽然大家是去搜救游客，但这跟打仗没什么区别，救人当然很重要，但大家在救人的同时，也一定要注意自身安全！

地震对道路和山体的破坏远甚于战争，这当然是不容置疑的事实。沿途，每走一段就会遭遇塌方路段，路边不时出现被滚落的石头砸烂的小汽车、大巴车。因担心车内有被困人员，每经过一辆被砸坏的车辆旁边，他们都会上去打探，查看车内是否有被困者。

还好，都没有看见他们最不愿意看见的事情。

到达九道拐最下边的"新二拐"地段时，突击小队发现前方山体垮塌十分严重，大约有一到两公里范围内的道路遍布塌方体，山坡上一整片森林随山体倾斜，全部压在路面上，路况非常差。许多车辆被砸到严重变形，但并未发现伤者。

虽然危险重重，但是突击小队却愈发感觉向前突进的必要性。马悌及战友们一致决定，哪怕有生命危险，也要冲过塌方体，冲到受灾人员的身边去。

为尽可能地躲避沿途飞石，安全通行，马悌又将 10 名突击队队员分成 4 支小队伍，每支小队伍保持一段距离，一边躲避飞石一边快速通过危险路段。

8 月 9 日上午 10 点，10 名特警在步行数公里后，终于赶到了中建三局成都公司九寨沟文化小镇项目部搅拌站所在的 122 林场。其间，马悌在躲避飞石之时，还不慎将左脚扭伤。

122 林场被群山环绕，有近 200 名游客被困于此。在马悌所带特警到达此地之前，只有少数的民兵到达。

进入 122 林场后，突击队迅速熟悉队形，分出 4 人展开警戒工作，负责观察四周山体的情况。其余突击队员与民兵对接，了解游客受伤情况。

通过了解得知，游客中共有 8 人受伤，其中两名伤者伤情严重：一名头部遭受落石冲击，面部满是血污，呼吸十分急促；另一名在大巴中被巨石砸中时，大腿骨折，有失血过多的危险。其余受伤的游客也急需救援。在这些游客中，共有 40 多名老人、小孩。

在警察未到之前，这儿已成了"孤岛"，道路两边垮塌的山体成了"围墙"，将他们关在了大山之间。看到身边有游客伤亡，又没有吃的、喝的，因而十分恐慌。

由于通信中断，游客们被困的消息未能发送到外界，马悌他们到达后，马上拿起对讲机，向阿坝州公安局抗震救灾现场指挥中心报告受灾地点、人数，以及伤者情况，并请求派医疗队到现场抢救。

接到马悌的汇报之后，刘波涛命令他们就地安抚群众，注意安全避险，不要贸然带着游客穿过正在塌方的山体，以免对游客造成次生伤亡事件。同时即刻派医疗队前去救治伤员。

8月9日下午2点左右，抗震救灾现场指挥中心派出的又一批救援人员赶到了122林场，两名医生对几名重伤游客的伤口进行了清洗包扎。有几名游客腿部骨折，因没有夹板，大家又找来树枝，由医务人员把骨折的腿固定好。

魏志杰觉得仅仅给这些伤员的伤口进行一番包扎还不行，因为他们的生命已经奄奄一息。他找到马悌协商，提议将重伤员向九寨沟县第二人民医院转移。两人的观点最终达成一致，决定由武警、森警、九寨沟民兵用担架将伤者护送出去，进行抢救。

想到腿部骨折的重伤员如果由人抬的话，颠来簸去容易造成更大的伤害，中建三局成都公司九寨沟文化小镇项目部搅拌站的工人建议用装载机运送一段路程，在装载机无法通行之处再由人抬。因为装载机前面有一个铲斗。说他们之前在搜救游客时就是这样运送伤员的。

这个建议不错。

为了让伤员在被护送就医的过程中少受折磨，人们在铲斗里放上了两床棉絮，将重伤员放在铺有棉絮的软软铲斗里往前面送，直到送到上四寨神山巨大塌方体处，装载机不能通行处，再用甘肃陇南前来救援的森林警察所带来的便携式担架，由武警和森警抬着往沟口转移。

抢救伤员当然是救援中第一重要的，但是游客们见到伤员们开始朝"孤岛"外转移时，却都急躁起来，也想尽快逃离这座"孤岛"，跟着伤员一起离开。

令人叹惋的是，由九寨沟县的民兵，以及广元市的公安消防人员冒着生命危险，刚刚将这10多名伤病员及家属转移出去，天上便突然下起了大雨。山上被地震震松的石头经大雨暴浇，不停地垮下来。

天公不作美，马悌与魏志杰等人的心凉透了，心想这下按领导下达的当天下午6点前要全部安全转移游客的任务完不成了。

最可怕的是，122林场的两边山坡上有高压电线塔，如果垮塌的石头将高压电线塔给砸垮了，大地导电，将会造成更多人伤亡。

大雨浇垮松动的山坡，也几乎将游客心中的希望给浇灭了，绝望的哭声此消彼长。

为了尽快实现对游客的转移，魏志杰又与杨云峰联系，了解道路的疏通情况。

杨云峰说，道路尚未打通，还需继续安抚游客的情绪，并随时观察高压电线塔的情况，如有危险，及时将游客的聚集点作相应的挪移，待交通疏通后，便即刻组织转移。

看到游客情绪激动，魏志杰既理解，也着急，然而他与特警们唯一能做的事，却只能是耐心地对游客进行安抚：通往外面的道路因塌方而中断，还不断有飞石滚落，太危险了，所以不敢轻易组织大家朝外面转移。但是道路一定会很快被打通的。

"请大家多多理解，我们既然冒着生命危险来救大家，肯定要在确保大家生命安全的前提下，才能把大家护送、转移出去。"

"这里有我们带来的矿泉水和方便面，大家先领着喝领着吃，不要慌。现在大家要镇静，并听从指挥。只有这样，才能平安地渡过危机，并最终安全地离开这里。"

听了魏志杰、马悌及其他救援人员的话之后，大家纷纷去领方便面和水，情绪暂时稳定了下来……

那之后不久，来了一名中铁一局成兰铁路指挥部抗震救灾道路疏通突击队的工作人员，他对魏志杰、马悌和广大游客说，抗震救灾道路疏通突击队的队员们正在从"新二拐"往这里抢修一条便道，力争在当天下午6点前完成便道的施工，届时大家就可以安全地转移了，请广大游客耐心等待，不要绝望。

游客们听了这话以后，非常高兴，煎熬了10多个小时，终于有了一个盼头。

魏志杰、马悌及特警们也舒了一口气，他们何尝不是有着这相同的盼望？

而在"新二拐"督战抗震救灾道路疏通者，便是杨克宁、葛宁、李建军、巴黎以及孙书深等人。

3. 铺满山道的爱

蓝蓝的天空挂着淡薄而仙逸的云，而崎岖梗阻的地上，卓绝的奋斗伴希望前行。

与其说塌方体垮塌在路上，不如说这些塌方体更重压在人们心上。

由于"新二拐"垮塌的山体方量巨大，孙书深又紧急从后方增调1台挖掘机、两台装载机，对堆积体展开清理。

杨克宁重新回到"新二拐"后，以身作则，不顾危险坚持在塌方体上指挥抢险，他那种身先士卒、敢为人先的精神深深感动了在场每一位抢险队员。

此刻，无论是指挥人员、防护人员，还是机械操作人员，都团结一心、肝胆相照、全力以赴推进抢险工作。从早上8点半持续到下午3点，历时6个半小时，终于在那处最长的塌方堆积体边缘开辟出了一条便道。

为尽快打通救援通道，救援队没有休息，继续向前方挺进清理。

而此时，中铁一局九绵项目部也正从九寨沟沟口往松潘方向进行道路清障，也抢通了一条能够勉强通行的路。因地震造成通信信号中断，在这个过程中，同属中铁一局的两支抢险队没有任何联系，也不知前方情况如何，直到疏通道路，才知道前方的抢险队员，也是中铁一局的工友。以这种形式双方见面，激动之情，无以言表。

道路基本能够通行，魏志杰及时向杨云峰和李桂玉进行了汇报，又同马悌、孟庆虎，以及九寨沟县的民兵队伍商量，决定将被困游客转移到4公里之外的上四寨。

获知转移计划之后，林场搅拌站的工人主动派出两辆挖掘机，用于转运被困老人和小孩。

由 10 名普通游客组成的第一支转移队伍出发了，这支小型队伍由马梯带着两名特警在前面带路，一名特警殿后，徒步 3 公里左右，到达上四寨。

此后，剩余游客以此方式，每隔 5 分钟出发一组，每组 10 人，在救援队员的护送下，向"孤岛"外转移。游客中的老人和儿童，则分散到各转移组中，予以重点保护。

2017 年 8 月 9 日下午 4 时许，牛玉奎和导游以及魏平一家跟随武警、消防人员撤离至神仙池路口时，牛玉奎想起他们的行李还在车上，便关切地问魏平的行李要不要取，以及有什么贵重物品。

"贵重物品倒没有，只有一个笔记本电脑。"

"那我去给你取！"不等魏平回答，牛玉奎便决定了，"你的笔记本电脑放在啥地方的？"

魏平很感动："太危险了。不用取了，都是身外之物。"

"没关系，我去给你们拿过来，你们是远方来的客人，我不能让你们在九寨沟留下遗憾。"

牛玉奎说着，便出发了。

当他跑到自己的车所停位置时，看到车的后窗已被砸坏了，庆幸的是客人的包还在。后备厢里有 6 个行李包，他不清楚哪个包里装有魏平的笔记本电脑，便直接从窗口伸手进去，抓住两个可能装有电脑的包，便飞奔离开。

因为那个时候，车两边的山体仍在不断地落石头，乒乒乓乓的响声像放鞭炮，砸得人心里发慌。

牛玉奎手持的两件行李，是魏平爱人的黑色背包和魏平儿子的蓝色行李箱。从他的汽车被砸的地方跑到安全的地方，牛玉奎全速冲刺了大约500 米。

在这个过程中，牛玉奎还遭遇了一大帮逆行者。

他们是武警阿坝州支队十三中队 30 多名战士，他们在《九寨千古情》剧场搜救出了周倩之后，又奉命上行，前往九寨天堂洲际大饭店协助游客转移。

就这样，救援队员们往返很多次，终于将近 200 名游客全部"零伤亡"地带到了上四寨安全点，并及时与九寨沟县政府的旅客输送队取得联系，最终在下午 6 点钟左右，将这些游客全部安全地转移到了九寨沟县城。

虽然冒着生命危险帮魏平一家拿回了两个行李包，可牛玉奎心里却写满了遗憾，因为他拎回的行李包里，并没有魏平的笔记本电脑。

就这样，到 8 月 9 日下午 4：30，困在自九道拐至关门子处的 6000 多名游客全都转移出去了，原计划必须在当天下午 6 时前转移完游客的，通过杨克宁以及奔赴灾区一线的阿坝州州县干部的积极努力，还提前了 1 个多小时完成转移；而按阿坝州的要求务必于当天下午 4：30 前结束转移工程，这便正好完成转移任务，这让杨克宁很高兴。

当然，这 6000 多人的安全大地转移，也与交通的有力管控分不开。

"新二拐"疏通后，杨克宁又率先通过了刚刚清理出来、山上乱石不时跌落的道路，然后直奔位于九寨沟沟口的抗震救灾前线指挥部。

刘作明握着杨克宁的手，激动地说，他俩原本约好一起去九黄机场迎接省上领导的，但他后来联系不上杨克宁了，便猜杨克宁可能去了灾区。由于灾区的通信系统已经破坏了，所以联系不上。

"是的，就是这样的。"杨克宁说，"由于通信系统被地震破坏，也没能及时向你汇报沿路的灾情。"

"真是辛苦您了！那一段路的游客都转移出去了就好了！"

"是的，基本上都转移出去了，此时，他们或者已经奔驰在通往成都的路途之中了。如果他们到了川主寺镇不想夜里向成都转移的话，也有地方提供免费食宿。"

杨克宁回答完又关心地问："作明书记，请问沟口的游客转移完了没有呢?"

"也基本上转移完了！"刘作明说，"有一部分转移出九寨沟县城了，有一部分可能还会在九寨沟县城住一宿，主要是怕夜晚走山路危险，而九寨沟县城相对安全。"

当然，从漳扎镇朝九寨沟县城转移的过程也非一帆风顺的。

从漳扎镇通往九寨沟县城的车很多，但行进很慢，原因是山坡上随时都在垮石头，汽车在落石地段要听警察的指挥，能行才行。

如有石头垮落，则必须停下来，直到暂时没有落石时再通过。但慢归慢，只要能行进，那还是挺好的。

当看到路上的车堵起来后，毛清洪便会马上通过微信群发消息问交警："怎么又堵起了？咋回事？"

在从牙村塌方点值守的警察赵富尧、薛峰、常晓磊回答说："隆康社区往下的道路都是通的，我们也不明白为啥堵起来了啊！"

这就怪了，道路是通的，而车却堵住了。电话打给隆康社区值守的警察才明白是咋回事：原来，隆康社区这边的自驾游者见往九寨沟县城的道路通了，便不停地将车开出来，加入往九寨沟县城行进的队伍，所以隆康社区往沟口方向的车便堵住了。

从8月9日凌晨1时许开始疏散和转移游客，直到早上6时许，虽然天已经亮了，道路也比较畅通，但往九寨沟县城行进的游客的车辆依然络绎不绝。

就这样又过了3个小时，到了上午9点钟左右，路上的车辆才渐渐少了起来，自驾游与旅游团的游客已基本上转移完，剩下的就只有一些自由行散客。

这些自由行散客主要集中在月亮湾度假酒店、天源豪生假日酒店，以及喜来登国际大酒店、梦幻九寨酒店等地，滞留的游客还非常多。

这段时间，交通部门也一直在组织、协调转移车辆。

到上午11时许，毛清洪刚吃了一碗方便面，黎永胜又过来安排工作，传达了九寨沟县委书记罗智波的指示：剩下的游客全部由公安机关负责，必须于下午4点30前转移完。

毛清洪一听，感觉任务挺重的：剩下的游客还很多，好几万人，就算道路通畅，也得有相应的车辆载客转移才行啊！哪来那么多车呢？

黎永胜说，当然会努力想办法协调车辆加入游客大转移队伍的。

毛清洪想了想："观光公司有80辆柯斯特车可以用呀。"

黎永胜说："那80辆柯斯特车已经派上用场了，直接装上游客往平武去了。如今看来，直接将游客接到平武的距离太远了，要是将游客转移到九寨沟县城再实行第二次转移，漳扎镇游客转移的压力就没有那么大了。"

从九寨沟到绵阳平武县城200多公里路，转移的车辆来回得花六七个小时，这样转移车当然不够了。这时两人就寻思起来：哪里还有中巴车、大巴车？神仙池管理局的车，警察消防的车，出租车……

正在两个人寻思着去哪儿找车的时候，九寨沟管理局跑过来一个员工，急切地对他们说："你们赶快去几个警察，沟口广场有一些事情需要解决。"

于是毛清洪连忙把指挥中心的赵小平以及另两个民警带上，朝沟口广场冲去……

从喜来登国际大酒店生肖广场踏上免费转移车，踏上疏散之路后，人们百感交集。

疏散转移的过程很艰难，一路的武警、交警用生命监测着道路，观察山体滚石滑落的情形。在一些特别危险的地方，有落石的地方，会堵一会儿车，转移的车辆会根据武警、交警的指挥安全行驶。

滚石暂停，抗震救灾抢险工程车将路障清理之后，车辆再通行；遇到落石又停下来，然后武警与交警指挥，工程车则快速清障……

一路行进，战斗在最危险的地方的始终是武警、交警，以及负责清障的抗震救灾抢险工程车师傅。

感动无数。

这些感动不仅仅是内心的温暖，更是死生契阔的铭刻。

虽然已经走出了灾区，但多少游客依旧不敢睡，觉得这个转移的过程也是十分危险的。

沿途，有很多车辆逆行驶来。这些车都是救援车，各种救援车，包括消防车、通信车、武警车辆……

看着这些车辆从自己身边驶过，人们在内心由衷地向他们致敬，他们义无反顾地冲进最危险的地方，一定是震中还有很多亟待解救的人。

大概到中午 12：00，汽车行驶了 3 个多小时后，终于到了九寨沟县城。

3 个多小时只行驶了 40 公里，可见这一路的坎坷。人们恍然觉得，汽车时行时停行驶的过程，也是自己生命开启崭新人生的过程。

途中有穿红色衣服的志愿者为他们的疏散车辆送水、送食物，那些平常司空见惯的姿势，无不凝聚大爱，且激情浩荡。

随着汽车渐渐接近九寨沟县城，手机信号瞬间恢复了，不停的提示音扑面而来，多少人看到朋友、同事，甚至平时疏于联系的人在微信上的问候留言，都很感动，真是患难见真情！

到九寨沟县城后，旅游车继续向绵阳市平武县方向转移，多少人困得不行，想睡一会儿，但发现一路也是高山悬崖，且时有塌方、落石……便不敢睡了。

到达平武，感动依然在延伸。

平武县城随处可见为游客们提供免费吃喝的标语，以及标语下真诚澎湃的感情。

甚至，平武突然而至的雨，也让不少店主将自己店里的雨伞抱出来分发给游客们。

想到这近 24 小时里所经历的恐慌、惊惶、冷暖、感动……游客们心中的感慨也化作了泪水，如大雨一般流淌在了脸上。

面对不花毫厘就能取得的食品与饮料，人们并没有多取。经历这次地震，让人感恩与感动的地方真是太多了，能少取物资就是给更需要的人的帮助。

魏庆凤与丈夫龚武清、女儿龚喜的转移，也一路书写着感动。

在扎西宾馆的停车场，魏庆凤看到宾馆老板何明庆正在安置他的员工，他把包里的钱全部掏了出来分给了他们："我欠大家的钱，我回成都后就算砸锅卖铁、到处借贷，我都要给大家还上，请大家放心！"

看到可恶的地震一夜之间将这位善良的老板变成一文不名的人，魏庆凤心里很难过，她想说些什么安慰一下他，却又不知道说什么才好，也最终什么也没有说。因为最好的安慰莫过于地震没有发生，他的宾馆生意兴隆，但这可能吗？无语慰藉的她，只感觉眼眶里又有了泪水，她知道自己又一次被感动了。经历了这场突如其来的地震，她忽然变得敏感起来，睹物伤情的事时常出现。

"要不我们也开始撤离吧！"

龚武清见魏庆凤这样，连忙对她说。

"好吧！"魏庆凤擦了一把泪，回答说。

"妈妈，别哭，我们这不是就要走了吗？"

龚喜看到魏庆凤眼里有泪，连忙轻声安慰她。

"是的，妈妈不是哭，而是开心，想到就要离开了而开心！"

由于通往松潘县川主寺镇的路还未通，他们只能选择走九寨沟县城到平武这条生命通道撤离出去。

撤离前，龚武清特地将车开到了九寨沟县第二人民医院，想看看是否还需自己帮忙。到医院下车后，他得知先前的危重病人，已经完全地转移出去了。

忙累了一夜的医护人员，有的栽在地铺上、有的蜷曲在病床上、有的头靠着墙壁睡着了，龚武清生怕打扰到他们，在给他们拍照留作纪念后，便悄然离开了。

在大灾面前，医护人员总是冲在前线，他们或许还没有来得及给家人报平安，或许还没有来得及问候自己的亲人，就投入到抢救伤员的战斗中了。

让龚武清感到万幸的是，九寨沟县第二人民医院在地震前来了一位成都铁路卫生医院的骨科大夫，他在抢救地震伤员中发挥了很大作用。

龚武清当然不是唯一的医疗志愿者。跟他一样同是游客，地震发生后却主动前往医院救治伤员者还有不少人。虽然他们彼此不熟悉，但医者仁心，大家很快便亲如一家，在抢救伤员时紧密协作，并彼此感动，彼此励志。

8月9日9：30，在医院短暂停留，得知已无多少伤员需要抢救后，他们重新上车，准备返回成都。

重新出发时，龚武清跟魏庆凤商量说，自己家车位相对宽裕，还可以带两个人出沟。

"这主意好！我们想到一块了！"魏庆凤连声肯定，"我非常赞同，但是建议妇女、儿童和老人优先。"

"好吧，听你的！"

故此，龚武清有意将汽车在大街上缓慢地开。见状，便不断有人拦车想要搭他们的车，但由于不符合魏庆凤"妇女、儿童和老人优先"的搭人原则，他只好摆手婉拒。

一路行进，他们看到道路两边都是焦急等待转移的人群，还有被清理在道路两边的滚石、砸坏的小汽车等。

沿路，警察们在维持秩序、清理路障，或者眼盯山体观察落石……由于车速非常慢，偶尔也能看见劳累的交警，虽然笔挺地站在路旁，但眼皮却已经快睁不开了。毕竟这是一个小镇，警力非常有限，从发生地震到此时，整整12小时他们都没有合眼，再困也要冒着余震的危险抢救伤员、清理滚石、维持转移秩序……

看到辛苦奉献的他们，龚武清总会情不自禁地向他们竖起大拇指。

车子前行不到2000米，一个警察拦住了他们的车，希望他们能带人到九寨沟县城，魏庆凤说，自己的车可以带两人，但希望所带的人是老人、妇女或儿童。

"没问题！感谢你们的爱心付出！"

于是，一位来自湖北黄石名叫王良的女老师带着孩子上了他们的车，王良的丈夫也想上车，但他们带着两个大箱子，背着两个包，车子装了行李，便坐不下他们一家三口。

王良的丈夫最终选择了自己留下，先让王良带着孩子乘坐魏庆凤他们的汽车离开。

临行前，王良的丈夫还是将一个箱子和大包放在了后座位上，占了一个人的位置，然后一家人心情复杂地抹泪惜别。

后来，车行驶得很远了，王良却突然涕泪齐下："我真笨！要这些占着一个人位置的行李干什么？真该让他上车，我担心死他了，完了！完了……"

魏庆凤连忙安慰王良说："没事的，道路已经通了，他没有坐我们的车，也可以坐别人的车，你不要担心。"

说过之后，她自己也在想，人生有时候就是这样，舍与得之间的平衡总是难以精准地把控。当生命无恙时，总是想要太多东西；当感知生命无价才发现，先前要的毫无价值。

从九寨沟沟口到九寨沟县城，车流绵延20余公里，沿途时见停在路边被山石砸变形的小汽车。也有被石头砸坏后视镜或侧门的汽车在行驶。还有用棉被包裹的汽车，以及后挡风玻璃用纸遮掩，车门用纸板代替的汽车在行驶……

时行时停，每辆车都小心翼翼地移动着。

烈日当空，强烈的阳光无遮无拦，晒得人眼睛都睁不开，要让车上的人观察山上是否有落石，还真是一件极度困难的事。所幸沿途都有观察山石异动的武警、民警、民兵，以及村民们，他们用生命监测道路，保障道路的安全，为转移的人们撑起一把阻挡飞石的保护伞。战斗在最危险之处者，始终是这些武警、民警、民兵、村民，以及负责清障的抗震救灾抢险工程队的队员们。

20多公里坎坷的路程，用了3个多小时，魏庆凤他们于8月9日下午2：00抵达九寨沟县城。县城路边是群众自发的服务站点，热情的志愿者为他们递上了矿泉水、方便面。

这热腾腾的方便面，算是地震后他们吃的第一顿温暖的饱饭。

吃完方便面，他们又出发了，从九寨沟县城往绵阳市平武县方向驶去。

一路上，他们都看到志愿者书写在纸板上的"欢迎回家"；

一路上，他们时见路边摆放着小桌，小桌上放有灌满开水的温水瓶，温水瓶旁边放着写有"请免费使用开水"的纸板；

一路上，经过的乡镇都自发建立了为游客们免费提供方便面、馒头、饼干、矿泉水的服务站点；

一路上，随处可见令人动容的"一方有难八方支援"的标语。

路边的乡镇、村社服务站点比比皆是，一直绵延到江油地界……

看到这样的场景，真是想不感动都难！

什么叫患难见真情？这就是啊！

感动之余，魏庆凤开玩笑似的问王良："我们四川人不错吧？"

王良回答说："我之前真的没有想到，四川人真好啊！"

行进的路途，出灾区朝成都转移的车辆都靠右通行，左边的道路上则是飞速行驶前往灾区的抗震救灾车辆和救护车，等等。

看到这样的场面，魏庆凤特别感慨、感动，总是热泪盈眶。

谁说我们的祖国不强大？谁说我们国民素质低？

在大灾面前，政府的有序组织、科学救援，群众的志愿行动、理性救助，真实地体现了中华民族大爱无疆的传统美德、自强不息的伟大精神和祖国坚强有力的运行机制！

8 月 9 日晚上 10：20，他们顺利抵达成都市青白江区，魏庆凤将王良母子安置在茂文大酒店居住，酒店老板被魏庆凤夫妻的爱心故事所感动，也特别为王良母子提供了免费食宿。

2017 年 8 月 10 日，王良的老公也撤离了出来，一家人会合后安全回家。

4. 再危险我也要去搜救

虽说世间没有不散的宴席，但没想到这个离散却来得如此无奈而又悲情。

魏庆凤与龚武清一家子走后，扎西宾馆的员工们也和何明庆一一道起别来。

赵润英回房间收拾东西时，才发现，除了他们小孙女的衣服和玩具之外，他们已经没啥东西可以收拾了，因为他们的被子衣服等全都在地震发生后提供给客人了。

十分钟后，何明庆找来扎西宾馆的房东索朗扎西说："还有几个员工是成都的，只有我带他们回去了，这个现场就劳烦你操心了，等救援结束后，我还会再回来，客人房间内还遗留了很多东西，等核实好了，我会一一给他们寄过去！"

索朗扎西说："好吧，路上注意点儿！"

何明庆返回房间，把自己平时用的米面油拿出来都给了索朗扎西，想这段时间他肯定能用得上。

之后，他们就道别了。

何明庆一路开车，看到沿途的车辆特别多，有回成都方向的，有救援车辆、警车，也有很多军车拉的解放军战士往九寨沟方向走……看到此情此景，他很感动，并为关键时刻人民的凝聚力而自豪。

因为余震不断，从九寨沟景区到九寨沟县城的这段路，山上一直掉石头，行进的过程非常艰难，时走时停，时震时惊，平时40分钟的车程，竟然走了5小时。

何明庆的小孙女可能被吓坏了，一直不停地吵闹。

担惊受怕地到了九寨沟县城之后，感动又一次把何明庆心中的惧怕驱散：

县城的大街上，有很多志愿者和好心人免费提供方便面、面包和水。

他们一家人，和着泪，坐在马路边上，一人吃了一桶方便面。

也许是真饿了，那一桶方便面竟然让何明庆觉得，这是他吃过的最好吃的方便面了。

然后，一家继续往成都方向进发。

前进的路程越来越通畅，沿途都有交警站岗放哨，并维持秩序，以保证受灾群众顺利返回成都，也能保证救援车辆顺利进入灾区。

经过平武县南坝镇时，朋友留他们吃了晚饭，道别后继续前行，并于10日凌晨2点，平安地回到了成都家中。

炽烈的阳光直射大地的时候，紧张的游客转移工作渐近尾声。

但就在此时，又一项异常艰巨的任务凸显了出来。

2017年8月9日下午2点，刘作明得知九寨沟风景区里还有14位当地百姓失联，且经过救援人员多次努力均未能成功救出之时，心里很着急。

看到失联人员的家属哭的哭，诉的诉，其中一个名叫优中塔的村民，因为妻子与儿子都已失联而表现得甚为激动时，刘作明决定亲自带队进沟去搜救这些失联人员。

但阿坝州公安局警卫处处长郑锋却放心不下："书记，您身体不好，沟里很多道路都不通，山体又随时在垮塌，您还是别去了，让我带队进去搜救失联人员吧。"

"没关系的，我自己带队就行了。"

刘作明说，百姓的事就是他的事，百姓的亲人就是他的亲人，他即使在搜救亲人的过程中发生意外，也在所不惜！

李江澜同样放心不下，也力劝说："书记，有我与郑锋带着搜救队员进沟搜救就可以了，进沟搜救太危险了！您这么大年纪，又一天一夜没有休息，您就在指挥部指挥我们就行了。"

刘作明笑着说："你们又不是金刚之身，进沟去不跟我有着同样的风险吗？没关系的，搜救亲人们要紧！"

从九寨沟公安局沟口分局指挥中心赶过来的毛清洪，得知刘作明书记将亲自带着武警、特警进沟去搜救失联群众时，非常感动，连忙对自己的司机汪洋林说："快点去找一辆车来，我们跟着书记一起进沟。"

很快，汪洋林开来了一辆九寨沟管理局的工作面包车，刘作明、郑锋、阿坝州州委副秘书长杨贵荣、毛清洪、赵小平、汪洋林，以及包括优中塔在内的失联人员的三个家属代表都上了车，然后急急地往沟内行进。

当车开到扎如寺时，道路两边的山体便开始有垮塌的石头；车越往沟里面开，路上的石头便越多，走到树正社区时，山体垮塌得更严重。

由于毛清洪没带手机，他便向失联人员的家属借电话，联系上诺日朗派出所所长马怡姝，并交代了两件事：一是请其给黎永胜及海滢报告，自己已随刘作明书记进沟搜救失联人员了。二是马上带几个警察进沟，追赶他们的脚步，加入搜救队。

汽车一路上行，目光所及都是损坏的道路、垮塌的山体，还有不时滚落的飞石。

昔日的童话世界九寨沟，已被地震摧残得千疮百孔、遍体鳞伤。

车行至荷叶社区时，他们看到群众已经搭起帐篷，开展了生产自救。

火花海受损最为严重，地震当晚决堤，一个海子的水顺流冲出。阵风刮过，已不见曾经的美丽，波光激滟，已是昨日风景。

树正群海受损不大，但旁边的树正寨却受到震损，墙体裂缝、瓦砾遍地，寨子外拉起了醒目的警戒标识。

汽车开到离沟口13公里的诺日朗中心站之时，在此值守的景区工作人员便拦住了他们："你们快下车吧！从这往上，车子无法继续前行了，要进沟只能靠步行。因为前方的道路边上山体滚下来的石头太多，有的道路被巨石阻断，有的道路被垮塌的山石埋没了。"

李江澜问："汽车不能前进没关系，请问徒步能行吗？"

"建议你们不要进沟了，里面危险得很，一路山上都在垮石头，没人敢走的。"

"非常感谢你的提醒。"刘作明笑着对工作人员说，"但是再危险我也要去搜救，越早搜救出这些失联的群众越好！"

说着又转过身来对车上的人说："现在我们下车，步行进沟搜救吧。"

就在这时，九寨沟管理局的局长赵德猛、书记徐荣林也带了一些人，坐了一辆同样的面包车跟了进来，大家会合在一起继续往沟里走。

走过诺日朗瀑布后，发现昔日的美景被地震摧残得惊心动魄：古树扑地、乱石惊空，寒凉的山风吹过，松涛阵阵，如泣如诉，呜咽之声令人不寒而栗。

再往前行，人们看到山上垮了很大一堆泥石，不仅将路封住了，还有一棵很大的树横在路的中间。

一行人徒步前行，身形魁梧的郑锋在前面开路，有时要攀爬上高高的塌方体，还得警惕隐藏在枯枝蔓草间的石头土块飞出；在经过这棵倒在路中的大树时，人们只能弯身从树下穿过，松针扎脸，火辣辣地痛。

几位失联人员的亲属和刘作明走在中间，边走边分析失联人员可能的藏身之地，不时大声呼喊，唤得山谷回响阵阵。

李江澜在队伍最后观察，咬紧牙关，强打精神，勉强跟着前面队伍的步伐。

有几处更为险峻的地方，只能踏着摇摇晃晃的树干，连跳带跑地冲过去。

继续往前走，发现前面不远处的道路又有半边路基塌陷，滑进了水里。

再有一个月就满60岁的刘作明，也同年轻小伙子一样疾步前进，巨大的体力消耗、爬高蹿低的辛劳，使得他几次停下来休息。

高原缺氧、跋涉劳顿，他患有白癜风的皮肤，在阳光中显得更为苍白。

……

就这样，脚下的道路不是塌陷，就是垮方，举步维艰。

一路前进，上行右拐，过诺日朗群海，过镜海，快到珍珠滩瀑布附近时，道路更为艰险。

失联人员家属说，越往上走，塌方越厉害，因为他们曾经去过一次，由于塌方太大，无法继续前行，所以才请求九寨沟管理局派人救援。

看到心急如焚、气喘吁吁的刘作明，失联人员家属既感动又心疼："刘书记，前面垮塌更凶，我们休息一会儿再走。"

这时，他们遇见了蓝天救援队的部分搜救队员正从沟里往下撤。

"你们怎么撤了下来呢？前方的情况怎样？"

大家七嘴八舌地问蓝天救援队的救援人员。

蓝天救援队的救援人员回答说，他们接到前方的队友呼叫，说再往前就进不去了，劝他们及时回撤，赶在天黑前撤到安全地带。

因为未竟的使命，缘于没有完成的任务，刘作明决定继续前行。

但听说前方垮塌更厉害，怕翻越滚石如雨的塌方体砸伤人，他决定不要那么多人跟着："除我之外，再有 5 个人进去就行了，其他的人在这里接应，或者返回。前方情况不明，去的人再多又有何用？"

刘作明叫九寨沟管理局局长赵德猛、九寨沟管理局书记徐荣林以及九寨沟管理局消防队的格让久跟他一起，外加失联人员的两位家属代表，正好 6 个人。

然而，在他们一行走出没多远，放心不下的李江澜、郑锋、毛清洪等人又跟了上来。

由于从诺日朗派出所往上行后任何手机都没有信息，快到五花海时，郑锋想到书记与外面联系，且上传下达有关抗震救灾的指示不方便，便希望沟口能够送一部卫星电话进来。

"电话都打不通，怎么叫他们送卫星电话过来呢？"郑锋嘀咕着说。

这时，蓝天救援队的搜救人员听到郑锋的嘀咕后说："我们可以帮忙联系。"

郑锋心里一喜："你们怎么联系？你们有卫星电话吗？"

他想，如果蓝天救援队有卫星电话的话，就没必要再让人冒着滚石的危险送电话过来了。

"我们没有卫星电话，但是我们有对讲机。"

救援队员的话又让郑锋心中刚刚出现的希望顿然消失："有对讲机怎么联系抗震救灾现场指挥部呢？"

"我们每隔一段距离就有一个手持对讲机的人，我们可以像烽火传信一般通过对讲机进行彼此间的短程联系，将领导要做的指示传递出去。"

郑锋心里刚刚消失的希望又冒了出来，没想到还有这种通信方式，真是喜出望外。于是连忙通过对讲机，表达他们需要一部卫星电话进行信息互联的要求。

在传递这个信息的同时，又获取了一个信息，那便是有一些警察已通过诺日朗中心站，正往前赶，以增援搜救。

得知这一情况后，刘作明却说："前面危险，怕出现不必要的牺牲，叫他们回去吧。"

"他们快到镜海了呀！"

"那也让他们回去，他们已辛苦了一昼夜，再让他们来涉险和劳累没必要，让他们服从命令。"

这些警察是由马怡姝带队的警察。

接到毛清洪的电话之后，马怡姝马上向黎永胜及海滢汇报了毛清洪陪着刘作明书记进沟搜救失联百姓之事，同时连忙组织高明、王成及张三娃、郭靖、甲休介、杜伟、刘毅等协警，跟着她开着皮卡车进沟增援搜救。

一路上行，当车开到诺日朗中心站时，汽车便再也不能前进了，只能徒步。于是马怡姝安排高明留守，自己则带领王成和 5 名协警徒步前往五花海。

继续上行，发现镜海的公路已经有一半坍塌在海子里了，幸好 5 名协警中有两名耳朵特别好使，哪怕轻微的落石声也能听见，每当听见异动，便立即叫大家停下来，并后退到安全地带，直到落石停再前行。

一路上走走停停，甚为艰难。

然而，当他们急火火地刚抵达镜海停车场时，却接到刘作明书记下达的回撤的命令。

"都走了那么久了，现在折回不是半途而废吗?"马怡姝心里嘀咕着，有些犹豫。但此时对讲机再次响起督促他们尽快返回的命令，她只好和同事快快地折返。

5. 地空立体大拯救

垮塌的山石好似炮弹，横陈的树枝如矛戈。前行的路既艰辛，又充满了危险。但一颗颗搜救失联人员之心却更坚定。

刘作明带着李江澜、郑锋、毛清洪，以及优中塔等两位失联人员家属继续上行。

或蹦或跳，或走或爬，大家相扶相携，心手相连地行进着。

翻过一道道坎、转过一个个弯，纵然随时都有生命危险，却都无惧无恐，生死与共。

在经过一处滑坡体时，大家只能从大树干上跨过去才行，刘作明在通过时，脚不慎踩滑，差点摔一跤，把大家吓得不轻。因为这一跤轻则会骨折重则可能滑进下方深达10多米的海子中。

他可是一位年近六旬的老人啊！

就这样磕磕绊绊，大家好不容易才到达五花海。

天空开始暗下来，好像要下雨，李江澜心中万分焦急：如果再往前找不到失联村民，天黑后穿行更加困难，而且体力消耗太大，又没有干粮和水，到时恐怕再无精力返回沟口了。

那时岂不是泥菩萨过河，不仅救不了人，还自身难保。

当一行人打起精神，紧赶慢赶到了箭竹海后，发现前方道路严重受阻，再难通行，而同行人员分析失联村民极有可能就困在前面。

在湖边游人中心稍事休息后，刘作明把大家集中起来，一起商量对策。

由于前方的路垮完了。无法行进，决定安排无人机查找。

九寨沟管理局科研处的职工桑吉在跟着赵德猛一起配合刘作明书记进

沟搜救时，带了一架无人机，而蓝天救援队在之前进沟搜救时，也带了一架无人机。

于是，决定利用无人机观察前方断道情况和可能的被困地点。

然而，两台无人机在空中盘旋了很久，在最大的操纵范围内、以近乎不可能的角度搜索，却均未寻找到失联人员活动的迹象。

无人机搜索无果，大家又打算采用另一种方法向沟里挺进：利用停靠在湖边、平时用来清理水面垃圾的橡皮艇，从水路穿行到前方搜索。

然而，橡皮艇行进了一段距离才发现，前面垮塌的山体阻断了河道，走水路也行不通。

在这个过程中，失联村民的亲属大声地呼喊他们的名字。

然而纵然喊哑嗓子，喊得大山回声荡漾，却没有喊来自己失联亲人的回应。

咋办？大家心急如焚。

"调直升机过来！"

刘作明说。

从沟口出发进沟之时，本就安排了直升机，之前刘作明也叮嘱，当搜救人员穿过五花海后，直升机在空中协助寻查。现在，搜救人员无法前往熊猫海以上的沟里搜救失联人员，直升机正好可以在空中搜寻失联人员的位置，然后再行施救。

刘作明做出这个决定后，却又很快犯了难：从诺日朗中心汽车站往沟上继续行走后，便无论是电信、联通还是移动，一切手机都打不通了，转眼过去了1个多小时，叫送的卫星电话也没有送进来，又怎么调直升机过来呢？

看得见灾情，想得到办法，却无法实施。

大家愁眉紧锁，一颗颗心焦灼不已。

正在这时，远方有两个小黑点朝着他们移动了过来，待黑点近了些才发现，这是从沟口送卫星电话进来的诺日朗派出所所长马怡妹以及当地一位村民。

接到刘作明回撤命令的马怡姝与高明、王成及张三娃、郭靖、甲休介、杜伟、刘毅等人，刚返回诺日朗中心站，马怡姝便又有了新任务：给刘作明书记送卫星电话。

于是马怡姝便带着卫星电话立即折返前往沟里。

担心她一人进沟危险性大，高明主动请缨，和她一起去送卫星电话。

到达镜海停车场后继续往上行，山体垮塌情况更为严重，他俩遇到大面积垮塌时，都是一人负责观察山势险情，一人迅速通过。

当马怡姝和高明快到珍珠滩时，走在后面的高明突然看到山上升起了浓烟，便赶紧往回跑，一边跑一边大喊"马姐，快回来！快回来！"

两三秒钟，就那么两三秒！几块落石从马怡姝前面咫尺之处滚落。

不是那一声"马姐，快回来！快回来！"马怡姝就被砸中了。

经历这惊险的一幕，马怡姝腿都吓软了，身上的虚汗流得更凶。

走到珍珠滩时，沟内的塌方愈发凶险，跟着刘作明进沟后又因前方太危险而不让继续前行，被要求滞留等候的几名特警对他们说："前方塌方严重，非常危险，刘书记连我们都不许前行，你们更不能前行了。"

"我们是给刘作明书记送卫星电话的！"

"给刘作明书记送卫星电话？那你还是别去！"特警说，"要不让他去吧！"

特警指了指高明说："前面十分危险，毕竟他是男同志，体力好些！"

马怡姝断然拒绝了特警的安排："越危险就越应该我去！你们不知道，他初为人父，儿子才15天大，而我的女儿已经5岁半了，就算我牺牲了，我女儿也能健康成长了。"

对马怡姝的理由，特警无言以对。但是高明却坚持要自己去。

"马姐，还是我去吧，我命大，再说哪那么容易就牺牲了呢？"

"这事必须我去！因为我是诺日朗派出所的所长，你是我的部下，我的决定就是命令！"

被马怡姝的勇敢所感动，一名沟内的居民主动提出给她带路。

两人走到大小金玲海时，马怡姝发现，这是她所碰见的垮塌最严重的地方，真可谓"山河破碎"，她没想到九寨沟景区内受灾情况会那么严重。

在翻越垮塌地带时，尽管两人小心翼翼，但马怡姝还是不慎右脚踩了个空，幸好她一把抓住旁边倒塌的大树枝，才没有跌落进海子里。

又一次有惊无险！

冒着随时被山上滚落的石头砸中的危险，虽然前进的过程中自己不断被石头、树枝碰伤、刮伤，但他们没有放弃前进的脚步。

经过1个多小时视死如归、翻越塌方体的徒步行进，她俩终于到达了五花海观景台，与其余搜救人员会合，及时地将卫星电话送到了刘作明的手上。

看到浑身几乎被汗水湿透、脸上满是泥污、头发尖都在滴汗水、手上腿上满是血痕的马怡姝，刘作明非常感动，由衷地称赞道："你真是巾帼英雄啊！"

拿到卫星电话，刘作明马上与四川省抗震救灾指挥部联系，安排直升机出航，前往沟里搜索失联人员的踪迹。

不一会儿，他们的上空便出现了两架军用直升机。

当直升机飞进沟里的时候，正在五花海塌方体处的刘作明让包括蓝天救援队的搜救人员在内的人们一起，在地上站成一个"？"的造型。

刘作明说，摆一个问号的造型有两层意思：一是向直升机上的人表明他们不是失联人员，而是搜救人员；二是向直升机表达要努力搜寻失联人员，期待尽快得到搜寻答案。

直升机飞进沟里去寻找了几十分钟后，又飞到了他们头顶盘旋，刘作明又让大家在地上摆出一个问号，传递着同样的信息。

此后不久，卫星电话响了起来："直升机发现了失联人员，接下来由直升机救援，大家可以撤退了。"

虽然没有能够翻越五花海的巨大塌方体，但如果有一个余震下来，他们依然可能全部被掩埋，或者被推进河里去。因为，那段时间，两边的岩石一直在"轰轰咚咚"地垮塌，"啪啪啪"地砸得地面颤动。

于是踩着苍茫暮色，他们在祈祷中开始回撤。

2017年8月9日，从诺日朗中心站出发进沟搜救失联人员时，时间是下午2点，一路艰难进沟，到五花海时已经是下午4时许了。出沟时，因为比较熟悉路，又是下坡，所花的时间相对要少一些，待他们到沟口时，已经接近傍晚5点了。

某陆航旅派出的直升机在九寨沟景区的上空进行搜寻时，发现了两处人迹，当时欲施行搭救，但由于天色渐晦，山岚渐起，直升机在夜里不便升降，经与失联人员家属商量并得到同意后，决定将直升机救援任务安排在2017年8月10日上午进行。

回到沟口以后，累得筋疲力尽的刘作明并没有休息。下午5时20分，九寨沟7.0级地震首场新闻发布会在九寨沟沟口抗震救灾现场指挥部召开，身为四川省人大常委会副主任、省抗震救灾指挥部副指挥长、阿坝州委书记的刘作明，通报了九寨沟7.0级地震基本情况，并指出，为保障游客安全，当地进行了地毯式全覆盖搜索，在地震后不到24小时的时间里，组织了8000余台车辆，安全转移6万余名滞留游客和外来务工人员，与此同时还启动了受灾群众的应急安置工作。

关于游客转移的数据，是这样得出的：从实施游客转移工作开始，到8月9日此次新闻发布会止，按从九寨沟县城出发，经平武方向及甘肃文县方向转移必经的公路卡口交警部门的道路监测系统的数字记录显示，共有大小车辆7800多辆出去，因为经过一辆车，交警部门的道路监测系统就会自动记录一次，进来多少车、出去多少车的数据都非常准确。按大小车辆平均一辆车8人计算，那么，所转移的游客就有60000多人。

实际上，这个数据还没有包括从"新二拐"往关门子，经松潘川主寺方向转移出去的6000多游客与外来务工人员。如果加上这部分人，此次安全大转移的游客就有近7万人，或者7万多人。

当晚8时，刘作明与杨克宁又组织州上、县上各级领导，召开了九寨沟7.0级地震抗震救灾指挥部会议，通报受灾情况、抢险救援进展，传达上级领导提出的要求，安排部署当前和下一步抢险救援、保畅生命通道、妥善安置受灾群众、严密防范次生灾害和保持社会大局稳定等重点工作，并具体细化将于8月10日上午进行的进沟搜救。

刘波涛将困在九寨天堂洲际大饭店的游客全部转移之后，也前往沟口漳扎镇增援。当他赶到沟口后，正赶上了这次会议，并特地安排特警于第二天一大早再次通过陆路进入九寨沟风景区搜救这14名失联群众，以配合直升机在空中的救援。

根据公安部门"一标三实"系统确定，14名失联人员分别来自九寨沟景区荷叶寨和扎如寨。

那么，地震发生前已经是晚上9点了，这些人那么晚还进沟去干啥呢？

经过了解得知，他们是为第二天的生意做准备；有人在沟里开了类似于民族服装租赁拍摄的小店，他们吃过晚饭后进沟去店里整理内务。

九寨沟管理局为了提高景区的管理品质，进行了规范化管理，在每张门票里提7元钱给沟里群众，九寨沟风景区800多村民，每个人年均能从门票中获取2.7万元的收入，因而要求村民配合景区落实如下管理措施：一、风景区不能搞餐饮，以免污染环境；二、风景区不能留宿游客，以保障游客安全；三、不能尾随游客兜售食品及其他商品。

8月10日一大早，军用直升机就直飞沟里，展开救援。然而，当飞机飞到景区后却又发现了新的问题——军用直升机太大，飞去后降不下去；如果要降下去，就可能飞不起来。

万般无奈，只好撤了回去。

由于山体塌方严重，徒步搜救很难实现，直升机又降不下去。这该怎么办？

这时有当地群众对刘作明说："大的直升机无法在沟里降落，小的直升机可以降落呀！"

"哪里有小的直升机呢？"

"彭布机场就停了两架小型直升机。"

还有这事？大家顿时感到欣慰。

通过了解才知道，这两架飞机是一家民用航空公司的，平时用于九寨沟的空中巡察、消防，以及地质勘测等。

了解并汇报这一情况后，省委领导当即拍板："部队的大型直升机无法降落和施行救援，那就派小型直升机去搜救吧。"

这家民用航空公司全名为四川西林凤腾通用航空有限公司。事实上，该公司的两架直升机停在彭布机场，并非无所事事，而是是专为抗震救灾而来。

2017年8月8日21时19分，九寨沟地震发生后，四川西林凤腾通用航空有限公司第一时间启动了抗震救灾应急预案，成立工作小组，召开协调会，制订飞行计划，商讨救援方案，争取8月9日天明之后便调派两架空客H125型直升机前往九寨沟地震现场抗震救灾。

随后，公司便接到了四川省政府及应急办、德阳市政府及应急办、中国地震局、中国地震应急搜救中心、中国民用航空应急救援联盟等部门领导的紧急电话，征用该公司应急救援力量，随时做好为合作单位中国地震应急搜救中心提供飞行救援技术支持的各项准备。

空客H125直升机具有适应高原飞行的优越性能，动力强劲、用途灵活、安全可靠，在九寨沟地震震中5公里范围内平均海拔约3827米，H125型直升机是最合适的机型，也是航空应急救援用得最广泛的机型之一。

四川西林凤腾通用航空有限公司不仅曾参与"4·20"雅安芦山地震救援，还参与了"茂县山体垮塌应急救援"，系全国第一家也是唯一一家派飞机飞到地震现场的通用航空公司，是四川省民兵综合应急救援空中飞行大队或德阳市应急救援空中飞行大队。

6. 绝境里"艇"而走险

幸福的生活原本由一层层美好叠加而成。

2017 年 8 月 8 日 22 时许,奔向美好事业,正在出差的何伟和 3 名 "90 后"同事曾宏、徐铁楠、陈刘俊夫,开了 10 个小时的车,刚到兰州 的酒店住下,准备第二天的飞行任务,就接到自己所在公司四川西林凤腾 通用航空有限公司副总经理周兴鑫的电话:"九寨沟地震了,你们飞行经 验丰富,马上回来随时待命。"

一听到"地震",经历过同样伤痛的他们脑海中马上出现了扭曲的大 地、倾覆的房屋以及悲切的呻吟,长期接受军事化训练的他们决定立即 返程。

原本想坐飞机更快,但当日已没有航班。

着急堆积,时间读秒。

疲惫不堪却又焦急难抑的四个年轻人忧心如焚地念叨:"咋办呢,没 有航班了?"

年纪最长的何伟建议说:"灾情发生,时间就是生命,我们开车回 去吧!"

何伟的建议马上得到了曾宏的应和:"对,累一点没关系,疲惫算什 么? 救灾、救命才是最重要的!"

徐铁楠也说:"是的,我们 4 个人在回四川的路上可以轮换开车,轮 流睡觉,就不会那么累了。"

陈刘俊夫说:"我们不是一个人开车,所以不会太累。"

夜色中,他们掉转车头,往四川方向疾驰。

而同一时间,位于四川省广汉市的四川西林凤腾通用航空有限公司飞行基地灯火通明，应急预案已启动，飞行申请已报批，董事长林孝波神色严峻。

有着18年飞行经验的他知道，震中九寨沟县地势险峻，沟谷风乱且急，去参加救援，必须做足准备。叫回何伟4人，正是基于这种考虑，他们长期在九寨沟巡航护林，对当地飞行条件十分熟悉。

对照九寨沟风景区的地图、坐标等资料，林孝波和公司骨干一起讨论地震可能带来的影响，研究飞行计划。

两架H125型直升机，已开始进行飞行准备。

8月9日8时，何伟与曾宏、徐铁楠、陈刘俊夫风尘仆仆赶回广汉。

8月9日12时，飞行申请被批准，他们4人被分成两组：何伟、陈刘俊夫一组，曾宏、徐铁楠一组，然后各自带上机务人员和救援药品，各驾驶一架H125型直升机起飞，经绵阳、平武、松潘，于13时30分降落在九寨沟黄龙机场。

在这里，他们还有一项任务，便是往九寨沟彭布直升机停机场转载从北京飞来、原本打算坐小汽车前往九寨沟沟口的中国地震局的6名专家。

载上专家以后，直升机在山谷中飞行，在蓝天里掀起空气的涟漪。

但这一次却不是怡人的欣赏，不是爽心的工作，而是揪心地参与营救。

从九黄机场到彭布机场，熟悉的空中走廊，4人飞过无数次。但地震后飞行这条航线，机下的山川却变得那么陌生，曾经赏心悦目蓬勃向上的植被此时如伤病员般东倒西歪；曾经起伏巍峨、气质不凡的青山，此时也出现了黄褐色的疮痍；曾经一览无余的视线，此时却不时被崩塌的山体和不断滑落的山石所腾升的泥尘遮挡。

这是他们第一次如此近距离地穿行在生与死之间，但是他们心里没有害怕，只有责任的崇高和无视死神的凛然。

"只要有可能，一定要多救人！"何伟下定决心。

原本的任务是送专家到震中。但运送专家的任务完成之后，董事长林孝波又来电指示："震中道路断了。你们先驻扎下来，寻找机会参加救援。

当天晚上，在彭布直升机停机场旁边的一间小木屋里，4名飞行员度过了到灾区后的第一夜，由于天气太冷，且余震不断，非常疲惫的机组成员们翻来覆去怎么也睡不着。

对失联的14名群众的搜救，8月10日这天是陆地与天空同步进行的。

2017年8月10日一早，某集团军猛虎旅救援人员从步行栈道挺进沟里。自诺日朗瀑布到五花海的步行栈道一半损毁，交错倒下的大树既是前行路上的障碍，也成了前进的桥。战士拿着钢铲劈树开路，队伍踩着碎石、树干艰难前行。

上午10点45分左右，通过一处角度接近70度的塌方体，时不时有碎石飞降，由于滑坡体是松散的石头，十分不稳定，每人通过时都会带起大量沙石滑落，后面的人要等待沙石量变少后才能通过。

越往沟里走越难走，在部分路段，队伍需要拉着树枝借力通过；有些路段，需要大家手脚并用爬过去；部分路段，还得在乱石上跑步通过以防滚石……

这种前行的过程，可谓各种攀爬姿势都用上了，有的战士手被划破，有的战士脚被擦伤，有的战士脸上挂了彩。

11点20分，一个锁住的铁丝门拦住去路，队伍撬锁不成，集体用力把门推倒继续前进。

11点30分，队伍到达五花海，和蓝天救援队等社会救援力量会合。

而蓝天救援队的6名救援人员，是8月10日早上8点多，和9名村民一起出发进沟的。某集团军猛虎旅的救援人员到达五花海与他们会合后，大家一起想尽办法抵达了熊猫海，并在熊猫海发现了被困群众留下的纸条："我们在熊猫海遭遇了山崩，因而我们准备向上撤离到箭竹海附近避灾。"

12点30分，攀登到箭竹海的蓝天救援队通过对讲机向抗震救灾指挥部汇报说，他们终于在箭竹海日则保护站发现了8名受困群众和两名日则保护站职工。

虽然搜救到了这些失联人员，但艰险的路况却让他们无法将群众送出来。

这一情况传递到抗震救灾指挥部后，更加坚定了采用空中通道救人的决心。

由于西部战区某陆航旅的 171 直升机机翼过长，无法在九寨沟风景区里落地，在四川省委抗震救灾指挥部和某陆航旅的调派下，征用四川西林风腾通用航空有限公司的两架 H125 型直升机前往灾区救援。

这时，何伟与曾宏、徐铁楠、陈刘俊夫等人刚做完直升机例行检查，四川省抗震救灾指挥部的命令就下达了：有群众被困在日则保护站，因地形狭窄，前来救援的西部战区某陆航旅直升机太大，降不下去，四川西林风腾通用航空有限公司的 H125 型直升机小一些，试试看能否前往着陆救援。

何伟与陈刘俊夫，曾宏与徐铁楠分别驾机搭载某旅两名官兵、专业救援人员，一前一后，向日则沟飞去。

穿过狭窄的沟谷，迎着凛冽的乱风，日则沟的灾情比想象的更为糟糕：山高沟深，枝叶茂密，山体、道路损毁严重，几乎找不到一处完整的平地。

直升机悬停在空中，寻找着陆点。但这并不容易。由于不断有山体垮塌，扬起巨大灰尘，遮挡住视线；而且沟谷里妖风猎猎，把直升机吹得晃来晃去；这里又是高海拔地区，氧气稀薄，燃料很难充分燃烧，对发动机的损害也很大。

何伟对陈刘俊夫说："必须尽快找到降落点，受灾群众已经在这里煎熬了快 40 个小时了，实在太危险了。"

是的，地震后这近 40 个小时，这 10 多位失联人员经历了太多，被煎熬得太久。

8 月 8 日，九寨沟草坝子山。

白天捡垃圾，晚上巡查地质灾害、森林防火……当晚9点10分左右，已经收工的九寨沟管理局森林巡护和地质灾害监测员、日则保护站员工长生，和工友任贵元回到值班室休息，打开电视，收听最新天气预报。

晚上9时19分，桌子、电视和电灯突然不停地晃动，非常猛烈；房子、门框、窗子挤来挤去吱嘎乱叫；电，也瞬间停了……

"糟了，地震了！快跑！"生长大喊一声，和同样惊恐的任贵元拼了命地往屋外冲……

世界，一片漆黑，四处的山像已被一双巨手撕碎，石头滚落的巨大轰鸣声，如凌乱的腰鼓在敲击；什么都看不见，但大地，却摇晃如颠簸的汽车，又似睡狮咆哮，摄魂挟魄。

两人跑到空旷的地方停下来后，情绪方稍微好了一些。

虽然突然发生的地震让长生感到大地很陌生，但是他对周围的环境却不陌生，他在这里工作生活了将近9年，四周的山山水水，他了如指掌。

"地震得这么凶，不知道家里人的情况怎样哦？"

这个时候，两人除了自己心里依然害怕以外，还担心起家人的安危来，远在外乡的家人安全吗？

然而地震发生后，手机却一下子没了信号，无法与外面联系。

"电话打不通，要不我们走出去吧。"任贵元说。

"是呀，电话一点信号也没有，也不知道外面的情况怎样，我们只能这样了。我们马上去巡查一下，看看有没有滞留的游客，如果有游客我们就先保护好游客，同时将游客带出沟。"长生说，"这条出沟的路我们熟悉，应该可以走出沟去。"

还好，巡查的过程中没有发现游客。

因为担心家人，同时想向管理处汇报刚才发生的一切，他们决定继续想办法出沟。

要走出沟，有两条路，下山或者上山。

上山，是望不见头的原始森林，在日则保护站虽然工作了9年，但是长生却一次也没走通过这片原始森林，而且地震后山体松动，这条路他不

325

敢走。

下山，距离九寨沟沟口近，此路熟悉，可以一试。

然而，他们没有走出多远，却折了回来。因为一路上的山体塌方，道路阻断，还不停地有石头滚落，危机四伏，在没有电的夜晚，不敢前行。

再次回到日则保护站的空旷地之后，他们在强烈的余震中，像一个流离失所的乞丐，和衣而眠过了一夜。

天亮了，两人走出垮塌的大山的愿望又一次强烈起来。

从日则保护站所在地草坝子山出发，要到达九寨沟沟口，需一路向下经过箭竹海、熊猫海、五花海……这条路平常走来并不难，因为有路，有栈道，还有如画的风景相伴。但地震后走这条路，却犹如穿越死神设置的屏障。

美景，已经被施了魔法。

他俩毅然决然地踏上了求生之路。

青天白日，天空澄澈如旧。视野之内，虽山水明晰，但山体时有疮痍，飞石如雨，他们艰难地走。一路上余震不断。求生的欲望支撑着他俩在布满滚石、泥土、断树的路上前行。

行进的过程，犹如穿行地狱。

早上8点30分，他们好不容易抵达了箭竹海游客下车点，可是下行之路却消失无踪。

他俩围着箭竹海的环形栈道走，寻找着可以下行的路，然而绕来绕去却若入迷宫。

向出沟的方向看，前方是熊猫海，远远望去，任贵元似乎看到有一个人在熊猫海观景台上。他指给生长看，长生也看到了一个似有似无的身影。

管他有人没人，先喊喊。

"有人吗？还有人吗……"

他俩不停地大声喊着。

"有人！有人！快来救救我们，救命啊……"

他们亮开嗓子几声喊之后，看到观景台走出七八个人来，不停地在向他们招手。这些人有男有女，不像是游客，也不像是九寨沟管理局的员工，他们的穿着就像在唱戏，有穿着熊猫服的，有穿着藏族礼服的……

地震后，熊猫海两侧往日的公路和栈道已经完全消失，他们看得到熊猫海观景台上的人，能彼此对望，却无法接近。

这可咋办？

"箭竹海里有皮划艇，我们去取来吧。"

任贵元想起了每个海子都有皮划艇，平时用来打扫景区水面垃圾。而他们就在箭竹海与熊猫海交界之处，因而建议一起去取皮划艇："有了皮划艇，我们就能与他们聚在一起了。"

长生觉得这个主意不错。

然而，正当他俩准备去箭竹海取皮划艇的时候，余震发生了，山上巨大的石头滚落下来，他俩旁边正好有一个崖窝，便马上躲了进去。

但是躲进去之后，才突然意识到，这可是地震呀！怎么可以躲进崖窝呢？难道这个崖窝是自己的葬身之地？

末日来到，逃无所逃，活不成了！想到此，两个大男人悲伤得放声大哭起来。

余震时刻，巨石滚落的时刻，对面熊猫海观景台上的人依然在不停地哀号："救命啊！救命啊！救救我们呀……"

虽然自己也如泥菩萨过河，自身难保，但熊猫海观景台上人们的呼救，却一下子让同样悲哀的他们止住了哭声，强烈的责任感，让他们脑子里瞬间坚定了一个念头：只要自己这次没死，一定要去救他们！

余震停后，他俩没事！

好似开始生命第二春，他们想都没想，立马起身朝箭竹海瀑布跑去——皮划艇在那儿摇晃身躯，等待着他们前来驾驭。

皮划艇在水上行走很轻巧，但其本身并不轻巧。他们没有绳索，无法拖动皮划艇。他们四目环顾，寻找绳子，可是哪里有现成的绳子呀？后来看到皮划艇旁边有一根警示带，便找了一块石头把警示带砸断，然后又花了一个多小时，才把船从箭竹海瀑布弄到了箭竹海迷宫栈道边上。

皮划艇到手，要救人也非易事。因为长生与任贵元都不会游泳，万一从皮划艇上落水，只有死路一条。

不仅如此，长生还不会划船。

但是他们没有畏缩。

他们相互安慰，相互鼓气：我们是九寨沟管理局日则保护站的员工，灾难发生了，救人是我们义不容辞的责任，哪怕牺牲自己，也要救人！

皮划艇在任贵元的划动下，终于到了熊猫海观景台，接近了这些呼救的人。

这些呼救的人一共8位，都是沟口的村民，地震发生后，他们已在此地困了一夜。

这8位村民是蒲长生、那果、郭罗佐、真女、杨勇、何峻、安佐和色郎旺姆。

蒲长生是荷叶寨的藏族原住民，8月8日晚，他和妻子那果驱车前往熊猫海观景台时，并没有觉得这个夜晚和平时有什么不同。

蒲长生夫妻在熊猫海观景台开了间小店，提供民族服装让游客拍照，赚点小钱。

熊猫海位于九寨沟景区深处，相传会有熊猫去喝水觅食而得名。熊猫海湛蓝澄澈，湖畔群峰耸立，绿掩翠盖，明媚的阳光下山水合璧，佳景天成。

8月8日晚9点多，游客已散去，熊猫海又恢复宁静。蒲长生修好店里的电路，正和妻子一起收拾白天租给游客拍照的衣服。

突然，"轰隆隆"一声闷雷般的巨响从地底下传来，突如其来的震动让脚下的地面如海浪般涌动，伴随着"轰隆隆"而来的，是山上巨大的石头砸进熊猫海，熊猫海里的水像着了魔似的一下子掀起巨浪，将蒲长生和那果掀倒在地。

同样被熊猫海的狰狞和两边突然变脸垮塌的山体，以及摇荡的大地吓得惊慌失措的，还有同住荷叶寨的郭罗佐、真女，以及家住扎如寨的杨勇、何峻、安佐和色郎旺姆，他们都在熊猫海做小生意，也通常在晚上备货。

像海啸一样的浪头幸好没有接踵而至，不然后果将不堪设想。因为蒲长生和那果被掀翻的地方，离观景台的栏杆只有两三米远，地震的发生，已经将栏杆摧毁，而栏杆之下，则是有 20 米落差的瀑布。

啸浪渐渐平息，尘烟依然呛鼻，视线，在一片混沌之中。

待烟尘渐散，稀落的山体滑坡声中，天上星辉是唯一的光源，照着这个瞬间魔变的世界。

在轰隆隆的山石滚落的声音中，蒲长生听到了有好几人在哭泣，在呼唤。在刚才那一瞬间，先前还同在观景台的 4 个大男孩不见了踪影，他们中最小的 19 岁，最大的 26 岁。他们平时就在熊猫海观景台租售衣服，给游客拍照，地震前还在备货。

呼，呼不应；叫，叫不灵。悲哀与恐惧如两座大山，压在人们的心上。

夜更深了，寒意袭人也如恐惧一样笼罩着大家。被熊猫海的巨浪淋湿的 8 个人，赶紧换上平时租给游客拍照用的民族服饰、熊猫外套以御寒。

鞋也湿透了，由于无干鞋可换，湿透的鞋在寒冷的夜气里将脚冻得生痛，可是大家都不敢脱，因为余震不断，不知道啥时还有多么危险多么可怕的事情发生，得随时准备逃命。毕竟赤脚无法在零乱且坚硬的乱石堆上快速跑动。

对他们每个人来说，九寨沟是多么熟悉、多么亲切的地方啊！可是这地震一发生，却让他们瞬间感到陌生，感到可怕。蒲长生警觉地盯着山上，判断那些大的石块会从什么方向落下，然后带领大家朝着石头落下的相反方向跑。

大家互相扶持着，互相安慰着，互相鼓励着，一起在熟悉而又陌生的土地上寻找出路。然而，他们前进的脚下哪儿还有路啊？山体滑坡，山石遍地，道路或已被阻断，或者塌陷消失，根本无法前行。

想与家人联系，可是手机信号又被地震无情斩断，无法和外界联系，熊猫海变成了一座"孤岛"。

蒲长生与那果甚为着急，他们想走，可是怎么走啊？自己的汽车被压在垮塌的山体里，欲徒步行走，也没有路，而且石头还不时像敲鼓一样落下来。他们担心家里大的才11岁、小的才8岁的两个可爱的女儿。同样的地震，待在房子里的她们安全吗？这么大的地震，余震不断，没有爸爸妈妈的陪伴，这个没电没光的夜晚，她们怎么过？

这一夜，所有人都如惊弓之鸟，不知所措，也没人敢睡，既困又乏，且惊恐不安，还只能无奈地死扛。

因为，别无选择。

时间，仿佛被寒冷冻住了一般，走得是那样慢。

漫漫的长夜里，没人想说话，除非有人抽泣之时给以安慰、鼓励。更多的时光，他们都紧盯着身边的峭壁，如有异响，便赶紧转移。

就这样艰难地熬过了一夜。

当长生与任贵元在试图寻找出沟的道路之时，被困在熊猫海的蒲长生等人也尝试着探查回家的路。

然而，形势很严峻，两边的山体都已垮塌，回家的路要么已在地震后完全消失，要么已被彻底封死。

敢向路在何方，路只在希望和祈祷里。

作为季节性海子的熊猫海，每逢冬天就会枯竭。但这次在地震发生时并没有枯竭，却在一次余震中，枯竭了一下。

这是一件令人咋舌的奇观——一次大的余震中，熊猫海里的水瞬间便没有了。余震完后，裂开的熊猫海又慢慢合拢，然后水又慢慢地积蓄了起来。

百般无奈，他们只能在熊猫海边继续等待救援，直到长生与任贵元到来。

第一趟，任贵元和长生划着皮划艇过去，接了4个村民到对岸。

皮划艇在水中行走，出生成长于山地，水性不好，甚至根本不识水性的大家很害怕，但一切还算顺利。

胆战心惊，却又有惊无险。

然而当第一批所接的这 4 个村民上岸后，再去熊猫海观景台接第二批的 4 个村民时，却没有这么轻松了。

划艇的人依然是任贵元，他们到熊猫海观景台把剩下的 4 个村民接上皮划艇，且划到湖中心的时候，如同电影跌宕起伏般的情节，随之而来。

山上的石头疯狂地滚落到海子里，激起的浪头狂躁翻滚——又一个余震发生了。

随着浪头像流氓样横冲直撞的，还有被地震震坏漂浮在海子里失去了规矩与约束的栈道木头。波浪汹涌，起起落落，皮划艇颠簸欲翻；栈道木头，忽远忽近，如矛戈乱刺，又似木棒乱打……

瞬间，绝望与悲哀至极的村民们吓得"哇哇"大哭。

这如同死神来了的阵仗，让"舵手"任贵元也吓得哭了起来。

此时皮划艇满载的是人，更是令人心惊肉跳的哭声。

但是，任贵元很快又镇定了下来。他知道，掌舵的自己如果也害怕得心神不定，没有维持好皮划艇的平衡，将皮划艇弄翻了的话，那就谁也活不出来了！

因而泪流满面的他咬紧牙关，在余震中不停地划着皮划艇，保持着皮划艇的平衡。

终于，在大家的哭声中，皮划艇划到了对岸。

当 8 位村民都被救下来以后，这时荷叶寨的一位阿妈又对任贵元说，她的儿子找不到了，请他到熊猫海去找找。

虽然心里始终害怕，但任贵元还是接下了这个重托，又一个人划着皮划艇到老阿妈的儿子失踪地熊猫海厕所处寻找。

然而，往日的熊猫海厕所，地震后全被滚石、泥巴、断树所包围，他打开厕所的每一扇门，边找边大声喊，却没有得到任何回应。

失望，一层一层地在苦苦寻觅中堆积。

悲哀，一剑一剑洞穿着渴望奇迹的心灵。

无以寻迹，他只好划着皮划艇返回。

那位阿妈看着他独自一人回来，便明白了一切，撕心裂肺地哭着。

人生最大的悲伤无异于生离死别，老阿妈的哭声如同刀子般割裂着在场每个人的情感和泪腺，包括任贵元在内的每一个人都难受得跟着哭。

呜呜地哭，无际无涯。

"大家别哭了，我们想法离开这儿吧！"哭了好一会，年纪最长的长生安慰大家说，"试试看，我们能不能出沟。"

余震不断，继续停留于此高山危崖之处十分危险，尽快从这里转移，那是保全生命的上上之策。

"我们想往沟口走，走不出去的！"

"要能走出去，我们早就走出去了，我们试过了，冒险走出去是死，等在这里还可能等来救援人员，还有生的希望，所以我们便折了回来，在熊猫海那位置较高的观景台等待别人前来救我们。"

止住哭声的村民们七嘴八舌地说。

长生说，那你们跟我们往上面日则保护站走吧，也不知道还要等多久才能等到救援人员的到来，日则保护站那儿还有点儿食品，我们现在待的这里啥也没有，还在陡崖脚下，非常危险，得赶紧离开。

任贵元也说："地震发生，我们现在是人生最艰难的时候，要患难与共。"

救下这8人后，在从熊猫海前往日则保护站的路途中，长生了解到，除了老阿妈叫任贵元帮忙搜寻的她的失踪儿子之外，还有另外3名上山的村民也在地震后失踪了。

说到这4个失踪村民的时候，8位村民中又传来了悲泣之声。

这种悲伤的情绪又一次蔓延到了每个人的心里。

身处"孤岛"，生死未卜，一路上大家都不再多说话。

7. 直升机凤腾林梢

阳光的热情越来越强烈，但村民们的心却无异于下雪。

此时的九寨沟依然是九寨沟。此时的九寨沟又不是九寨沟。

风在呼啸，垮塌的山石在虐心。

带着这8位村民回到日则保护站之后，平时少言寡语的长生默默地在户外给大家烧开水喝，并将抢救出的干粮提供给所有人。

人们焦急地等待，此时时间仿佛已经凝固，不知道会等多久。

道路被撕裂、被深埋，求生的梦却在生长。

等待救援的过程中，有的人开始动手挖起了野菜，洗净、熬煮，以备延续生命之用。

还好，冰寒的时间厚度，并非深不可测。8月9日下午4时许，他们头顶的阳光中，终于传来了"哒哒哒哒哒哒"由远而近直升机螺旋桨的声音。

这美妙而又颇有节律的声音，惊破了大山里的寂静，也吓退了一直围困他们的恐慌。

兴奋异常、泪飞如雨的他们连忙脱下外衣，在开阔地带，醒目地朝着天空挥舞起来，以引起救援直升机的注意。

此时山雾渐起，夜风凛冽，天地渐渐暝暗。

直升机几经盘旋，空投下了一些食品和饮用水后，便在山地夜色中飞走了，只留下了一个到此一游的记忆。

哭声，伴随着渐行渐远的直升机螺旋桨的"哒哒哒哒哒哒"而响起，声音不大，但却四溢着失落、绝望，以及未知缘由的无助。

"哭啥呢？你哭一阵子它就重新飞回来了呀？直升机都发现我们了，

都给我们投下了食物和饮料，现在没有救我们，原因估计是天黑了不好施救，但明天他们还能不救我们啊？"

直升机的出现，虽然来了又去，并未拯救他们，却依然让蒲长生看到了获救的曙光。他连忙安慰脆弱的村民："这是一件很好的事情，应该高兴才对呀！政府和亲人一定能想办法救我们出去的！"

希望的花开了又谢，这对情感的摧折，这戏剧般的情景，让这些被地震折磨得神经脆弱不堪的失联村民们，觉得自己就好像是一个可有可无的群众演员。

又一个不能安睡的夜。余震依然的8月9日晚上，10人相互安慰，男人轮流守夜观察山体变化，让妇女和孩子休息。

天空星晖，曜野蔽泽，而心里，却是如此苍凉。

数过年轮里走过的重重影像，感慨人生是如此跌宕沧桑。

或许希望就会在天明之后绽放，可是夜色里的时间却是这么横无际涯。

恐惧有形，等待无边。就这样度过了第二个不平静的夜晚。

8月10日，经过了生死患难的相处，10人之间的交流虽少，但陌生感却早已没有，彼此间就像亲人一般相互呵护，并在这种关心中一同等待着期盼中的救援。

难熬的等待，盼星星，盼月亮他们终于看到远远地走来了20多个人。

这是蓝天救援队的救援人员，以及某集团军猛虎旅的救援人员，还有给蓝天救援队带队的9位村民。

救援人员从沟口到来，给任贵元、蒲长生等10个人极大的鼓舞与精神支撑，他们心中先前的恐惧也自此顿然消去了大半。

"我们在地上摆一个醒目的求救标志吧！"

想到早晚会有直升机会来救大家，任贵元提议说。

救人，对任贵元来说，算得上有些经验。

因为这并不是他第一次救人。之前不久，有一位大学生在九寨沟原始森林失联，他便曾去搜救过，并在找寻了一天一夜之后，把那位已经奄奄一息的大学生平安地带出了森林。

任贵元的提议得到了长生和大家的响应。

任贵元是九寨沟县双河乡团结村人，长生是九寨沟县大录乡香扎村人。两人是6年的工作搭档。任贵元平时没事喜欢弹唱南坪琵琶，喜欢和人聊天。长生性格内向，讷于言而敏于行。因而两人行为处事配合得非常默契。

于是，大家找出了保护站所有的红色雨衣，在保护站前空旷的地上摆了一个"十字"架，以利直升机搜救。

就在蓝天救援队以及某集团军猛虎旅的救援人员到来不久，天气等多方面元素满足了直升机的救援条件，这些等待救援的村民觉得最悦耳的"哒哒哒哒哒哒"直升机螺旋桨的声音，又渐行渐近地出现在他们头顶的天空……

一架如蜻蜓般的直升机飞来了，巨大的螺旋桨声音给他们带来了希望，他们拼命呼喊、奔跑、招手，吸引直升机注意。

盘旋在空中的直升机也发现了他们。

然而，这次直升机的到来也跟前一天下午一样，在他们的头顶上盘旋一阵子之后，又"哒哒哒哒哒哒"地飞走了。

甚至，这次直升机连食品，连水也没有投一点。

伴随着直升机渐渐消失的影子，满满的希望被生生地带走的10名失联人员，又一次满脸是泪，有的人又因此哭出了声。

"可能是直升机太大了，无法降落。"蒲长生连忙安慰大家，"还是我昨天下午说那话，他们只要发现了我们，问题就不大，他们一定是飞回去汇报情况，并研究新的救援办法去了。"

"对，直升机只要发现了我们，我们就有救了！它们飞来了又飞回去，一定是去想办法去了。比如说直升机降不下来，可以像电影里那样用绳梯将我们拉上机舱的。"蓝天救援队的队员们也耐心地安慰他们，"大家不要担心，我们就是从沟口徒步历险进沟来对你们实施救援的，就算直升机降不下来，我们就是再艰难，也会想办法把你们带出去的！"

有了救援人员的安慰，被困村民的情绪好了许多。

这架直升机便是某陆航旅的直升机。

事实也如某集团军猛虎旅的救援人员和蓝天救援队的队员们所分析的那样，这架因体型太大无法降落的直升机飞了回去，是汇报情况的。

得知发现被困群众的具体位置，却因直升机体型大而无法降落的情况之后，抗震救灾指挥部迅速派出两架体积较小的民用直升机前往日则沟保护站，同时为救援队员送去一部卫星电话，以保证通信畅通。

这两架飞机正是由四川西林凤腾通用航空有限公司飞行员何伟与陈刘俊夫、曾宏与徐铁楠分别驾驶的 H125 型直升机。

就在人们唉声叹气的时候，远方又传来了"哒哒哒哒哒哒"的直升机飞翔的声音。

希望再次赶走失望，这些望眼欲穿的人涂写着泪痕的脸上绽开成了笑容。

飞机在蒲长生他们头顶上盘旋，人们既惊喜又担心，惊喜的是这次的飞机比先前的飞机要小许多，担心的是怕这次飞来的直升机在他们的头顶上盘旋一阵子后，依然如故地飞走去。

这次的直升机当然不会轻易飞走，因为它们小巧灵活，量身而来。

飞在前面的曾宏机组驾驶着直升机在盘旋的过程中专心地查看着地形，寻找降落点。几个来回后，终于找到一处相对完整的公路面，但点位狭小，要降落面临非常大的考验。

曾宏悬着一颗心，沉着稳健地操纵着直升机，一点一点下降，并最终在那段公路面成功降落。随之，现场沸腾了，人们用掌声报以了热烈的祝贺！

看到直升机降落在身边后，这 10 名被困而变得脆弱的人中又有人哭了起来。

不过，这一次是感动得哭了。

地震后被困了两天，在曾经与外界失去联系、与死神多次擦肩而过、九死一生的 40 个小时之内，曾经倍感绝望的他们能够被救援，激动的心情自然难以自抑。

有的人甚至感动得站不起来。

2名头有血迹的群众被救援官兵扶上飞机。随直升机进沟的一名战士留在日则沟安抚群众，为后续运送做准备。然后曾宏驾机起飞，直飞沟口。

继而，何伟机组又飞来，续写空中救援华章。

8月10日下午1时许，飞机降落在彭布机场停机坪，等候已久的医疗人员迎着螺旋桨的风，将担架抬到直升机旁。

从飞机上下来的藏族妇女真女，是优中塔的妻子。

优中塔是九寨沟荷叶寨的村民。

真女深度受困熊猫海附近已近40小时。很快，犹如重返人间的她被送到了九寨沟县第二人民医院。医生做了细致的检查之后告诉优中塔，真女身体情况很好，只是脚踝有轻伤。

生死重逢，相拥而泣，优中塔激动不已："你终于回来了！"

蒲长生和那果夫妇被营救出来时，还有些惊魂未定，不相信已经远离了震魔："两边山体都垮了，天昏地暗，还以为完了，出不来了。"

那果说："看到直升机，心里就有希望了，知道国家要来救我们了。"

蒲长生说，近40个小时，他带着大家伙儿不断转移，直到最后获救，其实心里也害怕。整个被困期间，他都没敢合眼睡觉。

"现在好了，我们回家了。"

由于降落点面积，比机身面积大不了多少，曾宏与何伟驾着飞机每次起降，都要耗费不少时间。

这对有着5年九寨沟森林防火航空护林经验的曾宏、何伟两位机长来说，虽然在5年2000多小时的飞行经历中，遇见过的困难很多，但参与此次救援的起降难度却是最大的。不过，好在他们飞行技术过硬，且对九寨沟的地理环境了如指掌，外加机组人员间的默契配合，他们对自己的起降充满信心。

就这样，两架直升机来回穿梭，紧张而又稳熟地将被困群众运往安全地带。

与此同时，西部战区也迅速协调西宁联保中心、成都总医院等医疗力量，在九寨沟彭布直升机场待命，当有伤员送来之后，便即刻进行应急治疗或朝后方转送。

正如所有看得见的风景，都经历过曲折的成长。

在8月10日这个下午，直升机在成功搜救地震后被困熊猫海的10名受困人员之时，撩人的情节还不只是发生在成功降落之前的来回折腾，在直升机成功降落并起飞的来回过程中，也依然在继续着跌宕：

没想到刚救出10个人，又有3个群众搭乘直升机进到沟里。他们要去救自己的亲人，因为他们跟机场的人都很熟，在指挥部尚不知情的情况下，便搭乘飞机进到沟里去了。

也就是说，救出了10个人，还差4个人未找到。可是到了后来，要找寻的任务并非只有4个人，而变成了7个人。这7个人中包括4个失联的人，也包括后来搭乘直升机进沟寻找失联亲人的3个群众。

搜救工作好像在做逆水行舟的数学题，人数不断地增加，搜寻任务也在不断加码。

曲折的内容还不仅于此。

随着直升机的穿梭来回，他们在九寨沟日则沟景区附近又发现了30多个人。

这些多出来的人并非失联群众，而是绕道进沟的救援人员。包括8月10日涉险进沟搜救失联群众的公安、消防、特警、部队官兵以及蓝天救援队等从地面进入的搜救人员。其中便有后来受到广为称赞的公安特警"七勇士"。

七勇士，与死神凛然博弈，横跨不可能的桥，由他们的意志和脚步实现。

"诺日朗至日则保护站一带有14名群众被困，其中还有妇女和孩子，目前联系不上。经过直升机两次盘旋观察，发现有人员活动痕迹，带回了具体位置坐标。必须尽快赶赴、全力搜寻！"

8月10日一早，在九寨沟沟口待命搜救被困群众的阿坝州公安局特警支队接到紧急指示，再次进沟救援。于是所有留守在沟口的队员都主动请缨。最后，阿坝州公安局特警支队支队长竹旭贵选择了薛凯强、泽旺夺基、罗尔吾泽郎、曾孝峰、陈强、色刚6名突击队员。

临危受命，6名年轻特警来不及携带铁锹、绳索、安全帽等工具，只穿一身作训服便立即出发，朝震中"孤岛"挺进。

一路上行，当车辆到达诺日朗瀑布附近的镜海就再也无法继续向前，大家只能下车步行，因为这里是进入九寨沟中日则沟的唯一入口。

日则沟是九寨沟景区的精华，美丽的风景常让游客流连忘返。而此时，在余震和滚石中，昔日美好的风景没有了温婉的面容，在满目疮痍下暗藏杀机。

日则沟中，五花海道路设施受损最为严重，各处路段每隔10米就有垮塌。五花海到熊猫海一段路况更为凶险，在五花海附近，一处巨大的塌方体把路完全堵住了。

怎么办？还走不走？

没有犹豫，所有特警突击队员决定继续挺进。

前方探路、左右观察、谨慎断后……特警突击队员们凭借着在日常训练中积累的实战经验，与平日执行急难险重任务时不断提升的快速处置和应变能力，时刻冷静地分工协作、艰难却又敏捷地前进。

没路了，他们就翻过横亘在路中的巨石、古树，尘垢满身地像原始人一样前进。每遇滑坡或山上冒起尘烟之时，他们更是小心翼翼。

艰难地辗转至熊猫海景点湖中央的木质栈道上，特警突击队员们注意到有人用29个红色饭盒拼成了一个紧急求救信号"SOS"标志，在经过一番搜索，确定周围无被困人员且又无法与抗震救灾指挥部保持联系的情况下，大家决定继续向上挺进。

经过熊猫海处的流沙斜坡时，又面临另一种危险，这里到处都是沙子，脚一踩进去人就向下陷，而流沙斜坡的下面则是深不可测的海子，一步走错，便可能滑进海子。特警们几乎全来自山地，属于不识水性的旱鸭子，假如滑进海子，不仅仅是一身湿透，变成"冻"人，还会有生命之虞。因而必须一次性快速通过才行。

特警突击队员们虽然也非常害怕，但并没有退缩，他们分成两组，采用一组前行、一组观察的方式通力合作，以乘死神不备之机钻空子的方式，冒危险通过"鬼门关"。

在通过这段流沙坡时，尽管特警突击队的队员们像壁虎一样用身体贴着柔软的沙壁前行，但薛凯强还是突然跌落，像滑沙一般往下坠。

眼看就要坠下熊猫海子里了，急中生智的薛凯强慌忙将十指深深地插入沙土，并用背部紧贴陡坡。然而仍然控制不住他慢慢下坠的身体。

生与死的距离，或许已近在咫尺。队友中已有人惊恐地发出了呼叫。这时紧挨着薛凯强的罗尔吾泽郎见状，立即冲滑至其前方，一边用手拉着一根倒塌的松树的枝丫，一边用身体挡住薛凯强，避免他摔落到海子里。等到两人身体稳定下来，才互相搀扶而起，越过吃人的流沙凶障，继续前行。

沿途，特警突击队的队员们看到了用树枝拼凑起来的箭头，跟着箭头指示的方向，他们继续前行，剥落树皮的松树、树上刻画的箭头，导引特警战士朝着原始森林方向一路前行。

跨险滩、穿丛林、躲飞石……下午2时许，特警突击队员们经过20公里长途跋涉和艰苦搜寻，终于在原始森林景区附近的日则保护站发现了被困人员。

当6名特警队员和其他救援人员的身影出现在10名被困群众面前时，情绪激动的他们像见到亲人一样迎了上来，与他们紧紧拥抱。

与这10人在一起的，还有蓝天救援队的救援人员、某集团军猛虎旅的救援人员等。

特警们到来之后，他们也跟某集团军猛虎旅的救援人员以及蓝天救援队的救援人员一起，搀扶着被找到的失联人员，搭乘直升机向沟口转移。

8月10日14时50分，刘作明在九寨沟沟口抗震救灾现场指挥部，接见了蓝天救援团队，高度评价蓝天救援队的人道主义义举，同时也提出了救援工作原则和具体要求。

为了抢在72小时黄金搜救时间之内完成所有搜救工作，考虑到还未搜寻到的另4个失联的人员的踪迹，以及载回搭直升机进沟搜救自己亲人的那3个群众，刘作明又下决心调了两支力量：一支是用直升机送3个国家搜救队人员和3个群众，共6个人进去寻找那3个失联人员的亲属，搜救的方法是从九寨沟最上边的森林保护站往下搜。

在搜救的过程中，他们在海子里发现了一具遗体，为了将之运出沟，又有44个人参与其中。

由于这6名战友进山搜救，未带通信设备，与后方失联时间较长，特警王铵洋心里很是焦急，于是他自告奋勇地请缨给先行进沟的特警突击队队员们送通信设备。得到批准后，8月10日傍晚18时许，他搭乘直升机进沟，寻找自己的战友并继续搜救被困群众。

王铵洋与先行进沟的特警突击队队员们会合后，第一时间把震中的情况报告给守候在沟口的领导，然后立即投入到搜救工作之中。

虽然已经成功搜救，并先后通过直升机转移出去10名失联村民，但直升机载人能力有限，而且还有3名失联群众未找到，特警突击队员们决定让失联群众亲属先坐直升机转移，他们留在沟里继续搜救剩下的3名失联群众。

天色向晚，抗震救灾指挥部发出指令：除特警队员留宿沟内，继续搜救外，其他救援力量全部撤离。

但蓝天救援队及紧跟其后赶来的其他救援人员都不愿意朝沟外撤离，要坚持继续搜救。

余震不断，天色越来越暗，气温也在降低，特警队员加快了搜寻失联群众的脚步。

从五花海上行是熊猫海，熊猫海往上行是原始森林保护站，搜救人员计划到达原始森林保护站以后，再从此往下突击，希望在这个过程中再搜救到其他群众。

可是，当他们到达原始森林保护站时，天便黑了下来，看不见山体滑坡与落石的情况，不敢继续搜救，便在原始森林保护站住了一晚。

这同样是一个危机四伏且凉气袭人的难眠之夜。

口渴了就舀海子里的水喝，饿了就啃方便面。

8月11日天一亮，特警突击队的队员们又开始了搜救。然而该找的地方都找了，却依然没见那剩下的3名失联村民的踪迹，他们通过卫星电话向抗震救灾指挥部汇报了相应的搜救情况。

"继续搜救，在他们极有可能待过的地方，即使找过了，也要再仔细地找一遍。同时，没找的地方也要继续搜寻。"这时刘作明指挥说，"在搜救这剩下的3名失联村民的过程中，你们依然一定要注意安全！"

但先前跟着刘作明一起进沟搜救的失联村民家属优中塔，此时却反对救援队员们继续搜救，理由是这3人估计已经不在了。优中塔说这话时，悲伤的眼泪汹涌而出。因为这3名失联村民中，就有他的儿子。

优中塔的话也得到了妻子真女的支持："是的，不能再搜救了，如果兄弟们在搜救过程中出点啥意外，可怎么得了啊？"

这句话出口，真女便呜呜呜呜地哭了起来。

真女，这位刚刚脱离苦海的母亲，最明白自己儿子的生命处境了，因为地震前他们母子俩是在一起的。

这时，另两位失联村民的亲属也反对特警继续搜寻，希望特警能够尽快撤回。理由跟优中塔和真女所说的理由一样。

刘作明觉得失联人员家属反对特警继续搜救的话也有道理，经与抗震救灾指挥部的其他人员商量之后，向特警发出了命令：据被救村民叙述，尚未找到的那3名失联村民，极有可能已经没有了生命迹象，特警暂时撤回沟口待命！

但当刘作明听说沟里还有蓝天救援队等救援力量没有出来，就让刘波涛指挥警力劝其撤离。同时，根据九寨沟县委组织部登记的蓝天救援队救援人员的名单，一个一个地打电话核查，证明他们已经出沟后，坚持到最后的特警们才撤了出来。

8月11日8时许，薛凯强、泽旺夺基、罗尔吾泽郎、曾孝峰、陈强、色刚、王铵洋7位特警，也开始沿危险重重的原路返回。

进沟后又发生过数次余震，回去的路更为艰难，多处山体塌陷形成坑洞，只有倒下的树木可作暂时的"独木桥"，让人小心通过。路过流沙斜坡时，队员们再次分组冲刺，在死神眼皮下穿越。

8月11日13时30分，7名特警队员在往返奔袭40多公里，穿越重重生死线后，平安地返回到诺日朗瀑布。危险解除，紧张的神经突然松驰下来，他们累得直接瘫坐在地上。

留守沟口的特警为战友送来简易午饭，这也是他们24小时后第一次吃到热菜热饭。

这一画面被记者报道之后，他们瞬间成为网红，网友们为之点赞者无数："真正的英雄，人民需要像你们一样的勇士。"

"看到你们'灰头土脸'，眼眶就湿了，心里却被暖暖的幸福填满了。爱你们，勇士，更爱你们践行使命的忠贞。"

没人想到，组成这个特警突击队的7名队员们，年龄最大者27岁，最小的才22岁。

阿坝州副州长、公安局局长刘波涛为这些特警部下骄傲，特警支队自2008年组建以来，针对阿坝州公安工作实际，特警支队做到了"关键时刻能拉得出、危急时刻能冲得上"，发挥了"定海神针"般的作用。

不仅如此，这支特警队伍在各类重大应急抢险任务中，更是不辱使命、敢打硬仗。比如千里驰援青海玉树抗震救灾，第一时间增援甘肃舟曲泥石流抢险，全力参与汶川抗击特大泥石流，积极参与茂县"6·24"山体垮塌抢险救援等。

这支年轻的特警支队，曾荣获"全国抗震救灾英雄集体"称号，其中还有两名特警队员被授予"全国抗震救灾模范"称号。

九寨沟地震后，阿坝特警第一时间全力投入抢险救援工作，共协助疏散了4万余名滞留游客和外来务工人员，护送受伤群众6人，协作找到失联群众10人。

就这样，到 8 月 11 日下午 4：30，所有参与搜救的人员都安全撤出了九寨沟景区。

几天来，在四川省抗震救灾指挥部的统一指挥下，从陆地到空中，从省委书记、省长，从州委书记、州长，从公安民警、部队武警、公安消防、矿山救护到当地村民，历经 6 批次、100 多人冒着生命危险的不断探险、救援，爱心接力，用陆地与空中的无缝对接，谱写了一曲生命赞歌！

不过，在搜救人员撤出九寨沟景区之前，还发生了一件令人深思的救援行动。

8. 保护站里的保护

"终于进入网络社会了。"

这是 2017 年 8 月 8 日傍晚 5 时许，一张发在微信朋友圈中一位戴着鸭舌帽、扎着两根大辫子、一手扶着桨、一手拿着手机的女士照片的配文。

这位女士身后，是清澈的湖水和秀美的山峦，美丽得如同仙境一般。

这位照片中的女士名叫萧珍。

看了妻子的这条微信，郭阳还特地给她点了赞。

谁知，4 个多小时后的 21 时 19 分，九寨沟却发生了 7.0 级地震。

当地震的消息推送到每个人的手机上时，郭阳慌了，他马上拨打妻子的电话，但是萧珍却再也无法联系上了。

萧珍是浙江省一所中学的老师。2017 年 7 月 20 日，将满 50 岁的她从浙江出发，去到湖北恩施玩了几天，之后乘火车于 7 月 28 日到达成都，在成都住了两个晚上，然后于 7 月 30 日坐汽车到达松潘县。

在松潘县游玩了两天后，又于 2017 年 8 月 2 日从松潘县卡卡沟出发，翻山越岭前往九寨沟景区。

形单影只地到阿翁沟营地时，她遇到了另外 12 个不认识的驴友。因而从阿翁沟营地出发前往九寨沟景区，直到到达长海，都是她一个人独行。2017 年 8 月 8 日下午 5 时许，当她到达长海源头时，又乘坐自己背负的皮划艇下行。

在长海里，在皮划艇上，她发了这条微信。

然后，她到了长海观景台附近的栈道休息，吃了一点东西。

当天晚上 9 时 19 分，就在她准备搭帐篷睡觉时，却发现长海两边的山体发生了剧烈摇晃，疯狂滑坡……

摧心与伤魂，也从这一刻开始煎熬牵挂她的人。

一次又一次拨打妻子的手机号码，一次又一次得到的语音提示是"你所拨打的电话不在服务区"。

不在服务区，便是在震区，在极度危险生死不明的状态之中。

1小时，2小时，5小时，10小时……

为了与妻子取得联系，郭阳发动了自己所有的关系，救援队、武警也被求助多次，每一分钟都被担心和痛苦占据着。

跟郭阳受着同样煎熬的人还有李洁。

地震前4小时，李洁刚给小姨萧珍的自拍点了赞。但地震发生后联系不上小姨的她，心里还安慰自己：小姨喜欢一个人旅行，户外经验丰富，不会出事的。

同时她不停地刷微博，看新闻，联系救援队，希望早点看到小姨的身影。

但是没有。

没有比这更令人担心的了。

在这么大的地震面前，而且自己身处其间，喜欢发微信的小姨却什么微信也没有发。

越想越担心。

无奈，她只能通过微博和微信发布求助信息，并且此信息得到了浙江人的迅速扩散：

"浙江女驴友萧珍（网名珍心），一个人从七藏沟穿越到九寨沟，在长海划着小皮划艇进入九寨沟……九寨沟地震后手机关机，一直无法联系上，根据时间推算，她现应被困在九寨沟长海和五彩池一带，求助各位大神帮助寻找。祈祷萧珍平安无恙！"

8月9日晚，通过各种信息传输渠道看到死亡与受伤人数逐步上升的郭阳，愈发坐卧不安。虽然时至凌晨，但他的家中却被有着同样担忧、同样祈祷和同样期盼的亲戚朋友挤得满满当当，大家也都极尽所能地动用自己的社会关系促进对萧珍的成功搜救。

"洁洁，姨父真是不敢多想，又忍不住多想呀！"

两眼因着急和伤感而布满血丝的郭阳几次小声地对李洁说。

无助的他期望能从这个晚辈那里找到些许安慰。

妻子已经失联 24 小时了，郭阳决定自己出去打探消息，留李洁守在家里联络各种寻人渠道。

郭阳和妻弟订了第二天最早飞成都的机票。没承想 8 月 10 日飞机晚点，起飞时间延迟到下午，两人坐立不安，不得已将机票改签到重庆，计划从重庆飞到九寨沟。

然而，当他们到重庆后才发现，重庆机场去九寨沟的航班取消了。

其间，郭阳还想单独请救援人员进九寨沟搜救，也找了四川浙江商会的关系，各种办法都试过了。

度日如年的两天时间过去了，到 8 月 10 日晚，电视里在说地震救援的黄金时间之类话题，可是依然没有萧珍的消息，郭阳感觉自己整天昏昏沉沉，魂不守舍。

时间一分一秒地流逝，意味着一直没有联系上的萧珍生还的可能性在一分一分地减少。郭阳甚至分析了各种不测的可能："她在山道上走，石头会不会落下来？或者会不会继续在长海里面，还没上岸？"

每次产生可怕的联想，他就会拨打一次妻子的电话，希望下一秒就能听到妻子的声音从远方传来。

但是，电话始终打不通。

8 月 10 日中午，刘波涛接到一个来自浙江省的电话，这个电话是一位政府工作人员打来的，说浙江有一位叫萧珍的驴友，背着一个皮划艇穿越原始森林时失联了，请求搜救。

这个电话引起了刘波涛的高度重视。

刘波涛马上根据这位工作人员所提供的萧珍的联系电话以及通话记录查询得知，她最后一个电话拨打之处在九寨沟风景区长海附近。

刘波涛及时地向刘作明汇报了此事。

刘作明若有所思，迟疑了几秒说："刚听说有一个浙江的妇女，被则查洼沟管理处长海工作站的员工救了，不知道这两个人是不是同一个人？"

于是刘波涛马上核实，证明这两个人都叫萧珍，就是同一个人。

其实，关于萧珍的搜救工作，于地震后的第二天便开始了。

2017年8月9日，苟少林任队长的都江堰红十字蓝天救援队进入九寨沟地震震区搜救。中午12点，他接到温州蓝天救援队转来的信息：浙江籍女驴友萧珍在震区失去联系，请求协助搜救。苟少林赶紧把信息上报给九寨沟抗震救灾指挥中心，于是，由259人构成的7支蓝天搜救队伍都被交代进行重点搜索。

然而，这一天，萧珍依然杳无音信。

8月10日上午10点，苟少林看到网上一则"萧珍获救"的消息，他马上打电话给郭阳进行核实，郭阳却告诉他说，并没人接到萧珍获救的任何信息。

下午，进入扎如村做安置工作的苟少林再次向指挥中心申请，要求继续向沟里挺进，搜救萧珍，以及其他失联群众。

得到批准之后，他便马上带着都江堰蓝天救援队出发。然而，当他们一行在前往长海景区的路上挺进了10公里后，车辆却被迫停下来，无法继续前行。

此时，天空飘起了泪花一样的雨，余震一次接着一次，苟少林一行被公路执勤的武警坚决劝回。

而在同一天，早于苟少林进沟的还有两支队伍，那便是武警九寨沟森林中队的官兵和武警阿坝森林支队参谋长韩建海所带的队伍。

8月10日清晨6点50分，从当地向导提供的消息得知，日则保护站有10余名群众被困，武警九寨沟森林中队的12名官兵整装出发，然而终因两侧山体不断塌方，道路不通，无法继续前行。

而韩建海对地形比较熟悉，他所带队伍直接向沟里进发，发现道路不通后，便当即折回，然后踏上通往则查洼沟的道路，从则查洼沟翻山，最终到达日则保护站，在解救 10 名群众后，当地向导反映，则查洼沟管理处长海工作站还有 3 名职工被困，韩建海便兵分两路，自己带着 3 名战士；前往长海景区。

没人想到，在众人眼中"消失"了两天多的时间里，萧珍将自己野外生存的技能发挥得淋漓尽致，毫无悲天悯人的凄楚感，非常乐观，甚至在被救后还一大早跳入冰冷的长海游泳。

班春娟在沟外读书，放暑假了，她来到九寨沟风景区，回到父母身边。她的父亲班友生是长海保护站的职工。长海保护站全称叫则查洼沟管理处长海保护工作站，人们通常简称之为长海保护站，或者长海工作站。

地震发生时，班春娟正准备睡觉，她觉得如同发生灵异事件一般，自己床上挂的衣服突然掉了下来，继而房顶的瓦片也不断往下掉。

除了她，此刻住在长海工作站的班春娟的父母，以及另一位职工克木，都感到了强烈的地震，并在惊慌失措中，纷纷跑出了屋。

克木和班友生都是则查洼沟管理处长海工作站的非在编职工，主要从事环卫工作，同时兼职护林防火和地灾巡查。

逃出长海工作站的克木和班友生并没有闲着，身上的责任感让他们将害怕放到了一边，连忙到保护站对面的停车场观察地震灾情。同时，他们还对长海周边的地灾情况进行了巡查，并准备向上级汇报长海平安的消息。

然而拨打手机时才发现，地震已使通信信号中断，他们无法与则查洼沟管理处取得联系。加之路况不明，两人商量之后决定，天亮后再将相关情况报告给上级部门。

强烈的地震之后，他们再不敢回屋里睡觉，一致决定到外面找个空旷的地方过夜。最终，在长海工作站旁边的吉祥公司的商品售卖亭下待了一夜。

那天晚上班春娟与父母和衣而眠，幕天席地，在寒冷的夜风中和冰冷的潮气里，就着一床被子睡觉。

这个漫长的夜晚，给人的印象是那么深刻，惨白的月色下，大地不时在颤抖，而他们胆战心惊席地而卧的空旷地两边山坡，不断往下面掉着石头，砸得树木与道路轰隆隆响。

而此时，萧珍背着包，坐在长海景区的栈道上，一个人吃饼干，海子里有条船，绑着的绳子断了，船漂到了海子中间。

地震发生后，萧珍并没有感到有多害怕，她甚至不知道发生了地震，只以为是山体滑坡。由于山里没信号，后来又断电，她联系不到外面，也接收不到外面传回来的信息。因而，山体纵然一夜都在滑坡，滚下的石头砸得地表也在颤抖，但是丝毫没影响她继续搭帐篷睡觉的宁静与安谧。

晨曦初现，欢快如昔的鸟叫声唤醒了一夜并未好睡的班春娟。

8月9日7时许，早晨清亮的阳光里，克木与班友生又开始了例行公事——在长海周边的栈道上巡查，结果看到靠码头的长海栈道上有一顶帐篷，发现了帐篷里的萧珍。

经粗略询问，得知其是从长海源头非法进入九寨沟自然保护区，且翻山划船过来的驴友，便连忙把萧珍叫到吉祥公司的商品售卖亭，与大家聚在一起，为她提供了开水和食物，并告诉她九寨沟发生地震了，下山道路肯定已经被阻断，而且很危险，让她安心在长海等待，等道路抢通后送她下山。

接下来的时光里，5个人便开启了亲如一家、患难与共的等待救援模式。

把萧珍安顿好后，克木和班友生又迅速步行到上季节海探路，发现沿路到处是滚石，部分边坡已经垮塌。为便于车辆单边通行，他俩一边走一边捡公路上的滚石。当前进到10公里处时发现山体垮塌严重，道路已完全中断无法通行，两人决定翻过垮塌处继续前进。

冒着余震和不时垮塌的滚石，两人有惊无险地到了下季节海，发现下季节海的山体垮塌和道路损坏更严重。但为了将长海平安、五彩池平安的信息送到管理处，两人不约而同地做出了继续翻山闯过危险路段的选择。

接近中午，克木和班友生费尽周折终于走到了则查洼寨，并向管理处负责人及时反映了长海工作站被困人员的情况和灾情。

吃了午饭，根据工作安排，他俩又原路翻山返回到长海工作站，往返历时 7 个小时左右。

克木与班春娟的父亲班友生出去探路之时，曾交代班春娟和萧珍一定别乱跑，结果萧珍忍不住，说要带着班春娟出沟去。然而她们刚走不到一公里，就见到处都是山体滑坡滚下来的大石头，而且两边的山体仍在垮塌。

班春娟很怕，萧珍却说没事。她背了一个很大的包，一直走在最前面。

在艰难前行的路上，她们碰上了探路回来的克木和班春娟的父亲班友生，并听他们说前面的道路危险重重，要想通过非常艰难。

无奈，她们只能折返。

8 月 9 日下午 6 点，一行人重新回到长海工作站的空地上。当晚，萧珍和班春娟合盖一床被子，如同亲人般相拥而眠。

地震虽然已经过了一夜，但这个夜晚，他们仍然不时听见石头滚落的声音，而且躺着的地面依然不断地在颤抖。

8 月 10 日清晨，大家在余震与鸟鸣中醒来，阳光、云海、轻风依旧，却没人知道天机。

捡柴、生火、烧水，班春娟注意到饼干剩得不多了。

这一天，萧珍一直在试着找信号，反客为主的她在不停地安慰班春娟的同时，还给她讲一些野外求生技能。

下午天快黑的时候，他们终于看到了翻山越岭跨越危险而来的武警官兵出现在观景台上，他们便是韩建海带队的武警阿坝森林支队。

为了找寻到萧珍，可谓既容易又不容易。

绕道而行向沟里继续挺进的韩建海一行人，在抵达长海工作站时，远远地看到了一间房子，结果跑过去检查，却发现房子里并没有人。

"这些人去哪儿了呢？"韩建海里心嘀咕着。

他决定上到位置较高的观景台，以打量一下整体情况。

这次韩建海没有失望，他刚带人爬上观景台，对着大山呼唤："请问有人吗？我们救你们来了！"

话音刚落，就听见远方传来回应："有人！有人！"

韩建海定睛一看，见几百米外的空旷地上，有 5 个人先朝着他们挥手，继而便跑过来。韩建海下意识地看了一下时间，此时是 8 月 10 日 17时 47 分。

很快，他们聚在了一起。经询问，韩建海得知其中 2 人是长海工作站职工，分别叫克木、班友生，1 人是班友生的妻子，1 人是班友生的女儿班春娟，1 人是游客萧珍。

令他们意外的是，5 人中最兴奋的就是萧珍，喊着："武警好，解放军好。"

听韩建海讲，自己的家人很担心自己，萧珍很感动，她想将自己安全的情况及时向家人报告，但由于手机无信号，只好作罢。

天气已晚，余震不断，山里没信号，刚刚走过的路，又被新的塌方石块覆盖，夜行风险太大，韩建海让大家生起篝火，决定明天一早再出发。

8 月 10 日晚上吃饭的时候，韩建海提议每个人讲一个笑话，大家笑得都很开心。晚饭后，武警官兵和被困人员还打了会扑克，谁输了就蹲着接着打。

在聊天中，韩建海对萧珍印象深刻，发现萧珍的心理素质很好，面对突发的灾难很坦然，这也看得出来，她是一个资深驴友。

8 月 11 日早晨起床后，人们发现萧珍不见了。这把大家惊吓得不得了。

神秘地来，又神秘地去，她简直像一个逸仙。

可是韩建海却愁眉紧锁：她就这么消失了，该如何向牵挂她的人交代她的行踪？

不过，喜剧性的一幕就在之后寻找她的过程中出现了——鸟鸣声声更显幽静的山海之间，传来了水被划动的声音。

声源位置，在长海之中。

大家跑过去一看，才顿时明白起来，不过也啼笑皆非——原来，萧珍一早便到长海里游泳去了。

韩建海见状更惊，要知道长海很深，而且水的温度很低，只有摄氏几度，于是大喊："萧老师，赶快上来，你怎么去游泳了呢？"

他既怕萧珍破坏了长海一尘不染的天然水环境，更担心萧珍在冰冷且深不见底的长海里发生危险。

要知道，曾经传说，长海里有神秘水怪。

当萧珍游近岸边时，他们连忙将她拉上岸。

8月11日天刚亮，救援部队便开着推土机上路清障了，道路抢通后，都江堰市蓝天救援队队长苟少林再次带着队伍从九寨沟第三小学出发，两个钟头后也到达了长海景区，见到了与班春娟在一起的萧珍，她戴着粉色鸭舌帽，穿着黄色短T恤，粉色休闲裤，看上去气色很好。

得知道路打通的消息之后，大家欢呼雀跃，然后一起朝沟外出发。

坐上归途的车辆，萧珍的手机突然响起了短信到来的提示音。

"手机终于有信号了！"她高兴得叫了起来。

紧接着，她的感动便随着电话、短信和微信不断地传来的问候而一波一波地荡漾。

这段时间，郭阳与李洁依然在不停地打着萧珍的电话。

不过，他们一直祈祷的结果还是来临了。

8月11日上午10时许，李洁坚持如昨地给小姨打电话，一个又一个地打。终于，在她又一次拨打萧珍的电话之时，竟然听到了这样的提示音"你拨打的电话正在通话中。"

"我刚才拨打小姨的电话时，语音提示正在通话中。"

李洁惊呼起来，连忙告诉身边的亲人。

"是真的吗？"听了李洁的话之后，神情悲伤的大家心里为之一振，有人原本坐着，却因此而高兴得站了起来。

"是真的，是真的。我再打！"

然而，当李洁再次拨打电话时，手机里面却又传来了另一个语音提示回复："你拨打的电话已关机。"

再打，依然是相同的语音提示。

"打通了吗？"大家焦急地问。

"没有。"

"那继续打呀！"

李洁又接着拨打萧珍的电话，然后所拨的电话都得到了相同的语音提示："你拨打的电话已关机。"

见她不再拨打了，大家连忙问："怎么不拨打了呢？"

"小姨的手机已关机。"

几乎与此同时郭阳也在拨打萧珍的电话，得到的语音提示也是："你拨打的电话已关机。"

"姐夫，你是不是听错了啊？"郭阳的妻弟问。

"没有听错。"郭阳说，"可能你姐的手机没电了。"

"那这也是好事！"郭阳的妻弟很高兴，"昨天前天我们拨打她的电话时，得到的语音提示是没在服务区，我们现在拨打电话时说已关机，如此看来，姐姐应该没出意外。"

果然，10分钟后，萧珍的声音通过一个重庆号码的来电传到了郭阳的手机里：

"我平安，一点伤都没有。"

接听这个来电之前，郭阳很奇怪，心想，自己的哪位重庆朋友的手机号码又换了吗？或者自己的朋友用了重庆的号码？

接通电话后，却传来了妻子萧珍的声音。

他愣了一下："你是萧珍？"

"那还有假？听出我的声音来了吧？"

是的，这是久盼的妻子的声音。

郭阳的眼泪一下子落了下来。

这是妻子失联两天来他与妻子的第一次通话，这两天多的时间里，吃睡不香的他悬着的一颗心终于落了地。

他原本想与妻子多说几句，多一些地了解妻子这两天里是怎么过来

354

的，但是来电已经断了线，而且，他的手机也被亲人、朋友、记者的询问电话占线。

这时是 2017 年 8 月 11 日上午 10 时 30 分许，此时萧珍失踪了整整 61 个小时。

一路上，萧珍都对着电话回答着"平安！""我平安！""感谢关心！"等话。

8 月 11 日下午，李洁在萧珍平安脱险后发了一条朋友圈，告诉大家关心的人已经平安归来，同时感谢大家为搜救萧珍而做出的各种努力。

其实，如果不是地震，李洁根本不会担心萧珍的，因为在她的心中，小姨是一位能力超强的女汉子，也自助游去过不少地方。

本来郭阳打算与萧珍一起去旅游的，但后来得知妻子要徒步翻山越岭，还要一路背着皮划艇后，觉得太辛苦了，最终打消了自己的出游计划。

有这么多人关心自己的安危，萧珍很开心，很感动，也很感恩。

不过，8 月 11 日下午 3 时许，却有两位警察把她请进了诺日朗派出所。这两位警察便是该所所长马怡姝以及副所长马勇。

地震发生了，萧珍的生命发生了危险，从尊重生命的人道主义出发，必须救援。但她擅入 5A 级景区九寨沟，还在景区海子里使用皮划艇，又触犯了 5A 级景区保护的相关法律法规，她应承担相应的法律责任。

"你在进入九寨沟景区之时没有看到界牌吗？"

在派出所里，对于萧珍擅自闯入九寨沟景区的行为，马怡姝问萧珍。

"我看到有禁止进入景区的提示牌的，"萧珍说，"但由于我翻山越岭独自行走的时间已经过了 7 天了，带在身上的补给快没有了，因而便进入了九寨沟景区。"

"你是否知道你的行为已经违法？"

"我不知道。"

……

站在法律法规的角度说，萧珍未通过购票渠道擅入九寨沟景区，且在长海里划船，是应该受到处罚的。但考虑到她诚恳地进行了道歉，又非刑事违法，性质不恶劣，后果不严重，而且正值抗震救灾时期，能多救一个游客，便多一份成就……派出所最后对萧珍网开一面，只给了个训诫。

对于萧珍这样的驴友们总是在九寨沟无人区穿越的举动，四川省人大常委会副主任、时任阿坝州委书记的刘作明表示了深深的忧虑。毕业于西南政法大学，曾任四川省司法厅厅长、党委书记的他，是站在一个法学专家的高度来看待这个问题的。

萧珍穿越的那条小道，并非走人的道。那里是岷山山脉与邛崃山脉及秦岭的交汇点。从秦岭到唐家河，从唐家河到平武王朗保护区，从王朗保护区到九寨沟，这是大熊猫的栖息地。而九寨沟则是两大熊猫族群的相亲走廊，要尽量避免人类活动。否则，就会扰乱熊猫的正常生活，阻断两个族群基因的远缘交流。

因为熊猫也跟其他物种一样，越远缘的杂交，后代越有优势。

萧珍擅闯九寨沟风景区，并在景区长海里用自带的皮划艇划水，还张扬地发微信，这本来应该受到相应处罚的。但相较而言，她穿越熊猫栖息的原始森林的行为，从生物学和环保学的角度来讲，其不良影响及破坏行为则更大。然而，却没有相关的法律法规予以制裁，这不能不说是一种遗憾。

如果中国建立了一个跨行政区域的熊猫国家公园，并制定相应的保护性法律法规，这样对于擅入大熊猫栖息地者的处罚，便能有法可依。

刘作明觉得，我们任何人都要在个人爱好与生物生态保护之间保持一个国际平衡。每个驴友都要尊重我们对国际社会做出的承诺，对珍稀野生动物的生存权有一个容忍与尊重，对其生存环境负起自觉保护的责任和义务。

这件事本身也说明了熊猫国家公园建设的必要性。否则，还会有驴友以类似的方式行进在熊猫走廊之上，以彰显自己狭隘的个人英雄主义。

驴友有驴友的规则。驴友的规则允许存在，但驴友的规则不能藐视其他任何规则。目前在网上，竟然有了教人如何穿越熊猫走廊的驴友攻略，这就未免太嚣张了。这也是一件很可怕的事情，其国际影响也非常不好。

法治社会是一个讲规则的社会，我们每个人都应该对公共规则保持敬畏，因为我们每个人都是公共规则的受益者。如果我们谁都可以任意地践踏公共规则，那么践踏公共规则的结果，必然会导致人人都是受害者。

所以，尊重公共规则，尊重的其实是我们自己。

第六章
九寨涅槃

生与死的涅槃，澄澈流淌的爱，冰心的九寨人，这既是凉薄里的温煦，更是美丽的九寨祥云……

1. 生与死的涅槃

什么机缘能让陌生的人在很短的时间之内成为生死之交？

答案只有一个，那便是同遭沦落的灾难。

变化万千的摧折，同病相怜的感触，同舟共济的携挈，最终成就一个铭刻终身的情缘。

2017年8月10日凌晨2点，张立把46名游客全部安全地安置到了成都的宾馆，两天来他们共同经历的磨难与温暖，让彼此间从陌生人、从服务与被服务的关系变成了亲人、变成了生死契阔的挚友。

临别时，竟然有些依依不舍，一车游客都一一握着他的手，连声道谢之时，皆涌泪凝噎。

"什么时候我们相约再聚，还是去九寨沟。因为我们通过这次地震之后，经过了一条战壕的浴血洗礼之后，便早已是有着生死之交情谊的战友了。"

"这个提议不错！我们彼此间已经成为生死之交了。"

"感谢上天让我们这些散客缘聚！感谢上天让我们在地震中有惊无险，全都平安归来！"

……

张立是一个热心肠的导游，历事很多，而且心智成熟。

他成熟的心智来自一次又一次灾难的经历。

更准确地说是来自一次又一次地震灾难的经历：

"5·12"汶川特大地震发生时，他正带着一个游客团游览阿坝藏族羌族自治州茂县境内景色如同宝镜般的叠溪海子。

叠溪海子是1933年7.5级大地震留下的遗迹，是"保存最完整、最典型和最大的地震遗迹"，也被誉为是"中国最美的地震遗迹"。

在这里，他遭受了比 1933 年 7.5 级地震更大的地震。天摇地动间，他沉着冷静地带着游客逃生。将自己所带旅游团平安地送到成都后，他并没有回家休息，而是立刻赶到都江堰当起了志愿者，帮忙搬运救灾物资，一忙便是一周。

"4·20"芦山强烈地震发生时，他正带团在都江堰一家酒店准备退房，窗户玻璃砸下，团队有游客受伤，他赶紧把这些受伤的游客送到医院治疗。

没想到这次九寨沟县地震，他仍然在带团旅游，而且在生死之间穿越多少个来回。

这次疏散游客，所有的疲惫，都在大巴车从杜鹃山黄土梁隧道出来时，接到 4 岁孩子电话的那一刻烟消云散。

"爸爸，我想你了！"

他的孩子在电话中对他说。

是的，再坚强的意志，也耐不住孩子那一声稚嫩的话语。

就在张立幸福溢满心头的时候，却又一次想到了 8 月 9 日晚上那个被石头砸了脑袋、年仅 11 个月的娃娃。孩子的父亲抱着她，四处呼救。

在救护众多游客的时候，再忙，他也没忘了对这个娃娃的牵挂，没忘对这个娃娃的祝福。

这件事已经过去又一天了，她，还好吗？

2017 年 8 月 9 日下午，头一天同一时刻还鲜活可爱的小姑娘龙芯瑶，永远沉睡在了九寨沟的公墓里。她柔弱的身体只有 78 厘米长，还不会走，只能爬，只会短促地叫龙占伟一声"爸爸"，只会不时咿咿呀呀地说话，只会时常可爱地笑……

因为她很小，还差 20 天才满 1 岁。

九寨沟地震后第二天起，被无情的震魔夺去生命的人被陆续安葬。

对逝者的亲人来说，昔日风景优美的九寨沟，成了生离死别之地和泪水冲刷的地方。丈夫告别妻子，父母告别儿女，永远离别……

哀思层层叠叠，悲痛无以复加。

毕倍倍的母亲在殡仪馆守着女儿，以泪洗面，同时在往事的天伦之乐中寻找女儿的欢笑，即使所有人都离去了，她还不愿走。

在姜君的葬礼上，有一位女人哭晕了过去。她是姜君的母亲彭红英。

姜君是彭红英的自豪，也是邻居眼中不争的榜样，可是儿子就这么走了，无声无息，丢下了白发人的自己和儿子的爹，彭红英的心被悲伤绞碎了，强烈的疼痛将她击打得晕倒在地。

26岁的姜君是九寨沟县白河乡政府的职工，3年前从部队转业回家。

姜君有一个幸福的大家庭，父亲、母亲、妹妹、妻子，而且几个月前还当了父亲。

娇妻弱子，无限天伦。

2107年8月8日下午，姜君和妹妹游完泳，想去5公里外朋友的婚礼现场看看，热闹热闹。

"少喝点酒，早点回来啊！"

临去时，彭红英对他叮嘱道。

"好的，妈妈，我听您的！"

但是，姜君食言了，他并没有如彭红英所期待的那样早点回来。

而且，这一去，他却再也没有回来。

朋友的婚礼现场非常热闹，大家分享着新郎新娘的喜气。

谁知，万恶的地震却鬼魅般突然出现，且在一瞬间将这份热闹撕裂得支离破碎。

地震发生时，家里的锅碗瓢盆都在往地上掉，彭红英意识到发生地震了，而且心突然不安宁，她便急忙给儿子打电话，可是怎么打都打不通。

因为家里开着宾馆，宾馆里住着100多位客人。彭红英揪着心，把宾馆里的100多位游客疏散到院子里，又转移到更高的空地上。在这个过程中，她一有空便拨打儿子的手机，却一直没有打通过。

后来，手机的信号又消失了，她更联系不上儿子了。

8月9日凌晨，彭红英再见到姜君时，顿时肝肠寸断，因为地震发生时，楼房的一面墙倒塌，挨墙而坐的姜君一下子便被墙体掩埋了……

当人们救出他时，他已经去了另一个世界。

面对姜君的遗体，彭红英怎么喊，他都不答应她了。

"儿呀，你从小到大就是个听妈妈话的乖孩子……你怎么这次不听妈妈的话，没有早些回来呀？"

撕心裂肺的哭声，让在场的人无不抹泪。

之后，彭红英变得絮絮叨叨起来，她哭一会笑一会，总是自言自语："我的儿子太优秀了，在部队的时候立过二等功，为什么说没就没了呀……大地呀，你不长眼呀！"

姜君遇难后，他的妻子几次晕倒，被送到县医院抢救。

周洪颜不愿让女儿周倩就此埋葬，可是人死不能复生，他还有什么可以选择的？

这时让他顿足的，还有平时对女儿付出的爱太少。

他为此痛悔，可是一切都无法弥补。

而龙占伟，怎么也无法接受女儿不在了的冷酷现实，他一遍遍地翻看手机里女儿的照片，播放女儿的视频。每一次，不争气的眼泪都滴答着掉在了手机屏幕之上，模糊着原本十分清晰的手机屏幕。他也不厌其烦地在朋友圈里发女儿的照片……

然而，曾经的时光再也唤不回，他的心上自此留下了一道深深的伤痕……

生命戛然而止，伤痛伴随着灾难在土地上刻下的印记，留在了那一秒那一地。

就在这心空晦暗的日子里，在龙占伟等人与亲人生离死别的时刻，还有人在等待的煎熬中守望。

然而，守望的结果又怎样呢？

2017年8月10日下午，刘作明要求开始清理并逐一排查路边的受损车辆。之后，警方在确保安全的情况下，开始沿途排查被砸坏的车辆，寻找失联人员，看看车上有没有受伤的人或死难者。如果没有，就安排拖车将车拖到路边，然后运走。

在上四寨和九道拐之间，将一辆被巨石砸到河里的中巴车吊起来时，警察发现车下压死了一个中年男人以及一个小女孩。

这辆旅游中巴车所载客人是由四家人组成的一个旅游团，地震前加上驾驶员，车里共有 13 个人。地震发生时，此车被巨石砸进了河里，有 8 个人从车里爬出来，有 5 个人没有爬出来。经过比对失联人员名单，一下子就确定了其姓名及身份，被汽车砸死的这一男一女，男的姓卢，38 岁，女的姓陈，9 岁。

由于汽车已被巨石砸得严重变形，无法继续使用，当警察使用工具将车破开后，结果发现车厢里两个座椅之间，还有一部分人体组织，以及一根脊椎骨。

将那部分人体组织及那根脊椎骨送到四川省绵阳市公安局刑侦处鉴定中心后，经过 DNA 鉴定，证明人体组织来自一位 42 岁的姓王的女士。

这辆中巴车上失联 5 个人，已经找到了 3 个失联者的踪迹，另外两人却生不见人、死不见尸，警方分析可能是遗体被水冲走了，也有可能其中一人是那根脊椎骨的主人。

为了寻找线索，警方除了继续对那根脊椎骨进行 DNA 鉴定之外，又马上给甘肃文县和四川青川发去了通报，请他们帮忙搜寻沿途流下的白水江里是否有尸体。

因为沿河有一些水电站，如果尸块没碎的话，可能几天就会浮起来。

而对那个脊椎骨的鉴定，做了好几天都没得出结果。

按常理，脊椎上有肌肉组织，可据此鉴定 DNA，做得快的话，6 个小时就应该出结果，为啥这么久都没有结论呢？

绵阳警方在用脊椎上的肌肉组织做 DNA 鉴定未果的情况下，又取了脊椎上的软骨做 DNA 鉴定，然而软骨组织的鉴定也没有得出结论——与这辆中巴车上的四家人所取的 DNA 样本都不匹配。

这就奇怪了！到底怎么回事呢？

后来，警察向此中巴车上生还的游客一一打电话，询问他们的车上是否曾经带有生鲜肉类？结果得知，他们的车上带有羊排。

原来这块所谓的脊椎骨是羊的脊椎骨。

四川省绵阳市公安局刑侦处鉴定中心在对这根脊椎骨进行 DNA 鉴定时，想的可能是人体组织，根本没想到是动物的组织，所以一直没有做出鉴定结果来。

据四川省政府新闻办消息，截至 2017 年 8 月 13 日，"8·8"九寨沟地震已造成 25 人遇难、525 人受伤。遇难者中 21 人确定身份，4 人未确定身份。确定身份者年龄最大的 57 岁，年龄最小的 11 个月。

这个暑假，重庆旅游职业学院统一安排大二学生到九寨沟实习，如果不是发生地震，8 月 9 日、8 月 10 日……接下来的好多天里，周倩应该还与同学们一起，在《九寨千古情》实景剧场实习，迎来送往一个又一个游客。

而在父母的陪伴下在九寨沟玩了一个白天的龙芯瑶，也会继续给一家子带来欢乐，并在阳光雨露下继续成长。

这是周倩的第一次实习，从重庆到了美丽的九寨沟以后，周倩很开心，这也是她第一次到九寨沟。对于就读旅游职业学院的她来说，当导游是她的人生梦想，因而暑假里她只在家待了一个礼拜，就带着梦想出发了。

地震发生时，周倩正在《九寨千古情》实景剧场演艺中心 1 号景区负责游客接待。她的同事刘思一说，要是周倩当时和他们负责同一个区，就不会出事了。

周倩人缘好，会照顾人，她最后一次跟刘思一聊天，是在表演第二场结束休息时。她告诉刘思一："我给你留了糍粑，你可以尝尝，味道不错。"

刘思一告诉她说："我已经吃了你给我留的糍粑，很好吃。谢谢啦！"

没想到，这成了他们最后的对话。

同在漳扎镇，那个时刻，龙芯瑶的父亲龙占伟正开着车，穿梭在 301

省道上，向松潘驶去。龙占伟夫妻平时在深圳上班，好不容易带孩子回一趟故乡，想让女儿在天然氧吧九寨沟，多呼吸一些清新的空气。

从九寨沟到松潘县城，这条路对龙占伟来说并不陌生，但他没想到，灾难是那么凶残，虽然那时夜色已深，但行进的路上，龙芯瑶依然毫无睡意，咿咿呀呀地与母亲说着什么，表达着谁也听不懂的欢乐。

在大家享受着最美的天伦之时，大地，猛烈地颤抖了起来……

万劫不复的灾难，将两个原本毫无关系的家庭推入了同一深渊，两个家庭的宝贝女儿，也因此永远留在了这片土地之上。

舞台上的剧，逼真地上演着，没人想到这种震撼人心的剧场效果会猛然间延伸到真实的生活中来，剧场摇晃了起来，椅子摇晃了起来，地面摇晃了起来；灯光"啪嗒"地闪了一下，然后便突然熄灭了，伸手不见五指的黑吞没了一切；尖叫声四起，先是叫好、鼓掌、欢呼，继而是哭爹叫娘；游客和演员慌作一团，并寻找着逃离的出口。

《九寨千古情》演艺中心的负责人王飞注意到，3000 多观众在剧院里依次往外冲，周倩和几个同学在 1 号通道的外围区负责接待游客。

继而，她在从 1 号通道跑向 3 号主通道时，墙体垮塌了，瞬间尘烟弥漫，几乎看不见人，她也消失在了尘烟之中。

地震发生的那一瞬，不仅仅是《九寨千古情》演艺中心停了电，整个九寨沟漳扎镇的酒店在摇晃中也都断了电。正与朋友在时光酒店餐厅喝酒的翁清玮赶忙跑出餐厅，因为翁钰晗在餐厅外玩耍。

翁钰晗是翁清玮的女儿，今年 10 岁，很喜欢弹钢琴。老师说，她有弹钢琴的天赋。老师还说，她如果参加 2017 年 10 月份的钢琴考级的话，考过 8 级一点问题没有。

暑假前，翁钰晗告诉父亲翁清玮，学校布置的暑假作业中，要求完成一篇游记。想到自己从温州来四川 20 多年时间里很少出门旅游，现在就快升入五年级的女儿有了这个学校布置的任务，正好可以带女儿出去转一转。

翁清玮是温州泰顺县洪口人，20 世纪 90 年代到四川做广告生意，先后辗转几座城市后，最终在自贡定居了下来。

由于这个暑假四川都很热，相比较九寨沟较凉快，而且九寨沟的风景很美丽，翁清玮便和几个朋友邀约一起，踏上了九寨沟之旅。

2017年8月8日晚上，他们在一家酒店入住后，来到一楼餐厅用餐。

华灯照耀，凉风习习，这看似一个愉快的夜晚。翁钰晗很开心，饭吃得也快，不一会，就跟朋友的孩子走出酒店大厅嬉闹。

九寨沟毕竟是一个陌生的地方，而且是旅游旺季，翁清玮在与朋友们喝酒聊天的过程中，视线还是不时打量着女儿的，他看到女儿跑出酒店大厅后，倚着一堵围墙，玩得很开心。

女儿是翁清玮的贴心小棉袄，女儿开心，他当然也开心。

翁清玮万万没想到，这堵墙却成了女儿的夺命魔鬼。

早知这样，他怎么也要阻止女儿跑出去玩，阻止女儿站在那堵围墙之下。

没多久，在孩子们的欢笑声中，大地突然颤抖起来。

继而，餐厅一下子停了电。

黑暗吞噬了一切。

"地震了，大家快跑啊！"

有人在呼喊，更多的人在惊叫。

经历过汶川地震的翁清玮，抓起手机就往餐厅门外跑，他想冲过去保护女儿，抱走女儿。

然而，他听见轰的一声闷响，女儿先前倚靠的那堵墙倒塌了。

也就在这一瞬间，翁清玮便意识到女儿出事了，他慌不迭地呼唤女儿的小名，却没有得到任何回应。

他连忙冲过去，打开手机的电筒，透过碎砖的缝隙，他看见了一抹红色。

那是女儿上衣的颜色。

他疯了般刨砖，即使手指被碎砖割出了血口子，他也毫无感觉，那个时候他想的只有尽快将女儿从碎砖里救出来。

不到两分钟的时间，翁清玮便将翁钰晗拽了出来。然而手机电筒光线照耀下的翁钰晗，却浑身都是血，那双能弹奏优美钢琴曲的双手，被碎石划了一个口子。

大家七手八脚地连忙将翁钰晗送往离他们最近的医院，然而医生在紧张地抢救了10多分钟后，却无奈地告诉翁清玮，他的女儿没了。

"女儿呀！我的宝贝女儿呀！"

一个男人的哭声呼天抢地……

灾，就这样变成了祸。

接踵而至的，是亲人们的悲痛。

时间，无情地煎熬着家人的神经，这对于周倩父亲来讲，无异于鞭子抽打着他的心，痛苦、漫长、难捱。

九寨沟地震的消息传来之后，2017年8月8日21时39分，非常担心女儿安全的周洪颜发了一条微信给周倩："地震了，幺女，你安全不？"

"幺女"，在重庆话里是"最喜爱的女儿"的意思。

但他却一直没有收到女儿的回复。

他当时想，估计女儿正在为游客服务，没顾得上回复微信。

但想归想，他还是忍不住心里有些发慌，而且越来越发慌。

于是他开始给女儿打电话，不停地打电话。

可是，女儿的手机再没有回应了。

8月9日凌晨3点，重庆职业旅游学院得知了周倩遇难的信息。

周倩一家有4口人，除了父母外，还有一个名叫周云红的姐姐。

8月9日上午8点，周云红得知了妹妹在地震中去世的噩耗后，伤心欲绝。

继而，她压抑着悲伤，小心地将此噩耗告诉给了最不想听到这个结果的父亲。

8月9日早上，心里慌乱得不行的周洪颜还照常上班了，但从周云红处得知幺女周倩去世的噩耗时，脑袋却一下子蒙了，愣了10多分钟才反应过来。

然后，泪流满面的他便赶紧坐车往九寨沟赶。

这一段时间，周倩的母亲，则在南非一家对外公司打工，隔着时差，直到8月9日下午六七点，她才知道女儿出事的消息。

赶到九寨沟以后，泪流不止、眼睛通红的周洪颜想再见女儿一面。

可是在不大的殡仪馆里，重庆职业旅游学院的领队老师和《九寨千古情》实景剧场演艺中心的相关人员，都说找不到周倩的遗体。

其实，不是找不到周倩的遗体，而是人们不想让这位内心悲痛的老人看到女儿残缺不全的遗体。

谁也不愿意在本已悲痛欲绝的他心上再插一刀。

"我一定要再见女儿一面！"周洪颜倔强地说，"你们找不到，我自己去找！就算把殡仪馆所有箱子都翻一遍，我也要找到女儿。"

人们想劝阻周洪颜，但他力气太大了，决心太大了，人们怎么也拉不住执拗的他。

一个接一个箱子被打开，又被关上。

一张又一张冰冷且扭曲的面孔，刺激着他的神经。

终于，在打开又一个箱子之后，他在这个箱子的下层，找到了周倩的遗体。

这是自己的女儿吗？四肢骨折，身体变形，满脸血迹，面目全非……

老人认出了自己的女儿！

他一下子瘫倒在地。

虽然无情的砖石把他的女儿砸得稀烂且血肉模糊，从面容上已经难以辨认，但是女儿所穿的衣服他太熟悉了，而且还有女儿身上的工作牌，能帮他确认女儿的身份。

"幺女呀，你怎么死得这么惨啊！"

好久好久……他才发出沉闷的哭声……

这要命的悲号！号出了现场所有人的眼泪！

而他的泪水，更像是山洪暴发，浑浊而又凶猛。

生于1997年的周倩，才刚满20岁。

8月9日下午，龙芯瑶永远沉睡在了九寨沟公墓。

与她告别的，只有她的父亲龙占伟一人。

而她的母亲，此时还在医院里被救治，她的父亲怕她的母亲接受不了这一残酷的事实，不敢将她的离去告诉她的母亲，只跟她母亲说："孩子让朋友暂时带着，很可爱。"

夫妻俩的手机留在了震中的车上，龙占伟费尽周折去取了回来。

龙芯瑶的照片和视频都在手机上，他舍不得连这份念想也一同失去。

每个遇难者的家属都希望没有了生命的亲人能够体面地往生天堂。

毕倍倍的丈夫陆健给她从里到外买了好几套衣服。从贴身内衣，到羽绒被，都是她喜欢的款式。姐妹送给她的项链耳环也都戴着。而最外面，他按照江西当地的风俗，给妻子穿上了一件风衣。

出生在江西省景德镇的毕倍倍，18岁时就离家前往浙江省嘉兴市打拼，母亲对此心疼不已。好在10年间，女儿的生活渐渐走上正轨，有了婚姻，还刚刚贷款买了新房，并准备等这次旅游结束之后便装修房子，然后要个孩子……

没想到，孝顺且身心皆美的她，就这么走了。

本来，陆健想把毕倍倍的遗体带回家去安葬，可是从四川九寨沟到浙江嘉兴，1900多公里的迢遥之路，他舍不得她再劳累颠簸。

幸福就在眼前，可是倏忽之间便与自己无关了，而且还有很多自己平常牵挂的事。

去世的时候，毕倍倍一直睁着眼，不舍人世的美好，直到母亲说，"妈妈会照顾好自己的！陆健也会照顾好自己的……"她的眼睛这才闭上。

姜君是8月10日下午两点多下葬的，少数民族葬礼隆重，但特殊时期一切从简，没有寿衣，用白布包了一下，擦洗了一下，就下葬了。

他葬得仓促。从装棺材的地方到下葬的墓地，要走两个小时，送葬的亲友都不让他的母亲彭红英和他的妻子参与——她们只在装棺材时看了一眼，就晕倒了。

醒来时，她们已被运回了救灾帐篷。

8月9日下午，装在冰棺里遗体小小的翁钰晗回到了自贡，那是她父母做生意的地方。

8月13日下葬，她被下葬前的那几天，父母天天守在她身边，不愿离开一分一秒，而哀乐，则是女儿生前弹奏的钢琴曲《卡门》的录音。

甜蜜的回忆在音乐里回荡，悲伤的眼泪则随着音乐流淌。

周洪颜给女儿周倩买了新衣服，却一直舍不得将她下葬。

从小，周倩就是母亲带着，后来母亲外出打工，便让奶奶带。

在陪伴女儿这件事上，周洪颜一直觉得遗憾。父女俩最后一次见面，还是在2017年5月，最后一次微信聊天记录定格在8月6日。

"实习工作怎么样？"

"还行，就是蛮累的。"

"习惯了就好。"

周云红还记得，就在到九寨沟实习之前，妹妹周倩特地请她吃了一顿饭，理由是自己实习也会有工资。

吃饭时，还对她特别强调说："姐，等我挣了钱，给你买好吃的，也给爸爸妈妈买东西。"

除了对周云红这样说之外，周倩还许诺，等自己今后赚了钱，一定要带爸爸妈妈出去玩。

按计划，周倩会在2017年8月15日这天，领到自己人生中的第一笔"工资"，而且之后连续实习的三个月时间里都会有工资。但妹妹拿到工资后，会给自己和父母买什么东西，周云红却永远也猜不到了。

周洪颜老觉得还有事情没有做，那便是去绵阳见见女儿的老师和实习单位负责人。再不能听女儿给他讲实习的事了，他得将女儿最后的日子，亲耳清清楚楚听一遍。

"铁脑壳，你救的那个11个月大的娃娃没了……"

2017年8月11日下午，一直想得知自己曾经搭救过的那个11个月的娃娃的情况的张立，收到这条来自松潘县的一个朋友的微信。

这个大男人，当他看到这条微信时，却如一台破碎机，突然觉得鼻子发酸，心里如刀割般难受。

"铁脑壳"是朋友们给张立取的诨名，意思是他在落石如雨的山体下跑来跑去，不担心石头砸伤自己的头。

面对生死一念之间的死神，张立都没有掉过半滴眼泪，可这一刻，这个不顾安危多次冲回飞石区合力救回8名重伤员的男人，在确认孩子遇难的消息之后，还是没能忍住眼泪。

因为与龙占伟告别之时情况紧急，没来得及留下彼此的电话。张立也不认识龙占伟，所以接下来的几天里，他最牵挂的就是这个娃娃的情况了。虽然明白当时娃娃头部肿得厉害，但是他却始终抱有一线希望。

但此时，这条微信，却如一台破碎机，将他原本的希望撕得粉碎。

张立有点蒙，内心沉痛的他忍住了，没有抽泣与呜咽。因为松潘县的这位兄弟又发来一条短信，告诉他，龙芯瑶的外公是"涛云哥"，他的旧友。

10年前，张立在九黄机场接旅游团，"涛云哥"就是跟他搭档的大巴车师傅，两人先后合作了五六年时间。

张立没想到，他无意中搭救的父女俩，竟然是熟人的女婿和外孙女。

8月11日下午3时许，张立拨通了龙芯瑶外公的电话，想安慰安慰他。

"涛云哥哥，我是张立。节哀啊，我的哥！"

在询问龙芯瑶和父母的情况，以及安慰老人时，张立一直非常平静，但挂断电话之后，他的眼泪却又一次落了下来，还哭出了声。

这一次，他像个妇人，一个人闷闷地哭了好久。

同一天，九寨沟县政府网站又一次发布九寨沟地震遇难者消息，公布了年龄最大者和年龄最小者。而这个年龄最小的遇难者，便是年仅11个月的龙芯瑶。

这个消息，让2017年8月9日那天晚上，与张立、龙占伟以及龙芯瑶有一面之缘的福建游客林旭无比感伤。正在福州地铁上的他看到这个遇难者名单，以及最小的遇难者年龄时，他便突然哭了起来，悲伤得满脸都是泪的他，惹得周围的人十分诧异，甚为不解……

2. 表里澄澈的爱

地震砸痛了人心，却砸不痛紧密相连的感情。

本已澄澈的爱，更在这曲曲折折的疼痛中变得愈发晶莹。

九寨沟县公安局沟口分局副局长毛清洪跟随刘作明进沟搜救失联人员之后，他的妻子岳东梅担心娘家父母的安全，便坐车回到了九寨沟县城的父母家。

2017年8月8日地震发生前，九寨沟公安局沟口分局的公安干警们吃饭都是去九寨沟管理局食堂，并在该食堂办了饭卡。因为九寨沟管理局仅正式员工便有500多人，临时工又有几百人，没有食堂不行。

但是地震发生后，尤其是8月9日后，九寨沟管理局的观光车司机、导游、厨师等临时工都陆续转移出了漳扎镇，各自回家了，九寨沟管理局的食堂也因此停止了工作。再加上漳扎镇上原本十分兴隆的餐馆、饭店也因为地震而停止了营业，公安局的干警们要吃饭，只能靠干粮及方便面解决。

"这一天多来辛苦大家了，你们的付出温暖了游客恐慌的心。我想，大家在保护游客、搜救游客的情况下，也应该考虑一下自救，你们谁会做饭？抽几个人来做饭，温暖一下大家的胃。"

8月10日早上，九寨沟县副县长兼公安局局长黎永胜考虑到参与抗震救灾的民警、特警，还有消防警察，人数众多，不能天天顿顿吃方便面，便在一次会上问："有没有哪些干警的家属愿意前来帮警察们做饭？在我们忙着抗震救灾的时候，欢迎警嫂们前来奉献爱心。"

黎永胜的话音刚落，毛清洪便站了起来："黎县长，我老婆在地震前开了一家小宾馆，会做饭，现在地震了她的小宾馆也关了，没啥事，我把她叫来给大家做饭吧。"

黎永胜听了很高兴:"那很好啊!你带了个好头呀!"

"反正没啥事,不如让她来给大家做饭。"

毛清洪马上给正在县城家里陪父母的妻子打电话:"东梅,现在参与抗震救灾的干警们一直没有一口热饭吃,很辛苦……"

毛清洪话还没有说完,岳东梅便说:"老公,我明白你的意思了,那我上来给干警们做饭吧。"

"我老婆真聪明,也真有爱心!我马上向领导汇报!"

岳东梅接过电话后,立即出发。

一个多小时后,赶到九寨沟沟口指挥中心的她对黎永胜说:"黎县长,我很高兴能为干警兄弟们做饭,我开的小宾馆里还有地震前买的3000多元钱的粮油菜肉,正好可以做饭菜免费请干警兄弟们吃。"

黎永胜一听,喜出望外:"你既做义工,还如此破费,很让我感激,你这样的警嫂真是好榜样!"

"你过奖了,这是我应该做的。大家都在冒着生命危险抗震救灾无私奉献,我又怎能袖手旁观?"

于是,岳东梅将自己所买的粮油肉菜都搬到了九寨沟公安局沟口分局所租来的千鹤大酒店的后厨里,开始给大家做饭。

当然,要给包括民警、特警,还有消防警察在内的300多个人免费做饭,仅有岳东梅一个人还不行,她又邀请了自己宾馆的厨师长,以及另外6个爱心人士前来帮忙。

她先将自己宾馆里面原来准备的米、肉与菜全部做成饭菜免费送给警察吃,当自己储备的粮油肉菜消耗完了之后,又掏出钱来,开着车去九寨沟县城买菜、买肉、买粮、买油,继续奉献爱心。

见岳东梅等几个人非常劳累,黎永胜又安排了一些警察在开饭的时间帮忙运送饭菜到干警们的值勤点。

那些天里,岳东梅创造了一个"唯一":她是唯一一位义务给干警们做饭的警嫂!而且还是将自己家里的粮油食品拿出来奉献给警营兄弟们的警嫂。

人们通过手机聚焦且关注着九寨沟地震的时候，2017年8月9日，微博和微信朋友圈出现的一条与灾情无关的信息，却引起了众多人的关注：

"各位朋友大家好！因九寨沟发生地震，困在国道213线九寨沟黄龙机场至松潘的游客请注意，我们给大家准备了免费餐，如果你从九寨沟到松潘转移，请到松潘翠园餐厅用餐，联系电话：135514855××，我们将提供免费清真餐；如果有从九寨沟返回陕西、青海、甘肃的游客，可以到红原年朵坝新月牧场用餐，我们也提供免费餐，联系电话：186081488××。"

对这条信息的内容，不少人半信半疑，忍不住打电话核实，也有从此路过的游客去餐厅亲身验证，在证明了其真实性后，此信息的内容便被广为转发开来。

松潘翠园餐厅的老板姓苏，叫苏建兵，45岁，回族人。

苏建兵的餐厅开在阿坝州松潘县顺城北路上，因为心善诚信，他的餐厅一直门庭若市。

2017年8月8日晚，苏建兵正在马尔康市观看武林笼中对比赛，地震发生后，他马上与松潘县的亲人联系，了解相关情况。在得知松潘县的灾情并不严重之时，他的心情却并不轻松，想到地震发生后，九寨沟里有那么多游客受灾，觉得自己应该为他们做点什么才对。

可是怎么做呢？

夜色晦暗，如同他脑袋里的思绪。

他原想去参与抗震救灾的，但后来从新闻得知，为了给从九寨沟灾区转移的车辆保畅，相关部门建议个人以及民间组织的车辆不要擅自前往九寨沟参加抗震救灾。于是他决定给游客们提供免费餐食。

做出这个决定后，他又想到了自己的好朋友马志成平常也热心公益，且在红原县年朵坝开了一家餐厅，便给马志成打电话，询问其是否愿意如自己那样给游客们提供免费餐食。

九寨沟地震发生后，马志成也想为九寨沟县的抗震救灾做出一些自己力所能及的贡献，正在这时，苏建兵的电话来了，苏建兵的建议让他喜出望外，他当即表示愿意以这样的方式参与抗震救灾。

于是，苏建兵马上发了一条微信，表达了自己与马志成愿意为广大游客提供免费餐食的愿望，并将自己与马志成的餐馆位置，以及手机号码也附于微信之中。

令人感动的信息很快引起了人们的关注。

同时，也有很多人打电话来咨询所写内容的真伪。在确信真实无误后，便在苏建兵所发的文字内容之前加上了"我本人核实过，是真的！向这样的老板致敬！"进行了转发。

就这样，这条信息链式反应般被纷纷转发，成了地震发生后收到无数点赞的信息之一。

微信发出后，苏建兵觉得自己考虑的事还不够全面：自己与马志成的餐厅为从九寨沟转移出来的游客免费提供餐食，那被困在九寨沟的游客，以及参加抗震救灾的相关人员，不也同样需要吃东西吗？

想到这，他又给自己餐厅里从新疆请来的烤馕厨师打起了电话，希望餐厅员工能够连夜烤馕，待自己从马尔康返回松潘县后，将这些馕送到灾区去。

8月9日下午5时许，从马尔康返回松潘的苏建兵马上将餐厅全体员工一夜无休烤制的几百个馕，按5个一袋、10个一袋进行简单包装后装上车，往九寨沟送，一路见到救援官兵、志愿者和转移的游客，便一袋或者几袋地免费送。

为了便于游客前往自己的餐厅免费用餐，通往两家餐厅的路上，还放置了详细的指示牌。

两家餐厅的免费餐从8月9日早上开始提供，一直持续到8月16日不再有游客前来免费用餐后才结束。

据不完全统计，仅翠园餐厅，在几天之内便因此消耗了2万多元食材。

8月9日下午5时许，九寨天堂洲际大饭店滞留的游客全部安全转移，坐上了回家的汽车，至此，游客的转移工作可算基本结束。

8月9日一夜休息之后，阿坝州特警支队一大队副大队长杨忠头，又争取到了抗震救灾中一个全新而又责任重大、十分艰巨的任务。

8月10日，抗震救灾指挥部接到汇报说，地震后，诺日朗瀑布出现管涌，有可能在余震中发生溃坝的危险。

这个消息炸如惊雷：如果溃坝，诺日朗群海里数十万立方米的蓄水倾泻而下，会如多米诺骨牌一般，将下游的漳扎镇，甚至是九寨沟县城冲毁得七零八落。

重疾需猛药，刻不容缓。刘作明马上安排刘波涛去了解情况。

险情就是命令，刘波涛接令后即刻奔赴诺日朗瀑布一线。

到了现场后，他发现诺日朗瀑布被地震震没了，原先的堤坝出现了管涌，而管涌处并非岩层，而是土层，因而管涌的面积极有可能扩大，甚至出现堤坝溃决的可能。

他当即向刘作明汇报了自己所看到的情况。

意识到灾情紧急，刘作明随即指示刘波涛赶快安排特警，对诺日朗瀑布进行24小时观察值守，如果有发生溃坝的险情，马上汇报。但值勤的特警们，一定要注意自身安全。

翻江倒海，关乎无数生命！刘波涛决定安排6名特警去诺日朗瀑布值勤，观察诺日朗群海的水情变化、诺日朗瀑布的坝体变化。

在诺日朗瀑布值勤，并不是一个轻松的活儿，更非享受桃源般的天堂风景。这实际上是形如战场玩命的事：诺日朗景区位于高山群林峡谷地带。即使坝体安全，站岗放哨者也随时都有可能被滚落的石头砸伤砸残的危险；如果诺日朗瀑布出现溃坝，那么站岗放哨者则可能会在躲避不及时一瞬间从人间消失。

得知刘波涛在遴选特警去完成这个艰巨的任务，杨忠头明知山有虎，偏向虎山行，毫不犹豫地第一个站起来，要求带队去诺日朗瀑布站岗执勤。

这不是杨忠头个人逞能，而是因为他相信自己身后的兄弟，他们能做得很好，能完成自己争取来的这个艰巨任务。

这么艰巨的任务，又怎么少得了总是身先士卒的阿坝州公安局特警支队支队长竹旭贵？他也坚决要求跟杨忠头一起带着特警们去诺日朗瀑布现场执守。

于是竹旭贵与杨忠头带着徐世英、郭利峰、谭玉豪、旦真王甲、周凤建、肖豪、罗顺翔等全副武装的特警兄弟们，立马进驻诺日朗瀑布。犹如在刀尖上行走，面对随时可能扑下来的原始森林，面对峭壁耸立恐被轰然掩埋的峡谷，面对深重叵测一朝崩塌的洪水……他们却无惧绞肉机般的又一次挑战，也相信自己这个团队能够圆满完成任务。

诺日朗瀑布海拔 2365 米，瀑宽 270 米，高 24.5 米，是中国大型钙化瀑布之一，也是中国最宽的瀑布。

"诺日朗瀑布"，藏语里的意思就是"雄伟壮观的瀑布"。

这个神话世界般美丽的瀑布，曾经是 1986 年版电视剧《西游记》片尾拍摄地。作为中国六大最美瀑布之一，澄碧的水流自诺日朗群海而来，从瀑布顶部飞流直下，如银河飞泻，声震山谷。阳光中水雾升腾，时常可见彩虹横挂，溢幻流光，恍若仙境。

然而地震后诺日朗瀑布却已经消失，垮塌处有一条很深的裂缝，水流从裂缝中喷涌而出，产生漏桶效应，不但毫无观赏性，而且很有可能造成瀑布管涌面积扩大、造成整个坝体的全面垮塌。

8 月 10 日黄昏，杨忠头带领兄弟们在瀑布下方搭起了帐篷，以便观察水流变化的情况。

8 月 10 日晚上 9 时许，一条"九寨沟长海即将溃坝，长海的水就要冲到县城了"的视频信息传遍微信群、朋友圈，引发广大群众极大恐慌。

长海海拔 3060 米，长约 5 公里，宽约 600 多米，面积达到 93 万平方米，湖水最深处达 80 余米。"映日雪山苍云横，接天古树碧波开"长海两岸森林戴翠，峰峦积雪，高与天接。

长海不仅有丽景，还有世界之谜——传说 20 世纪 80 年代，曾有人看到有巨兽出没于水中。

奇怪的是，偌大的长海竟然没有鱼类生存。没有鱼类，水中巨兽以何为食？

长海的威猛其实不在于是否有巨兽，而在于有上千万立方米的巨大的蓄水量。试想，如果长海的堤坝溃坝，巨量蓄水汹涌而下，那么漳扎镇和九寨沟县城还能剩下什么？

看到"九寨沟长海即将溃坝，长海的水就要冲到县城了"的视频后，杨星立即要求调查求证此视频内容的真实性。

结果发现视频内容捕风捉影，夸大其词。

经了解，九寨沟景区外面有一条河，当地为防备余震导致次生灾害等情况的发生，在提前通知沿河乡镇的情况下，于 8 月 10 日对该河上游的水库进行了放水。这属于主动放水行为，因而水位有所上涨属正常现象。

调查清楚事实真相后，阿坝州委宣传部很快通过权威媒体发布了辟谣公告。

"九寨沟'8·8'地震以后，有关方面对九寨沟景区各海子水位情况进行了密切监测。水情变化在水文部门和水管局监管之下。九寨沟县委、县政府邀请了国家级地震、地质学家对诺日朗瀑布等地段分析研判，结论是无坍塌危险。请看到公告的群众相互转告。"

夜色渐深，景区里的夜也逐渐寒冷，加上潮湿的空气，即使在帐篷里，杨忠头与兄弟们也感到如冬泳般刺骨的寒冷。

余震不断，山摇地动，他们真的担心头顶上方 8 层楼高的堰塞湖溃堤，湖水汹涌而来，将他们瞬间化为泥浆。

在堰塞湖下方守望，这很不明智，且极其危险！他们想换一个地方站岗，可是换哪个地方呢？

这时，杨忠头回想起白天观察环境时，无意间发现诺日朗瀑布左侧出水口有个废弃的电站水闸，如果能将这个水闸打开，让诺日朗群海的水从这个废弃的电站出水口排出，岂不就会降低水位，减轻点水对堤坝的压力了吗？

他连忙将这一想法向上级领导进行了汇报，并请求批准。

刘波涛收到这个汇报信息后，随即与九寨沟管理局一位副局长取得联系，并通过了解得知，诺日朗瀑布是南坪林业局修筑一个小水电站时筑坝而成，瀑布旁边的树林深处，确有一个水闸，如果能够打开水闸，将诺日朗瀑布上游的水泄压，就没有发生管涌与溃坝的可能了。

刘波涛在请示了抗震救灾指挥部刘作明、杨克宁等领导后，对杨忠头指示，尽力将先前电站那个早已不再使用的水闸打开，以让诺日朗群海泄水减压。

得到了批准，杨忠头很高兴。

这时，已是8月11日子夜时分，但他们还是马上行动起来，同时找来一名当地村民当向导，开始清理起诺日朗瀑布附近河道上的树枝、石头。再经过两个小时的战斗，终于将那个废弃的水闸吊了起来，有效地降低了诺日朗群海的水位。

得知坝体险情已解除，刘波涛又将这一情况向刘作明进行了汇报。

"很好！让特警们再观察一两天，如果观察的结果确实没有溃坝的可能性，再撤出阵地。"刘作明在电话中高兴地说，"同时，我也安排国土、水电等部门的专家对坝体的稳固性进行检测，看水闸打开后坝体是否还有险情。"

刘作明、杨克宁等领导在获知地震后诺日朗瀑布出现管涌，有可能发生溃坝的险情后，除了指示刘波涛派特警值守，以观察水位与坝体的变化外，还派了国土、水利等相关部门的负责人及专家前往诺日朗瀑布现场驻守，以便应急处理可能发生的一些情况，因而要检测坝体的安全性并不难。

水位降低了，水压减小了，但特警们的衣服、裤子、鞋子却也全打湿了。因而少了溃坝可能发生所带来的生死之虞，这个温度只有零上几度的寒冷的夜晚，大家过得依然不轻松。

杨忠头鼓励大家："我们是公安人员，公安人员的职责就是保证人民群众的安全，所以兄弟们一定要挺住，要忠于警徽赋予的责任，做有担当的人民警察。"

在接下来的几天里，杨忠头又和徐世英、郭利峰、罗日泽仁、谭玉豪、吕国强、旦真王甲、阿磊、周风建、王周、尼玛扎西、何登卫、龙主、杨磊、杨燕新、泽仁塔、马国民、肖豪、王铵洋、敖珠、罗顺翔、马雁飞、白晶文、李先坤、杨文程等兄弟们一直坚守在诺日朗瀑布，实行每天 24 小时的轮岗制，以观察瀑布堤坝有无异动。

这样的日子虽然很枯燥，但是想到有自己在，漳扎镇以及九寨沟县城的居民就能安宁；而且，诺日朗瀑布是世界自然遗产九寨沟风景区的主要景点之一，它不仅是阿坝州和四川省的风景名片，也是中国的一张风景名片，能够保护诺日朗瀑布，能够为诺日朗瀑布站岗，他们心里有着一种神圣的荣耀感。

在平武县城，从九寨沟漳扎镇喜来登国际大酒店游客集中点疏散转移出来的游客们短暂休整后，便登上了开往成都的汽车。

从平武县城往成都进发的途中，人们的心情才稍稍有了些舒缓与平复。车上的服务也很好，尽可能给游客们提供垃圾袋、水等物资。司机告诉他们，大概五六个小时后，汽车便可以到成都，这无疑是令人振奋的。

即使是在远离九寨沟千里之外的成都，依然处处都是令游客感动的地方，目之所及，无不令游客倍感温馨：成都汽车东站周围有很多警察、很多志愿者，志愿者胸前都戴着一枚团徽。

逃离灾区的这些游客们刚刚下车，志愿者们便迎了上来，又是扶人，又是帮忙拎行李，下车来看到如遇亲人这一幕，游客们的泪水又一次模糊了双眼。这些志愿者们，在他们最困难的时候予以温暖，真是太伟大了！

其实，游客们人离开了九寨沟，情感却依然留在九寨沟，他们不断关注关于九寨沟地震的来自官方的各种新闻。

令他们难受的是，他们看到九寨沟地震的死亡人数在不断攀升，还有部分九寨沟景点受到了地震的影响而改变了原貌……

3. 冰心的九寨沟人

"你还好吗？我很担心你……"

2017 年 8 月 9 日，暮色苍茫的 18:20，一个熟悉的电话打到了一天一夜没有休息片刻的罗智波的手机上，对方话没说两句，就抽泣了起来。

"别哭，别哭，我挺好的！"

罗智波一下子便听出了打电话者是谁，他连忙安慰对方。

此时，罗智波正坐在快速奔驰的车上，前往九寨沟一线灾区途中。

这个电话，是远在成都工作的妻子打来的。

这是震后罗智波第一次接听妻子打来的电话。

由于一直在九寨沟地震震中漳扎镇调度指挥抗震救灾，加之通信不畅，他不知道，之前家人打了无数次电话都没接通。而他，却无暇顾及给家人打电话报平安。

罗智波在安慰妻子别哭的时候，其实他心里特别感动，也特别难受。

人，只有身处逆境，才最能感受关爱的温暖。

只有在情感共鸣，或者最脆弱的时候，才会被感动。

"老婆，辛苦你了！我是一个不称职的丈夫，不称职的父亲。"

自从离开成都到千里之外的九寨沟县工作以后，罗智波就很少回家，对家人照顾甚少。

这一直是他的心头之痛。

他也知道，平常家人很牵挂形单影只的他，这次地震的突然发生，肯定会给家人带去担心和煎熬，作为一个儿子、一个丈夫、一个父亲，他深知亏欠家人太多太多。

"别责备自己了，你平安，就比什么都好！"

可能觉得总是哭其实并不好，会影响他的工作，于是妻子反而安慰起罗智波来："家里都很好，你抓紧救灾吧！要照顾好自己！"

妻子语言坚强，但罗智波却从妻子这坚强的语言中听出了满满的爱与相思，更有无尽的担心和无奈。

"我会照顾好自己的，你放心吧！再见！"

罗智波不敢再与妻子多说话，他怕再说话会耽误自己的工作，更怕自己稳不住内心波涛的翻滚，会泪流满面，无语凝噎。

"老公，再见！"

"妈妈，妈妈，我要跟爸爸说话！"

就在罗智波准备挂断电话的时候，他听到了儿子在大声喊，于是他又将电话送到耳边。

话筒里传来了儿子脆生生的声音：

"爸爸，我想你了！你要注意安全，我们等你回来！"

儿子的话没有条理，但却如同一只温柔的手，抚慰着他的心。

"嗯……"

他再说不出更多的话来。

"爸爸，你咋不说话呢？"

儿子的声音仍在电话中脆生生地响起。但罗智波却索性将电话挂断了。

是的，他不知道该说啥，所以挂断了电话。

儿子的声音扒开了他泪腺的堤坝，他一直强忍的泪水，"唰唰唰"地流了出来。

随着眼泪流出来的，还有无穷无尽的思念，对妻子、对儿子、对父母……

从成都到九寨沟县工作以后，一年多的时间里，他早已和这里的干部群众融为一体，建立了深厚的情谊。他深爱着这里的人民，视自己是这里的一分子，视这里的百姓为自己的亲人、自己的家人，现在地震发生了，自己怎么敢丢下大家来思念小家，儿女情长？

不过，他发自内心感激妻子、感激儿子，也感激自己的父母。

灾难虽无情，人间有大爱。家人对他的理解与支持，就是给他最大的精神支撑，这也使得他更加坚定了危难时刻，一定要和九寨沟人民一起共渡难关的决心。

失联 60 个小时的萧珍获救了，关心她的人拍手称快。

不过，人们在祝福她的同时，又对她穿越九寨沟后山进入景区的逃票行为展开了讨论，批评者有之，赞赏者有之。

批评者认为，逃票行为不可取，因为天堂般的九寨沟是需要管理成本的；赞赏者认为，九寨沟的门票太贵，这又是自然资源，逃票不失为一种节俭旅游的方法；甚至，有人还将萧珍的驴友轨迹总结为一种旅游攻略。

九寨沟地震发生以后，微信中有一个传播很广的段子，内容如下：

九寨沟的门票 300 元/人次；他们的停车场收费 40 元/次；他们的盒饭卖 60 元/盒；他们的方便面卖 25 元/盒；他们的白开水卖 10 元/杯……他们把老天爷赐予的大自然圈起来，每天几万游客，一天就是上千万元的收入！一个富甲一方的景区，为何一震就穷，震完就要大家捐款？谁能给解释一下吗？现在捐了，以后能免门票吗？？？

这个段子的内容让熟悉九寨沟的人啼笑皆非，这无疑是在抹黑九寨沟。因为：

第一，九寨沟的门票价不是 300 元，而是最高 220 元，最低 80 元，因为分淡旺季。旺季（每年 4 月 1 日至 11 月 15 日）门票价为 220 元，观光车票价为 90 元，总票价 310 元；淡季（通常每年 11 月 16 日至次年的 3 月 31）门票价为 80 元，观光车票价为 80 元，总票价 160 元。观光车采取一次购票的办法，在沟内乘坐任何一辆观光车都不再收费，但出沟再进沟则无效；游客如果选择徒步进沟的话，也可以不买观光车票，只买 220 元的旺季门票或者 80 元的淡季门票。

第二，无论是 2017 年 6 月 24 日的阿坝州茂县叠溪镇的山体滑坡，还是此次九寨沟地震，阿坝州党委、政府都没有发起过任何形式的募捐行动。

第三，游览九寨沟的游客进沟后愿意吃饭就吃，不愿意吃饭就不吃，不存在强迫消费。段子里所说的 60 元的价格不是盒饭价格，而是自助餐价格。而且自助餐也分几个档次，A 区自助餐 60 元一个人，B 区自助餐 98 元一个人，C 区自助餐 138 元一个人；九寨沟管理局规定，九寨沟沟里除了诺日朗中心站有统一的景区食堂外，其他任何地方任何人都不能开餐饮店；同时，景区里的白开水是免费的，谁都可以接来喝，接来泡茶，也可以用来泡方便面，而非 10 元钱一杯。

当然，关于这个段子中的内容，也有网友进行了驳斥：

乍这么一看，觉得段子中的内容有道理，甚至相当气愤。

的确，你说我起个大早，吃完一碗清汤挂面，半饱不饿的。然后从山寨手机里，看到九寨沟地震的消息，赶忙撂下筷子，提着塑料袋从出租屋里奔出来，骑着自己的破自行车，上赶着去给人家大富翁们捐款，这是什么精神？

总之，真是惭愧、害臊、不好意思、可耻、惭愧的情绪一齐涌上心头，直叫人泪流满面。

但在各位泣不成声时，我尚有几个不值一提的小困惑。

首先是，九寨沟当地的官方和民间，在地震之后，何时要求过我们捐款呢？我在九寨沟景区的官网上没看到类似的呼吁，四川省人民政府的网站和管辖当地的阿坝州人民政府的网站也没说："表现你们爱心的时候到了。"而捐款的那些企业、明星、个人，更没有谁讲："既然你们九寨沟开口要了，我就大方捐上一些……"而都是声称，这是自发自愿的捐款。

至于搜索网络"九寨沟、捐款"，最火热的仍是某电影主演被网友逼捐的消息。难道，这逼捐的网友清一色来自九寨沟？窃以为，九寨沟百姓们正忙着抗震救灾和重建家园呢，应该不是很有闲暇每天抱着键盘泡在电脑前，做逼捐明星的这种事情吧？

别人捐款得少了，国人寒心。听说要自己捐款，国人也寒心。请问这是哪国的"国人","寒"的是什么"心"？

这好比，富翁家受了灾，正在清理房屋，你凑上去把钱拿在手里，在人家面前虚晃一枪，还不等人家反应，你便把钱塞回口袋，痛斥道："你这么阔了，还要我这个穷苦人的血汗钱，你好意思吗！要捐款，给我一个理由先！"

人家根本没管你要钱，要给你什么理由？

那些人恼怒的另一个原因，是"他们把老天爷赐予的大自然圈起来"，而且"门票300元/人次；他们的停车场收费40元/次；他们的盒饭卖60元/盒；他们的方便面卖25元/盒；他们的白开水卖10元/杯……"

这里要纠正一下，最贵的门票不是"300"元，而是"310"元。310元一张门票，贵吗？是真贵！但你可知里面含90元观光车费吗？

其实，大家尽可以讨论九寨沟景区价位该如何调整才合理，但说什么大自然的景观，就该开放给所有人免费游玩，这样就显得强词夺理。

倘若放眼全世界，只有九寨沟景区收费，别人家都免费，那是九寨沟耍流氓。但既然收费的景区比比皆是，只因为九寨沟地震受灾了，拿了些捐款便要免费，这是你们耍流氓。

为何？人家是收了不菲的门票钱，但景区的运营和设施维护不要钱么？九寨沟景区的员工不要工资么？可以商讨减价，但真要一分钱不收，那全中国的游客涌进来，你在景区上个厕所怕都是屎尿横流，青山绿水也怕是早被搞成了垃圾山、垃圾河……

有人会说，那不也有免费景区吗？人家也没垃圾成堆。

是的，这样的景区维护都是由当地政府财政拨款，所以这些人的意思是：大家玩的时候，景区是大自然的风景，到了打扫卫生的时候，景区就成了当地政府的风景？

最后，对那些拿着捐款喊着"你给我免费，我才捐！"的人，我想告诉诸位，你们这不是捐款，这是交易。这不是爱心，这是利欲熏心。

别拿你们的谬论，侮辱了那些心系灾区的善良之人。

只有亲身经历了九寨沟地震的游客，或者参与了九寨沟地震抗震救灾的人，才知道九寨沟人是多么纯朴与善良。

就在九寨天堂洲际大饭店、甲蕃古城、九寨沟沟口的喜来登国际大酒店、月亮湾假日酒店、天源豪生度假酒店3个游客集中点进行游客疏散转移，以及九寨沟风景区里展开立体搜救失联群众的时候，九寨沟县城也在为游客的安全转移而忙碌着。

因为九寨沟县城，是游客朝甘肃文县或者绵阳平武方向接力转移的中转站。

九寨沟县城文化艺术广场，因此搭建了多个帐篷。那些帐篷上面分别写着"成都""绵阳""文县"等字样，这是游客下一站的目的地。

而在每顶帐篷周围，都围满了穿着红背心或者戴着红色帽子的志愿者们。

广场上人头攒动，杂而不乱，惊而不慌，游客们有序地等待着志愿者们安排车辆，进行下一驿站的接力转移。

而每有一辆车从九寨沟沟口方向驶来，车刚刚停稳，车门尚未打开，游客们尚未下车之时，志愿者们便冲了过去。车门一打开，游客们走下车来，便马上扶人搀人，帮忙拎下大包小包，并咨询其不同的去向，带至写有相应文字的帐篷。

到了帐篷面前时，又帮忙登记，为之分发免费的食物和饮料，一片忙碌。

2017年8月9日晚19：50，最后一辆车驶离喜来登国际大酒店。

在不到24小时里，877位住店客人4000余游客成功转移，其间无人受伤。在这项被称为"不可能完成"却最终完成的任务里，盛装的是酒店员工、政府工作人员、当地百姓，以及志愿者们接近30个小时的不眠不休，是每个平凡岗位工作人员尽忠职守的故事，是每个奉献的人的无疆大爱。

由于前厅部经理外出培训，宾客关系经理邓康凤从2017年8月初就负担起了整个前厅部的日常工作，平均每天 12 小时不停歇运转，已然成为这个九寨沟旅游旺季的工作常态。

8 月 8 日，处理完酒店事务，邓康凤决定回到 40 公里以外的家里去看看已生病多日不见好转的儿子。然而，回家后不过 10 分钟，九寨沟地震便发生了，想到有那么多客人住在酒店里，她立刻做出决定：回到酒店，和同事一起战斗，保护客人。

她一面在工作群组中安排救援工作、安抚同事，一面寻找回酒店的方式。

这条重回工作单位的路，是她一生中走过的最艰难的路，也成了她一生最刻骨铭心的路。道路塌方、交通管制，直至 8 月 8 日夜 11 点，她才在路途中搭上一辆救援车，回到了酒店。

之后，她和所有救援人员一样为客人服务，小跑着协助客人回房取物、耐心安抚答疑……

一夜无眠。

然而，除了她自己，酒店员工没人知道，她是一个有孕在身的人。

直至地震结束，直到她痛得住进了医院。

地震，令职业责任感高于一切的邓康凤，不顾身体健康，全心全意地给广大游客提供安全与温暖；地震，也使邓康凤在表现出崇高献身精神的同时，无情地夺去了她腹中的胎儿。

8 月 15 日上午，有着不祥之感，腹痛如绞的她住进了医院。

然而，默念千遍的祈祷，终未保住她腹中的珠胎，滔滔的泪水与血水，让她痛不欲生。

但是，流产后尚未休息几天，她又回到了工作岗位，开始了震后的工作……

自安顿好自己的亲人后，李春蓉便在司法局设于县城文化艺术广场游客转移中转站门口的服务点上为广大游客服务。

在这里，同样是灾民的她在开展自救与他救的同时，也见证了一幕幕

390

感人的故事。

此时的文化艺术广场，犹如一片大爱沸腾的海洋，志愿者们一刻不停地给游客免费发放矿泉水、饼干、方便面、火腿肠、牛奶。她粗略估算了一下，她所在的服务点，便先后发放了400件以上的救灾物资。

氤氲升腾的爱，蒸发了游客们心中的恐惧与凄惶，虽然远离家乡，却找到了家的感觉，得到了亲人般的关爱。

圣洁的光环是不分年龄的。其间，不断有志愿者加入到他们的队伍中来，这些新生力量以20岁左右的学生居多。虽然他们还没有进入社会，却已经有了高度的社会责任感。

龚世如也是志愿者中的一员。

小伙子虽然只有21岁，还是成都文理学院的一名学生，却全心全意地奉献着自己身为九寨沟县一员的地主之谊。力气挺大的他，竭尽所能地发挥着自己身体的强项，扮演着一个别无二致的搬运工角色，坐着一辆皮卡车来来回回地去仓库拉帐篷和铺盖，为晚上没及时转移的游客准备着御寒物资。

虽然沧桑与疲惫如影随形，但感动却应接不暇。

炽烈而透彻的高原阳光下，干热的风吹来吹去。炙烤而出的汗水与感动而生的泪水交相流淌，游客们几乎都变得唇焦舌燥，内心枯窘。

于是，有不少躬耕一夏的农民，将自己地里原指望在九寨沟旅游旺季卖个好价钱的西瓜一车一车地拉进城来，免费送给游客们降火解渴；有不少心怀忐忑的居民冒着余震可致房塌的危险，送来一大锅一大锅煮好的绿豆稀饭、一笼屉一笼屉蒸好的白面馒头；或者自己掏钱买来馒头、饼干、八宝粥等食物，慷慨相赠给游客们解暑充饥。

夜幕降临，天气寒凉，怕远道而来又没有得到及时转移的游客在低温中感冒，一些老百姓又热心地煮来了生姜红枣红糖水，免费提供给游客们御风防寒；又贴心地找出自己家洗得干干净净的衣服，送给游客保暖。

地震将人的心情震得七零八落，硕大而又繁茂的感恩之花却在竞相绽放。

这份感恩既有针对某一个具体志愿者的，更多的却是针对九寨沟全体人民的。

在文化艺术广场，李春蓉看见一对比较特殊的母子，儿子 20 来岁。母亲 50 岁左右，母子俩都全副武装地穿着冲锋衣，背着大旅游包，他们似乎很超然地站在广场的外面，打望着人头攒动的广场里的场景，却并不进入广场，也不前往相应的帐篷进行登记。

她觉得很奇怪，便忍不住朝他们走了过去，想关心一下他们是否需要什么帮助。

通过与之交流，李春蓉得知这母子俩来自黑龙江省哈尔滨市，母亲叫张小红，地震时他们住在漳扎镇社区的一家宾馆里。从未经历过地震灾难的他们，虽然地震发生时吓得魂不附体，但是随着时间的推移，他们却目睹了一幕幕感人的风景。

地震这事本来是不可抗的灾害，地震的发生也怪不着谁。地震发生之后，惊慌失措的人们都纷纷从室内跑了出来。但很快，镇定下来的九寨沟男人，便几乎全都自觉参与到了将游客疏散到安全地带的工作中来，而将照顾自己家人的事交给老人和女人。

虽自己的命运也因地震而崎岖多舛，但保护游客、安抚游客却被这些自觉将自己升级为保护神的当地男人当成了主要工作。而当地的妇女、老人们也没有闲着，他们在安置好家人后，又忙不迭地煮起了一锅锅热腾腾的饭菜，并送到了游客聚集点，请游客们免费享用。

看到漳扎镇这些同样面临灾难的普通百姓不顾自己及家人的安危，却一门心思照顾游客的动人场景，游客们无不感慨连连，倍感温暖。

"哈尔滨虽说是座大城市，如果有这样的灾难发生，肯定没你们做得这么好，这么及时！"

张小红在讲完自己九寨沟地震的亲身经历之后说："非常感谢九寨沟的政府，特别是老百姓，在我们最无助的时候对我们的关心，我们感动不已！这是人间大爱啊！"

说着这话的时候，张小红的眼泪还不知不觉地落了下来。

繁复的余震，凄惶的处境，铭刻了她的这种感情。

张小红如此动容，李春蓉也很感慨："大姐，你们是远方来的客人，你刚才所讲的一些都是我们应该做的！"

听了李春蓉的话之后，张小红一把抓住李春蓉的手说："妹妹，请你代为转达我们一家人对九寨沟人民的谢意！"

李春蓉觉得张小红发自肺腑的谢意是如此厚重，感怀之际，她的视线也模糊起来，眼含热泪地捧着张小红的手摇了摇："大姐，你太客气了，这真是我们应该做的。"

她代九寨沟人收下了这份谢意。

这份谢意既体现了九寨沟人在大灾面前的责任和担当，也闪耀着当地民风在悠长岁月里沉淀的黄金色泽。

人海茫茫，相聚即是缘。

张小红还与她合了影，让她享受了一次身为九寨沟人在游客心中"明星"的待遇。

又一辆转移游客的大巴车开过来了，大巴车后面还有几辆小车。

从紧跟着大巴车鱼贯而行的小车挡风玻璃上贴着统一的标志可以看得出来，这是一个自驾游团，团员均是五六十岁的中老年人。

见状，李春蓉连忙告别张小红母子，走了过去，准备搀扶这些老人。

一个阿姨看见李春蓉戴着志愿者的帽子，也朝她走了过来。

近了，彼此如久别重逢的亲人，李春蓉连忙问："阿姨，请问有什么需要我帮助的吗？"

"妹妹，我不知吃什么吃坏肚子了，想去买点药，不知道哪里有药店，你能帮帮我吗？"

李春蓉连忙说："好的，阿姨，我陪你去医院吧！"

路上，这位阿姨对李春蓉说，他们一行有 10 多人，是从山东自驾游过来的："我刚从九寨沟回去一个星期，朋友们邀约来九寨沟旅游，对九寨沟百看不厌的我就又来了。不巧，这次赶上了大地震。对于我所钟爱的九寨沟，也算是和它做了一个道别。"

阿姨满眼含泪地说道。

先前的感动还未消散，这位阿姨的话又让李春蓉感动了，她无意中看出来了，游客们对于九寨沟的爱远远超出了自己的想象，她为自己家乡有这么一处人间仙境而自豪。

同时，她也感慨：九寨沟这么受人欢迎，那么九寨沟人还有什么理由不保护好九寨沟？不建设好九寨沟呢？不对热爱九寨沟的人好呢？

在从漳扎镇向九寨沟县城转移的过程中，会经过一个隧道，这个隧道叫岭岗岩隧道。但凡在岭岗岩隧道堵过车的游客，都会对这里记忆深刻。

因为在这里，有很多百姓给他们送上过免费吃的、免费喝的，送上他们的关爱与温暖。

对于犹如漂流在一条由汽车组成的河流中的游客来说，遭遇堵车，这里算得上是一个短暂休憩的美好港湾。

这个地方是九寨沟县安乐乡中安乐村。

中安乐村是一个比较大的村子，总人口有两三千人，男耕女织的生活方式沿袭千年。因为土地肥沃，生活在这里的人们勤劳善良，生活过得其乐融融。

安乐了数百上千年，安居乐业的一代又一代百姓，让中安乐村这个幸福的名字在这片土地落地生根、开花结果。但2017年8月8日，中安乐村却因地震而没有了安乐。

对中安乐村的村民来说，这个陡然变脸、陌生而令人惊悚的夜晚是无眠的，无眠的原因不仅仅是地震的余威令人胆战心惊，还有惶惶不安时对亲人安危的牵挂。

近年来，由于九寨沟旅游业的兴旺，村民们的生活质量得到了大大的提升，不过传统的农耕模式也发生了一定程度的改变，村里的年轻人大都去了九寨沟景区打工，平时村子里只剩下老人和小孩。为了一家人的日子更加康宁幸福，家里的老人、小孩也都习惯了总是聚少离多的日子。但是九寨沟地震发生之后，人们的这种全家未在一起的无奈的习惯便被打破了——在地震中没有谁不牵挂自己的亲人是否安全。

长夜漫漫，留守在中安乐村的人们听见，从岭岗岩隧道到县城的这一段路上，汽车的马达声彻夜不息，满载游客的一辆辆车，也载满了中安乐村人倾注的担心：九寨沟景区到底被震成啥样了？远道而来的几万名游客，伤亡情况严重吗？我们的亲人安全吗？

经过一夜连环接踵的余震，和波浪翻滚的焦闷，8月9日清晨，人们在恐惧与牵挂中迎来了与往日无异的华光万道的太阳，鸟鸣声声的幽静，以及潮湿清新的空气。

天空，湛蓝依旧，但人们心中的疲惫与阴霾却无以复加。神经，也高度紧张。

从夜晚过渡到白天。

村里的人不停地拨打着自己在九寨沟景区上班的亲人的电话。

可是电话却始终打不通。

煎熬，以读秒的程度递增，直到后来手机重新有了信号。

能打通了，得知亲人平安的消息了，悬着的那一颗颗心才放了下来。

中安乐村这个地方属于城乡接合部，也是安乐乡的乡政府所在地。在岭岗岩巨大山体的山脚下，在岭岗岩隧道的旁边，在白水江的左边，是九寨沟县粮食局的粮食储备库、九寨沟县第三小学、九寨沟县民政局救灾物资的仓库。它们，都在中安乐村的土地之上，给中安乐村的村民带来荣耀。

天亮了，一车车的救援物资源源不断地从四面八方拉到民政局救灾物资的仓库前；仓库里先前储备的救灾物资也源源不断地拉出去，送到灾情严重的地方去。这物资的一来一往的装卸，都需要大量的劳动力来完成。

见状，中安乐村的留守百姓行动了起来，书记、村长带队，上到70岁的老人，下到10多岁的小孩，全都聚集到民政局救灾物资的仓库前。年轻的小伙子、姑娘们搬运帐篷等较重的物资，老人和小孩搬运方便面、矿泉水等轻一些的物资。大家齐心协力，往往10来分钟，便能卸下或者装上一车救灾物资。

中安乐村除了是救灾物资的集散地，还渐渐成了救援人员的营房。

闻知九寨沟发生地震后，从四面八方而来的1000多名救援人员集结于此，不惜冒着生命危险去震中救援，将中安乐村当成大本营的他们不吃饱肚子怎么去灾区救援？

地震，让失去安乐的中安乐村的村民们，开始考虑起如何给这些救援人员提供相应的安乐措施来。有村民倡议说："虽然我们是灾民，但是在从远方而来的救援人员的面前，我们更是主人，他们是我们的客人，因而我们应该让他们有饭吃。同时，我们也要为比我们受灾程度更重的地方的人们做一些事。"

"还有那些从我们中安乐村经过的游客，"又有村民说，"我们能够想得到，地震发生后所有的饭店都关门了，没处吃饭的游客们也应该饿了。而那些救援人员忙碌着，体能消耗大，也越来越感到饥饿。年轻人尚能扛一扛，那么老人和孩子呢？"

这两位村民的建议得到了积极响应，人们纷纷表示愿意为抗震救灾做出自己力所能及的贡献，并一致决定为广大救援人员以及从中安乐村经过的游客做饭。

面对1000多人1000多张嘴，如果单靠百姓的小家庭煮饭供应不太现实，于是村民们经过商议，决定将中安乐村活动室和九寨沟县第三小学校食堂作为抗震救灾的临时食堂。

这个主意不错，中安乐村委会活动室和九寨沟县第三小学校食堂都有锅碗瓢盆。

不过，相应的问题也产生了：要做饭，没有米、面、油、蔬菜怎么行？巧妇难为无米之炊呀！

一条爱的大河，当然不缺涓涓之水。这时，村民们纷纷说："没有米、面、油和蔬菜没关系，我们家里有！"

这种温暖的选择并非突如其来，其实民风就是如此淳朴，何况灾难当前？

一时间，人们争先恐后出米、出面、出油、出菜、出肉、出调料……

地震，将中安乐村变成了战场，变成了做饭和比拼爱心奉献的战场。

为了人尽其能，村领导对村民们进行了分配，一部分人留在村委会活动室"食堂"帮忙，一部分人去九寨沟第三小学校"食堂"帮忙。

生火、洗菜、发面、切菜、蒸饭……勤劳的人们各司其职，各擅其能。

这热火朝天的场景哪像抗震救灾，更像是办喜事。

田野里绿油油的蔬菜，格外诱人，村民们原本想借九寨沟旅游旺季赚笔钱的，但地震发生了，纯朴善良的村民们死了赚钱的这份心，而是慷慨豪气地将之采摘了来，捐给两个新成立的抗震救灾临时食堂，供救援人员和路过停顿的游客食用。

这些纯朴的村民的爱心，被粗略地记录了下来：

陈贵全：小白菜 50 斤；马红平：莲花白 60 斤；

付文君：莲花白 30 斤；廖巧英：冬瓜 160 斤；

蒋忠平：海椒 50 斤；应花：大葱 20 斤；

冯水生：空心菜 30 斤；陶生：花椰菜 30 斤；

郭桂珍：大白菜 30 斤；付文琦：海椒 30 斤、四季豆 30 斤；

韩桂英：大葱 10 斤；左友平：海椒 50 斤；

康荣淑：海椒 20 斤；韩国兴：小葱 20 斤；

王桂香：韭菜 3 斤；李贵成：莲花白 50 斤；

牟长英：韭菜 30 斤；

刘青：豇豆 50 斤、冬瓜 80 斤、蒜薹 20 斤、茄子 160 斤、海椒 40 斤、韭黄 30 斤、苹果五件……

村民们还捐赠了菜油、矿泉水、方便面等物资。

当然，有此大义的人岂止中安乐村的村民？

得知中安乐村驻扎有救援人员后，下安乐村的马真林、马崇信、马春生、曹四娃、张能、罗秀珍、葛贵生、马真熙、陈艳平、赵虎云，保华乡的陶雪莲、马石英等人也分别捐赠了豆腐、凉粉、蔬菜等物品。

村民们以自己纯朴的感情，表达着对救援人员的慰问和感激。

每天晚上，又累又饿、疲惫不堪的救援人员回到中安乐村驻扎地后，马上就会有热气腾腾的饭菜给他们端到桌子上来。亲切的问候，灿烂的笑容，以及如家人真挚的爱，掀起了他们内心温馨的涟漪。

　　安乐村的村民们奉献的这份无私大爱，给了救援人员极大的精神力量，也换来了感激的光芒和更加投入的救援。

　　当救援队伍离开中安乐村前往漳扎镇以后，村民们又转捐给了漳扎镇莲花白、土豆、冬瓜、西红柿、韭菜、大白菜、茄子等合计 1230 斤。

　　据不完全统计，几天内，仅中安乐村的村民，捐赠的蔬菜便达 1 万多斤。

4. 满脑子都是感激

地震，除了造孽灾难和伤生殇痛以外，也缔造了许多感动、感谢、感激，甚至感恩。

由四川省委书记、省长特别强调、并精心策划，由时任阿坝州委书记刘作明冒着山崩地裂、余震不断、落石如雨、道路塌方的生命危险，亲自带着搜救人员进入九寨沟景区搜寻那 14 名失联村民的行动，不仅传为美谈，更深深地打动了村民们。

就在成功搜救出 10 名幸存的村民之后的第七天，一封感谢信寄到了阿坝州委办公室。这封信正是先前失联村民之一真女的丈夫优中塔所写：

2017 年 8 月 8 日 21 时 19 分，生我养我的这片故土突如其来的灾难打破了我平静幸福的生活。

今天是九寨沟县 7.0 级地震第七天，这些天我见证了大自然山崩地裂的哭泣，经历了失去儿子撕心裂肺的痛，经历了和从死神手中逃脱的妻子相逢的惊喜，经历了人生太多的悲喜。

失联亲人搜救过程中我看了很多，想了很多，也曾情绪失控冲动过。

当我亲眼目睹国家地震灾害救援队、公安消防、安检矿山救援、西部战区部队、蓝天救援队等搜救力量，一次次冒着滚石余震不断的风险多次搜救寻找亲人；回想省委省政府、阿坝州州委州政府、九寨沟县委县政府和九寨沟管理局领导和我们失联亲人席地而坐讨论救援方案的那一幕；想起作明书记和九寨沟管理局的干部职工和我们一起踏着滚石一路疲惫前往寻找失联亲人的情景，我满脑子都是感激。

我是一个有生活信仰的人，儿子的离开已经让我很心痛。要是再继续搜寻儿子遗体、遗物的过程中，其他亲人和搜救人员出了意外，我会自责、罪过，所以我自愿放弃搜救。

人们常说"受人恩惠，当以涌泉相报，大恩不言谢"，在此我无法亲自到恩人面前跪拜敬献哈达，仅以此向中国共产党、武警消防官兵、省州县、九寨沟管理局各级领导和全国人民双手合十，深深地道声"谢谢"，向给了妻子真女二次生命希望的任贵元、长生道声"谢谢"。

广大游客针对个人的感恩虽不是很多，但却特别真情。

据不完全统计，从"新二拐"堵点到关门子，先后有6000多人转移出去。这些人包括2017年8月8日地震发生当天晚上九寨天堂洲际大饭店所住的1100多名游客，甲蕃古城所住1000多名游客，甘海子所住游客，从"新二拐"到关门子沿途客栈、酒店、藏家乐所住游客，8月8日晚上行至这一段路因地震阻滞的各类汽车上的游客，以及酒店员工和各类务工人员。

为了尽快解除悬在游客们心上的达摩克利斯之剑，在紧迫逼仄的时间段内，杨克宁在飞石如雨的关门子大塌方体处，冒着生命危险镇定地指挥游客安全大转移，并不期望能得到什么回报。自己做过什么也如平常的忙碌，在连肩接踵的事情中闪烁而过。

但这世间美好的事物总会演绎因果，杨克宁无惧无恐的坚韧与习以为常的付出，赢得了广大游客的纷纷好评。自8月9日始，除了网上出现大量写给阿坝州人民，阿坝州委、州政府的表扬信外，还有特别感谢他的：

"请转告州长，我们已经安全回到了家里，感谢州长不顾个人安危地为我们开道，保障我们的安全大转移。"

其至，江苏一位名叫张伟丽的游客还通过手写的传统书信的方式，感谢杨克宁。这封信还取了标题——《感谢阿坝州杨州长救命之恩》：

8月7日，我们一行九人（其中5个老人，2个小孩）从南京前往九寨沟旅游。本来是一趟欢乐的行程，没有想到会在第二天遇到地震。即使已经回到了南京的家中，想起当时的情景，依然是一阵后怕。但也是此次地震，让我感受到了阿坝州人民的热情，尤其是阿坝州杨州长，在您的帮助下我们一家人才能顺利返回南京，我真是太感谢您了。

8月8日晚9点多，突发地震，我们从酒店匆匆跑下楼。因为害怕，外套和鞋子都没来得及穿上，穿着酒店的一次性拖鞋就跑了。在旅游大巴上待了一夜，余震不断，我们的心情也随着余震上上下下。本来就心脏不好的我，更是一晚的煎熬。

第二天早上，镇上的工作人员义务帮我们难民烧稀饭和煮鸡蛋，那个时候，我们感受到了阿坝州人民的友善。当时我们就听说，地震发生之后，阿坝州的杨州长您一夜没睡，一直在指导救援工作，安抚受灾群众。

没想到第二天早上，我们就看到了杨州长您，因为我身体实在吃不消，抱着试试看的心理，我就上前和您说明了情况，没想到杨州长二话不说，立刻让司机开车将我们一行人送离地震区前往安全地带，并送上面包和矿泉水。那个时候，我感觉到，政府和我们老百姓是真正心在一块儿的，是真正为民服务的。

滴水之恩，当涌泉相报。救命之恩，无以为报。希望这封感谢信可以送到杨州长您的手中，这是来自南京市民最大的感谢。

南京市民张伟丽

2017.8

一封朴实无华的信件，用最简单的语言，表达着最真实的感受，有着最真挚的谢意。

"喂，您是杨星吗?"

2017年8月12日，一个号码归属地为广东省河源市的陌生电话，打到正在开会的杨星的手机上。

杨星接起电话，里面传来一个女性粤语味极浓的普通话声音。

"您是哪位?"

杨星脑海里搜索着这个听上去有几分熟悉的声音，却怎么也想不起来。

对方语气急促："我叫刘雪妹，还记得吗？"

"刘雪妹……"

杨星脑海中仍没想起这个叫刘雪妹的人到底是谁。而且，她怎么有自己的电话号码呢？

"您记不起我了？8月10日那天，有一个在九寨沟县城黄浦酒店发脾气的广东妹？您还给了我您的手机号码呢。"

"哦……"

听了这个自称叫刘雪妹的人的自我介绍，杨星心里顿时一激灵，紧张得手也抖了一下："刘雪妹"？难道是来找麻烦的？

她原本紧绷了几天刚刚有些松弛的神经，又蓦地紧张了起来，思绪回到两天前刚刚过去的时光里……

当九寨沟沟口的游客转移工作基本上完成之后，四川省抗震救灾指挥部便搬到了九寨沟县城，负责舆情工作的阿坝州委常委、宣传部长杨星，也随之将自己的工作地点进行了调整，跟随抗震救灾指挥部来到了九寨沟县城。

8月10日上午，杨星在去黄浦酒店上卫生间的时候，听到了一个带着广东口音的女士很生气地在打电话，虽然不是每句话都能听得懂，但是她却听出了一个大概：这位女士说自己要告阿坝州政府、九寨沟政府，要不管不顾地发微信反映自己被冷落的遭遇。

听到这里后，杨星便热情地问："美女，请问什么事让您这么生气呢？我是政府工作人员，请问需要我帮助您吗？"

"我非常生气！你看嘛，他们先让我们排号等待转移，但当我排拢之后，又说不排号了。"这位女士很生气，"如果今天上午9点半之前不把我转移走，我就要发微信说九寨沟县政府不作为，同时也要通过媒体反映我所遇到的情况！我有自己的媒体资源！"

听了这位女士的倾诉之后，杨星笑着说："我俩还是很有缘分的，虽然我们相遇的地方是在卫生间这个不是很雅观的地方，但是缘分的发生实际上是不分场合的。我是藏族人，您应该知道，藏族人是不会撒谎的。我把我的电话号码给您，如果今天上午 10 点前您没有转移出去的话，您就给我打电话，请给我一次帮助您的机会。"

杨星说完，便将自己电话号码报给了这位女士。

被杨星真诚的话语和笑容所感染，这位女士很感动，连忙说："真是太感谢了！我没想到阿坝州的政府工作人员原来这么热情，主动给我们游客解决问题。"

记下杨星的电话之后，她还主动跟杨星握手，热情而感动。

愉快地分手后，杨星便继续忙工作上的事儿去了。

……

此时接到这个电话，杨星猛然想起了那天自己未兑现的承诺，因而心里既愧疚又紧张。都怪当天太忙碌，竟忘了此事。

"杨部长，对，后来我打听到了您是阿坝州委的宣传部长，感谢您对我们广大游客的关怀！我今天不是来找麻烦的，而是来表达感谢的！"刘雪妹热情地说，"我已经安全回到广东了，我此次打扰您，没别的事，是想向您推荐一个好人，请表扬一下他。"

刘雪妹的话让杨星悬着的一颗心顿时落了地："平安到家就好！平安到家就好！请问您想要感谢谁呢？"

"我要感谢九寨沟好人王永亮。"

"王永亮是谁？"

"他是九寨沟县的一名普通司机。"

原来，8 月 10 日那天，刘雪妹与杨星自卫生间相遇，又分开之后，还发生了一段感人故事，让她心情久久难以平静。

刘雪妹是广东省河源市人，他们一行 7 人于 2017 年 8 月 7 日到九寨沟之后，在漳扎镇一家酒店住了下来。8 月 8 日，他们去了松潘县黄龙风景区游玩，并租用了王永亮的运营商务车。黄龙风景区游玩结束后，他们又返回位于漳扎镇的那家酒店，打算第二天游览九寨沟风景区。

不久，地震便发生了。

地震后，王永亮迅速赶往刘雪妹居住的酒店和大家一起分析情况，一起商量对策。

刘雪妹与同行的游伴商量后，决定中止8月9日白天游览九寨沟的计划。

8月9日凌晨4时许，得知通往九寨沟县城的道路疏通之后，他们决定继续租用王永亮的商务车，赶往九寨沟县城。然后再想法从绵阳市平武县转移至成都，踏上回家的路。

见他们急于离开，王永亮犯了难："这时天色未亮，通往县城的路我最熟悉了，平时下场雨都可能有塌方和落石，现在刚发生了这么大的地震，太危险了，不敢走啊！"

但刘雪妹却很坚持："待在这里也是危险，在路上也是危险，我们还是走吧！"

"等天亮之后再走比较好！待在这里没什么危险，在路上走才有危险。"

"不要怕，我们都不怕你怕啥？在路上出了什么事，我们自己负责。"

王永亮还是很迟疑。

这时刘雪妹的同行者中有人见酒店附近的街上停满了载客的汽车，便过去找那些正在车上躲避地震的师傅，希望能够送他们一行去九寨沟县城。但是接连找了好几个师傅，都遭到了婉言谢绝。理由只有一点：在地震后的夜里出车，太危险了，不能要钱不要命。

见此情景，王永亮对刘雪妹一咬牙说："算了，你们别找他们了，他们不会去冒这个险的，我知道他们。还是我来拉你们吧！我就去冒一次生命危险吧！"

一行人高兴地上了车。

然而出发之后，刘雪妹才明白王永亮先前不愿夜里出行是多么正确：在前往九寨沟县城的路上，不仅有不少石头挡道，一路上山体还在随时落石；更触目惊心的是，路边有不少被石头砸烂的汽车；有时候遇到余震，山体哗啦啦地滑坡和落石之时，他们还得下车来坐在冰冷的空旷地里等待滑坡停止……

这时，他们有些后怕了，也在心里对王永亮充满了感激。

40多公里路程，他们用了两个多小时，于8月9日清晨7时许，到达九寨沟县城文化艺术广场。

下车后，刘雪妹希望加王永亮的微信，通过微信付车费，王永亮婉言谢绝了："这钱不能收！你们是我们九寨沟人的客人，地震了，你们没能欣赏到九寨沟的美景，受到了惊吓，留下了遗憾，我怎么能收你们的钱呢？"

刘雪妹坚持要付钱："地震是天灾呀！这山崩地裂又不是九寨沟人民搞出来的。再说，你的车拉了我们，会花油钱，会有汽车磨损，怎么能不收钱呢？"

"天灾无情，人有情呀！"王永亮说着跑开了。远远地，他又大声地对刘雪妹一行人喊道，"要去成都，你们就在这里等着，有政府安排的免费车对游客进行转移。"

王永亮的义举让刘雪妹一行很感动。因为旅途中，他们通过聊天对王永亮的情况有了一些了解：王永亮家在农村，刚从部队退伍，家里就他一个人挣钱，经济拮据，所开商务车也是刚贷款买的，原本期盼通过九寨沟的旅游旺季赚些钱还贷，谁知无情的地震却发生了……

之后，刘雪妹看到王永亮在文化广场当起了志愿者，搭帐篷、送开水、扶老人……尽心尽力。

王永亮忙碌的身影，让大家心里暖暖的。

余震，依然不时发生，九寨沟文化艺术广场人头攒动，刘雪妹一行也跟其他从漳扎镇转移至此的游客一样，渴望着能够早些离开九寨沟。

但是接下来经历的事却让他们感到很不愉快：他们在排队等候上车的过程中，不时有一些游客插队，志愿者们只是劝说，没有铁面阻拦；他们好不容易排到可以上车了时，又说不排号了……

"都排到自己的位置了，怎么又不排号了呢？真气人！"

刘雪妹经过了解后才得知原因：夜幕降临，如果在夜色里继续转移，一是山体落石与垮塌看不清楚，二是开了一天一夜车的司机疲惫不堪，因而会很不安全。

于是气鼓鼓的她只得跟同伴们在文化艺术广场的抗震救灾帐篷里滞留一宿。

跟刘雪妹同样滞留在九寨沟县城的还有 2000 多人。

8 月 10 日上午，刘雪妹又遇到了一些难堪之事，因而生气了，便在电话中对远方的亲人说，如果到 8 月 10 日上午 9：30 前自己还没被转移出去的话，就要将自己的遭遇和对政府的不满通过媒体发送出去。

不过，杨星的友善与真诚又将她心中刚生的怨气给化解了。

杨星说，如果 8 月 10 日上午 10 点他们一行还滞留在九寨沟县城的话，便给她打电话。

杨星的话语让刘雪妹感到愧疚：九寨沟人民、九寨沟县的政府职能人员不也跟自己一样经历了地震？可是他们却乐观积极，不仅未把自己当成灾民，相反还殚精竭虑地为游客提供尽可能多的帮助和服务。虽然所提供的帮助与服务有不尽如人意之处，可这又有什么关系呢？这世间哪里有完美的事情？

因而，当她等到当天上午 10 时依然未能坐上政府安排的免费汽车转移之时，也没有给杨星打电话求助。人生在世，知足常乐。经历这么大的地震自己都纤毫未损，这已经是不幸之中的万幸了，还有什么好埋怨和生气的呢？

一宿没怎么休息，一直在九寨沟县城文化艺术广场当志愿者的王永亮，在 8 月 10 日那天的忙碌中，猛然发现刘雪妹一行人还未转移后，便主动对刘雪妹说，如果愿意，他可以用自己的商务车将他们 7 人送到成都。

王永亮的话让刘雪妹非常感动。

就这样，王永亮又开着自己的车，冒着一路余震的危险，将刘雪妹一行安全地送到了成都。

让刘雪妹感动的是，当她再次拿出钱来要给王永亮付车费时，王永亮却依然不收。

"从漳扎镇到九寨沟县城你就没收钱，弄得我们心里既感动又愧疚，现在又不收钱，怎么可以？"刘雪妹坚决要给钱，"就算那段路程你不收，而现在是从九寨沟到成都，有500多公里的路呀，得花多少油钱呀！再说你贷款买车的钱都还没有还清呢！"

王永亮真诚地说："平时这个钱是应该收的，但这次是地震发生了，我能给你们一些力所能及的帮助，这已经是我的荣幸了，我怎么敢收钱呢？"

双方推来推去，简直像打架。在僵持不下的情况下，最后刘雪妹说："发生了这么大的地震，你家又在农村，一定损失不小，你就将这钱当作爱心收了吧。"

万般无奈，王永亮只好收下，却说："那我马上去买成帐篷运回九寨沟，送给受灾的家乡人民吧！我代表灾区人民向您致谢！"

收钱后，当着刘雪妹的面，王永亮便联系起卖帐篷的人来了，并将这笔钱转给了卖帐篷的老板，订购成了帐篷，并说马上开车去拉向灾区……

想到这次九寨沟旅游的温暖，回到广东河源的刘雪妹心里久久难以平静，因而特地打电话给杨星，请杨星表扬王永亮："希望你们多宣传像王永亮一样的好人，九寨沟人好景美，重建后我们一定会再来！"

而对王永亮来说，刘雪妹叫什么名字，他始终不知道，只知道叫"阿姐"，旅游途中，他也是这么称呼刘雪妹的。

直到媒体采访他这件事时，才知道"阿姐"的本名。

四川西林凤腾通用航空有限公司在进行了连续3天的救援后，于8月12日，飞行员和机组人员终于松了一口气，在彭布直升机场待命。

这时，他们的故事已广为传播，不时有亲朋好友来电关心，并给他们点赞。

曾宏的父母看到新闻，知道儿子去了九寨沟地震灾区参加救援，真是又担心又自豪。曾宏自己也说，等以后老了，要给自己评人生中十大难忘事件，自己参与九寨沟失联群众搜救，这一定是其中之一。

何伟酷爱飞行，当年因为低度近视被挡在了空军部队的门外。2012年，四川西林凤腾通用航空有限公司招募飞行员，他想也没想便辞去了不错的工作前去报考，在通过层层选拔后，他实现了自己的蓝天梦。

在灾区救援群众这些天，何伟都顾不上与家人联系，但从新闻上看到他壮举的亲朋好友，却不时给他打电话或发微信表示祝福。

最令何伟感到幸福的是，8月12日，从电视上看到关于自己的新闻后，妻子打来电话夸奖他时，3岁的儿子也在电话中对他说："爸爸好厉害!"

儿子稚嫩却又崇拜的声音，让他的眼睛里瞬间有了泪花。

是的，因为参与了九寨沟失联人员搜救，他自己也很崇拜自己。他想，假以时日，会慢慢给妻儿讲讲自己这几天里那难忘的经历。

徐铁楠一直记得，第一个被救上直升机的群众说："我本来都绝望了，直到你们降下来。"

不停地飞来飞去救人，他们太累了，就在接到待命通知可以临时休息一会的时候，年龄最小的陈刘俊夫说他想小眯一会儿，然后倒在只有10厘米宽的滑橇上，瞬间就打起了呼噜。

那些天，坐镇大后方、身兼中国通航促进会常务副会长、四川省通用航空协会会长、四川西林凤腾通用航空有限公司董事长的林孝波，一直和一线保持着联系，用丰富的飞行经验指挥着前方。

对林孝波来说，这已经不是他第一次指挥救援了。不过，这次也与以往不同，以往企业的直升机主要是航拍、航测、运送人员和物资，这次是参与到失联人员的搜救当中，意义更加不同。

从8月10日至8月13日13时15分期间，四川西林凤腾通用航空有限公司两架飞机按照调派不停编队飞行，进出灾区运送被困人员、武警、特警等。两架飞机总飞行时间达19小时36分，飞行74架次，转运转送伤员、专家、群众计47人。

5. 感动的味道

"九寨沟抗震现场，又见逆行！

"'我们不是英雄，逆行是我们忠于职守。'

"看不清战士的面孔，

"但看到了一股毫不畏惧的力量。"

2017年8月11日，一张被定义为"最美逆行"的照片，意外地在微信朋友圈爆红了，照片中只有两个人：一个是身穿迷彩服朝正向塌方的山体方向奔去的武警，留给读者的是正在奔跑的背影；一个是从正在塌方处跑开、双手拎包、身穿着横格T恤的中年男子，展现给读者的是正面影像。

这个穿迷彩服的武警名叫张国全，是武警阿坝州支队十三中队的战士，他被网友誉为最美武警。

武警阿坝州支队十三中队30多名战士在结束《九寨千古情》的现场搜救之后，当晚，张国全和战友们又奔袭10多公里，赶往附近的上四寨，转移了21名伤员。

此时，已是8月9日下午2时许。

来不及休息，官兵们又接到新任务，紧急赶往九寨天堂洲际大饭店，助力这里的游客转移工作。

张国全和战友们徒步前进的道路不仅被严重毁损，而且沿途山体塌方不断，行进过程异常艰难。8月9日下午4时许，官兵们行至神仙池路口附近，遇见大批从震中撤离出来的群众。突然，又一个大的余震到来，道路一侧的山体晃动，大小石块崩溃而下，噼噼啪啪地砸向路面，砸向正在转移过程中的惊恐的游客们。

张国全看到一名女子踉踉跄跄，眼看就要摔倒，他马上冲了过去，将她背起来就跑，直到到达相对安全的地方。

当然，当时奔向塌方处的武警并非只有他一个人，他的战友们都在帮助群众转移。

之后的两天，张国全和战友们仍在灾区战斗，或搬运救灾物资，或疏通道路。

故乡在四川省甘孜州丹巴县的张国全，并非第一次经历地震。

2008 年 5 月 12 日下午，尚在丹巴县二中读高中的张国全正在上课，汶川特大地震便发生了，桌上的水杯突然掉在地上摔碎了，窗外的电线杆也晃得厉害，他心里非常害怕。

后来在回家的路途中，看到两边山石不断滚下，他也十分恐惧……那时他就想，要是有人来救自己就好了。

第二年，他入伍当了兵，经过 9 年多时间的成长，他也从受灾群众变成了救援者。

在抗震救灾的过程中面对险境，张国全无所畏惧。当然，他也知道有许多人在担心着他，比如妻子，比如父母。

地震发生后，他很想给妻子打个电话，给父母打个电话，可是发现手机没有信号，拨打过几次后，他便没再纠缠此事。之后手机突然有了网络信号，他在微信朋友圈发了一条信息："家人亲戚朋友别担心，给你们报个平安，电话打不通。"

那之后不久，正与战友们一起忙着救援时，他的手机突然响起了铃声，一看号码，是妻子打来的。接通电话，妻子在听到他的声音后没说两句话，便哭了。

他不知道，自地震发生后，一直担心着他安危的妻子便一刻不停地拨打着他的手机号码。

由于要忙着救援，他也没怎么安慰妻子，只告诉她自己很好，别担心。然后就挂了电话。他觉得自己不能在与妻子通话中浪费太多时间，她知道自己安全就行了，更多的时间必须花在抗震救灾上。

中士军衔的张国全是一个积极追求上进的人，还曾荣立三等功1次。

对这"最美逆行"的背影，网友们纷纷好评：

"虽然看不清战士的面孔，但看到了一股毫不畏惧的力量。英雄们，我们等你们平安回来！"

"逆行者，最帅的背影！"

"身披迷彩的你，看着飞石滚落就冲了过去，危险吗？当然危险，因为穿军装的人也是血肉之躯！"

"逆向奔跑的战友！我看不到你的眼睛，但可以想象得到眼神一定是坚毅的，方向是明确的！"

"我也不知道你当时的心情和想法，那一刻，你一定是冒死而去！这就是军人勇气！"

尽管在网上爆红，张国全本人却不知道自己已成了"明星"。战友告诉他被网友称赞为"最美逆行"者后，他感到很意外，也不相信照片中的人就是自己。因为当时和他一起参与救援的战士有很多。当看了照片，确信照片中那个背影就是自己留下的时，他又感到诚惶诚恐："说实在的，我并没有做什么特别的事情，只是无意间被人拍了照片传上网，成为众多救援者的代表，我只是做了自己该做的事情，网友们表扬我，真的过誉了。"

不过，网友们讴歌这位逆行武警的同时，也有人拿那位从正在塌方处跑开、双手拎包、身穿横格T恤的男子说事，说二者形成了鲜明的对比：一个是为了救人英勇地冲向危险，一个为了自己仓皇地逃离危险。

"两个逆向奔跑的人，电光火石之间，大地颤抖之时，山石滚落那刻，余震来袭，九寨的一名群众惊恐万分，慌张夺路而逃，提着行李奔跑出落石的区域，这是普通人的本能，因为生命是最珍贵的！"

"别人忙着逃命，你们却忙着救命，致敬英雄！"

牛玉奎没想到两天后，自己成了逃生的"反面人物"。

对，照片中那位从塌方处跑开、双手拎包、身穿着横格T恤的中年男

411

子，是牛玉奎。

被定格的照片，正是 2017 年 8 月 9 日下午，在武警组织被困人员快速通过塌方路段时，他不顾自身安危，从被损毁的商务车上，随手拖出魏平家的两件行李跑开的情形。

"我哪里是在逃命嘛！我这是在冒着生命危险帮游客呀！"

牛玉奎得知"最美逆行"者的照片发上网之后，有人谴责照片中另一个人是在逃命时，他有些哭笑不得，自己成为"最美逆行"者的绿叶没问题，但自己不是"最美逆行"者的反面衬托者："我是山里人，熟悉地形，我要是逃命的话，就不会等到第二天下午才出来了。"

不过，牛玉奎很快便释然了，他觉得人家对自己误解与否都不重要，他明白自己的所作所为并非为了在谁面前挣表现。再说也没有人会傻到冒着生命危险去挣表现。他之所以这样做，理由只有一个：自己是九寨沟人，客人们远道而来，自己有义务尽力减少他们的损失。

但是，魏平在网上看到这张照片时，却很着急："牛师傅哪是逃命的游客呀？不光是武警的背影很美，正面的影像也很美！"

因为牛玉奎不止照顾魏平一家人，牛玉奎在魏平心中不仅是一个感动她的好人，而且还是一个抗震救灾的英雄！

可是该怎么向网民解释呢？

别无选择，她只能去"最美逆行"的微信公众号上，讲述自己亲眼所见的牛师傅的英雄故事、爱心故事。

为牛玉奎抱不平的还不止魏平。

2017 年 8 月 13 日晚，一名当事游客在自己的微信朋友圈发了一条信息：

"都说提包的人在逃命！其实他是在抗震救灾一线的一名司机，事实是他冒着生命危险给游客返回去拿包！因为行李中有客人的贵重物品！他并不是在逃命！当天晚上他救了很多游客！游客和导游可以做证！"

随后，不少当事导游、游客都复制了朋友圈，接力转发。

为了不阻挡救援通道，让大型救援设备进入九寨沟，8 月 10 日，牛玉奎再次来到自己被砸坏的汽车停留处，打算把车拖回家，看到车头、车后备厢都被山上滚落的石头砸得完全变形了，他很心痛。不过在心痛的同时，他也庆幸，因为自己的车砸坏了，车上的人却全都安全！他觉得这是不幸之中的万幸！

随后，他清理车上另外 4 个行李包，发现了电脑包，打开一看，电脑还在。立即致电魏平，问她要了地址，说要给她邮寄过去。

被连连感动，魏平真诚地对他说，随时欢迎他到江苏玩，到她家做客。

牛玉奎是一个普通的农民，家住九寨沟县安乐乡上安乐村，他是四届村委会委员。

地震后回到村里，牛玉奎发现自家房屋受损严重，心里很难受。但他擦了一把泪后，觉得远道而来的救援官兵不容易，便组织起村民们给救援官兵捐蔬菜、捐水果来。

在他的号召下，村民们先后捐出了满满 5 皮卡车蔬菜、水果。

不过，牛玉奎在帮助别人的同时，同为灾民的他也在担忧自己以后的生计问题。

除了自家的房子在地震中成了危房外，他加入四川晶犇运业有限责任公司用于客运的商务车是贷款购买的，且还差银行将近 20 万元。自己的车被地震这种不可控的灾害损坏，他不清楚保险公司能不能给予赔偿。

如果超出保险公司赔偿范围的话，他只能靠出去打工挣钱，来偿还欠银行的钱了。

在 122 林场，武警与森警护送病人走出"孤岛"之后，只剩下魏志杰以及马悌所带的 10 名特警，他们一直坚守于此，先是安抚游客，之后又转移游客，直到 8 月 9 日下午 8 点，他们在游客全部转移完之后才撤离。

对他们的付出，游客也非常感动感恩。

几天后，一封长长的感谢信，外加一面锦旗，寄到了九寨沟县公安局，寄信并送锦旗者，是来自成都的一位游客：

413

尊敬的局长你好：

我是一名外地游客，写这封信时，我心里充满了无尽的感激！

因为九寨沟地震发生后，有你们的保护和疏导，我们才能平安地回到成都。

8月8日，我和家人一行4人，从成都出发前往九寨沟。

出发时听导游说，从都江堰去九寨沟的道路有塌方，不能走了，要去九寨沟只能走绵阳平武线，但行程要多100多公里，可能路上要劳累一些。

我们都说，为了看九寨沟的美景，再累也值！

这一路果然累，几乎坐了一整天的车。

晚上9点19分，我们行至九道拐下面不远处时，突然感到车身猛烈地摇晃了起来，道路两旁的山上不停地垮石头……此番情景，吓得车上的人大声尖叫。

"地震了？是不是地震了？"有人急急地问。

虽然之前有过汶川大地震，但是自己及家人都未曾经历过，因而非常害怕。

地震发生后，导游和师傅立刻让我们下车，去一个空旷的地方，说那儿安全。这时我们车前后的车辆上的客人也都纷纷下了车，每个人都非常恐慌。

大概过了两小时，有人把我们带到一个看上去相对安全、搅拌沙石的地方。

地震发生后，有人受伤了，余震不断，有些女人在哭喊。

后来，气温随着夜色加深而降低，有些人就捡了树枝烧火取暖。

虽然我们所处的位置是"孤岛"，但我们相信一定会有人来救我们的。

果然，在我们熬过一个漫长的夜晚等来天明之后，公安干警、消防官兵、医护人员冒着危险来了。通过他们，我们知道了外面的情况。

令我们欣慰的是，他们说，有很多解放军战士正在疏通道路，要不了

414

多久大家就会获救。

在这个时候，我认识了一个让我非常感动的警察，他的右手受了伤，血渗透了纱布，但却不顾自己的伤痛，一直未停地帮助别人。

快到中午的时候，有人给了他一瓶水。大家都在吃公安干警、消防官兵送进来的干粮，我给他拿了一个面包过去，但这个警察却笑着说："谢谢，我不饿，你们吃。"

过了一会儿，我老公对我说："你看那个警察坐在那里牙齿咬一咬的，估计是伤口疼得厉害呀！"是的，他的牙齿在颤抖，如同在寒冬里。

这感人的一幕，让我忍不住走了过去，想关心关心他："小兄弟，你的伤口是不是很痛呀？你叫啥名字？"

但他笑了笑，没有说出自己的名字。

后来，我听见别人叫他，才知道他的名字叫魏志杰。

多么敬业的警察！

下午3点过，他告诉我们："刚刚得到消息，前方疏通了一条便道，可以走了，大家跟着我往外走，一定要注意安全！"

于是，大家非常小心地跟着他往外走。走到便道处，我才知道此次地震有多厉害、多恐怖，可以说我们所在的"孤岛"是山河破碎！

当我们来到一个叫神仙池的地方时，又一次被感动：我们看到这里山体垮塌严重，有好多消防官兵不顾个人安危正在搜救游客。

继续下行，走到了一个叫《九寨千古情》的地方时，导游把我们聚在一起，乘坐九寨沟风景区的观光车，向九寨沟县城转移。

在九寨沟县城，感人的场面也很多，那里有好多爱心人士，除了政府工作人员和武警官兵、公安干警外，还有大量的志愿者，以及没有穿志愿者服装的普通百姓，他们都在无偿地为广大游客服务。

真是天有大灾，人有大爱！

没多久，我们又安全地坐上了开回成都的旅游车。

在回成都的一路上，我们也看见了许多爱心点在免费给游客送水，送饮料，送饼干、方便面、火腿肠等吃的；也有医疗志愿者团队在路边随时为需要者服务。

这一次九寨沟旅游，让我真真切切地感受到了"地震无情，人有情"是什么意思。

万分感谢所有在此次九寨沟地震中奉献爱心的警察、消防兵、志愿者、导游、汽车师傅、普通老百姓和政府公职人员！

回到成都后，感恩不已的我们，用一个真诚朴实的方法——送上一面锦旗表示感谢！

特别是我们看见的那个魏警察，很不错的小伙子！

当然还有许许多多像他一样的警察。

感谢的话都是发自内心的。

童话世界九寨，我们都还会来的。

最后代表此次所有游客向你们道一句：

"辛苦了领导！辛苦了警察！辛苦了消防兵！辛苦了医疗人员及所有给予我们帮助的人！"

真诚地对灾区老百姓问一句好！

你们的家园会更加美好漂亮！

扎西宾馆的老板何明庆，于 2017 年 8 月 10 日凌晨 2 点回到成都后，在家中待了 10 天，那期间每天都有客人联系他，询问自己行李的事情，何明庆都一一做了登记。

之后，他与王勇再次进入九寨沟，把客人的行李一一按登记进行清理，并邮寄给了他们。

最后，只有 1 件行李没有客人认领，但何明庆依然将之好好地存放着，等待客人电话。

再次返回成都，坐在家里沙发上，点上一支香烟，何明庆变得郁郁寡欢起来。

这个家庭负债累累，老婆赵润英每天都在念叨、吵闹或哭泣："现在啥也没有了，我们该如何还债？如何发放拖欠员工的工资？上有老，下有小，我们今后靠啥生活？"

赵润英类似的话一遍又一遍地重复，吵得何明庆的头都要炸了！

这些问题哪用老婆天天不停地唠叨呀？他何尝不是天天为此而受折磨，为此而想着办法呀？

万般无奈，何明庆一咬牙对老婆说："那我们将房子卖掉吧，卖掉就有些钱了！"

"你疯了？卖掉房子我们住啥子？"

"我没疯，我也不想卖掉房子。可是不卖掉房子，我们哪儿有钱来给员工发工资？哪儿有钱生活？哪儿有本钱来重新做生意？哪儿有钱来还债？"

赵润英觉得何明庆这样做很荒唐。

可转念一想，除了这个办法，还能有别的啥办法呢？

因而在哭过两天之后，勉强同意了他的提议。

于是，2017年8月26日，何明庆夫妻俩含着泪将自己那位于成都东边三环之外的房子卖掉了。虽然给员工及时发了工资，可是由于房子所在位置偏僻，卖不起价，卖了房子后他仍然负债20余万。

卖房后，成为租客的赵润英更没有停止唠叨，她埋怨他当初不该进九寨沟做这个旅游酒店的生意，说有那笔钱在成都开个小店也能挣生活费。

赵润英的继续唠叨让何明庆心里依然很烦躁。

不过烦躁的同时，他也理解妻子。而且，他心里最烦躁的还不是妻子的唠叨，而是上有耄耋父母，下有咿呀孙女的生活压力。

自己在经营扎西宾馆之时，老婆和儿子也跟着自己一起经营着宾馆。当地震发生后宾馆瞬间停业，一家人也都跟着他在瞬间失业了。

这一家子以后的日子该靠什么维持？每天一睡醒就要吃饭，要吃饭就得花钱，可是钱在哪儿？钱从哪儿来？

他想再重新找家汽车修理厂去搞汽车维修，但由于年龄大了，他找了几家修理厂想去打工，人家都以这个理由婉拒了他。

一家人要生活，没有工作可不行！何明庆焦虑得夜不能寐。

后来，在一个旧友的推荐之下，2017年9月9日，他去了成都一家专车公司当司机。但由于他文化水平不高，对手机软件不熟悉，所以有时接不上客人，要遭投诉，一个月也挣不到多少钱。

虽然从九寨沟回到成都的那段时间，成都天气都不错，每天都是蓝天白云，可何明庆却怎么都高兴不起来。

因为看到蓝天白云，他就会想到九寨沟，想到扎西宾馆。作为一家宾馆的老板，在灾难发生之时疏散客人，保护客人，并为客人尽可能多地提供帮助，这是自己义不容辞的责任。即使为此倾家荡产，他也无怨无悔。

可是作为男人，作为家里的顶梁柱，他又有责任让家人幸福！

于是没有客人呼叫的时候，他落寞地坐在车上，抽一口烟，叹一口气，便成了如今生活的常态。

因为他心里非常明白，凭自己眼下做司机的收入想还清债务，那简直是做梦！

阳光明媚，他却看不到生活的希望。

自己的明天在哪里？

家人的幸福又在哪里？

念及这些问题，他就有了一种想流泪的感觉……

2017年8月9日5点过，既温暖又备受煎熬的122林场的天亮了，经过一夜的搜救奔波，孟庆虎感到手臂肌肉和大腿肌肉发酸，背部疼痛。

再看看身边的工友们，一个个也全都眼睛发红，蓬头垢面，满脸污泥。

这是昨夜不顾个人安危舍生忘死地在飞石与塌方中穿梭奔突，背负伤员奔跑付出后，得到的痛并欣慰的"勋章"。

在渐渐温暖的晨光的照射下，游客们也一个接一个地醒来。

厨师郭忠发将食堂里的米、面、油，以及炊具等从房间里搬了出来，再次生起了火，为游客们做起了早饭……

8月9日下午2点之后，马悌、魏志杰等特警、公安、消防、武警、森警、医疗等救援人员陆续赶到……

再之后，道路终于疏通了。

孟庆虎与马悌、魏志杰等人，将大伙聚集在一起，按 10 人一组，分成 20 个小组。每组都有两个消防、特警人员守护着，一组组地转移出林场。

分离时，不少游客抱住从乱石中救出他们的工人们，泪流满面，久久不放……

年轻而坚强的导游曾彩容，是这近 200 名被救的人之一，她在自己的微信中写道：

"搅拌站与 122 林场的工人们是最可爱的人。信念使人坚强、信仰使人善良。他们，让地震那晚变得好温暖。"

地震过后，由于九寨沟文化小镇项目暂停施工，孟庆虎便回到了位于成都双流自己的家，重回往日温馨祥和的生活之中，他感慨生活的美好和命运的宽舒。

虽然回家后地震已经过去了好几天，但是他和他的工友们的微信，还在不停响起感激的信息，那是他们在地震中救下的游客们发来的：

"你们在地震之后，不顾个人安危来救我们，就是我们的大恩人！"

"我们一家人都谢谢你们！"

"你们的救命之恩，我们一辈子都会记住的！让我们从此以后保持亲密联系！……

就在 8 月 12 日中午，青岛一位姓官的女士，还通过微信给他发来 1000 元钱的红包，并注明是感恩红包，但是他没有收。

第二天，官女士又给他发了来，他还是没有收……

"孟总，请收下这微薄的谢意吧！您的救命之恩，哪是能用金钱来报答得了的啊！"

"心意我收了！但我还是不能收这个钱，九寨一震把你我的心震到了一起，没有比这更令我荣幸的，这证明了我们都是一家人。"

"请您一定收下，如果实在不要，那就替我们把它捐给灾区，好吗？

拜托了!"

"捐款会有专门通道,我真不能收,以后大家就是朋友了,也请您经常来四川旅游!"

"会来的,因为四川自九寨沟地震开始,便让我从此牵挂了,因为四川有您,以及您的工友们,你们是我的亲人!"

读着这些微信,孟庆虎的眼泪突然就掉了下来:"当时那种情况,我们怎么可能不救?"

"高尚的人就是这样理解人与人之间的关系的。善良是善良人的处世态度,患难见真情,这一辈子,我们都不会忘记!"

……

2017 年 8 月 10 日晚,九寨沟喜来登国际大酒店的住客徐红光,在平安地回到家以后,感怀这两天自己的地震经历,特地写了一篇题为《九寨惊魂——8·8 九寨地震亲历记》的长文,发布在网络上。文末,还发自肺腑深深地感谢"九寨沟人、白马藏人、喜来登酒店全体员工、阿坝人民、四川人民、携程人、车队员工以及所有为此次地震救援做出努力的人们,你们用生命照亮了人性的光辉"!

平安回家以后,成都市青白江区工会的魏庆凤,也将自己这 24 小时的经历写成文章《我们仨从九寨沟漳扎撤离的 24 小时》,发表在网上,感动了无数网友。网友纷纷在其文后留言:

"人性的光辉!作者在地震发生前后的切身体会很感人。那些平时看似平凡而又常被人误解的医生、警察和很多不起眼的小人物,在大灾大难面前所表现出的善良勇敢和职业操守让人感动!中国加油!四川加油!"

"这是目前我看到经历者最客观真实、平凡的地震讲述。"

"用最朴素的言辞有感而发地表达出对地震发生前、中、后的真实所见,特别是人的本能及本性在那时的不同表现,令人深思和无限回味。一篇好的纪实文章。"

"中国人民是伟大而坚强的。文章让我热泪盈眶。"

"小弟个人在台湾，18年前在中部这里也经历过7.3级的9•21大地震，并且也在9年前汶川大地震前去过九寨沟，经历这样的灾变，多少可以体会到那样的氛围与感动。而我也是导游领队，正巧也安排了一团约20人，计划在11月6日要去四川及九寨沟一游。但是目前九寨沟景区已关闭，我们也还不知此行能否顺利出团，但是只要政府宣布景区已修护完成，我一定要鼓励我的团员去灾区消费，以让当地灾民的生活可以早日复苏。这是我能做到的，愿老天保佑当地的受灾群众！阿弥陀佛！"

"大爱是由一点一滴的小爱组成，素质是平时的自律累积而成。川人是自古以来的热心肠人。有爱就有和谐，灾难使我们会更理智和坚强！"

"这篇文章让我读得热泪盈眶！满满的正能量，使人不由自主地对作者充满敬意，对四川人民充满敬意，对祖国充满热爱，大爱无疆，为九寨沟同胞祈祷！"

"灾难有时是不能预测的，但灾难来临的时候，受灾群众那种镇静自若、团结协作、众志成城、不怕困难的表现，深刻揭示了中华民族的优秀品质，也充分展示了在党的领导下，全中国人民一定能够战胜前进道路上的一切艰难险阻。我爱你——中国！"

"为作者点赞，大爱无私白衣天使无处不在！好样的，团结的四川人民加油！"

"大灾面前见人心，随着作者的陈述，我看到了国民的'大爱无疆'，川人自强不息的精神，以及祖国的强大！看完热泪盈眶，感动。为震区的人民祈祷平安，为抢险救灾的勇士们点赞！"

……

在转移出九寨沟的途中，8月8日住在九寨天堂洲际大饭店的鲁强，看到了很多从山上滚下的巨石和破损的车辆，这些令人心惊肉跳的场景，让他感受到了这次地震的残酷。

不过一路转移的过程中，他也同样收获了无数感动：为了接应从震区疏散出来的游客，沿途都有许多当地的百姓自发准备了面包和水，且在路边等着，看到有车辆停下就赶紧冲过来，免费发到游客手中。

之前，鲁强只是在各种媒体上看到了大灾大爱、众志成城的报道，而此时，他却置身于这个环境之中，切身地体会一次又一次，也因此深刻地感受到了这一份份真实的爱。

当大巴开出 40 多分钟后，游客们漏接来电的短信提示音不断响起。

人们纷纷拿起手机向家人报平安。

回到吉林大学以后，虽然生活又恢复了平静，但鲁强的内心却久久不能平静，一直停留在九寨沟地震后那一个昼夜的场景之中，停留在大家团结一心与余震抗争的惊险之中，停留在温暖流淌的一个个细节之中，停留在政府与百姓舍生忘死对游客的关爱之中。

鲁强依然与杜林保持着联系，他们虽然认识的时间只有不到一天，但患难与共及同样的爱心付出，却让他俩成了挚友。

杜林感激身为游客的鲁强能够在关键的时刻自告奋勇地站出来成为志愿者，为广大游客服务；鲁强则感激刘波涛与杜林等人在第一时间赶赴灾区对他们实施救援，让他们在最无助的时候感受到比家更加温暖的存在，感受到强大的精神力量。

九寨天堂洲际大饭店，地震发生后在道路堵塞、交通并不顺畅的情况下，仅仅过了 16 个多小时，饭店及周边近 2000 名游客便得到了安全转移。

这不能不说是一个奇迹！

如果不是自己亲身经历，鲁强怎么也不会相信这煽情、惊险却又奇迹一般的故事，会发生在真实的生活之中。

何止这 2000 多人！在地震发生后不到 24 小时里，四川搭建起覆盖陆路和空中、多部门密切协作、多方向协调配合、政府和社会合力参与的"生命转移网"，累计转移 6 万余名游客和外地务工人员。

是的，这是一场生命的大护送，这是一次科学的大协作……

部队、公安、武警、消防、医疗、民政、交通、电力、通信、供电……各方救援和保障力量第一时间赶赴救灾现场和各保障岗位，抢抓 72 小时黄金救援期。

在灾难面前，一个人的力量是微弱的，只有理智协作抱团取暖，方可战胜死神。

因而，感慨于这次人生历练和温暖的记忆，鲁强情不自禁写了一篇文章，讲述自己这段刻骨铭心的人生经历，并将之发到了网上。

2017年8月24日，他又给阿坝州人民政府副秘书长、政府办公室主任杜林写了一条情真意切的感谢短信，以感谢睿智、有力、爱心盈盈的阿坝州的干部群众：

"领导，我已顺利到家，短短几天的九寨之旅，秀丽的景色让我留恋；惊心的天灾让我战栗；有力的组织让我赞誉；强干的领导让我钦佩。

"此次经历我将永生难忘，妥善的安置值得我学习借鉴，整个过程的参与将对我今后的成长意义非凡。一切安好，请勿挂念。保重，加油！"

2017年8月9日下午4时，杜林接到了一直与杨克宁州长在一起的贺松的电话，得知九道拐下的塌方体已经打通，杨克宁乘车率先冲过并到达了九寨沟沟口。

太好了！正巧九寨天堂洲际大饭店的游客转移工作已经结束，杜林决定带驾驶员卢晓华、阿坝州人防办工作人员孙国江、州应急办科长杨贵强等人，立即向九寨沟沟口进发，增援漳扎镇的游客转移工作。

临出发前，杜林与沈明星相拥道别，竟无语凝噎。

虽然他俩相处的时间不长，从8月8日下午认识时算起，不过区区15个小时，但他们并肩战斗的经历，却让他们成了"生死之交"。

8月9日16：40，杜林接到九寨沟县政府驾驶员李智的电话，问他在哪儿，说由于一直不见他抵达九寨沟沟口，九寨沟县常务副县长刘今朝便派自己在最危险的塌方路段接他。

在翻越过大塌方体后，杜林坐上了李智的车，然后飞一般驶向九寨沟沟口。

8月12日，杜林从九寨沟县经若尔盖县回到马尔康。

生活重归平静，但九寨沟地震发生后那惊心动魄的24小时，却并未从杜林脑海中远去。那么多可敬可爱的人，那么多至美至善的情怀，还有经受生死考验的纯洁友谊……

一切一切，都让他感动、感慨。

为此，他把那一天一夜内所有的通话记录都进行了截屏，连同那一天一夜的照片和视频，一起存储了起来。不仅如此，他还情不自禁地写了一篇题为《一天一夜的记忆》的长文章，发到网上。

虽然一天一夜在人的一生中算不了多长，但是九寨沟地震后的这一天一夜，却让杜林永生难忘。他保存这些资料，更是为了铭刻记忆。

6. 美丽的九寨祥云

虽然救援道路坎坷不平，却铺满了闪耀着人性光辉的吉祥的呵护，遥远的跋涉终归朝着安全的彼岸。

2017年8月11日下午4：30，所有游客都实现了安全大转移。

而且，通过落石滚滚峭壁巉岩的陆地，与穿越逆风险阻古树矛戈的空中，二者默契配合的联合行动，搜救出了任贵元、长生、真女等10名失联群众，参与搜救的人员在经过反复搜寻依然没有发现失联人迹之后，全部进沟的搜救人员也实现了安全撤离。

结束广大游客安全大转移的8月11日下午5点，一个由省州领导参与的会议即将开始。

在九寨沟沟口，在地震发生后72小时的黄金搜救期内，天气一直晴好。令人称奇的是，搜救工作结束，大家刚刚坐下、准备开会之时，天地间突然狂风大作，几乎将指挥中心的帐篷掀飞。值勤的武警使很大劲，才勉强拉住帐篷的系绳。

这顶帐篷可不是小帐篷，而是连级指挥帐篷。也就是说，此帐篷能够容纳100多号人。但是，突然而至的狂风却将固定帐篷的钢管吹得"噼噼啪啪"倒了一地。

狂风肆虐之时，乌云也压了过来，紧接着就是铜钱大的雨点狠狠地砸了下来。

风雨大作，要安静地开会不太可能了。有人提议，要不我们撤到九寨沟县城去开会吧？

大家一致同意，于是立马行动往九寨沟县城撤。

有意思的是，待收拾东西上车后，还不到10分钟，天就一下子放晴了。

阳光明媚，碧空如洗。

绚丽的彩虹也出现了，而且是两道彩虹——一道彩虹挂在九寨沟沟口，一道彩虹挂在九寨沟风景区里。

这件事就是这么圆满，这么神奇！

沉默不语的苍天藏着一颗慈悲之心。

假如游客们还未转移，或者正在转移的过程中下这么大的暴雨，可能引发的灾难将无法想象。

没有比这种突如其来的摧毁更可怕的了！

地震发生后的第二天，因为部分栈道等基础设施损坏，九寨沟景区便关闭了。这是九寨沟景区自开发以来第一次关闭，之前即使"5·12"大地震，也未曾关闭过。

随即，九寨沟管理局通过网络，将游客们预订且还未使用的九寨沟景区的旅游票、住宿票全退了。

旅游便是花钱买享受。一下子失去了这个享受，即使自己分文未损，多少渴望欣赏九寨沟风景的心，依然为此而疼痛。

疼痛是因为热爱。

不过，这对九寨沟美丽的风景来说，或许是一次涅槃。

因为，这次地震对九寨沟风景区的影响并不大。

地震后，火花海的景色受到了一定程度的破坏。五花海也受了些许影响。外加有部分景点出现山体滑坡，除了诺日朗瀑布破坏最严重外，别的景色还基本美丽如昔。

水质与水色纯净如初。九寨沟依然美丽。

人们事后回味说，大地无情，却有祥云缭绕。

想想，也有几分道理。

在灾难面前，人的生命何其脆弱。

然而常识告诉我们，灾难永远是人类生活的一部分。

426

灾难也是一块试金石,能让人性之大美与大丑都淋漓尽致地展现出来。

九寨沟地震发生后,6万多游客在不到24小时内实现了零伤亡安全大转移,多少人由衷感叹这是一个奇迹。

有人说,要是这次地震不是发生在夜里21:19,而是发生在人流如织、数万游客都在景区游玩的白天,山崩地裂,一定会有无数人因此伤亡,灾情必定十分严重。

再假如,地震发生在更深的夜里,震落震碎的墙砖、玻璃等,定会砸伤砸死无数客人;加上大家纷纷逃出宾馆,亦可能发生严重的踩踏事件,造成不可想象的人员伤亡。

按规律,大地震后都会有大暴雨。假如九寨沟地震发生后,如期降下天气预报所说的大暴雨,那么被地震震松的山体会崩塌得更厉害,甚至形成泥石流,游客根本无法转移出去;由于担心余震、不能进屋躲避,游客只能无奈地被暴雨浇淋,又无御寒的衣物,挨冻受饿,这也是致命的。

有人说,假如九寨沟地震是冥冥之中的定数,会无可避免地发生的话,如此看来,大地还是仁慈的,仁慈地将震灾发生的时间,安排在那样一个相对吉祥的时刻,且没有大雨暴雨接踵而至,上演雪上加霜。

因而,九寨沟即使发生地震,苍天也藏着一颗慈悲之心,有着柔慈的祥云笼罩。

这种说法神秘又动听,但慈悲与祥云并非一种想象出来的护身符,而是触手可及的爱的呵护。

九寨沟地震发生之后,之所以能够做到6万多名游客零伤亡安全大转移,理性地看,其实是源自祖国四季如春的伟大、政府干部职工的自觉尽职、普通百姓的至美善良。

让我们再回首一下九寨沟地震发生以后,我们国家从上到下的迅捷行动吧!

2017年8月8日,九寨沟县7.0级地震发生后,党中央、国务院高度重视,立即做出重要指示及相关批示,要求抓紧了解核实九寨沟7.0级地震灾情，迅速组织力量救灾，全力以赴抢救伤员，疏散安置好游客和受灾群众，最大限度减少人员伤亡，妥善转移安置受灾群众。加强震情监测，防范次生灾害。

四川省委、省政府立即成立"8·8"九寨沟地震抗震救灾应急指挥部，启动Ⅰ级应急响应预案，并派出工作组赶赴现场指导救灾工作；强调首先要全力开展抢险救援，千方百计减少人员伤亡；要迅速把群众和游客转移到安全地带；要加强震情监测，防范次生灾害。

国务院派出由国家减灾委、国务院抗震救灾指挥部组成的工作组赶赴现场指导抗震救灾，指导和帮助受灾群众紧急转移安置、伤病员救治和灾区交通通信抢通保通等各项救灾工作。

国务院抗震救灾指挥部启动国家Ⅱ级地震应急响应，国家减灾委、民政部针对四川九寨沟7.0级地震紧急启动国家Ⅲ级救灾应急响应。

中国地震局启动Ⅱ级地震应急响应，派出55人现场应急工作组赶赴灾区，协助和指导人员搜索、地震监测、震情判断、烈度评定、灾害调查与评估、社会稳定等现场应急工作。

西部战区联指中心立即启动抗震救灾应急响应机制。当天晚上，战区应急指挥所33人携带海事卫星等通信设备出发赶赴震中；战区空军成立抗震救灾指挥部，部署抗震救灾工作，所属部队迅速抽组人员、装备、物资，做好听令出动准备。

交通运输部紧急启动Ⅱ级应急响应，指导地方交通部门抢通简易便道，多个路段为配合抢险救援实行交通管制，保证救援力量进得去、被困群众出得来。

国家卫生管理部门指导地方迅速救援救治，尽力减少人员伤亡，同时做好国家卫生应急队伍救援准备，根据需要及时驰援。

国土资源部立即启动地质灾害Ⅲ级应急响应，并派出专家赶赴地震灾区。

四川省各部门、各地反应迅速，迅即展开抗震救灾相关工作：

四川省地震局立即启动地震应急预案，实施Ⅰ级响应，并立即召开紧急工作会议，安排部署应急处置工作，同时指令当地防震减灾部门迅速赶赴灾区组织抗震救灾工作。

四川省公安厅按照中央、部省领导的重要指示要求，在公安部、省委省政府的统一领导下，第一时间启动应急预案，快速集结调动警力连夜赶赴灾区，全力做好现场抢险救援、交通和通信保畅、周边安全隐患排查、社会面稳控及应急装备保障等各项工作。

四川多条高速公路设立应急通道，保障救援道路畅通：成绵公司启动了抗震救灾保通应急方案，开启抗震救灾专用通道，对抗震救灾车辆实施紧急放行，禁止货车进入成绵高速，全线情报板提示主动避让救灾车辆，北行方向禁止施工，保证道路通畅，对成绵高速（G5京昆高速成绵段）、成绵复线（S1）各收费站实施临时分流管控措施，只允许救灾、救援车辆通行，需经该路段通行的社会车辆改经蜀龙大道、北星干道、川陕路绕行。

成都交警在红星路武城大街路口至成绵高速成都收费站一线开启救灾专用通道。

四川省卫生管理部门紧急指令地震灾区相邻四县，每县派两辆救护车、绵阳市卫生应急力量和对口支援当地的省级医疗专家急驰地震灾区，并调配100个单位血浆驰援灾区。四川大学华西医院、四川省人民医院、四川省骨科医院三支医疗救援队，紧急赶赴灾区，并成立医疗救治前线指挥部。同时，组织四川大学华西医院、四川省人民医院、四川省骨科医院、阿坝州和绵阳市医院预留床位，做好批量重症伤员收治准备。

四川省公安消防总队发布战备命令，要求全省消防部队从8月8日23时起进入一级战备状态。截至8月9日凌晨0点30分，成都、泸州、自贡、巴中、宜宾、达州、甘孜、绵阳、遂宁、德阳等消防支队，共出动消防车辆396台、消防官兵1108人、生命探测仪55台、搜救犬30只，调动照明灯组33个、发电机24台，连夜奔赴灾区开展救援工作。

武警四川省总队阿坝支队第六大队的官兵迅速组织紧急避险，并在九寨沟景区就地展开救援。武警四川省总队第一支队工兵中队9台车辆68

人，携带红外生命探测仪、雷达生命探测仪、蛇眼生命探测仪、工兵锹、钢钎大锤、自救包、SOS救援工具组、救援三脚架、担架等专业救援器材赶赴震中。

国家电网迅速派出电力抢险救援队赶往灾区，开展恢复供电的工作。

中国电信四川公司快速反应，第一时间派出了4辆应急通信车、4支抢险队迅速从三个方向赶赴灾区。鉴于九寨沟景区游客较多，中国电信对四川全省开启免停机服务。10000号开通免费寻亲热线服务。

四川省红十字会立即调集棉被2000床、家庭包1000个、帐篷200顶等救灾物资于地震当晚运往灾区。

阿坝州启动Ⅰ级应急预案，震后不久，时任阿坝州委书记的刘作明在马尔康组织召开紧急会议，就抢险救灾工作作出部署安排；阿坝州州长杨克宁即刻带工作组赶往震中。

2017年8月8日九寨沟地震发生后，新闻宣传部门也积极行动了起来，阿坝微博于当天晚上21：32向外界传递了首条关于九寨沟地震的相关信息；震后半小时，阿坝新闻网、"微阿坝"微信公众号也相继推送地震新闻，主动引导外界关注，回应社会关切；及时地在报纸、电视、网站头版、头条、头屏位置刊发党和国家领导人的重要指示、批示，传达党中央、国务院对抗震救灾工作的高度重视和关心，激发干部群众抗震救灾的信心与决心。

为确保抗震救灾工作科学有序地开展，阿坝州委宣传部还及时报道了震后九寨沟县自救队伍和空军、陆军、武警、消防、公安、民兵、交通、医疗、电力、通信等救援队伍火速赶往灾区救援的新闻，通过新闻宣传积极地展现了强大的国家力量，增强了广大游客、灾民，以及全国人民对取得九寨沟抗震救灾胜利的信心。

    ……

九寨沟地震发生后，能够在24小时之内，做到6万多游客安全大转移，且创造零伤亡的奇迹，这是由一系列条件促成的伟大胜利：

有国家领导人第一时间做出的重要指示批示；

有四川省委、省长坐镇指挥，第一时间启动Ⅰ级应急响应预案，迅速设立抗震救灾指挥部，各项抢险救援工作有力有序地推进；

有时任阿坝州委书记刘作明、州政府州长杨克宁第一时间指挥抗震救灾、并奔赴灾区一线督战，甚至战斗在落石如雨的一线灾区；

有阿坝州从州到县各级部门领导、公职人员，以及阿坝州人民，特别是九寨沟人民的齐心协力患难与共……

这是一幕永远温暖游客的场景：地震发生后的第一时间，无论是九寨沟县城还是漳扎镇，各级公职人员全都冲到了街上，安抚游客的情绪，维持秩序；而宾馆酒店的员工，以及不论与旅游有关无关的百姓，都自觉充当了九寨沟的主人，向远道而来的游客提供衣被、餐饮，献起了爱心……

这自发的、高凝聚力的抗震救灾力量，对稳定置身于冷酷无情的天灾面前的游客的情绪，维护正常的安全秩序起到了积极的作用。

因而，这次伟大胜利，是前方与后方紧密衔接、紧密配合的结果。

6万多游客的大转移，能做到大震小灾零伤亡，殊为不易，也十分幸运。

这一令人振奋的奇迹的创造，还跟如下几个方面的原因有关。

虽然余震有数千次，但是最大的余震只有4.8级，没有特大级别的垮塌事件发生，也没有大的石头再次滚落。

国泰民安决定了广大游客有着较高的素质，在大灾大难面前，游客们相信政府，并积极配合政府组织的施救。

自"5·12"大地震后，阿坝州党委、政府高度重视城乡建制对救灾能力的培养，高度重视城乡建筑物对抗震安全性能的要求。虽然地震发生了，但是因积累了地震应急处理经验，故而临危不乱，处变不惊。即使震后震区现代通信工具失去作用，与外界失去联系，各级部门的干部职工，以及普通百姓却依然镇定，知道该做什么不该做什么——不仅立即自发行动起来抗震救灾，而且还像战士在战场上冲锋一样舍生忘死义不容辞。

在九寨沟地震中，还有一群人无论柔弱或坚强，都不离不弃，坚守岗位，他们手中高举的小旗安定了人心，引导了撤离。他们，就是九寨沟导游。

九寨沟地震虽然有 30 人死亡，但群死群伤事件只有两件，一件是在通往神仙池的路上一辆中巴车被巨石砸坏导致 5 人死亡；另一件是九寨天堂洲际大饭店死亡的 4 个人。这应该是万幸中的不幸。

……

对九寨沟地震后在 24 小时内所创造的 6 万多游客零伤亡安全大转移的奇迹，有人进行了精准的评价："比电影大片还精彩！"

诚哉斯言！

在九寨沟地震发生后的 24 小时之内，创造了 6 万多游客零伤亡安全大转移的奇迹，这是个宏大且震撼的大事件；而陆地与天空联合行动，跨越垮塌的山体进沟搜救失联群众，这是个具象而感人的小事件。这两个事件，完美地构成了一部打动人心的现实版的电影大片。

我们在感叹九寨沟抗震救灾伟大胜利的同时，不妨这样设想一下：假如地震发生后没有政府对游客进行有组织、有力量、有秩序的转移，而靠游客自发地转移，能否也创造出 6 万多游客的零伤亡安全大转移这个奇迹呢？

答案是：肯定不行！

因为你无须过多思考，只需想象一下渴望尽快逃离震中的游客们争先恐后的程度，想象一下逃离震中的道路会因此而堵成啥样，就行了。

其中道理，真如杜林在震后抑制不住激动与感慨的心情，所写题为《一天一夜的记忆》、并发到网上的文章结尾所说的那样：

"你所谓的岁月静好，不过是有人替你负重前行！"

山水起伏，万众聚焦。九寨沟不愧是人间天堂，阳光也总是像母亲的手一样慈柔地抚摸着这个神奇的世界。

虽季节更替，枯荣之间有如万仞绝壁，但祥云瑞气，却始终似彩虹凌空，同时又永远驻留在人们的心中。

那么，什么是九寨祥云呢？

是春天的山花浪漫，是夏天的澄澈清凉，是冬天的水墨静寂，抑或秋天的层林炫彩？

　　其实，九寨祥云不仅仅是旦复旦兮的日月光华，九寨祥云更是雅识经远的——

　　人间大爱！

后记
闪光的名字

美好的生活被震得千疮百孔，魔鬼的力量让大地改变颜色。

疼痛，撕裂，焦灼，哽咽……

虽然突如其来，虽然很可怕，但是地震发生后从中央到地方，各级各部门从容应对，社会各界默契配合，众志成城，以科学的救援方式托起了生命的"黄金24小时"。

以在本书出场先后为序，让我们记住这些英雄，记住他们舍己为人的奉献，记住他们临危不惧的坚强，记住他们在大灾大难面前闪耀出来的美丽的人性光辉：

杨星、鲁强、崔宁、鲁虹汐、李春蓉、龚世如、龚学文、魏庆凤、龚武清、龚喜、何明庆、赵润英、王勇、黄楠、杨龙、王亮杰、王飞、周倩、曹钰、刘海燕、王源、李伟、徐红光、倪童、李旭帆、黑泽里、许德禄、王剑、刘志鹏、王生、洪秀英、尼玛木、杨克宁、刘作明、项晓峰、李江澜、泽尔登、余开勇、章小平、罗智波、王树明、杨芳、泽小勇、廖敏、廖申强、聂德江、白迎春、曾盛国、松涛、嘉央罗萨、李建军、东升、高碧贵、毛清洪、马勇、姚晓荣、刘波涛、何斌、葛宁、欧阳梅、蔡清礼、杜文钲、葛林冲、赵德猛、刘今朝、黎永胜、陶钢、汪世荣、彭开剑、海滢、徐荣林、张威、黄正俊、赵寿春、钟磊、邹睿、巴黎、仁青周、马劲松、孙书深、苟奇、罗亮、王福来、王晓博、罗洪磊、刘勇、姚昆、周元明、孙志发、任波、殷亮、王跃辉、耿如亮、高忠、乔来生、熊春成、王林、周智勇、周二红、郑猛、周仁平、郑杰、齐有辉、耿齐兵、杜林、夏天来、杨冬梅、陈建、马林涛、曾玉林、侯玉龙、陈应全、徐芝文、贺松、甘健平、沈明星、卢晓华、泽里孝、焦玉光、张春燕、雷江洪、王毅、刘丹、李永超、马战朋、况永波、李雅、松中书、李桂玉、丁龙杰、黄亮、李跃兰、彭福伟、秦思琪、张振宇、张朝海、马金平、杨文、如泽里、卓玛孝、张恒、张晓飞、陈明、杜勇、杨贵荣、黄波、杨文元、金华、李小兵、玉平娃、唐政、冯艳文、李艳强、桑扎修、马宝国、张国应、徐创创、毛国全、杨孟建、陈明、杨桦、杨小军、巴千、孙国江、杨贵强、汪洋、泽久、白冰、杜婷、范文艳、杨云峰、薛凯强、泽旺夺基、文成华、郭代安、刘明清、肖茂全、张立、李文华、陈培文、龙占伟、林旭、叶林、扎黑泽里、许德禄、王志华、陶晓代、杨军、张海平、曹珠、毛伟、汪泽、邹方许、张莲英、蒋建雄、宗志忠、高恺衡、龚明、詹永康、吉海东、益英、尹忠、马兴明、许建国、张勇、李松涛、李谋、邓玉平、李鹏、马松勇、罗成友、左光远、高水平、侯红荣、张旭琪、沈永林、梁代成、杨华勇、杜斌、徐杰、陈勇、刘忠、向建华、扎西、金永建、杨忠头、竹旭贵、王贵元、陈连义、杨志华、孟庆虎、郭忠发、谢中舜、毕倍倍、魏平、牛玉奎、赵富尧、薛峰、常晓磊、苟中秋、李克佳、罗春明、梁小平、张昌盛、李春江、吴海馀、茸里、袁有宝、更秋、赵敏、傅起君、吴章平、娄文明、刘政尧、李如林、谌宗辉、张志瑜、唐小军、邓品飞、韩周军、邓雪、郭玉满、魏志杰、马悌、刘佰利、李岩、扎西夺机、田朝健、泽旺、保玉、杨忠尔甲、关明军、李得林、路玉足、陶文涛、王良、郑锋、汪洋林、格让久、高明、王成、桑吉、张三娃、郭靖、甲休介、杜伟、刘毅、何伟、曾宏、徐铁楠、陈刘俊夫、周兴鑫、林孝波、长生、任贵元、罗尔吾泽郎、曾孝峰、陈强、色刚、王铵洋、苟少林、韩建海、班春娟、克木、彭红英、苏建兵、马志成、徐世英、郭利

435

峰、谭玉豪、旦真王甲、周风建、肖豪、罗顺翔、罗日泽仁、吕国强、阿磊、王周、尼玛扎西、何登卫、龙主、杨磊、杨燕新、泽仁塔、马国民、敖珠、马雁飞、白晶文、李先坤、杨文程、刘海月、邓康凤、陈贵全、马红平、付文君、廖巧英、蒋忠平、应花、冯水生、陶生、郭桂珍、付文琦、韩桂英、左友平、康荣淑、韩国兴、王桂香、李贵成、牟长英、刘青、马真林、马崇信、马春生、曹四娃、张能、罗秀珍、葛贵生、马真熙、陈艳平、赵虎云、陶雪莲、马石英、优中塔、王永亮、张国全、李智……

在九寨沟大地震发生后，出现的抗震救灾英雄何止上面所罗列的这些！

纸短名多，难以一一记述，更多感人的人物、感人的故事，难免挂一漏万。

6万多游客能够做到零伤亡安全大转移，是千千万万个奉献、坚强、勇敢、善良的人共同缔造的人间奇迹。

这是阿坝州党委、政府工作人员急人民所急、想人民所想高度自觉性与集体高素质的精彩体现；

这是广大游客遭遇突然发生的大灾大难后镇定理性、相互关怀、同舟共济、意志如钢的坚强表现；

这是九寨沟县人民，及游客转移路线上的饭店、宾馆、餐厅、商店等地无数善良员工爱心荡漾的集中展示；

这是从中央到地方，从政府到百姓，从灾区到非灾区，全民联动，一次完全协作所取得的巨大成功；

这是中华民族在抗击灾难面前的整体素质和高度凝聚力及其一触即发、战之能胜精神的再次完美展现……

在离天很近的地方

总有一双眼睛在守望

她有着森林绚丽的梦想

436

她有着大海碧波的光芒

神奇的九寨人间的天堂
你把那温情的灵光洒遍山岗
神奇的九寨人间的天堂
你看那天下人都深情向往……

或许，这首被人们传唱经年的歌曲《神奇的九寨》，也能在一定程度诠释，什么是缭绕于九寨天空的祥云。

2018 年 2 月 6 日初稿

2018 年 4 月 7 日修改

2018 年 5 月 1 日三改

2018 年 5 月 13 日四改